太平廣記鈔

태평광기초 6

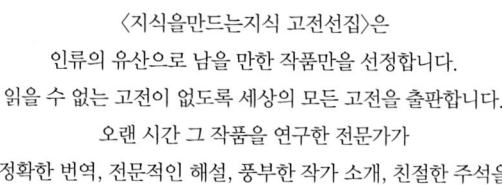

〈지식을만드는지식 고전선집〉은
인류의 유산으로 남을 만한 작품만을 선정합니다.
읽을 수 없는 고전이 없도록 세상의 모든 고전을 출판합니다.
오랜 시간 그 작품을 연구한 전문가가
정확한 번역, 전문적인 해설, 풍부한 작가 소개, 친절한 주석을
제공합니다.

太平廣記鈔

태평광기초 6

풍몽룡(馮夢龍) 엮음
김장환(金長煥) 옮김

대한민국, 서울, 지식을만드는지식, 2024

편집자 일러두기

- 이 책은 명나라 천계(天啓) 간본을 저본으로 교점한 배인본 중에서 번체자본(繁體字本)인 웨이퉁셴(魏同賢)의 교점본[2책, 《풍몽룡전집(馮夢龍全集)》 8·9, 평황출판사(鳳凰出版社), 2007]을 바탕으로 하고 기타 배인본을 참고했습니다. 아울러 《태평광기》와의 대조를 통해 교감이 필요한 원문에 한해 해당 부분에 교감문을 붙이고, 풍몽룡의 비주(批注)와 평어(評語)까지 포함해 80권 2584조 전체를 완역하고 주석을 달았습니다. 《태평광기》는 왕샤오잉(汪紹楹)의 점교본[베이징중화수쥐(中華書局), 1961]을 사용했습니다.
- 《태평광기초》는 총 80권으로 되어 있습니다. 이 번역본에는 편의상 한 권에 원서 5권씩을 묶었습니다. 마지막권인 16권에는 전체 편목·고사명 찾아보기, 해설, 엮은이 소개, 옮긴이 소개를 수록했습니다.
제6권은 전체 80권 중 권26~권30을 실었습니다.
- 국내에서 처음으로 소개됩니다.
- 해설 및 주석은 독자들의 이해를 돕기 위해 모두 옮긴이가 붙인 것입니다.
- 옮긴이는 독자들이 이해하기 쉽도록 각 고사에는 맨 위에 번역 제목을 붙였고 그 아래에 연구자들이 작품을 찾아보기 쉽도록 원제를 한자 독음과 함께 제시했습니다. 주석이나 해설 등에서 작품을 언급할 때는 원제의 한자 독음으로 지칭했습니다.
- 옮긴이는 원전에서 제시한 작품의 출전을 원제 아래에 "출《신선전(神仙傳)》"과 같이 밝혔습니다. 또한 원문 뒤에는 해당 작품이 《태평광기》의 어느 부분에 실려 있는지도 밝혀 《태평광기》와 비교 연구할 수 있도록 했습니다.
- 본문에서 "미: "로 표기한 것은 엮은이 풍몽룡이 본문 문장 위쪽에 단 미주(眉注)이고 "협: "으로 표기한 것은 문장과 문장

사이에 단 협주(夾注)입니다. "평 : "으로 표기한 것은 풍몽룡이 본문을 읽고 자신의 평을 추가한 것입니다.
- 한글에 한자를 병기할 때 괄호 안의 말과 바깥 말의 독음이 다르면 [ ]를 사용하고, 번역어의 원문을 표시할 때는 (　)를 사용했습니다. 또 괄호가 중복될 때에도 [ ]를 사용했습니다.
- 고대 인명과 지명은 한자 독음으로 표기하고 현대 인명과 현대 지명은 국립국어원의 중국어 표기법에 따라 표기했습니다.

차 례

권26 박물부(博物部) 호상부(好尚部)

박물(博物)

26-1(0647) 위사와 유아(委蛇·俞兒) · · · · · · · · 2343

26-2(0648) 수양신(首陽之神) · · · · · · · · · · · 2345

26-3(0649) 이부(貳負) · · · · · · · · · · · · · · 2346

26-4(0650) 동방삭(東方朔) · · · · · · · · · · · · 2348

26-5(0651) 제갈각(諸葛恪) · · · · · · · · · · · · 2351

26-6(0652) 육경숙(陸敬叔) · · · · · · · · · · · · 2354

26-7(0653) 호종(胡綜) · · · · · · · · · · · · · · 2355

26-8(0654) 왕찬(王粲) · · · · · · · · · · · · · · 2357

26-9(0655) 장화(張華) · · · · · · · · · · · · · · 2359

26-10(0656) 뇌환(雷煥) · · · · · · · · · · · · · 2364

26-11(0657) 속석(束晳) · · · · · · · · · · · · · 2369

26-12(0658) 왕이(王摛) · · · · · · · · · · · · · 2372

26-13(0659) 심약(沈約) · · · · · · · · · · · · · 2374

26-14(0660) 부혁(傅奕) · · · · · · · · · · · · · 2376

26-15(0661) 학처준(郝處俊) · · · · · · · · · · · 2378

26-16(0662) 맹선(孟詵) · · · · · · · · · · · · · 2380

26-17(0663) 당 문종(唐文宗) · · · · · · · · · · 2382
26-18(0664) 단성식(段成式) · · · · · · · · · · 2384
26-19(0665) 이사고(李師古) · · · · · · · · · · 2386
26-20(0666) 맥망(脈望) · · · · · · · · · · · · 2387

호상(好尚)

26-21(0667) 유헌지(劉獻之) · · · · · · · · · · 2391
26-22(0668) 한유(韓愈) · · · · · · · · · · · · 2393
26-23(0669) 두겸과 이덕유(杜兼·李德裕) · · · · 2394
26-24(0670) 독고급(獨孤及) · · · · · · · · · · 2395
26-25(0671) 송지손(宋之愻) · · · · · · · · · · 2396
26-26(0672) 반언(潘彥) · · · · · · · · · · · · 2397
26-27(0673) 주전의(朱前疑) · · · · · · · · · · 2398
26-28(0674) 선우숙명과 권장유(單于叔明·權長孺) · · 2400

권27 지인부(知人部) 교우부(交友部)

지인(知人)

27-1(0675) 흉노의 사자(匈奴使) · · · · · · · · 2405
27-2(0676) 환온(桓溫) · · · · · · · · · · · · 2406
27-3(0677) 양소(楊素) · · · · · · · · · · · · 2408
27-4(0678) 이적(李勣) · · · · · · · · · · · · 2410
27-5(0679) 요숭과 장열(姚崇·張說) · · · · · · · 2415

27-6(0680) 양씨 형제와 목씨 형제(楊穆弟兄) · · · · 2421

27-7(0681) 이단(李丹) · · · · · · · · · · · · 2423

27-8(0682) 정인(鄭絪) · · · · · · · · · · · · 2426

27-9(0683) 위수(韋岫) · · · · · · · · · · · · 2428

27-10(0684) 위선(韋詵) · · · · · · · · · · · 2430

27-11(0685) 묘 부인(苗夫人) · · · · · · · · · 2433

27-12(0686) 반염의 처(潘炎妻) · · · · · · · · · 2437

교우(交友)

27-13(0687) 종세림(宗世林) · · · · · · · · · 2443

27-14(0688) 예형(禰衡) · · · · · · · · · · · 2445

27-15(0689) 순거백(荀巨伯) · · · · · · · · · 2446

27-16(0690) 혜강(嵇康) · · · · · · · · · · · 2448

27-17(0691) 산도(山濤) · · · · · · · · · · · 2449

27-18(0692) 상동왕과 곽왕(湘東王·霍王) · · · · · 2451

27-19(0693) 장열(張說) · · · · · · · · · · · 2453

27-20(0694) 원백(元白) · · · · · · · · · · · 2455

27-21(0695) 유방(柳芳) · · · · · · · · · · · 2456

27-22(0696) 육창(陸暢) · · · · · · · · · · · 2457

권28 의기부(義氣部)

의기(義氣)

28-1(0697) 곽원진(郭元振) ············2461

28-2(0698) 적인걸(狄仁傑) ············2463

28-3(0699) 오보안(吳保安) ············2464

28-4(0700) 허당(許棠) ···············2478

28-5(0701) 주간로(周簡老) ············2479

28-6(0702) 후이(侯彝) ···············2484

28-7(0703) 방광정(房光庭) ············2486

28-8(0704) 이의득(李宜得) ············2488

28-9(0705) 양성(陽城) ···············2490

28-10(0706) 요유방(廖有方) ···········2494

28-11(0707) 이약(李約) ···············2498

28-12(0708) 배도(裴度) ···············2500

28-13(0709) 융욱(戎昱) ···············2504

28-14(0710) 낙양의 거자(洛中舉子) ·······2507

28-15(0711) 정환고(鄭還古) ···········2510

28-16(0712) 강릉의 선비(江陵士子) ·······2513

28-17(0713) 무덤을 도굴한 도둑(發冢盜) ·····2515

28-18(0714) 풍연(馮燕) ···············2517

권29 협객부(俠客部)

협객(俠客)

29-1(0715) 이정(李亭) · · · · · · · · · · · · · 2523

29-2(0716) 규룡 구레나룻의 협객(虯髯客) · · · · 2524

29-3(0717) 호증(胡證) · · · · · · · · · · · · · 2538

29-4(0718) 고 압아(古押衙) · · · · · · · · · · 2541

29-5(0719) 곤륜의 노비(昆侖奴) · · · · · · · · 2555

29-6(0720) 승려 협객(僧俠) · · · · · · · · · · 2564

29-7(0721) 도성 서쪽 객점의 노인(京西店老人) · · · 2570

29-8(0722) 노생(盧生) · · · · · · · · · · · · · 2573

29-9(0723) 침상 아래의 의협(床下義士) · · · · · 2577

29-10(0724) 전팽랑(田膨郞) · · · · · · · · · · 2581

29-11(0725) 이귀수(李龜壽) · · · · · · · · · · 2587

29-12(0726) 수레 안의 여자(車中女子) · · · · · 2590

29-13(0727) 최신사의 첩(崔愼思妾) · · · · · · · 2596

29-14(0728) 섭은낭(聶隱娘) · · · · · · · · · · 2599

29-15(0729) 홍선(紅綫) · · · · · · · · · · · · 2610

29-16(0730) 형십삼낭(荊十三娘) · · · · · · · · 2621

권30 공거부(貢擧部) 씨족부(氏族部)

공거(貢擧)

30-1(0731) 진사과에 대한 총론(總叙進士科) · · · · 2625

30-2(0732) 급제자 발표와 사은(放榜·謝恩) ···· 2631
30-3(0733) 제명(題名) ············ 2638
30-4(0734) 잡문 시험(試雜文) ········· 2640
30-5(0735) 내출제(內出題) ·········· 2642
30-6(0736) 진사시가 예부로 귀속되다(進士歸禮部) ·· 2644
30-7(0737) 부해와 제주해(府解·諸州解) ····· 2649
30-8(0738) 채남사(蔡南史) ·········· 2653
30-9(0739) 연집(宴集) ············ 2654
30-10(0740) 선종(宣宗) ··········· 2658
30-11(0741) 두정현(杜正玄) ········· 2660
30-12(0742) 풍씨·장씨·양씨(馮氏·張氏·楊氏) ·· 2661
30-13(0743) 노악(盧渥) ··········· 2664
30-14(0744) 최군(崔群) ··········· 2667
30-15(0745) 잠분(湛賁) ··········· 2669
30-16(0746) 조종(趙琮) ··········· 2671
30-17(0747) 이고의 딸(李翶女) ········ 2673
30-18(0748) 이요(李堯) ··········· 2675
30-19(0749) 정창도(鄭昌圖) ········· 2677
30-20(0750) 소장과 황우(蘇張·瑝嵎) ······ 2680
30-21(0751) 교이(喬彛) ··········· 2682
30-22(0752) 이정(李程) ··········· 2684
30-23(0753) 고식과 공승억(高湜·公乘億) ···· 2687

30-24(0754) 설보손(薛保遜) ·······2691

30-25(0755) 상곤(常袞) ········2693

30-26(0756) 유태(劉蛻) ········2694

30-27(0757) 고비웅(顧非熊) ······2696

30-28(0758) 우석서(牛錫庶) ······2698

30-29(0759) 윤극(尹極) ········2700

30-30(0760) 두목(杜牧) ········2703

30-31(0761) 우승유(牛僧孺) ······2706

30-32(0762) 사공도(司空圖) ······2709

30-33(0763) 이고언(李固言) ······2711

30-34(0764) 장효표(章孝標) ······2715

30-35(0765) 이덕유(李德裕) ······2717

30-36(0766) 백민중(白敏中) ······2720

30-37(0767) 왕준과 정하(汪遵·程賀) ···2725

30-38(0768) 옹언추(翁彦樞) ······2728

30-39(0769) 양훤(楊喧) ········2732

30-40(0770) 최원한(崔元翰) ······2734

30-41(0771) 왕유(王維) ········2735

30-42(0772) 배사겸(裴思謙) ······2740

30-43(0773) 유분(劉蕡) ········2744

30-44(0774) 육의(陸扆) ········2746

30-45(0775) 왕인(王璘) ········2748

30-46(0776) 안표(顔標) · · · · · · · · · · · · 2751

30-47(0777) 송제와 온정균(宋濟·溫庭筠) · · · · 2753

30-48(0778) 다섯 노인의 급제(五老榜) · · · · · · 2759

30-49(0779) 반염(潘炎) · · · · · · · · · · · · 2761

30-50(0780) 영호환(令狐峘) · · · · · · · · · · 2763

30-51(0781) 장분(張濆) · · · · · · · · · · · 2765

30-52(0782) 노상경(盧尙卿) · · · · · · · · · · 2767

씨족(氏族)

30-53(0783) 이씨(李氏) · · · · · · · · · · · 2771

30-54(0784) 왕씨(王氏) · · · · · · · · · · · 2773

30-55(0785) 칠성(七姓) · · · · · · · · · · · 2774

30-56(0786) 유례(類例) · · · · · · · · · · · 2775

권26 박물부(博物部) 호상부(好尙部)

박물(博物)

26-1(0647) 위사와 유아

위사 · 유아(委蛇 · 俞兒)

출《장자(莊子)》 출《관자(管子)》

[춘추 시대] 제(齊)나라 환공(桓公)이 늪지에서 사냥할 때 관중(管仲)이 수레를 몰았는데, 환공이 괴이한 것을 보았다고 하자 관중이 말했다.

"늪지에는 위사가 있는데, 그것은 굵기가 수레바퀴만 하고 길이가 수레 끌채만 하며 자색 옷에 붉은 관을 쓰고 있습니다. 그것은 사람을 보면 머리를 쳐들고 서 있는데, 그것을 본 사람은 거의 패자(霸者)가 됩니다!"

환공이 말했다.

"그것이 바로 과인이 보았던 것이오."

환공이 북쪽으로 고죽국(孤竹國) 정벌에 나서서 비이(卑耳) 계곡의 10리 앞에 도착했을 때, 키가 1척밖에 되지 않는 사람이 서 있는 것을 보았는데, 오른쪽으로 옷을 걷어 올린 채 환공의 말 앞을 달려가기에, 환공이 관중에게 물었더니 관중이 말했다.

"신이 듣건대, 등산(登山)의 신 중에 유아가 있는데, 키는 1척밖에 되지 않지만 사람의 모습을 모두 갖추었다고 합니다. 또 패업(霸業)을 이룰 군주가 일어나게 되면 등산의 신이 모습을 드러낸다고 합니다. 그가 폐하의 말 앞을 달려간 것은 앞길을 인도하려는 것이고, 옷을 걷어 올린 것은 앞에 물이 있음을 알려 주는 것이며, 오른쪽으로 옷을 걷어 올린 것은 오른쪽으로 강을 건너야 함을 보여 주는 것입니다."

환공이 비이 계곡에 당도했더니 모두 관중의 말대로 되었다.

齊桓公遊於澤, 管仲御, 公見怪焉, 管仲曰 : "澤有委蛇, 其大如轂, 其長如轅, 紫衣朱冠. 見人則捧其首而立, 見之者殆霸乎!" 公曰 : "此寡人之所見也."
桓公北征孤竹, 來至卑耳之溪十里, 見人長尺而立, 右袪衣, 走馬前, 以問管仲, 管仲曰 : "臣聞登山之神有兪兒者, 長尺而人物具焉. 霸王之君興, 而登山之神見. 走前, 導也, 袪衣, 前有水也, 右袪, 示從右涉也." 至如言.

* 이 고사는 《태평광기》 권291 〈신(神)・제환공(齊桓公)〉에 실려 있다.

26-2(0648) 수양신

수양지신(首陽之神)

출《고문쇄어(古文瑣語)》

[춘추 시대] 진(晉)나라 평공(平公)이 회수(澮水) 가에 이르렀을 때, 어떤 사람이 여덟 필의 백마가 끄는 수레를 타고 오는 것을 보았는데, 살쾡이 몸에 여우 꼬리를 한 어떤 괴물이 그 수레를 떠나 평공의 수레를 따라왔다. 평공이 사광(師曠)에게 물었더니 사광이 말했다.

"살쾡이 몸에 여우 꼬리를 한 괴물은 수양신이라고 하는데, 곽태산(霍太山)에서 술을 마시고 돌아오는 길에 회수에서 폐하를 만났으니, 폐하께 아마도 기쁜 일이 생길 것입니다."

晉平公至澮上, 見人乘白駱八駟以來, 有狸身而狐尾, 去其車而隨公之車. 公問師曠, 師曠曰:"狸身而狐尾, 其名曰首陽之神, 飮酒於霍太山而歸, 其逢君於澮乎, 君其有喜焉."

* 이 고사는《태평광기》권291〈신·진평공(晉平公)〉에 실려 있다.

26-3(0649) 이부

이부(貳負)

출《산해경서(山海經叙)》

    이부[사람 얼굴에 뱀의 몸을 한 신]의 신하인 위(危)가 이부와 함께 알유(窫窳)를 죽였다. 천제(天帝)는 곧장 위를 소속산(疏屬山)에 묶어 두었는데, 그 오른발에 족쇄를 채우고, 양손과 머리카락을 뒤로 묶어서 산 위에 매어 놓았다. 소속산은 바로 관제(關提)의 서북쪽에 있다. 곽박(郭璞)의 《산해경 주(山海經注)》에서 말했다.

    "한(漢)나라 선제(宣帝)가 상군(上郡)의 널따란 바위를 발굴하게 했는데, 석실 속에서 벌거벗은 채로 머리를 산발하고 두 손이 뒤로 묶인 채 한쪽 다리에 족쇄를 찬 사람을 발견했다. 선제가 신하들에 물었지만 아는 자가 없었다. 단지 유향(劉向)만이 《산해경》의 내용에 근거해서 대답하자, 선제는 크게 놀랐다. 이로 말미암아 사람들은 다투어 《산해경》을 공부했다."

    평 : 유향의 《산해경》 서문에서 이르길, "백예(伯翳)가 지었는데, 백예는 백익(伯益)이라고도 한다. 우(禹)임금의 치수(治水)를 도왔으며, 산과 바다의 기이한 것을 취해 책을

지었다"라고 했다.

貳負之臣曰危, 與貳負殺窫窳. 帝乃梏之疏屬之山, 桎其右足, 反縛兩手與髮, 繫之山上. 在關提西北. 郭璞注云 : "漢宣帝使人發上郡磐石, 石室中得一人, 徒裸被髮, 反縛, 械一足. 以問群臣, 莫知. 劉向按此言之, 宣帝大驚. 由是人爭學《山海經》矣."

評 : 《山海經》劉向序云 : "伯翳所作, 翳亦作益. 佐禹治水, 取山海之異成書."

* 이 고사는 《태평광기》 권197 〈박물·유향(劉向)〉에 실려 있다.

26-4(0650) **동방삭**

동방삭(東方朔)

출《상서고실(尙書故實)》·《고승전(高僧傳)》·《소설(小說)》

한(漢)나라 무제(武帝) 때 일찍이 외다리 학이 나타났는데, 사람들은 모두 어떤 새인지 몰라 괴이하다고 여겼다. 동방삭이 아뢰었다.

"이 새는 《산해경(山海經)》에서 말하는 필방조(畢方鳥)입니다."

확인해 보았더니 과연 그러했다.

한나라 무제 때 곤명지(昆明池) 바닥을 파다가 검은 재가 나왔는데, 동방삭에게 물었더니 동방삭이 말했다.

"서역 스님에게 물어보는 것이 좋겠습니다."

나중에 법란사(法蘭師 : 축법란)가 도착하자 물었더니 법란사가 말했다.

"세상이 종말을 맞을 때 겁화(劫火)가 활활 타는데, 이 재가 바로 그것입니다." 미 : 오행(五行)이 모두 없어지는데 겁회(劫灰)만 남는 것은 어째서인가?

무제가 감천궁(甘泉宮)으로 행차할 때 치도(馳道 : 천자가 행차하는 길)에 오관(五官 : 눈·코·입·혀·귀의 다섯 기관)을 모두 갖춘 붉은색의 벌레가 있었는데, 그것을 본 사람들은 무엇인지 알지 못했다. 그래서 무제가 동방삭에게 살펴보게 했더니 동방삭이 살펴보고 돌아와서 대답했다.

"그 벌레의 이름은 '괴재(怪哉)'라고 합니다. 옛날 [진(秦)나라 때] 무고한 사람들을 잡아 가두었기에 뭇 백성이 근심하고 원망해 모두 머리를 쳐들고 '괴재! 괴재!' 하며 탄식했습니다. 아마도 그 분노의 기운이 맺혀 생긴 것 같습니다. 이 땅은 필시 진나라의 감옥이 있던 곳일 것입니다."

즉시 지도를 살펴보았더니 정말로 그가 말한 대로였다. 무제가 또 말했다.

"어떻게 그 벌레를 없앨 수 있는가?"

동방삭이 말했다.

"무릇 근심이란 술로 해소할 수 있으니, 술을 그것에 부으면 틀림없이 소멸할 것입니다."

그래서 사람을 시켜 그 벌레를 가져다 술 속에 넣게 했더니 금세 녹아 흩어졌다.

평 : 《수신기(搜神記)》에 따르면, "무제가 함곡관(函谷關)으로 행차했을 때 어떤 물체가 길을 막아섰는데, 키는 몇 장(丈)이나 되었고 생김새는 소와 비슷했으며 네 발을 땅속에 박고 있어서 움직여도 꿈쩍하지 않자, 동방삭이 술을 청해 그것에 뿌렸다"라고 했다. 이것과 조금 다르니 필시 한쪽에 착오가 있을 것이다. 또 양(梁 : 오대 후량)나라 팽성왕

(彭城王) 유지준(劉知俊)이 동주(同州)를 진수할 때, 군영의 담장을 쌓으려고 땅을 팠더니 무게가 80근(斤)이 넘는 기름 주머니처럼 생긴 물건이 나왔다. 막객들은 모두 그것이 무엇인지 알지 못했는데, 유원(留源)만은 그것을 감옥이 있던 땅에 원한의 기운이 모인 것이라고 생각했다. 옛날 왕충(王充)이 낙양(洛陽)에서 하남부옥(河南府獄)을 수리할 때도 이 물건을 얻었다.

漢武帝時, 嘗有獨足鶴, 人皆不知, 以爲怪異. 東方朔奏曰:"此《山海經》所謂畢方鳥也." 驗之果是.
漢武穿昆明池底, 得黑灰, 問東方朔, 朔云:"可問西域梵人." 後法蘭師至, 問之, 蘭云:"世界終盡, 劫火洞燒, 此灰是也." 眉:五行俱盡而劫灰獨存, 何也?
武帝幸甘泉, 馳道中有蟲, 赤色, 五官畢具, 觀者莫識. 乃使東方朔視之, 還對曰:"此蟲名'怪哉'. 昔時拘繫無辜, 衆庶愁怨, 咸仰首嘆曰:'怪哉! 怪哉!' 蓋憤氣所結也. 此地必秦之獄處." 卽按地圖, 信其言. 上又曰:"何以去蟲?" 朔曰:"凡憂者, 得酒而解, 以酒灌之, 當消." 乃使人取蟲置酒中, 須臾糜散.
評:《搜神記》:"武帝遊函谷關, 有物當道, 身長數丈, 狀類牛, 四足入土, 動而不徙, 東方朔請酒灌之." 與此小異, 必有一誤. 又梁彭城王劉知俊鎭同州日, 因築營牆, 掘得一物, 重八十餘斤, 狀若油囊. 幕賓皆不識, 獨留源以爲囹圄之地, 寃氣所結, 昔王充據洛陽, 修河南府獄, 亦獲此物.

* 이 고사는 《태평광기》 권197 〈박물·동방삭〉, 권87 〈이승(異僧)·축법란(竺法蘭)〉, 권473 〈곤충(昆蟲)·괴재(怪哉)〉에 실려 있다.

26-5(0651) 제갈각

제갈각(諸葛恪)

출《수신기(搜神記)》·《이원(異苑)》

　제갈각이 단양태수(丹陽太守)로 있을 때 사냥하러 나갔는데, 두 산 사이에서 어린아이 같은 어떤 물체가 나타나더니 손을 뻗어 사람을 끌고 가려 하자, 제갈각이 그 물체를 끌어당겨 원래 있던 곳을 떠나게 했더니 바로 죽어 버렸다. 참좌(參佐)가 신명(神明)일 것이라 생각하며 어찌 된 영문인지 물었더니 제갈각이 말했다.

　"이 일은《백택도(白澤圖)》에 나오는데, 거기에서 말하길, '두 산 사이에 어린아이 같은 정괴가 있는데, 사람을 보면 손을 뻗어 끌고 가려 한다. 그것의 이름은 사(俟)다. 그러나 사람이 그것을 끌어당겨 원래 있던 곳을 떠나게 하면 즉시 죽어 버린다'라고 했네. 이것은 기이하다고 여기기에 부족하니, 제군들이 미처 보지 못했을 뿐이네."

　영강현(永康縣)의 어떤 사람이 산에 들어갔다가 커다란 거북 한 마리를 보고 즉시 그것을 쫓아갔더니 거북이 곧 말했다.

　"때를 잘 헤아리지 않고 놀러 나왔다가 당신에게 붙잡히게 되었소."

그 사람은 매우 괴이해하면서 거북을 싣고 나와서 오왕(吳王)에게 바치려고 했다. 그는 밤에 월리(越里)에 배를 정박하고 커다란 뽕나무에 배를 매어 놓았는데, 한밤중에 뽕나무가 거북을 부르며 말했다.

"고생하는구나, 원서(元緒)야, 어쩌다가 이 꼴이 되었니?"

거북이 말했다.

"나는 붙잡혀서 곧 삶아져 고깃국이 되겠지만, 남산(南山)의 나무를 몽땅 땐다 하더라도 나를 익힐 수는 없을 것이다."

뽕나무가 말했다.

"제갈원손(諸葛元遜 : 제갈각)은 박식하니 필시 너에게 고통을 가져다줄 것이다. 만약 그가 나와 같은 나무를 찾아낸다면 너는 어떻게 화에서 벗어날 작정이냐?"

거북이 말했다.

"자명(子明)아, 여러 말 마라. 화가 곧 너에게도 미칠 것이다!"

뽕나무는 잠자코 더 이상 말하지 않았다. 그 사람이 도착하자 오주(吳主 : 손권)가 그것을 삶으라고 명했는데, 수레 100대의 땔감을 땠지만 여전히 처음 그대로라고 요리사가 보고했다. 그러자 제갈각이 말했다.

"오래된 뽕나무로 땐다면 금방 익을 것입니다."

거북을 바친 사람이 거북과 뽕나무가 주고받은 말을 해주자, 손권(孫權)이 곧장 그 뽕나무를 베어 오게 해서 거북을 삶았더니 즉시 푹 익었다. 지금도 거북을 삶을 때는 여전히 대부분 뽕나무 땔감을 사용한다. 그래서 시골 사람들은 거북을 "원서"라고 부른다.

諸葛恪爲丹陽太守, 出獵, 兩山之間, 有物如小兒, 伸手欲引人, 恪令引去故地, 卽死. 參佐問其故, 以爲神明, 恪曰: "此事在《白澤圖》內, 曰: '兩山之間, 其精如小兒, 見人則伸手欲引人. 名曰俟. 引去故地則死.' 此不足異, 諸君偶未之見耳."
永康有人入山, 遇一大龜, 卽逐之, 龜便言曰: "遊不量時, 爲君所得." 人甚怪之, 載出, 欲上吳王. 夜泊越里, 纜舟於大桑樹, 宵中, 樹呼龜曰: "勞乎元緒, 奚事爾耶?" 龜曰: "我被拘縶, 方見烹臛, 雖盡南山之樵, 不能潰我." 樹曰: "諸葛元遜博識, 必致相苦. 令求如我之徒, 計從安出?" 龜曰: "子明, 無多辭, 禍將及爾!" 樹寂而止. 旣至, 吳主命煮之, 焚柴百車, 語猶如故. 諸葛恪曰: "燃以老桑方熟." 獻之人乃說龜樹共言, 權登使伐取, 煮龜立爛. 今烹龜猶多用桑薪. 野人故呼龜爲"元緒"也.

* 이 고사는 《태평광기》 권359 〈요괴(妖怪)·제갈각〉과 권468 〈수족(水族)·영강인(永康人)〉에 실려 있다.

26-6(0652) 육경숙

육경숙(陸敬叔)

출《수신기》

오(吳)나라 선주(先主 : 손권) 때 육경숙은 건안태수(建安太守)로 있었다. 그가 한번은 사람을 시켜 커다란 녹나무를 베게 했는데, 몇 번 안 되는 도끼질에 나무에서 피가 나오더니 나무가 부러졌다. 그때 사람 얼굴에 개 몸을 한 어떤 물체가 나무 속에서 나오자 육경숙이 말했다.

"이것은 이름이 '팽후(彭侯)'이며 삶아서 먹을 수 있습니다."

《백택도(白澤圖)》에 이렇게 적혀 있다.

"나무 정령은 이름이 '팽후'다."

吳先主時, 陸敬叔爲建安郡太守. 使人伐大樟樹, 不數斧, 有血出, 樹斷. 有物人面狗身, 從樹中出, 敬叔曰 : "此名 '彭侯', 可烹食之."《白澤圖》曰 : "木之精名 '彭侯'."

* 이 고사는 《태평광기》 권415 〈초목(草木) · 육경숙〉에 실려 있다.

26-7(0653) 호종

호종(胡綜)

출《종별전(綜別傳)》

[오나라] 손권(孫權) 때 땅을 파다가 2척 7촌 길이의 구리 상자를 얻었는데, 유리로 덮개를 만들고 그 위로 무늬가 새겨져 있었다. 또 백옥 여의(如意 : 효자손) 하나를 얻었는데, 손잡이 부분에 모두 용과 호랑이 및 매미의 형태가 새겨져 있었다. 당시에 그 물건의 유래를 아는 사람이 없었는데, 손권은 호종이 옛일을 많이 알고 있었으므로 사람을 시켜 물었더니 호종이 말했다.

"옛날 진시황(秦始皇)이 동쪽을 순수하다가 금릉(金陵)에 천자의 기운이 서려 있다고 해서 곧바로 현의 이름을 바꾸었습니다. 아울러 강과 호수를 굴착하고 여러 산과 언덕을 평평하게 한 뒤에 도처에 보물을 묻음으로써 그 기운을 누르고자 했으니, 아마도 이것이 그것인 것 같습니다."

孫權時, 有掘地得銅匣, 長二尺七寸, 以琉璃爲蓋, 雕縷其上. 得一白玉如意, 所執處皆刻龍虎及蟬形. 時莫能識其所由者, 權以胡綜多悉往事, 使人問之, 綜云:"昔秦始皇東遊, 以金陵有天子氣, 乃改縣名. 並掘鑿江湖, 平諸山阜, 處處輒埋寶物以鎭之, 此蓋是乎."

* 이 고사는 《태평광기》 권197 〈박물·호종〉에 실려 있다.

26-8(0654) 왕찬

왕찬(王粲)

출《이원》

유표(劉表)가 장산(障山)에 올랐다가 초목이 자라지 않는 한 산언덕을 보았는데, 왕찬이 말했다.

"저곳은 필시 옛 무덤일 것입니다. 저곳에 묻혀 있는 사람은 세상에 있을 때 생반석(生礬石)[1]을 복용했는데, 죽어서 그 반석의 기운이 증발해 밖으로 나오기 때문에 초목이 말라 죽은 것입니다."

유표가 즉시 그곳을 파서 살펴보라고 했더니, 과연 커다란 묘에 반석이 가득했다. 미 : 혹은 위(魏)나라 무제(武帝 : 조조)가 오환(烏桓)을 평정했을 때의 일이라고도 하는데, 이는 착오다. 당시 왕찬은 아직 강남에 있었다.

---

1) 생반석(生礬石) : 가공하지 않은 반석. 백반석 또는 명반석이라고도 한다. 유황을 함유한 광물질로 독사(毒砂)라고도 하며, 더운 성질을 가지고 있다. 옷감에 물을 들이거나 가죽을 다룰 때 사용한다. 예로부터 반석이 나는 산골짜기에는 초목이 자라지 않고 서리나 눈이 쌓이지 않으며 간혹 온천이 있다고 한다.

劉表登障山, 見一岡不生草木, 王粲曰: "必是古冢. 此人在世服生礜石, 死而石氣蒸出外, 故卉木焦滅." 卽令鑿看, 果大墓有礜石滿塋. 眉: 或作魏武平烏桓時事, 謬也. 時粲尙在江南.

* 이 고사는 《태평광기》 권389 〈총묘(塚墓)·왕찬〉에 실려 있다.

26-9(0655) 장화

장화(張華)

출《세설(世說)》·《소설》·《이원》·《유명록(幽明錄)》·《이물지(異物志)》

진(晉)나라 육사형[陸士衡 : 육기(陸機)]이 한번은 장화에게 젓갈을 보내 주었는데, 그때 빈객들이 자리에 가득했다. 장화는 그릇을 열어 보더니 곧장 말했다.

"이것은 용 고기요. 고주(苦酒 : 식초)를 끼얹으면 틀림없이 이상한 일이 일어날 것이오."

그래서 시험해 보았더니 오색찬란한 빛이 일어났다. 이에 육사형이 그 연유를 캐물었더니 젓갈 주인이 말했다.

"집 정원에 쌓아 둔 띠풀 아래에서 흰 물고기 한 마리가 나왔는데, 생김새가 여느 물고기와 달랐습니다. 그래서 그것으로 젓갈을 담갔더니 맛이 매우 좋았기에 육사형께 바쳤던 것입니다."

어떤 사람이 구리 세숫대야를 가지고 있었는데, 아침과 저녁이면 마치 사람이 두드리는 것처럼 늘 소리가 나서, 장화에게 그 사실을 알렸더니 장화가 말했다.

"이 대야는 낙종(洛鐘 : 낙양 궁중의 종)의 음률과 서로 어우러지는데, 궁중에서 아침저녁으로 종을 치기 때문에 그 소리에 서로 호응하는 것이오. 줄[鑢]로 세숫대야를 갈아 약간 가볍게 한다면 그 음률이 어긋날 것이니, 그 울림도 저절로 멈출 것이오."

그 말대로 했더니 대야가 즉시 더 이상 울리지 않았다.

평 : 《국사이찬(國史異纂)》에 따르면, 조소기(曹紹夔)가 낙양(洛陽) 승방의 경쇠를 줄로 갈아 그것이 밤에 울리는 것을 멈추게 했는데, 그 일과 같다. 또 무기고 안에 장끼가 있었는데, 사람들이 모두 괴이하다고 생각하자 장화가 말하길, "이것은 뱀이 변화한 것이오"라고 했다. 즉시 무기고 안을 뒤져 보게 했더니 과연 뱀의 허물이 나왔다. 또 오군(吳郡) 임강(臨江)의 기슭 절반이 무너지면서 석고(石鼓) 하나가 나왔는데, 그것을 쳐도 소리가 나지 않기에 장화에 물어보았더니 장화가 말하길, "촉 땅의 오동나무를 가져다가 물고기 모양으로 깎아서 그것을 두드리면 소리가 날 것이오"라고 했다. 곧장 장화의 말대로 했더니 과연 그 소리가 몇 리까지 들렸다.

[진(晉)나라] 혜제(惠帝) 때 길이가 몇 장(丈)이나 되는 새 깃털 하나를 주웠는데, 장화가 그것을 보고 탄식하며 말했다.

"이것은 이른바 해부(海鳧 : 바닷새의 일종)의 깃털인데 이 깃털이 나타나면 천하가 무너진다!"

과연 그 말대로 되었다.

낙중(洛中 : 낙양)에 그 깊이를 헤아릴 수 없는 동굴이 있었다. 어떤 사람이 잘못해서 그 굴속으로 떨어졌는데, 몇 리를 갔더니 흙 같은 것이 밟히는 것 같고 쌀 향기가 나기에 곧장 그것을 싸서 식량으로 삼았다. 다시 앞으로 갔더니 진흙 같은 것이 밟혔는데, 그 맛이 아까의 흙과 비슷했기에 또 그것을 싸 가지고 갔다. 한참이 지나서 점점 환한 빛이 느껴지면서 궁전과 사람들이 보였는데, 그 사람들은 모두 키가 3장이나 되었고 깃털 옷을 걸치고 있었다. 그가 곧장 자신의 사정을 말하면서 도와 달라고 간청했더니, 거인이 그에게 앞으로 가라고 말했다. 이렇게 지나간 곳이 아홉 군데였다. 맨 마지막에 도착한 곳에서 그가 배가 몹시 고프다고 호소했더니, 거인이 안뜰의 커다란 잣나무 하나를 가리켰는데, 그 둘레가 거의 100아름이나 되었고 그 아래에 양 한 마리가 있었다. 거인은 그에게 무릎을 꿇고 양의 수염을 쓰다듬게 했다. 맨 처음 양이 토해 낸 구슬은 거인이 가져갔고 두 번째 쓰다듬어 얻은 구슬도 거인이 가져갔으며, 마지막으로 쓰다듬어 얻은 구슬을 그에게 먹게 했는데, 즉시 허기가 가셨다. 그가 자신이 지나온 아홉 곳의 이름을 물었더니 거인이 대답했다.

"장화에게 물어보면 틀림없이 알게 될 것이오."

그 사람은 다시 동굴을 따라 걸어가서 마침내 교군(交郡)

으로 나올 수 있었는데, 갔다가 돌아오는 데 6~7년이 걸렸다. 그는 즉시 낙양으로 돌아가서 장화에게 물으면서 가져온 두 가지 물건을 보여 주었더니 장화가 말했다.

"흙과 같은 것은 황하(黃河)의 용이 흘린 침이고, 진흙은 곤산(崐山 : 곤륜산)에서 나는 진흙이며, 지나간 아홉 곳은 지선(地仙)이 사는 곳으로 구관(九館)이라 하며, 양은 치룡(癡龍)이라 하오. [치룡이 토해 낸] 그 첫 번째 구슬을 먹으면 천지와 수명이 같게 되고, 두 번째 구슬은 수명을 연장할 수 있으며, 마지막 구슬은 그저 허기만 채울 수 있을 따름이오."

또 예장군(豫章郡)에 기이한 돌이 있는데, 그것에 물을 부으면 바로 뜨거워지므로 그것으로 음식을 삶고 익힐 수 있다. 그 돌의 열이 식었을 때 냉수를 부으면 다시 뜨거워지는데, 이렇게 끝없이 사용할 수 있다. 세상 사람들은 그 기이함을 귀하게 여겼으나 그 이름을 알 수 없었다. 뇌환(雷煥)이 [진나라] 원강(元康) 연간(291~299)에 낙양으로 들어갈 때 그것을 가지고 가서 장화에게 보여 주었더니 장화가 말했다.

"이것은 이른바 연석(然石)이오."

晉陸士衡嘗餉張華, 於時賓客盈座. 華開器, 便曰 : "此龍肉也. 以苦酒灌之, 必有異." 試之, 有五色光起. 士衡乃窮其所由, 鮓主曰 : "家園中積茅下, 得一白魚, 質狀殊常. 以作鮓過美, 故以餉陸."

有人畜銅澡盤, 晨夕恒鳴如人扣, 以白張華, 華曰:"此盤與洛鐘宮商相諧, 宮中朝暮撞, 故聲相應. 可鑢令輕, 則韻乖, 鳴自止也." 依言, 卽不復鳴.

評:《國史異纂》: 曹紹夔鑢洛陽僧房中磬子, 絶其夜鳴, 事同. 又武庫內有雄雉, 人咸謂爲怪, 華云:"此蛇所化也." 卽使搜庫中, 果得蛻蛇. 又吳郡臨江牢岸崩, 出一石鼓, 搥之無聲, 以問華, 華曰:"可取蜀中桐材, 刻作魚形, 扣之則鳴矣." 卽從華言, 果聲聞數里.

又惠帝時, 有得一鳥毛, 長數丈, 華見而嘆曰:"此所謂海鳧毛, 此毛出則天下土崩!" 果如其言.

洛中有洞穴, 深不可測. 有人誤墜穴中, 因行數里, 覺所踐如塵, 聞米香, 卽裹以爲糧. 復前行, 遇如泥者, 味似向塵, 又齎以去. 久之, 漸覺明曠, 見有宮殿人物, 人皆長三丈, 被羽衣. 便告請求哀, 長人語令前去. 凡遇如此者九處. 最後所至, 苦告饑餒, 長人指中庭一大柏樹, 近百圍, 下有一羊. 令跪捋羊鬚. 初得一珠, 長人取之, 次捋亦取, 後令啗食, 卽得療饑. 請問九處之名, 答曰:"問張華, 當悉." 此人便復隨穴而行, 遂得出交郡, 往還六七年間. 卽歸洛, 問華, 以所得二物視之, 華云:"如塵者是黃河龍涎, 泥是崑山下泥, 九處地仙名九館, 羊爲癡龍. 其初一珠, 食之與天地等壽, 次者延年, 後者充饑而已."

又豫章有異石, 以水灌之便熱, 可用以烹煮. 熱盡, 下可以冷水灌之, 更熱, 如此無窮. 世人貴其異, 不能識其名. 雷煥元康中入洛, 乃齎以示華, 華云:"此所謂然石".

* 이 고사는《태평광기》권197〈박물·장화〉에 실려 있다.

26-10(0656) 뇌환

뇌환(雷煥)

출《집이기(集異記)》

연(燕)나라 소왕(昭王)의 무덤 앞에 얼룩무늬 살쾡이 한 마리가 있었는데, 오랜 세월이 지나 조화를 부릴 수 있게 되었다. 마침내 살쾡이는 한 서생으로 둔갑해서 장 공(張公 : 장화)을 찾아가려고 했는데, 연나라 소왕의 무덤 앞에 있는 화표(華表)2)를 지나가다가 물었다.

"나의 재주와 용모로 장 사공(張司空 : 장화)을 만날 수 있겠소?"

화표가 말했다.

"그대의 뛰어난 언변으로 보아 안 될 것은 없지만, 단지 장 사공이 지혜로워서 아마도 그를 농락하기는 어려울 것이오. 그를 찾아갔다가는 틀림없이 모욕당할 것이고, 거의 돌아오지 못할 것이오. 1000년 동안 단련한 그대의 몸을 다치게 할 뿐만 아니라 틀림없이 내게도 심한 화가 미칠 것이오."

서생은 화표의 말을 듣지 않고 마침내 장화(張華)를 찾아

---

2) 화표(華表) : 옛날에 궁전이나 능묘 앞에 세웠던 돌이나 나무 기둥.

갔다. 장화는 그의 젊고 준수한 모습을 보고 그를 존중했다. 그리하여 그와 함께 문장에 대해 토론했는데, 그의 명분과 실질에 대한 분석과 변별은 일찍이 장화가 들어 보지 못한 것이었다. 다시 《삼사(三史)》3)를 논평하고 제자백가를 탐구했는데, 십성(十聖)4)을 두루 포괄하고 삼재(三才 : 천·지·인)의 이치를 꿰뚫었으며 팔유(八儒)5)를 규정하고 오례(五禮)6)를 분석해 냈다. 장화는 서생이 말할 때마다 말문이 막히자 탄식했다.

"천하에 어찌 이런 젊은이가 있단 말인가? 만약 요괴가 아니라면 여우나 살쾡이일 것이다."

그러자 서생이 말했다.

"명공(明公 : 장화)께서는 현사(賢士)를 존경하고 사람들을 포용해야 마땅하거늘, 어찌하여 다른 사람의 학문을 싫

---

3) 《삼사(三史)》: 위진 남북조 시대에는 《사기(史記)》·《한서(漢書)》·《동관한기(東觀漢記)》를 '삼사'라고 했다.

4) 십성(十聖) : 요(堯)·순(舜)·우(禹)·탕(湯)·문왕(文王)·무왕(武王)·주공(周公)·공자(孔子)·맹자(孟子) 등을 말한다.

5) 팔유(八儒) : 공자 사후에 생겨난 유학의 여러 파벌로, 주로 자장(子張)·자사(子思)·안씨(顔氏)·맹씨(孟氏)·칠조씨(漆雕氏)·중량씨(仲良氏)·손씨(孫氏)·악정씨(樂正氏)의 학파를 가리킨다.

6) 오례(五禮) : 길례(吉禮)·흉례(凶禮)·빈례(賓禮)·군례(軍禮)·가례(嘉禮)를 말한다.

어하십니까?" 협 : 옳은 말이다.

서생은 말을 마치고 곧바로 물러날 것을 청했다. 그러나 장화가 이미 사람을 보내 문을 막고 있었기 때문에 나갈 수 없었다. 잠시 뒤에 서생이 또 장화에게 말했다.

"공께서 문에 군사와 무기를 배치해 막는 것은 틀림없이 저를 의심하기 때문일 것입니다. 장차 천하의 선비들이 공의 대문을 바라보며 들어오지 않을까 걱정되니, 이는 명공을 위해서 심히 애석한 일입니다."

장화는 응답하지 않고 사람을 시켜 더욱 엄하게 방비하게 했다. 풍성현령(豐城縣令) 뇌환은 박학다식한 선비였는데, 장화에게 말했다.

"요괴는 개를 꺼리지만 개가 식별하는 것은 수백 년 묵은 요괴일 뿐이고 1000년 묵은 정괴는 식별할 수 없다고 들었습니다. 이런 정괴는 오직 1000년 묵은 고목을 가져와 비춰 보면 그 모습이 드러나는데, 연나라 소왕의 무덤 앞에 있는 화표가 이미 1000년이 지났습니다."

그러자 장화는 사람을 보내 그 나무를 베어 오게 했다. 사자가 그곳에 이르자 화표가 탄식했다.

"늙은 살쾡이가 제 분수도 모르고 날뛰더니만 결국 나까지 망치는구나!"

화표의 구멍 속에서 푸른 옷을 입고 키가 2척 남짓 되는 아이가 나왔는데, 사자가 그 아이를 데리고 낙양(洛陽)으로 돌아오자 고목으로 변했다. 그 고목을 태워서 서생을 비춰 보았더니 다름 아닌 얼룩무늬 살쾡이었다.

   평 : 이와 같은 학식을 지녔다면 비록 사람이 아니라도 도움이 되는 벗이라 할 수 있다. 장화가 반드시 그를 괴롭히려고 한 것은 바로 남의 재주를 시기하고 자신의 명성을 자랑하려 했기 때문이니, 그가 좋은 종말을 맞이하지 못한 것[7]이 마땅하다. 한(漢)나라의 동중서(董仲舒)가 한번은 휘장을 내리고 혼자 책을 읽고 있을 때 갑자기 어떤 손님이 찾아왔는데, 풍채와 기개가 평범하지 않았다. 그와 함께 《오경(五經)》을 토론했는데, 그는 경서의 심오한 이치를 잘 알고 있었다. 동중서는 평소에 이런 인물이 있다고 들어 보지 못했기 때문에 그의 비범함을 의심했다. [손님이 갑자기 "비가 올 것 같군요"라고 말하자] 동중서가 말하길, "둥지에 사는 짐승은 바람 불 때를 알고 굴에 사는 짐승은 비 올 때를 아니, 그대는 여우나 살쾡이가 아니면 쥐일 것이오"라고 했다. 손님은 그 말을 듣자 안색이 바뀌고 모습이 일그러지더니 늙은 살쾡이로 변해 황망히 달아났다. 이 경우는 미워하지

---

7) 그가 좋은 종말을 맞이하지 못한 것 : 장화는 팔왕(八王)의 난 때 조왕(趙王) 사마윤(司馬倫)에게 살해당했다.

는 않되 준엄하게 대한 것이다.

燕昭王墓前有一斑狸, 積年能爲幻化. 乃變爲書生, 欲詣張公, 過問墓前華表曰: "以我才貌, 可見張司空否?" 華表曰: "子之妙解, 爲無不可, 但張司空智度, 恐難籠絡. 出必遇辱, 殆不得返. 非但喪子千歲之質, 亦當深誤老表." 書生不從, 遂詣華. 華見其少俊, 雅重之. 於是論及文章, 辨校聲實, 華未嘗聞此. 復商略《三史》, 探賾百家, 包十聖, 貫三才, 箴八儒, 摘五禮. 華無不應聲屈滯, 乃嘆曰: "天下豈有此年少? 若非鬼怪, 則是狐狸." 書生乃曰: "明公當尊賢容衆, 奈何憎人學問耶?" 夾: 說得是. 言卒, 便請退. 華已使人防門, 不得出. 旣而又謂華曰: "公門置甲兵欄騎, 當是疑於僕也. 將恐天下之士, 望門而不進, 深爲明公惜之." 華不應, 而使人禦防甚嚴. 豊城令雷煥, 博物士也, 謂華曰: "聞魑魅忌狗, 所別者數百年物耳, 千年老精, 不復能別. 唯有千年枯木照之則形見, 燕昭王墓前華表, 已當千年." 乃遣人伐之. 使人旣至, 華表嘆曰: "老狸乃不自知, 果誤我事!" 於華表空中得靑衣小兒, 長二尺餘, 將還至洛陽, 而變成枯木. 燃之以照書生, 乃是一斑狸.

評: 有如此學識, 雖非類, 可當益友. 華必欲困之, 乃忌才炫名之故, 宜其不克令終也. 漢董仲舒嘗下帷獨咏, 忽有客來, 風氣不凡. 與論《五經》, 究其微奧. 仲舒素不聞有此人, 疑其非常. 乃謂曰: "巢居却¹風, 穴處知雨, 卿非狐狸, 卽是老鼠." 客聞此言, 色動形壞, 化成老狸, 蹶然而走. 此爲不惡而嚴矣.

* 이 고사는 《태평광기》 권442 〈축수(畜獸)·장화〉에 실려 있다.

1 각(却): 《고소설구침(古小說鉤沈)》본 《유명록(幽明錄)》에는 "지(知)"라 되어 있는데, 문맥상 보다 타당하다.

26-11(0657) 속석

속석(束晳)

출《속제해기(續齊諧記)》

진(晉)나라 무제(武帝)가 상서랑(尙書郞) 지중치[摯仲治 : 지우(摯虞)]에게 물었다.

"3월 3일에 행하는 곡수(曲水)[8]는 그 뜻이 무엇을 의미하오?"

지중치가 대답했다.

"한(漢)나라 장제(章帝) 때 평원군(平原郡)의 서조(徐肇)란 사람이 3월 초에 딸 셋을 낳았는데 사흘 만에 모두 죽었기에, 온 마을 사람들이 괴이한 일이라고 생각해서 서로 함께 물가로 가서 손과 발을 씻고 이어서 흐르는 물에 술잔을 띄웠습니다. 곡수의 뜻은 여기에서 비롯했습니다." 미 : 설령 그 뜻이 정말로 여기에서 비롯했다고 하더라도 마땅히 말을 가려서 해야 한다.

8) 곡수(曲水) : 유상곡수(流觴曲水)를 말한다. 예로부터 음력 3월 삼짇날에 상서롭지 못한 기운을 떨쳐 내기 위해 곡수에 술잔을 띄우고서 그 술잔이 자기 앞에 되돌아오는 동안에 시를 짓고 술을 마시는 풍습이 있었다.

무제가 말했다.

"만약 경이 말한 바대로라면 결코 좋은 일이 아니오."

그러자 상서랑 속석이 나아가 말했다.

"중치는 하찮은 서생인지라 그것을 알기에 부족하니 신이 그 기원을 설명해 보겠습니다. 옛날 주공(周公)이 낙읍(洛邑 : 낙양)에 성을 쌓고 흐르는 물에 술잔을 띄웠기 때문에, 일시(逸詩)9)에서 '우상(羽觴)10)이 물을 따라 동쪽으로 흘러가네'라고 했습니다. 또 진(秦)나라 소왕(昭王)이 3월 상사일(上巳日)에 하곡(河曲)에서 주연을 베풀었는데, 그때 황금빛 사람이 연못에서 나와 수심검(水心劍 : 전설 속 명검)을 바치며 '이제 당신은 서하(西夏)11)를 다스리게 될 것입니다'라고 말했습니다. 진나라가 제후들의 패자가 되고 나서 그곳에 곡수를 만들었는데, 양한(兩漢)에서도 이를 이어받아 모두 성대한 대업을 이루었습니다."

무제가 말했다.

"훌륭하도다!"

무제는 속석에게 황금 50근을 하사하고, 지중치를 성양

---

9) 일시(逸詩) : 현재 전하는 《시경(詩經)》에 들어 있지 않은 시.

10) 우상(羽觴) : 새 깃털을 양쪽에 붙인 옛 술잔.

11) 서하(西夏) : 중원의 서쪽이란 뜻으로 진나라의 통치 지역을 말한다. '하'는 중국을 뜻한다.

현령(城陽縣令)으로 좌천시켰다.

晉武帝問尙書郎摯仲治: "三月三日曲水, 其義何旨?" 答曰: "漢章帝時, 平原徐肇以三月初生三女, 至三日而俱亡, 一村以爲怪, 乃相與至水濱盥洗, 因流以濫觴. 曲水之義, 始此." 眉: 卽義果始此, 亦宜擇言. 帝曰: "若如所談, 便非嘉事." 尙書郞束晳進曰: "仲治小生, 不足以知此, 臣請說其始. 昔周公城洛邑, 因流水以泛酒, 故逸詩云'羽觴隨東流'. 又秦昭王三日[1]上巳, 置酒河曲, 見金人自淵而出, 奉水心劍曰: '今君制有西夏.' 及秦霸諸侯, 乃因此處立爲曲水, 二漢相沿, 皆爲盛業." 帝曰: "善!" 賜金五十斤, 而左遷仲治爲城陽令.

* 이 고사는 《태평광기》 권197 〈박물·속석〉에 실려 있다.

1   일(日): 금본 《속제해기(續齊諧記)》에는 "월(月)"이라 되어 있는데, 문맥상 보다 타당하다.

26-12(0658) 왕이

왕이(王摛)

출《담수(談藪)》

    제(齊)나라의 왕검(王儉)은 자가 중보(仲寶)다. 일찍이 재주와 학식이 있는 선비들을 불러 모아 사물과 관련지어 그 사물을 찬미하게 하고 이를 "여사(麗事)"라고 불렀는데, 여사는 이때부터 시작되었다. 미 : 유서(類書)[12]의 시작이다. 여러 빈객들은 모두 할 말이 막혔고 오직 여강(廬江)의 하헌(何憲)만이 승자가 되자, 왕검은 오색 화문석과 백단선(白團扇)을 상으로 내렸다. 하헌은 화문석에 앉아 백단선을 쥐고 의기양양해했다. 말릉현령(秣陵縣令) 왕이가 나중에 도착하더니 붓을 들자마자 곧 시를 완성했는데, 내용이 훌륭한 데다가 문사(文詞) 또한 화려했다. 왕이는 좌우 사람에게 명해 하헌의 화문석과 백단선을 가져오게 하더니 수레에 올라 떠나 버렸다. 왕검이 웃으며 말했다.

    "이른바 힘센 장사가 짊어지고 떠나 버린 꼴[13]이로다!"

---

12) 유서(類書) : 부류별로 분류한 책이란 뜻으로, 지금의 백과사전과 비슷하다.
13) 힘센 장사가 짊어지고 떠나 버린 꼴 : 《장자(莊子)》〈대종사(大宗

齊王儉, 字仲寶. 嘗集才學之士, 累物而麗之, 謂之"麗事", 麗事自此始. 眉 : 類書之始. 諸客皆窮, 唯盧江何憲爲勝, 乃賞以五色花簟・白團扇. 憲坐簟執扇, 意氣自得. 秣陵令王摛後至, 操筆便成, 事旣煥美, 詞復華麗. 摛乃命左右抽簟掣扇, 登車而去. 儉笑曰 : "所謂大力負之而趨!"

* 이 고사는 《태평광기》 권173 〈준변・왕검(王儉)〉에 실려 있다.

師)〉에 힘센 장사가 한밤중에 배를 짊어지고 떠나도 어리석은 자는 알지 못한다는 내용이 있다. 여기서는 왕이가 매우 뛰어나다는 뜻이다.

26-13(0659) 심약

심약(沈約)

출《노씨잡설(盧氏雜說)》·《사계(史系)》

 양(梁)나라 무제(武帝)는 책사(策事)14)를 많이 했다. 어떤 사람이 직경이 1촌쯤 되는 밤을 바치자 무제는 심약과 함께 밤에 관한 책사를 했는데, 무제는 10여 가지의 전고를 댔고 심약은 아홉 가지의 전고를 댔다. 심약이 나오자 사람들이 물었다.

 "오늘은 어째서 이기지 못했소?"

 심약이 말했다

 "이분은 남이 앞서는 것을 용납지 않으니, 내가 양보하지 않았다면 필시 수치스러워 죽을 뻔했을 것이오."

 또 천감(天監) 5년(506)에 단양산(丹陽山) 남쪽에서 높이 5척에 둘레가 4척인 질그릇 하나를 얻었는데, 위쪽은 날카롭고 아래쪽은 평평한 것이 합(合)과 같았다. 그 속에서 검 하나와 수십 개의 자기 기물이 나왔다. 당시 사람들은 그

---

14) 책사(策事) : 옛날 놀이의 일종으로, 참가자들이 어떤 한 가지 사물을 주제로 정해 놓고 여기에 관한 전고(典故)를 말하는데, 전고를 많이 아는 사람이 이겼다.

것이 무엇인지 알지 못했는데 심약이 말했다.

"이것은 동이(東夷)의 엄우(罨盂)인데, 장사 지낼 때 이것을 관 대신 사용했습니다. 이것은 낮고 작게 만들었는데, 당시의 매장 풍속에 따른 것입니다. 동이에서는 사람이 죽으면 시신을 앉힌 채로 매장했습니다."

무제는 그의 박식함에 탄복했다.

梁武帝多策事. 因有貢徑寸栗者, 帝與沈約策栗事, 帝得十餘事, 約得九事. 及約出, 人問: "今日何不勝?" 約曰: "此公護前, 不讓必恐羞死."
又天監五年, 丹陽山南得瓦物, 高五尺, 圍四尺, 上銳下平, 蓋如合焉. 中得劍一, 瓷具數十. 時人莫識, 沈約云: "此東夷罨盂也, 葬則用之代棺. 此制度卑小, 則隨當時矣. 東夷死則坐葬之." 武帝服其博識.

* 이 고사는《태평광기》권197 〈박물·심약〉에 실려 있다.

26-14(0660) 부혁

부혁(傅奕)

출《국사이찬(國史異纂)》

[당나라] 정관(貞觀) 연간(627~649)에 한 바라문(婆羅門) 스님이 부처의 치아를 얻었다고 하면서 그것을 두들겨 보았더니 이전의 어떠한 물건도 이보다 단단한 것이 없다고 했다. 그래서 남녀가 분주히 몰려들어 문전성시를 이루었다. 그때 부혁은 병으로 누워 있었는데, 그 소문을 듣고 아들에게 말했다.

"그것은 부처의 치아가 아닐 게다. 내가 듣건대 금강석은 지극히 단단해서 어떤 것도 그것을 대적할 수 없지만 오직 영양(羚羊)의 뿔만이 그것을 깨뜨릴 수 있다고 하니, 네가 가서 시험해 보아라."

스님은 부처의 치아를 매우 단단히 봉해 두었는데, 부혁의 아들이 보여 달라고 간청하자 한참 만에 보여 주었다. 그가 영양의 뿔을 꺼내 부처의 치아를 두드리자마자 곧바로 부서졌다. 그래서 구경꾼의 발길이 끊어졌다. 오늘날 구슬과 옥을 다듬는 사람들이 그것을 사용한다.

貞觀中, 有婆羅門僧言得佛齒, 所擊前無堅物. 於是士女奔湊如市. 傅奕方臥病, 聞之, 謂其子曰 : "非佛齒. 吾聞金剛石至堅, 物莫能敵, 唯羚羊角破之, 汝可往試焉." 僧緘縢甚嚴, 固求, 良久乃見. 出角叩之, 應手而碎. 觀者乃止. 今理珠玉者用之.

* 이 고사는《태평광기》권197〈박물·부혁〉에 실려 있다.

26-15(0661) 학처준

학처준(郝處俊)

출《조야첨재(朝野僉載)》

당(唐)나라 태종(太宗)이 광록경(光祿卿) 위(韋) 아무개에게 물었다.

"반드시 비계가 없으면서도 살진 양고기를 넣어 약을 만들어야 하오."

위 아무개는 어디에서 그런 고기를 구해야 할지 몰라 시중(侍中) 학처준의 집을 찾아가서 물었더니 학처준이 말했다.

"황상께서는 살생을 좋아하지 않으시니 틀림없이 이 일은 하지 않아도 될 것입니다."

그러고는 장계를 올려 직접 아뢰었다.

"비계가 없으면서도 살진 양고기를 얻으려면 50마리의 살진 양이 필요합니다. 한 마리씩 차례대로 앞에서 죽이면 양들이 공포에 떨면서 비계가 파괴되어 모두 살 속으로 스며들어 갈 것입니다. 이렇게 해서 맨 마지막의 양 한 마리를 잡으면 살이 아주 통통하면서도 비계는 없을 것입니다."

황상은 차마 그렇게 하지 못해 그만두게 했다. 그러고는 학처준의 박식함에 상을 내렸다.

唐太宗問光祿卿韋某 : "須無脂肥羊肉充藥." 韋不知所從得, 乃就侍中郝處俊宅問之, 俊曰 : "上好生, 必不爲此事." 乃進狀自奏 : "其無脂肥羊肉, 須五十口肥羊. 一一對前殺之, 其羊怖懼, 破脂並入肉中. 取最後一羊, 則極肥而無脂也." 上不忍爲, 乃止. 賞處俊之博識也.

* 이 고사는 《태평광기》 권197 〈박물·학처준〉에 실려 있다.

26-16(0662) 맹선

맹선(孟詵)

출《어사대기(御史臺記)》

 당(唐)나라의 맹선은 평창(平昌) 사람이다. 측천무후(則天武后) 때 여러 벼슬을 거쳐 봉각사인(鳳閣舍人 : 중서사인)을 지냈다. 당시 봉각시랑(鳳閣侍郞 : 중서시랑)으로 있던 유의지(劉禕之)가 병으로 누워 있자 맹선이 병문안하러 갔는데, 유의지가 식사하라고 그를 붙잡으면서 황금 주발에 타락죽을 담아 왔다. 맹선이 그것을 보고 놀라며 말했다.
 "이것은 약금(藥金)15)으로, 돌에서 나온 것이 아닙니다."
 유의지가 말했다.
 "주상께서 하사하신 것이니 틀림없이 가짜 금은 아닐 것이오."
 맹선이 말했다.
 "약금은 선방(仙方 : 신선의 비방)에 바탕을 둔 것이니 가짜는 아니지요."
 유의가 말했다.

---

15) 약금(藥金) : 여러 광물질과 약품을 섞어 만든 금색의 합금. 금액(金液) 또는 환단(還丹)이라고도 한다.

"어떻게 아시오?"

맹선이 말했다.

"약금을 태우면 그 위로 오색 연기가 피어납니다."

그래서 급히 태워 보았더니 과연 그러했다.

평 : 맹선은 그 아내를 경시해 늘 말하길, "여편네는 삶아서 손님에게 대접해도 된다"라고 했는데, 사람들이 이에 대해 말이 많았다.

唐孟詵, 平昌人也. 則天朝, 累遷鳳閣舍人. 時鳳閣侍郎劉褘之臥疾, 詵候問之, 因留飯, 以金碗貯酪. 詵視之, 驚曰 : "此藥金, 非石中所出者." 褘之曰 : "主上見賜, 當非假金." 詵曰 : "藥金仙方所資, 不爲假也." 褘之曰 : "何以知之?" 詵曰 : "藥金燒之, 其上有五色氣." 遽燒之, 果然.

評 : 詵薄其內, 常曰 : "妻室可烹以啖客." 人多議之.

* 이 고사는 《태평광기》 권197 〈박물・맹선〉에 실려 있다.

26-17(0663) 당 문종
당문종(唐文宗)
출《노씨잡설》

　당나라 문종은 정사를 보고 난 뒤에 시간이 나면 많은 책을 두루 읽었다. 하루는 연영전(延英殿)에서 재상들을 돌아보며 물었다.
　"《모시(毛詩)》에서 '유! 유! 하고 우는 사슴, 들판의 평(苹)을 먹네'라고 했는데, '평'이 무슨 풀이오?"
　당시 재상으로 있던 이옥(李珏)·양사복(楊嗣復)·진이행(陳夷行) 등이 서로를 쳐다보며 미처 대답하지 못하다가 이옥이 말했다.
　"신이 《이아(爾雅)》를 살펴보니, '평'은 맑은대쑥입니다."
　그러자 황상이 말했다.
　"짐이 《모시소(毛詩疏)》를 보았더니, '평'은 잎이 둥글고 꽃이 희며 들판에서 무더기로 자란다고 하니, 아마도 맑은대쑥은 아닌 것 같소."
　또 하루는 재상들에게 물었다.
　"고시(古詩)에서 '가벼운 적삼에 도탈(跳脫)을 드리웠네'라고 했는데, '도탈'이 무슨 물건이오?"
　재상들이 미처 대답하지 못하자 문종이 말했다.

"'도탈'은 바로 지금의 팔찌요.《진고(眞誥)》에서 안고(安姑)에게 속금(粟金: 좁쌀 모양의 황금 알갱이)을 박아 넣은 '도탈'이 있다고 했으니, '도탈'은 팔에 장식하는 물건이오."

唐文宗聽政暇, 博覽群書. 一日, 延英顧問宰臣:"《毛詩》云'呦呦鹿鳴, 食野之苹', 苹是何草?"時宰相李珏·楊嗣復·陳夷行相顧未對, 珏曰:"臣按《爾雅》, 苹是藾蕭."上曰:"朕看《毛詩疏》, 苹葉圓而花白, 叢生野中, 似非藾蕭."又一日, 問宰臣:"古詩云'輕衫襯跳脫', 跳脫是何物?"宰臣未對, 上曰:"卽今之腕釧也.《眞誥》言安姑有斫粟金跳脫, 是臂飾."

* 이 고사는《태평광기》권197〈박물·당문종〉에 실려 있다.

26-18(0664) 단성식

단성식(段成式)

출《옥당한화(玉堂閑話)》·《남초신문(南楚新聞)》

당(唐)나라의 단성식이 사냥에 빠져 있자 그의 부친 단문창(段文昌)이 걱정했지만, 또한 그가 장성했기에 면전에서 질책하지 못했다. 그래서 종사(從事 : 자사의 속관)들에게 부탁해 함께 학당으로 가서 그 뜻을 자세히 말하게 했는데, 단성식은 그저 예! 예! 하고 겸손하게 대답할 뿐이었다. 이튿날 단성식은 다시 들판에서 사냥했는데, 매와 개가 이전보다 배나 많았다. [사냥에서 돌아온] 단성식은 종사들에게 각각 토끼 한 쌍씩을 보내면서 편지에 전고(典故)를 인용했는데, 하나도 중첩된 것이 없었다. 종사들이 깜짝 놀라 함께 단문창을 찾아가서 각자 받은 편지를 보여 주었다. 단문창은 그제야 자신의 아들이 기예와 학문에 해박함을 알게 되었다.

평 : 산간[山簡 : 산도(山濤)의 아들]이 말하길, "내 나이 마흔에도 집에서 나를 알지 못했다"라고 했으니, 이와 비슷하다.

단성식이 한번은 사저에서 연못을 파다가 일꾼이 땅속에서 쇳조각 하나를 발견했는데, 그 모양이 특이해 단성식에게 갖다 바쳤다. 단성식은 자를 가져오라 해서 그것을 재더니 말없이 웃었다. 그러고는 방 하나를 깨끗이 치우고 그 쇠를 방의 북쪽 벽에 걸어 두었다가, 잠시 후에 그 방문을 진흙으로 바르고 겨우 몇 촌 크기의 창 하나만 뚫어 놓았으며, 또한 자물쇠로 창을 잠갔다. 때때로 가까운 친지와 함께 창을 열고 안을 살펴보았는데, 쇳조각에 새겨진 금빛 두 글자로 12시각을 알렸다. 그의 박식함이 이와 같았다.

唐段成式多禽荒, 其父文昌患之, 復以年長不加面斥. 請諸從事, 同詣學院, 具述斯旨, 唯唯遜謝而已. 翌日, 復獵於郊原, 鷹犬倍多. 諸從事各送兎一雙, 其書中徵引典故, 無一事重疊者. 從事輩愕然, 於是齊詣文昌, 各以書示之. 文昌方知其子藝文該贍.
評: 山簡云: "吾年四十, 不爲家所知." 類此.
段成式嘗於私第鑿一池, 工人於土下獲鐵一片, 怪其異質, 遂持來獻. 成式命尺周而量之, 笑而不言. 乃靜一室, 懸鐵於室中之北壁, 已而泥戶, 但開一牖, 方纔數寸, 亦緘鑰之. 時與近親闢牖窺之, 則有金書兩字, 以報十二時也. 其博識如此.

* 이 고사는 《태평광기》 권197 〈박물·단성식〉에 실려 있다.

26-19(0665) 이사고

이사고(李師古)

출《유양잡조(酉陽雜俎)》

 이사고가 산정(山亭)을 수리할 때 땅을 파다가 쇠도끼 머리처럼 생긴 물건 하나를 얻었다. 당시 이장무(李章武)가 동평군(東平郡)을 유람하고 있었는데, 이사고가 그것을 이장무에게 보여 주었더니 이장무가 놀라며 말했다.

 "이것은 금물(禁物)로서 피 세 말[斗]을 마실 수 있소!"

 시험해 보았더니 정말이었다.

李師古治山亭, 掘得一物, 類鐵斧頭. 時李章武遊東平, 師古示之, 武驚曰 : "此禁物也, 可飮血三斗!" 驗之而信.

* 이 고사는《태평광기》권365〈요괴·이사고〉에 실려 있다.

26-20(0666) 맥망

맥망(脈望)

출《원화기(原化記)》

    당나라 건중(建中) 연간(780~783) 말에 서생 하풍(何諷)은 누런 종이의 고서 한 권을 사서 읽은 적이 있었다. 책 속에서 동그랗게 말린 머리카락이 나왔는데, 직경이 4촌쯤 되었으며 고리처럼 끊어진 곳이 없었다. 하풍이 그것을 끊었더니 잘린 곳 양쪽 끝에서 한 되 남짓 되는 물방울이 나왔는데, 그것을 태웠더니 머리카락 냄새가 났다. 하풍이 그러한 사실을 도인에게 말했더니 도인이 말했다.

    "아! 당신은 본디 속골(俗骨)이어서 이것을 만났어도 우화등선할 수 없으니 운명이오. 선경(仙經)에 따르면, '좀이 [책 속에 있는] 신선이란 글자를 세 번 파먹으면 그것으로 변화하는데 이를 맥망이라 한다'라고 했소. 밤에 둥근 그것을 가지고 하늘의 별을 비춰 보면 별이 곧장 강림하고 환단(還丹)16)을 얻을 수 있는데, 그 물로 환단을 개어서 복용하면 즉시 환골탈태(換骨脫胎)해 하늘로 오를 수 있소."

---

16) 환단(還丹) : 도가에서 구전단(九轉丹)과 단사를 배합하고 재차 정련해 만든 선단(仙丹)으로, 이것을 복용하면 즉시 신선이 된다고 한다.

그래서 하풍이 고서를 검사해 보았더니 여러 곳에 좀먹은 구멍이 있었는데, 뜻을 찾으며 읽었더니 모두 신선이란 글자였다. 하풍은 비로소 탄복했다.

唐建中末, 書生何諷嘗買得黃紙古書一卷, 讀之. 卷中得髮捲, 規四寸, 如環無端. 諷因絶之, 斷處兩頭滴水升餘, 燒之作髮氣. 諷嘗言於道者, 道者曰: "吁! 君固俗骨, 遇此不能羽化, 命也. 據仙經曰:'蠹魚三食神仙字, 則化爲此物, 名曰脈望.' 夜以規映當天中星, 星使立降, 可求還丹, 取此水和而服之, 卽時換骨上升." 因取古書閱之, 數處蠹漏, 尋義讀之, 皆神仙字. 諷方嘆伏.

* 이 고사는 《태평광기》 권42 〈신선·하풍〉에 실려 있다.

호상(好尙)

26-21(0667) 유헌지

유헌지(劉獻之)

출《담수》미 : 유학을 좋아한다(好儒).

　후위(後魏 : 북위)의 유헌지(劉獻之)는 어려서부터 학문을 좋아했고, 특히 《시경(詩經)》과 《춘추삼전(春秋三傳)》17)에 정통했으며, 각종 제자서와 역사책을 두루 보았다. 그는 명가(名家)와 법가(法家)의 저서를 보고 난 뒤에 책을 덮고 웃으면서 말했다.

　"만약 양주(楊朱)와 묵적(墨翟) 같은 이들이 이런 책을 쓰지 않았다면, 천년 동안 누가 조금이라도 그들을 알아주겠는가!"

　또 가까운 친구에게 말했다.

　"굴원(屈原)의 〈이소(離騷)〉를 살펴보았더니 그는 본래 미친 사람이었으니, 죽더라도 뭐 그리 안타깝겠는가!"

　평 : 우주에 이런 도리가 있다면 반드시 이를 발설하는 사

---

17)《춘추삼전(春秋三傳)》: 공자가 편찬한 《춘추》를 해석한 《춘추좌전(春秋左傳)》·《춘추곡량전(春秋穀梁傳)》·《춘추공양전(春秋公羊傳)》을 말한다.

람이 있다. 한 획이 부족해서〈괘전(卦傳)〉이 지어지고 도덕이 우원(迂遠)해서 명가와 법가가 일어난 것은 모두 시세(時勢)의 필연이다. 만약 과거의 성인이 육경(六經)을 짓지 않았다면 천년 동안 또한 누가 조금이라도 알아주겠는가! 후세에 이르러 문인들이 대신 일어났으니,〈이소〉같은 시부(詩賦)도 반드시 폐할 수 없는 작품인 것 같다. 유헌지는 단지 유벽(儒癖 : 유학만을 좋아하는 기벽)이라 이를 수 있고 통론(通論 : 세상의 이치에 통달한 이론)이라 할 수는 없다.

後魏劉獻之, 少好學, 尤精《詩》・《傳》, 泛觀子史. 見名法之言, 掩卷而笑曰 : "若使楊・墨之流, 不爲此書, 千載誰知少也!" 又謂所親曰 : "觀屈原〈離騷〉之作, 自是狂人, 死何足惜!"
評 : 宇宙有此種道理, 必有人發泄之. 一畫少而〈卦傳〉作, 道德迂而名法起, 皆時勢必然也. 假使往聖不作六經, 千載又誰知少乎! 迨後世文人代興, 卽〈離騷〉詩賦, 亦似必不可廢之作. 獻之但可謂儒癖, 未爲通論矣.

* 이 고사는《태평광기》권202〈유행(儒行)・유헌지〉에 실려 있다.

26-22(0668) 한유

한유(韓愈)

출《국사보(國史補)》미 : 등산을 좋아한다(好登陟).

    한유는 기이한 것을 좋아했는데, 한번은 빈객과 함께 화산(華山)의 가장 높은 봉우리에 올랐다가 아무리 생각해 봐도 돌아갈 수가 없자 실성한 듯이 통곡하면서 화음현령(華陰縣令)에게 서찰을 보냈다. 그래서 화음현령이 온갖 방법을 다 동원해 결국 한유를 내려오게 했다.

韓愈好奇, 與客登華山絶峰, 度不能返, 發狂慟哭, 爲遺書華陰令. 令百計取之, 乃下.

*   이 고사는 《태평광기》 권201 〈호상 · 한유〉에 실려 있다.

26-23(0669) 두겸과 이덕유

두겸 · 이덕유(杜兼李德裕)

출《전재(傳載)》출《북몽쇄언(北夢瑣言)》미 : 책을 좋아한다(好書).

두겸은 일찍이 책 만 권을 모았는데, 책 뒤에 반드시 직접 이렇게 써 놓았다.

"이 책은 남에게 삯을 주고 베껴서 손수 교정한 것이니, 너희들은 이것을 읽으면 성인의 도리를 알게 될 것이지만, 이것을 버리거나 팔면 불효를 저지르게 된다."

이덕유는 동료들과 흉금을 터놓을 정도로 가까이 지냈는데, 어떤 이가 그에게 좋아하는 것이 무엇인지 물었더니, 이덕유는 자기는 아직 들어 보지 못한 새로운 서책을 보길 좋아한다고 말했다.

杜兼嘗聚書萬卷, 後必自題云 : "倩俸寫來手自校, 汝曹讀之知聖道, 墜之鬻之爲不孝."
李德裕與同列款曲, 或有徵所好者, 德裕言己喜見未聞新書策.

* 이 고사는《태평광기》권201 〈호상 · 두겸〉과 〈이덕유〉에 실려 있다.

26-24(0670) 독고급

독고급(獨孤及)

출《전재》미 : 금(琴)을 좋아한다(好琴).

상주자사(常州刺史) 독고급은 말년에 금(琴) 연주를 너무 좋아해서 눈병이 걸렸는데도 치료는 하지 않고 오로지 금 연주를 듣고 싶은 생각뿐이었다.

獨孤常州及, 末年尤嗜鼓琴, 得眼病不理, 意欲專聽.

* 이 고사는 《태평광기》 권201 〈호상·독고급〉에 실려 있다.

26-25(0671) 송지손

송지손(宋之遜)

출《조야첨재》미 : 노래를 좋아한다(好歌).

　낙양현승(洛陽縣丞) 송지손은 본디 노래를 부르길 좋아했는데, 지방으로 나가 연주참군(連州參軍)이 되었다. 연주자사(連州刺史) 진희고(陳希古)는 용렬한 사람이었는데, 송지손을 시켜 하녀에게 노래를 가르치게 했다. 그가 매일 홀(笏)을 단정히 들고 정원에 서서 협 : 보기 좋다. 유유! 하고 노래를 부르면, 협 : 듣기 좋다. 하녀가 창 너머에서 따라 불렀다. 그 소리를 들은 사람들 중에 크게 웃지 않는 자가 없었다. 협 : 정말 웃긴다.

洛陽縣丞宋之遜, 性好唱歌, 出爲連州參軍. 刺史陳希古者, 庸人也, 令之遜教婢歌. 每日端笏立於庭中, 夾 : 好看. 呦呦而唱, 夾 : 好聽. 其婢隔窗和之. 聞者無不大笑, 夾 : 眞好笑.

* 　이 고사는 《태평광기》 권201 〈호상 · 송지손〉에 실려 있다.

26-26(0672) 반언

반언(潘彦)

출《조야첨재》미 : 쌍륙을 좋아한다(好雙陸).

[당나라] 함형(咸亨) 연간(670~674)에 패주(貝州)의 반언은 쌍륙(雙陸)[18]을 좋아해서 가는 곳마다 항상 쌍륙판을 몸에 지니고 다녔다. 한번은 바다에 나갔다가 풍랑을 만나 배가 난파했는데, 오른손으로는 판자 하나를 잡고 왼손으로는 쌍륙판을 안고 입으로는 쌍륙 주사위를 물었다. 1박 2일 동안 표류한 끝에 해안에 이르렀는데, 두 손은 뼈가 드러날 정도였지만 쌍륙판은 끝내 놓지 않았으며 주사위도 입에 그대로 있었다.

咸亨中, 貝州潘彦好雙陸, 每有所詣, 局不離身. 曾泛海, 遇風船破, 彦右手挾一板, 左手抱雙陸局, 口啣雙陸骰子. 二日一夜至岸, 兩手見骨, 局終不捨, 骰子亦在口.

* 이 고사는《태평광기》권201〈호상·반언〉에 실려 있다.

---

18) 쌍륙(雙陸) : 주사위 두 개를 던져 나오는 점수대로 말을 써서 상대편보다 먼저 궁으로 들어가면 이기는 놀이로, 판은 12줄이다.

26-27(0673) 주전의

주전의(朱前疑)

출《조야첨재》미 : 추함을 좋아한다(好醜).

　병부낭중(兵部郎中) 주전의는 못생겼지만 그의 부인은 미인이었다. 측천무후(則天武后) 때, 낙중(洛中 : 낙양) 식업방(殖業坊) 서문(西門)의 술집에 계집종이 있었는데, 머리를 풀어 헤치고 얼굴에 땟물이 흐르며 어깨가 구부정하고 배가 튀어나와 그 못생긴 꼬락서니는 세상에 다시없을 정도였다. 그러나 주전의는 그녀를 몹시 좋아해 거의 먹고 자는 것을 잊어버릴 지경이었다.

　평 : 숙류(宿瘤)[19]가 사랑을 받고 태타(駘駝)[20]가 총애를 받은 것은 전생의 인연이 있었던 것 같으니, 진실로 덕을 숭

---

19) 숙류(宿瘤) : 전국 시대 제(齊)나라의 추녀. 동곽(東郭)에서 뽕을 따던 여자로 목덜미에 커다란 혹이 있었는데, 나중에 민왕(閔王)의 왕후가 되었다. 후대에 추녀의 전형이 되었다.

20) 태타(駘駝) :《장자(莊子)》〈덕충부(德充符)〉에 따르면, 위(衛)나라에 몹시 추하게 생긴 애태타(哀駘駝)라는 남자가 있었는데, 같은 남자도 그를 흠모해 차마 떠나지 못하고, 여자는 그의 첩이 되겠다고 부모에게 졸랐다고 한다.

상한 모모(嫫母)21)에 논할 바가 아니고 또한 악취를 좋아한 바닷가 사람22)에 비할 바가 아니다.

兵部郞中朱前疑貌醜, 其妻有美色. 天后時, 洛中殖業坊西門酒家有婢, 蓬頭垢面, 傴肩皤腹, 寢惡之狀, 擧世所無. 前疑大悅之, 殆忘寢食.
評: 宿瘤蒙愛, 駝駝獲寵, 似有夙緣, 固非嫫母尙德之論, 亦非海人逐臭之比.

* 이 고사는 《태평광기》권201 〈호상·주전의〉에 실려 있다.

21) 모모(嫫母): 전설 속 제왕인 황제(黃帝)의 넷째 부인으로, 사람들이 그녀를 보면 놀랄 정도로 못생긴 추녀였지만 덕행과 지혜를 겸비해 황제를 도와 부락을 통일하는 데 도움을 주었다고 한다.

22) 악취를 좋아한 바닷가 사람: 《여씨춘추(呂氏春秋)》〈우합(遇合)〉에 따르면, 어떤 사람이 몸에서 심한 악취가 나서 그의 친척·형제·처첩까지도 함께 살 수 없자 이를 괴로워해 바닷가로 가서 살았는데, 그곳에는 그의 악취를 좋아하는 사람이 있어서 밤낮으로 그를 따라다녔다고 한다. 사람의 기호가 괴벽한 것을 비유한다.

26-28(0674) 선우숙명과 권장유

선우숙명 · 권장유(單于叔明 · 權長孺)

출《건손자(乾䐈子)》미 : 식성이 특이하다(食性異).

검남동천절도사(劍南東川節度使) 선우숙명은 빈대를 먹길 좋아했는데, 당시 사람들은 그것을 "반충(蟠蟲)"이라 불렀다. 그는 식사할 때마다 사람들에게 3~5되가량의 빈대를 잡아 오게 해서 곧장 미지근한 물에 그것을 띄워 냄새를 뺐는데, 냄새가 다 빠지기를 기다렸다가 연유와 갖은양념을 넣고 볶아 떡에 싸서 먹으면서 말했다.

"이 맛이 정말 최고야!"

[당나라] 장경(長慶) 연간(821~824) 말에 권장유는 광릉(廣陵)에 오랫동안 머물다가 [유배가 풀려] 장차 벼슬을 구하러 대궐로 가려고 했는데, 떠날 때 여러 공들이 선지정사(禪智精舍)에서 그를 전별했다. 괴짜 선비 장전(蔣傳)은 권장유가 사람의 손톱을 먹길 좋아하는 괴벽이 있다는 사실을 알고, 군졸과 여러 잡역부들에게 약간의 품삯을 주고 몇 냥(兩)의 깎은 손톱을 모아 종이로 싸 두었다가 권장유가 술이 얼큰해지길 기다려 바치며 말했다.

"시어(侍御 : 권장유)께서 먼 길을 떠나시는데 달리 선물해 드릴 것이 없습니다. 지금 맛있는 것이 조금 있으니 감히 드리겠습니다."

그러고는 권장유에게 손톱을 바쳤다. 권장유는 그것을 보더니 마치 천금의 선물이라도 받은 듯이 얼굴에 기쁜 기색을 띠며 입에서 침을 흘리면서 연신 집어 먹었는데, 몹시 뿌듯한 표정이었다. 온 좌중이 그 괴이함에 놀랐다.

평 : [주나라] 문왕(文王)은 창포 절임을 좋아했고, 초왕(楚王)은 미나리 절임을 좋아했으며, 제왕(齊王)은 닭 발바닥을 좋아했고, 유송(劉宋) 명제(明帝)는 꿀에 잰 창난젓을 좋아했으며, [초나라의] 굴도(屈到)는 세발마름을 좋아했고, [노나라의] 증석(曾晳)은 고욤나무 열매를 좋아했으며, 유송의 유옹(劉雍)은 부스럼 딱지를 좋아했고, 당나라의 위국공(魏國公) 최현(崔鉉)은 막 찐 임두(餁頭)[23]를 먹길 좋아했으며, 빈국공(豳國公) 두종(杜悰)은 아침 식사 때마다 고두밥에 마른 육포를 먹었고, 선우숙명은 빈대를 먹었으니, 식성의 다름에는 정말로 이해할 수 없는 것이 있다. 그 밖에 바닷가 사람이 잠자리를 먹길 좋아했고, [삼국 시대 위나라의] 왕찬(王粲)이 나귀 울음소리를 듣길 좋아했으며, [당나라의]

---

23) 임두(餁頭) : 밀가루와 쌀가루를 반죽해 만든 떡의 일종으로, '염두(捻頭)'라고도 한다.

시중(侍中) 최안잠(崔安潛)이 소싸움을 구경하길 좋아했던 것과 같은 경우는 모두 남다른 성정을 지닌 것으로 인지상정에는 가깝지 않지만, 전벽(錢癖: 지나치게 돈을 좋아하는 기벽)에 비교하면 서로 차이가 크다.

劍南東川節度鮮于叔明好食臭蟲, 時人謂之"蟠蟲". 每飯, 令人採拾得三五升, 卽浮之微熱水中, 以抽其氣, 侯氣盡, 以酥及五味熬之, 捲餠而啖云: "其味實佳!"
長慶末, 權長孺留滯廣陵, 將詣闕求官, 臨行, 群公飮餞於禪智精舍. 狂士蔣傳知長孺有嗜人爪癖, 乃於步健及諸庸保處薄給酬直, 得數兩削下爪, 以紙裹, 候其酒酣, 進曰: "侍御遠行, 無以餞送. 今有少佳味, 敢獻." 遂進長孺. 長孺視之, 忻然有喜色, 如獲千金之惠, 涎流於吻, 連撮噉之, 神色自得. 合坐驚異.
評: 文王嗜昌歜, 楚王嗜芹菹, 齊王嗜鷄跖, 宋明帝嗜蜜漬鱁鮧[1], 屈到嗜芰, 曾晳嗜羊棗, 宋劉雍嗜瘡痂, 唐崔魏公鉉好食新餶頭, 杜㟽公悰每早食饘飯乾脯, 鮮于叔明食臭蟲, 食性之殊, 眞有不可解者. 他如海人好蜻蜓, 王粲好聽驢鳴, 崔侍中安潛好看鬪牛, 皆秉殊性, 不近人理, 然以方錢癖, 相去遠矣.

* 이 고사는 《태평광기》 권201 〈호상·선우숙명〉과 〈권장유〉에 실려 있다.

1 축이(鱁鮧): 《태평광기》 권201 〈호상·주전의〉에는 "축이(蠀蛦)"라 되어 있는데, '축이(蠀蛦)'는 가을 매미를 말한다.

권27 지인부(知人部) 교우부(交友部)

지인(知人)

27-1(0675) 흉노의 사자

흉노사(匈奴使)

출《상은]운소설(商[殷]芸小說)》

위(魏)나라 무제(武帝 : 조조)가 장차 흉노의 사신을 접견하려 할 때, 자신의 모습이 볼품없어서 먼 나라에 위엄을 보이기에 부족하다고 스스로 생각해, 최계규[崔季珪 : 최염(崔琰)]에게 대신하도록 하고 자신은 칼을 들고 어상(御床) 앞에 서 있었다. 협 : 흉노의 사신보다 하수임을 드러내 보였다. 일이 끝난 뒤에 첩자를 보내 사신에게 물었다.

"위왕(魏王)은 어떠하더이까?"

흉노의 사신이 말했다.

"위왕의 훌륭하신 의용(儀容)은 비범하시지만 어상 앞에 칼을 들고 서 있던 그 사람이 바로 영웅이더군요."

위왕은 그 말을 듣고 급히 말을 달려 그 사신을 살해하게 했다. 미 : 독 있는 용이다.

魏武將見匈奴使, 自以形陋, 不足威遠國, 使崔季珪代之, 自捉刀立床頭. 夾 : 見出匈奴使下. 事畢, 令間諜問曰 : "魏王何如?" 使曰 : "魏王雅望非常, 然床頭捉刀人, 乃英雄也." 王聞之, 馳殺此使. 眉 : 龍有毒.

* 이 고사는《태평광기》권169〈지인·흉노사〉에 실려 있다.

27-2(0676) 환온

환온(桓溫)

출《세설(世說)》

진(晉)나라의 은호(殷浩)가 이미 파직당한[24] 뒤에 환온이 사람들에게 말했다.

"어렸을 때 은호와 함께 죽마를 타고 놀았는데, 내가 죽마를 버리면 그가 바로 그것을 주워서 타곤 했으니, 내 밑에 있는 것이 진실로 당연하다."

평 : 예로부터 성현과 호걸 중에 버리고 취하는 데 능하지 않은 자가 없었다. 화흠(華歆)이 위(魏)나라의 신하가 된 것은 버려진 금을 던져 버리기 어려웠던 것[25]이고, 은호가 군대를 이끌고 북벌한 것은 죽마를 다시 시험한 것이었다.

[24] 은호(殷浩)가 이미 파직당한 : 은호는 동진 영화(永和) 9년(353)에 중군장군(中軍將軍)에 제수되어 북정(北征)에 나섰다가 패했는데, 평소 사이가 좋지 않았던 환온의 탄핵으로 파직당해 평민이 되었다.

[25] 버려진 금을 던져 버리기 어려웠던 것 :《세설신어(世說新語)》〈덕행(德行)〉에 따르면, 관녕(管寧)과 화흠이 함께 채소밭을 호미질하다가 금 조각이 나왔는데, 관녕은 금 조각을 기와나 돌과 다름없이 여겼지만 화흠은 금 조각이 자꾸 신경 쓰여서 주워서 던져 버렸다고 한다.

晉殷浩旣廢, 桓溫語諸人曰 : "少時與之共騎竹馬, 我棄去已, 浩輒取之, 故當出我下."

評 : 從古聖賢豪傑, 未有不能捨而能取者. 華歆之臣魏, 遣金之難擲也, 殷浩之用軍, 竹馬之再試也.

* 이 고사는《태평광기》권169〈지인·환온〉에 실려 있다.

27-3(0677) 양소

양소(楊素)

출《정명록(定命錄)》

봉덕이(封德彝)가 젊었을 때, 복야(僕射) 양소는 그를 보고 뛰어나다고 여겨 조카딸을 그에게 시집보냈다. 양소는 늘 자신의 자리를 어루만지며 말했다.

"봉랑(封郞 : 봉덕이)이 반드시 이 자리에 앉게 될 것이다."

나중에 요동(遼東)을 정벌하러 갔을 때 봉덕이의 배가 침몰했는데, 사람들이 모두 그가 죽었다고 생각했으나 양소는 말했다.

"봉랑은 마땅히 복야가 되어야 하니, 틀림없이 아직 죽지 않았을 것이다."

그러고는 사람을 보내 그를 찾게 했다. 봉덕이는 널빤지 하나를 부둥켜안고 망망대해에 빠졌다가 힘이 빠져 그것을 놓으려 했으나, 갑자기 양 공(楊公 : 양소)의 말을 기억하고 다시 힘을 내서 그것을 붙들었는데, 가슴 앞이 널빤지에 부딪쳐 쓸리면서 살이 헤져 뼈가 드러날 정도였다. 결국 사람들이 그를 구해 냈다. 훗날 봉덕이는 과연 복야 벼슬을 했다.

封德彝之少也, 僕射楊素見而奇之, 遂妻以侄女. 常撫座曰:

"封郎必居此坐." 後討遼東, 封船沒, 衆皆謂死, 楊素曰 : "封郎當得僕射, 此必未死." 使人求之. 封抱得一板, 沒於大海中, 力盡欲放, 忽憶楊公之言, 復勉力持之, 胸前爲板所摩擊, 肉破至骨. 衆接救得之. 後果官僕射.

* 이 고사는 《태평광기》 권169 〈지인·양소〉에 실려 있다.

27-4(0678) 이적

이적(李勣)

출《광인물지(廣人物志)》·《국사이찬》

[당나라] 정관(貞觀) 연간(627~649) 초에 이적이 병주도독(并州都督)이 되었는데, 당시 시중(侍中) 장문관(張文瓘)이 참군사(參軍事)로 있었다. 이적이 일찍이 탄식하며 말했다.

"장치규(張稚珪 : 장문관)는 훗날 관중(管仲)과 소하(蕭何) 같은 명상(名相)이 될 것이니, 나도 그만 못하겠구나!"

그러면서 남다르게 그를 예우했다. 당시 두 관리가 있었는데, 그들도 역시 예우를 받았다. 이적이 장차 조정으로 들어가려 하면서, 한 사람에게는 패도(佩刀)를 선물하고 한 사람에게는 옥대(玉帶)를 선물했으나 장문관에게만은 준 것이 없었다. 장문관이 20여 리를 배웅하자 이적이 말했다.

"속담에 '1000리를 배웅하는 것도 결국 한 번의 이별에 불과하다'라는 말이 있네. 치규는 어찌 이리 멀리 왔는가? 돌아가게나."

장문관이 말했다.

"사람들은 모두 공의 격려를 받았고 저들은 모두 하사품을 받아 돌아갔으나, 저만 유독 빠져서 이 때문에 마음이 울적합니다."

이적이 말했다.

"그대는 마음 쓰지 말게. 이 늙은이가 얘기해 주겠네. 아무개는 망설이며 선뜻 결정하지 못하기 때문에 패도를 주어 과단성을 가지라고 경계한 것이며, 아무개는 방달하고 거리낌이 없기 때문에 옥대를 주어 자신을 단속하라고 경계한 것이네. 그러나 그대는 재주가 뛰어나고 사리에 통달하며 해서 안 되는 일을 행한 적이 없으니, 그대에게 무엇을 주겠는가?"

그러고는 그를 적극 추천했다. 후에 장문관은 여러 벼슬을 거쳐 시중에 이르렀다.

고종(高宗) 때 남만(南蠻)의 무리가 모여들어 도적 떼가 되었다. 그들을 토벌하려 했으나 번번이 형세가 불리하자, 서경업(徐敬業)을 그 주(州)의 자사(刺史)로 삼았다. 그 주에서는 군졸을 보내 교외에서 그를 맞이했으나, 서경업은 모두 돌아가라고 한 뒤에 혼자 말을 타고 관부에 도착해서 다른 일을 다 처리하고 나서야 비로소 물었다.

"도적들은 모두 어디에 있느냐?"

관리가 말했다.

"남쪽 언덕에 있습니다."

이윽고 서경업이 보좌관 한두 명만 데리고 가자, 이를 본 사람 중에 크게 놀라지 않는 이가 없었다. 도적들은 처음에 무기를 들고 망을 보고 있다가 배 안에 아무것도 없는 것을 보고 군영을 닫아걸고 숨어 있었다. 서경업은 곧장 군영 안으로 들어가 고했다.

"나라에서는 너희들이 탐관오리에게 고통받았고 다른 나쁜 일을 하지 않았다는 것을 알고 있으니, 모두 생업으로 돌아가도 좋다. 그러나 뒤늦게 떠나는 놈은 도적으로 간주하겠다."

그러고는 오직 그 우두머리만을 불러들여 일찍 투항하지 않은 죄를 물어 각각 곤장 몇십 대를 치고 놓아주었더니, 경내가 잠잠해졌다. 미 : 재주 있는 자는 일어난 일을 아무 일 없게 만들고, 재주 없는 자는 작은 일을 큰일로 만든다. 그의 조부 영국공(英國公 : 이적)26)은 그 소식을 듣고 그의 담력과 지략을 장하게 여기면서 말했다.

"나도 이 일을 처리하지 못했지만, 우리 집안을 망하게 할 사람은 틀림없이 이 아이일 것이다."

평 : 영국공이 일찍이 서경업에게 숲속에서 짐승을 사냥하게 하고는 불을 놓아 그를 태워 죽이려고 했다. 서경업은

---

26) 조부 영국공(英國公) : 이적(李勣)을 말한다. 이적은 본래 성이 서씨(徐氏)였는데, 측천무후로부터 이씨 성을 하사받았다.

불이 닥치는 것을 보고 급히 칼을 뽑아 말의 배를 가르고 그 속으로 들어가서 불이 지나갔지만 다치지 않았다. 나중에 모반했다가 일족이 주살되었다. 식자들은 영국공이 무씨(武氏 : 측천무후)의 옹립을 돕고 당나라 황실의 자손을 거의 모두 죽이자 하늘이 서경업을 태어나게 해서 보복하려 했으니 어떻게 그를 죽일 수 있었겠는가라고 생각했다.

貞觀初, 李勣爲幷州都督, 時侍中張文瓘爲參軍事. 勣嘗嘆曰 : "張稚珪後來管・蕭, 吾不如也!" 待以殊禮. 時有二寮, 亦被禮接. 勣將入朝, 一人贈以佩刀, 一人贈以玉帶, 文瓘獨無所及. 因送行二十餘里, 勣曰 : "諺云 : '千里相送, 歸於一別.' 稚珪何行之遠也? 可以還矣." 文瓘曰 : "均承尊獎, 彼皆受賜而返, 鄙獨見遺, 以此於悒." 勣曰 : "吾子無苦. 老夫有說. 某遲疑少決, 故贈之以刀, 戒令果斷也, 某放達不拘, 故贈之以帶, 戒令檢約也. 吾子宏才特達, 無施不可, 焉用贈爲?" 因極推引. 後文瓘累遷至侍中.
高宗時, 蠻群聚爲寇. 討之輒不利, 乃以徐敬業爲刺史. 彼州發卒郊迎, 敬業盡放令還, 單騎至府, 處分他事畢, 方曰 : "賊皆安在?" 曰 : "在南岸." 乃從一二佐吏而往, 觀者莫不駭愕. 賊初持兵覘望, 及見舡中無所有, 乃更閉營藏隱. 敬業直入其營, 告云 : "國家知汝等爲貪吏所苦, 非有他惡, 可悉歸田. 後去者爲賊." 唯召其魁首, 責以不早降, 各杖數十而遣之, 境內肅然. 眉 : 有才者有事化爲無事, 無才者小事弄做大事. 其祖英公聞之, 壯其膽略, 曰 : "吾不辦此, 破家者必此兒也."
評 : 英公嘗令敬業逐獸林中, 縱火欲燒殺之. 敬業見火至,急抽刀刳馬腹, 因自納焉, 火過而不傷. 後以反族誅. 識者謂英公贊立武氏, 殺唐子孫殆盡, 天生敬業以報之, 安可殺也?

* 이 고사는 《태평광기》 권169 〈지인·이적〉과 〈영공(英公)〉에 실려 있다.

27-5(0679) 요숭과 장열

요숭 · 장열(姚崇 · 張說)

출《송창록(松窗錄)》·《명황잡록(明皇雜錄)》

요숭(姚崇)이 재상으로 있을 때 한번은 편전(便殿)에서 장열(張說)의 죄상을 아뢰었더니 황상[현종]이 진노하며 말했다.

"경이 중서성(中書省)으로 돌아가 있으면, 조서를 내릴 테니 어사중승(御史中丞)과 함께 그 사건을 조사하도록 하시오."

하지만 장열은 이 사실을 몰랐기 때문에 말을 타고 먼저 집으로 돌아갔다. 요숭이 급히 어사중승 이임보(李林甫)를 불러 조금 전에 받은 조서를 건네주자, 이임보가 요숭에게 말했다.

"장열은 꾀가 많기는 하지만 이번에는 반드시 곤경에 빠뜨릴 수 있으니 마땅히 사지로 몰아넣어야 합니다." 협 : 호랑이를 잡으려면 급하게 하지 않으면 안 된다.

요숭이 말했다.

"승상[장열]의 죄가 성립되더라도 너무 몰아세워서는 안 될 것이오." 협 : 충후(忠厚)함이 지나치다.

이임보가 또 말했다.

"공께서는 필시 차마 그리하지 못할 것입니다! 그러면 장열은 아무 해도 입지 않을 것입니다." 미 : 오히려 이임보의 수단이 요숭보다 한 수 낫다.

이임보는 정작 조서를 소어사(小御史)에게 넘겨주고 자신은 길을 가던 중에 말에서 떨어졌다며 휴가를 청했다. 미 : 이임보는 장열을 제압할 수 없음을 이미 알고 미리 몸을 빼낼 계책을 세운 것이다. 그전에 장열의 집에 있던 학당 서생이 장열이 가장 총애하는 시녀와 통정하다가 현장에서 잡혔는데, 장열은 몹시 분노하며 경조부(京兆府)에서 그에게 죄를 물을 작정이었다. 그러자 서생이 언성을 높여 말했다.

"미색을 보면 참을 수 없는 것이 인지상정입니다. 공께서는 위급한 상황에 놓였을 때 부리실 사람이 있습니까? 공께서는 어찌 한낱 계집종을 아까워하십니까?"

장열은 그 말을 가상히 여겨 그를 풀어 주고, 미 : 장열도 고상한 사람이다. 시녀도 함께 데리고 돌아가게 했다. 서생은 한 번 떠나가서는 몇 달 동안 소식이 없더니 어느 날 갑자기 장열을 찾아와서 얼굴 가득 근심스러운 낯빛을 하고 말했다.

"저는 공의 은혜에 감격해 공께 보답할 생각을 한 지 오래되었습니다. 공께서 재상 요숭에게 모함을 당해 지금 밖에서 장차 옥사를 갖추려 한다고 들었는데, 공께서는 이를 모르고 계시니 위험이 곧 닥칠 것입니다. 제가 공께서 평소 보물로 여기시는 것을 얻어 그것으로 9공주(九公主 : 옥진 공주)[27]

에게 손을 써서 곧장 풀려나실 수 있도록 하고자 합니다."

이에 장열이 보물로 여기는 것을 차례대로 손꼽았지만, 서생은 그것으로는 모두 부족하다고 말했다. 장열은 다시 한참 동안 골똘히 생각하다가 갑자기 말했다.

"근자에 계림군(鷄林郡)의 어떤 사람이 야명렴(夜明簾)을 보내왔네."

서생이 말했다.

"그것이면 일이 성사될 것 같습니다."

그러고는 장열에게 간곡한 정을 담아 직접 편지 몇 줄을 써 달라고 청하더니 그것을 가지고 급히 나갔다. 밤이 되자 서생은 9공주의 저택에 가서 장열의 일을 자세하게 아뢰면서 야명렴을 선물로 주었다. 그러면서 또 공주에게 말했다.

"황상께서는 어찌하여 동궁에 계실 때를 생각지 않으시고 지금 오히려 다른 사람의 참소를 믿고 계십니까?"

이튿날 아침에 공주는 황상을 알현하고 장열을 위해 지난 일을 모두 아뢰었다. 황상은 그 말에 감동해 급히 고역사(高力士)에게 명해 어사대(御史臺)로 가서 선포하게 했다.

---

27) 9공주(九公主) : 옥진 공주(玉眞公主). 구선 공주(九仙公主)라고도 한다. 당 예종(睿宗)의 아홉째 딸로, 현종(玄宗)의 친동생이다. 언니인 금선 공주(金仙公主)와 함께 현종의 사랑을 받았다. 금선 공주와 함께 도교에 입문해 도사가 되었다.

"전에 조사하라던 사안은 모두 그만두어라."

서생은 그 후로 더 이상 나타나지 않았다. 협 : 더욱 고상하다. 미 : 서생의 보은(報恩)이 덧붙어 나온다.

요숭은 병이 들자 아들들에게 경계하며 말했다.

"장 승상(張丞相 : 장열)은 나와 불화가 심했다. 그는 사치스럽고 특히 장신구를 좋아한다. 내가 죽은 뒤에 그는 일찍이 나의 동료였으므로 당연히 조문하러 올 것이니, 너희들은 내가 평소에 쓰던 장신구를 성대하게 펼쳐 놓고 보대(寶帶)와 귀중한 기물을 휘장 앞에 나열해 두어라. 만약 그가 그 물건들을 돌아보지 않는다면 멸족의 화가 닥칠 것이니, 너희는 속히 집안일을 정리해라. 만약 그가 눈여겨본다면 즉시 그 목록을 적어 장 공(張公 : 장열)에게 드리고, 아울러 신도비(神道碑)의 비문을 써 달라고 청해라. 비문을 얻거든 곧바로 기록해 황상께 상주하되, 그에 앞서 돌을 갈아 놓고 기다리다가 비문이 오면 바로 새기게 해라. 장 승상은 일을 파악하는 것이 나보다 느리기 때문에 며칠 뒤에 반드시 후회할 것이니, 만약 그가 문장을 고친다는 핑계로 비문을 돌려 달라고 하면, 그가 보낸 사자를 데리고 가서 돌에 새긴 것을 보여 주고 아울러 황상께 이미 아뢰었다고 말해라." 미 : 일을 헤아리는 것이 마치 눈으로 보는 듯하다.

요숭이 죽자 과연 장열이 왔는데, 그가 요숭의 장신구를 서너 차례 쳐다보자, 요숭의 아들들은 모두 부친이 가르쳐 준 대로 했다. 며칠 되지 않아 비문이 완성되었는데, 서술이 매우 상세했으며 당시의 매우 뛰어난 문장이었다. 그 대략은 다음과 같았다.

"여덟 기둥이 하늘을 떠받들듯이 높은 명현의 반열에 올랐어라. 사시가 바뀌고 세월이 간다 해도 만물을 화육한 공덕은 그대로 남으리라."

장열은 며칠 뒤에 과연 사자를 보내 문장이 주도면밀하지 못하므로 고쳐야겠다면서 비문의 원본을 가져가려고 했다. 그러자 요숭의 아들들은 사자를 데리고 가서 비문을 보여 주면서 황상께 이미 상주했다고 알렸다. 사자가 돌아가서 보고하자 장열은 가슴을 치고 후회하면서 말했다.

"죽은 요숭이 오히려 산 장열을 미리 헤아리다니! 나는 오늘에야 내 재주가 그에게 한참 미치지 못함을 비로소 알게 되었다!" 미 : 죽은 제갈량(諸葛亮)이 산 사마중달(司馬仲達 : 사마의(司馬懿)]을 쫓은 것에 딱 들어맞는다.

姚崇爲相, 嘗於便殿奏張說罪狀, 上怒曰 : "卿歸中書, 宜宣與御史中丞共按其事." 而說未之知, 乘馬先歸. 崇急呼御史中丞李林甫, 以前詔付之, 林甫謂崇曰 : "說多智, 是必困之, 宜以劇地." 夾 : 縛虎不得不急. 崇曰 : "丞相得罪, 未宜太逼." 夾 : 忠厚過了. 林甫又曰 : "公必不忍耶! 說當無害." 眉 : 却是林甫手段勝姚崇一着. 林甫正將詔付小御史, 中路以馬墜告. 眉 : 林甫已知說之不可制, 預爲脫身計矣. 先是說家有敎授書生, 通於說侍兒最寵者, 會擒得奸狀, 說怒甚, 將窮獄於京兆. 書生厲聲言曰: "睹色不能禁, 人之常情. 緩急有用人處? 公何靳於一婢女耶?" 說奇其言而釋之, 眉: 說亦高人. 兼以侍兒與歸. 書生一去數月, 忽一日訪說, 憂色滿面, 言: "某感公恩, 思報者久矣. 今聞公爲姚相所構, 外獄將具, 公不知之, 危將至矣. 某願得公平生所寶者, 用計於九公主, 能立釋之." 說因歷指所寶, 書生皆云未足. 又凝思久之, 忽曰: "近有鷄林郡以夜明簾爲寄者." 書生曰: "事濟矣." 因請說手札數行, 懇以情言, 遂急趨出. 逮夜, 始及九公主第, 書生具以說事言, 兼用夜明簾爲贄. 且謂主曰: "上獨不念在東宮時, 而今反用讒耶?" 明早, 公主上謁, 具爲奏之. 上感動, 因急命高力士就御史臺宣: "前所按事, 並罷之." 書生亦不復再見矣. 夾: 更高. 眉: 書生報恩附見.

姚崇旣病, 誡諸子曰: "張丞相與吾隙深. 然其人奢侈, 尤好服玩. 吾歿後, 以吾嘗同寮, 當來弔, 汝其盛陳吾平生服玩, 寶帶重器, 羅列帳前. 若不顧, 汝速計家事, 舉族無類矣. 目此, 便當錄致張公, 仍以神道碑爲請. 旣獲其文, 登時便寫進, 仍先礱石以待之, 便令鐫刻. 張丞相見事遲於我, 數日之後, 必當悔, 若却徵碑文, 以刊削爲辭, 當引使視其鐫刻, 仍告以聞上訖." 眉: 料事如睹. 姚旣歿, 張果至, 目其玩服三四, 姚氏諸孤悉如敎誡. 不數日文成, 敍述該詳, 時爲極筆. 其略曰: "八柱承天, 高明之位列. 四時成歲, 亭毒之功存." 後數日, 果使使取文本, 以爲詞未周密, 欲重加刪改. 姚氏諸子乃引使者示其碑, 乃告以奏御. 使者復命, 悔恨拊膺曰: "死姚崇猶能算生張說! 吾今日方知才之不及也遠矣!" 眉: 死諸葛走生仲達, 是的對.

* 이 고사는《태평광기》권494〈잡록・야명렴(夜明簾)〉과 권170〈지인・요원숭(姚元崇)〉에 실려 있다.

27-6(0680) 양씨 형제와 목씨 형제

양목제형(楊穆弟兄)

출《국사보》

[당나라] 정원(貞元) 연간(785~805)에 양씨(楊氏)와 목씨(穆氏) 형제들은 모두 인물이 기개가 있어 우열을 구분할 수 없었다. 어떤 사람이 말했다.

"양씨 형제들은 손님이 모두 같은데, 목씨 형제들은 손님이 모두 다르다."

이로써 그 우열을 짐작했다. 목씨 형제 네 명은 목찬(穆贊)·목질(穆質)·목원(穆員)·목상(穆賞)이었다. 당시 사람들은 목찬은 평범하면서도 품격이 있으므로 낙(酪 : 타락)[28]과 같고, 목질은 아름다우면서도 어질기 때문에 수(酥 : 연유)[29]와 같으며, 목원은 제호(醍醐 : 우락 더껑이)[30]와 같고, 목상은 유부(乳腐 : 치즈)[31]와 같다고 평했다.

---

[28] 낙(酪) : 타락. 진한 유즙인 타락처럼 흔히 볼 수 있으나 빠질 수 없는 인물을 비유한다.

[29] 수(酥) : 연유. 깨끗하고 부드러운 성격의 인물을 비유한다.

[30] 제호(醍醐) : 우락 더껑이. 우락(牛酪) 위에 엉긴 기름 모양의 꺼풀로, 우수한 인물을 비유한다.

貞元中, 楊氏·穆氏弟兄, 人物氣槪, 不相上下. 或云:"楊氏弟兄, 賓客皆同, 穆氏弟兄, 賓客皆殊." 以此優劣. 穆氏弟兄四人, 贊·質·員·賞. 時人謂贊俗而有格爲酪, 質美而多仁爲酥, 員爲醍醐, 賞爲乳腐.

* 이 고사는《태평광기》권170〈지인·양목제형〉에 실려 있다.

---

31) 유부(乳腐) : 치즈. 건락(乾酪)이라고도 한다. 용렬하고 고집이 센 인물을 비유한다.

27-7(0681) 이단

이단(李丹)

출《건손자》

낭중(郎中) 이단이 호주(濠州)를 다스릴 때, 소복(蕭復)이라는 처사(處士)가 초주(楚州)의 백전(白田 : 지명)에서 기거하고 있었다. 소복은 이단이 의롭다는 소문을 듣고 그를 배알하러 갔는데, 그는 일꾼도 없이 어린 여종 한 명만 데리고 작은 배를 타고 갔다. 그때는 한창 추운 날씨였지만 소복은 해진 홑옷을 입고 있었고 여종은 더욱 심했다. 소복이 객방에 앉아 있을 때, 여종이 손을 녹일 불을 구하러 문밖으로 가면서 소복의 가죽신도 [함께 녹이려고] 가지고 갔다. 그런데 빈객 담당 관리가 갑자기 말했다.

"낭중께서 처사를 뵙고자 하십니다."

소복이 곧장 짚신을 신고 들어가자, 이단은 그에게 인사하고 자리에 앉게 한 뒤에 담소를 나누었다. 그러다가 소복은 신발의 예를 갖추지 못한 것을 문득 깨닫고서 화들짝 놀라 일어나며 말했다.

"저는 굶주림과 추위에 쫓기다가 어머님의 분부를 따라 관중(關中)으로 들어와 친지에게 의탁하고 있습니다. 노복도 없고 어린 여종 하나만 있는데, 제가 공을 배알하러 올 때 따라오게 했습니다. 그런데 여종이 어리석게도 관아가 두려워서 [가죽신을 가지고] 사라져 버렸습니다. 빈객 담당 관리가 이미 배알하라고 알려 왔지만 가죽신을 찾을 수 없었기에 거취에 실례를 범했으니 황송할 따름입니다."

이단이 말했다.

"가죽신과 짚신은 모두 한 시대의 예법이오. 옛날에는 버선을 벗고 자리에 올랐으니, 맨발을 예법으로 여겼소. 가죽신은 오랑캐의 복장으로 [전국 시대] 조(趙)나라 무령왕(武靈王) 때부터 시작되었으니, 또 무슨 근거가 있겠소? 이는 군자가 개의치 않는 것이오."

그러면서 또 말했다.

"그대는 재상의 재목이니, 훗날 반드시 중요한 일을 맡게 될 것이오."

이단은 마침내 그를 편안히 머물게 하고, 사자를 백전으로 보내 소복의 모친에게 음식을 매우 넉넉히 보냈으며, 또한 소복을 전별할 때 말과 비단을 주었다. 소복은 훗날 과연 재상이 되었다.

郎中李丹典濠州, 蕭復處士寄家楚州白田. 聞丹之義, 來謁之, 且無傭保, 棹小舟, 唯領一廿[1]歲女僮. 時方寒, 衣復[2]單弊, 女僮尤甚. 坐於客次, 女僮門外求火燎手, 且持其靴去. 客吏忽云 : "郎中屈處士." 復卽芒屩而入, 丹揖之坐, 略話平素. 復忽悟足禮之闕, 矍然乃起曰 : "某爲饑凍所迫, 高堂慈母處分, 令入關投親知. 無奴僕, 有一小女僮, 便令將隨參謁. 僮駿恐懼公衙, 失所在. 客吏已通, 取靴不得, 去就疏脫, 唯惶悚而已." 丹曰 : "靴與履, 皆一時之禮. 古者解襪登席, 卽徒跣以爲禮. 靴, 胡服也, 始自趙武靈王, 又有何典據? 此不足介君子懷." 乃云 : "足下相才, 他日必領重事." 於是遂留從容, 遣使於白田, 餽遺復母甚厚, 又餞復以匹馬束帛. 復後竟爲相.

* 이 고사는 《태평광기》 권170 〈지인·이단〉에 실려 있다.
1 입(卄): 《태평광기》에는 "관(卝)"이라 되어 있는데, 문맥상 보다 타당하다. '관'은 어리다는 뜻이다.
2 의복(衣復) : 문맥상 "복의(復衣)"로 고치는 것이 타당하다.

27-8(0682) 정인

정인(鄭絪)

출《지전록(芝田錄)》

유첨(劉瞻)의 부친 유경(劉景)은 가난한 선비였는데, 10여 세에 정인의 곁에서 문방사우를 관리했다. 유경이 18~19세가 되었을 때 정인은 어사(御史)가 되어 형부(荊部)를 순시하다가 상산(商山)에 머물며 마정(馬亭)에서 쉬면서 산수를 굽어보았는데, 그때는 비가 막 개어서 바위산이 수려하고 산수의 경치가 매우 아름다웠다. 정인은 한참 동안 앉아 있다가 일어나서 5~6리를 가더니 말했다.

"이 산천의 빼어난 경개는 시로 읊을 수조차 없으니, 굳이 늦는다고 해서 무슨 문제가 되겠는가?"

그러고는 다시 정자로 돌아와서 시를 지으려 하다가 돌아보았더니, 아직 먹이 마르지도 않은 절구(絶句) 한 수가 적혀 있었다. 정인은 그 뛰어남에 의아해했는데, 당시 사방에는 지나가는 사람이 없었고 유경만 뒤에 있었다. 정 공(鄭公: 정인)이 농담 삼아 말했다.

"네가 지은 것은 아니겠지?"

유경이 절하며 말했다.

"사실은 시어사(侍御史: 정인)께서 시를 읊고자 하시는 모습이 저를 상기시켜서 문득 우연히 지어 보았습니다."

그러면서 자신을 허물하며 또 절했다. 미 : 훌륭한 재주다. 정 공은 한참 동안 탄식한 뒤 그곳을 떠났다. 정 공은 도성으로 돌아오자 정함(鄭涵)과 정한(鄭瀚)을 비롯한 자제들에게 주의를 주며 말했다.

"유경은 훌륭한 재주를 지녔으니, 훗날 그의 문장과 학문이 반드시 탁월하게 될 것이다. 이제부터 나는 그를 너희들과 함께 학당에서 지내게 하고 침식도 모두 똑같게 할 것이며, 나 역시 그를 더 이상 심부름꾼으로 부리지 않을 것이다."

3~4년 후에 유경은 학문을 이루어 두 번의 과거에서 명성을 떨쳤다. 유경은 유첨을 낳았는데, 유첨이 급제해 재상이 되었다.

劉瞻之父景, 寒士也, 十餘歲, 在鄭絪左右主筆硯. 十八九, 絪爲御史, 巡荊部, 駐商山, 歇馬亭, 俯瞰山水. 時雨霽, 巖巒奇秀, 泉石甚佳. 絪坐久, 起行五六里, 曰 : "此勝槪, 不能吟咏, 必晚何妨?" 却返於亭, 欲題詩, 顧有一絶, 染翰尙濕. 絪大訝其佳絶, 時南北無行人, 但劉景在後. 公戱之曰 : "莫是爾否?" 景拜曰 : "實見侍御吟賞起予, 輒有寓題." 引咎又拜. 眉 : 奇才. 公咨嗟久之而去. 比回京闕, 戒子弟涵・瀚曰 : "劉景有奇才, 他日文學必超異. 自今吾令與汝共處於學院, 寢饌皆均, 吾亦不復指使." 至三數年, 學成, 凡再擧成名. 乃生瞻, 及第作相.

* 이 고사는 《태평광기》 권170 〈지인・정인〉에 실려 있다.

27-9(0683) 위수

위수(韋岫)

출《북몽쇄언》

당(唐)나라 승상 노휴(盧携)는 대중(大中) 연간(847~860) 초에 진사시(進士試)에 응시했다. 그는 풍모가 근사하지 못하고 말하는 것도 정확하지 못해서 '휴(携)'를 '혜(慧)'로 발음했는데, 이는 대개 그의 혀가 짧은 까닭이었다. 위씨 형제들은 모두 그를 업신여겼지만 오직 상서(尙書) 위수만은 그를 공경하면서 그의 형제들에게 말했다.

"노휴는 비록 인물이 매우 비루하기는 하지만 그의 문장을 살펴보면 수미(首尾)가 잘 갖춰져 있으니, 훗날 반드시 크게 쓰일 것이다." 미 : 이때에는 문장이 이처럼 믿을 만했다.

나중에 노휴는 과연 과거에 급제해 마침내 조정 대신의 반열에 올랐으며, 위수를 발탁해서 복건관찰사(福建觀察使)에 이르게 했다. 예전에 경박하게 굴던 동생들은 대부분 뜻을 펼치지 못했다.

唐丞相盧携, 大中初, 擧進士. 風貌不揚, 語亦不正, 呼'携'爲'慧', 蓋舌短也. 韋氏昆弟皆輕侮之, 獨尙書岫加敬, 謂昆弟曰: "盧雖人物甚陋, 觀其文章有首尾, 他日必爲大用." 眉 : 爾時文章可憑若此. 後盧果策名, 竟登廊廟, 獎拔岫至福建觀察使. 向時輕薄諸弟, 率不展分.

* 이 고사는 《태평광기》 권170 〈지인·위수〉에 실려 있다.

27-10(0684) 위선

위선(韋詵)

출《명황잡록》

 윤주자사(潤州刺史) 위선은 스스로 가문의 명망이 존귀하다고 여겨, 아주 엄격하게 사위를 골랐다. 섣달그믐날에 별다른 일이 없자, 그는 처자식들과 함께 성에 올라가 경치를 바라보다가 몇몇 사람이 텃밭에서 무언가를 묻고 있는 것을 보았다. 위선은 이상하다고 생각해 관리를 불러 가서 알아보라고 했는데, 관리가 돌아와서 아뢰었다.

 "보신 곳은 참군(參軍) 배관(裵寬)의 집입니다."

 위선이 배관과 함께 오라고 해서 그 이유를 캐물었더니 배관이 말했다.

 "저는 항상 스스로 경계하면서 도의상 뇌물로 집안을 더럽히지 않았는데, 오늘 어떤 사람이 사슴을 가져와서 놔두고 가 버렸습니다. 그래서 스스로를 속일 수 없어 하인과 함께 그것을 뒤 텃밭에 묻어서 지켜 온 신념을 온전히 하려 했는데, 자사께서 보시리라고는 생각지 못했습니다."

 그러자 위선이 계단을 내려와서 말했다.

 "나에게 딸이 있는데 자네에게 주고 싶네."

 배관은 감사의 절을 하고 물러갔다. 위선은 집으로 돌아와서 부인에게 말했다.

"일찍이 좋은 사윗감을 구하고 있었는데, 오늘 드디어 그런 사윗감을 찾았소."

부인이 누구냐고 묻자, 위선은 바로 아까 성 위에서 보았던, 무언가를 묻고 있던 사람이라고 했다. 다음 날 다시 그를 불렀더니 배관은 푸른 장삼을 입고 미 : 당나라의 제도에 8품 이하의 벼슬아치는 푸른 옷을 입었다. 깡마르고 키가 컸는데, 그가 문에 들어서자 온 집안사람들이 깔깔대고 웃으면서 그를 황새라고 불렀다. 위선의 부인은 휘장 아래에서 울었다. 배관이 물러가자 위선이 부인에게 말했다.

"딸자식을 사랑한다면 어진 공후(公侯)의 부인이 되게 하는 것이 마땅하니, 어찌 [속은 비고 겉만 멀쩡한] 박처럼 희멀겋고 남의 종노릇이나 하는 놈에게 주겠소?"

위선은 결국 딸을 그에게 시집보냈다. 위씨는 배관과 함께 해로했으며, 그 복록과 수명과 부귀공명은 친족 중에 비길 자가 없었다.

潤州刺史韋詵, 自以族望淸華, 擇婿甚刻. 遇歲除日, 無事, 妻孥登城眺覽, 見數人方於園圃有所瘞. 詵異之, 召吏往訪, 還白曰:"所見乃參軍裴寬宅也." 令與寬俱來, 詵詰其由, 寬曰:"某常自戒, 義不以苞苴汚其家, 今日有人遺鹿, 置之而去. 旣不能自欺, 因與家童瘞於後園, 以全所守, 不謂太守見之." 詵因降階曰:"某有息女, 願授君子." 裴拜謝而去. 歸謂妻曰:"嘗求佳婿, 今果得之." 妻問其誰, 卽向之城上所見瘞物者. 明日復召來, 寬衣碧衫, 眉: 唐制, 八品已下衣碧. 疏瘦而長, 入門, 擧家大噱, 呼爲鸛鵲. 詵妻泣於帷下. 旣退, 詵謂妻曰: "愛其女, 當令作賢公侯之妻, 奈何白如瓠者人奴之材?" 詵竟以女妻之. 而韋氏與寬偕老, 其福壽貴盛, 親族莫比.

* 이 고사는 《태평광기》 권169 〈지인·위선〉에 실려 있다.

27-11(0685) 묘 부인

묘부인(苗夫人)

출《운계우의(雲溪友議)》

장연상(張延賞)의 집안은 여러 대에 걸쳐 대현(臺鉉 : 재상)을 지냈다. 그는 매번 빈객들에게 연회를 베풀면서 사위를 고르려 했지만 마음에 드는 자가 없었다. 그의 부인 묘씨는 태재(太宰) 묘진경(苗晉卿)의 딸이었다. 묘 부인은 사람을 알아보는 감식력이 매우 뛰어났는데, 특별히 수재(秀才) 위고(韋皋)를 고르면서 말했다.

"이 사람의 귀함은 비할 자가 없습니다."

얼마 후에 장연상은 딸을 위고에게 시집보냈다. 그러나 2~3년도 지나지 않아 위랑(韋郞 : 위고)은 성품과 도량이 크고 넓어서 작은 예절에 구속받지 않았기에 장 공(張公 : 장연상)은 점점 후회하다가 그를 가족으로 대우하지 않는 지경에 이르렀으며, 온 집안의 여종과 노복들도 점차 그를 얕보았지만, 오직 묘 부인만은 항상 그를 후대했다. 위고의 처 장씨가 눈물을 흘리며 그에게 말했다.

"서방님은 7척의 장신으로 문무를 겸비하고 계시는데, 어찌하여 저의 집에 눌러앉아 윗사람과 아랫사람에게 꾸짖음을 당하고 있습니까?"

위고가 마침내 작별하고 동쪽으로 떠나자, 그의 처는 혼수로 가져온 귀중품을 다 털어 그에게 주었고, 장연상은 그가 떠나는 것을 기뻐하며 말 일곱 필에 실은 물건을 모두 그에게 주었다. 그러나 위고는 한 역에 도착할 때마다 말 한 필씩의 물건을 돌려보내서, 일곱 역을 지나는 동안 받았던 물건을 모두 돌려보냈다. 그가 가진 것은 장씨가 주었던 귀중품과 베 보따리의 책뿐이었다. 후에 위고는 임시로 농우군사(隴右軍事)를 맡게 되었는데, [주차(朱泚)의 반란으로] 덕종(德宗)이 봉천(奉天)으로 행차했을 때 신하로서 가장 뛰어난 공을 세웠다. 성가(聖駕 : 어가)가 도성으로 돌아가던 날, 위고는 금오장군(金吾將軍)에서 서천절도사(西川節度使)로 임명되어 장연상을 대신하게 되었다. 이에 위고는 성명을 바꿔서 '위'를 '한(韓)'으로 바꾸고 '고'를 '고(翱)'로 바꾸었지만, 이를 함부로 말하지 못하게 했다. 위고가 부성(府城)에서 30리 떨어진 천회역(天回驛)에 이르렀을 때, 미 : 천회역은 황상이 이곳에서 어가를 돌렸기 때문에 붙은 이름이다. 어떤 사람이 장연상에게 특별히 보고했다.

"상공(相公)을 대체하는 사람은 금오장군 위고이지 한고가 아닙니다."

묘 부인이 말했다.

"만약 위고라면 반드시 위랑일 것입니다."

장연상이 웃으며 말했다.

"천하에 성명이 같은 사람이 어찌 한계가 있겠소? 그 위생(韋生 : 위고)은 분명 이미 죽어서 골짜기에 버려져 있을 터이니, 어찌 내 지위에 오를 수 있겠소?"

묘 부인이 또 말했다.

"위랑은 비록 빈천했을 때에도 그 기세가 하늘을 찔렀습니다. 매번 상공과 대화할 때면 한마디도 굴복하거나 아첨한 적이 없었기에 그로 인해 질책을 받았던 것입니다. 일을 이루어 공을 세웠다면 반드시 이 사람일 것입니다." 협 : 안목을 갖추었다.

다음 날 아침에 위고가 주(州)로 들어오고 나서야 비로소 그 말이 틀리지 않았음을 알게 되었다. 장연상은 근심하고 두려워서 감히 그를 쳐다보지도 못한 채 말했다.

"내가 사람을 알아보질 못했구나!"

그러고는 서문으로 나갔다. 예전의 노복들 중에서 무례했던 자들은 모두 위 공(韋公 : 위고)의 곤봉을 맞고 죽어서 촉강(蜀江)에 던져졌다. 묘 부인 혼자만 그에게 부끄럽지 않았다. 미 : 비록 너무 심하긴 하지만 그래도 사람을 후련하게 한다!

張延賞累代臺鉉. 每宴賓客, 選子婿, 莫有入意者. 其妻苗氏, 太宰苗晉卿之女也. 夫人鑑別英銳, 特選韋皐秀才, 曰 : "此人之貴無比." 旣以女妻之. 不二三歲, 以韋郎性度高廓, 不拘小節, 張公稍悔之, 至不齒禮, 一門婢僕, 漸見輕怠, 唯苗氏待之常厚. 張氏垂泣而言曰 : "韋郎七尺之軀, 學竝文武, 豈有沉滯兒家, 爲尊卑見誚乎?" 韋乃辭去東遊, 妻罄妝奩贈送, 延賞喜其往也, 盡以七馱物與之. 每之一驛, 則附遞一馱而還, 行經七驛, 所送之物盡歸. 其所有者, 張氏所贈妝奩及布囊書策而已. 後權隴右軍事, 會德宗行幸奉天, 西面之功, 獨居其上. 聖駕旋復之日, 自金吾持節西川, 以代延賞. 乃改易姓名, 以韋作韓, 以皋作翶, 莫敢言之也. 至天回驛, 眉: 天回驛因上皇旋駕而名. 去府城三十里, 有人特報延賞曰: "替相公者, 金吾韋皋將軍, 非韓翶也." 苗夫人曰: "若韋皋, 必韋郎也." 延賞笑曰: "天下同姓名者何限? 彼韋生應已委棄溝壑, 豈能乘吾位乎?" 苗夫人又曰: "韋郎比雖貧賤, 氣凌霄漢. 每以相公所談, 未嘗一言屈媚, 因而見尤. 成事立功, 必此人也." 夾: 具眼. 來早入州, 方知不誤. 延賞憂惕, 莫敢瞻視, 曰: "吾不識人!" 西門而出. 凡是舊時婢僕, 曾無禮者, 悉遭韋公棒殺, 投於蜀江. 獨苗氏夫人無愧. 眉: 雖已甚, 却暢快人!

* 이 고사는 《태평광기》 권170 〈지인·묘부인〉에 실려 있다.

27-12(0686) 반염의 처

반염처(潘炎妻)

출《유한고취(幽閑鼓吹)》

　　시랑(侍郞) 반염은 덕종(德宗) 때 한림학사(翰林學士)가 되었는데, 지극히 융숭한 황은(皇恩)을 받았다. 그의 부인은 유안(劉晏)의 딸이었다. 경조윤(京兆尹) 아무개가 일이 있어서 반염을 만나려고 기다렸지만 며칠 동안 만날 수가 없자, 문지기에게 300필의 비단을 보내 주었다. 부인이 그 사실을 알고 반염에게 말했다.

　　"어찌 신하가 되어 경조윤이 한번 뵙기를 바라면서 하인에게 300필의 비단을 보내 준단 말입니까? 그 위험함을 알 만합니다."

　　그러면서 급히 반 공(潘公 : 반염)에게 사직하라고 권했다. 반염의 아들 반맹양(潘孟陽)이 처음 호부시랑(戶部侍郞)이 되었을 때, 부인이 근심하고 걱정하면서 말했다.

　　"너와 같은 재주로 승랑(丞郞)의 지위에 올랐으니, 나는 화가 반드시 닥칠까 봐 두렵구나."

　　호부시랑(반맹양)이 거듭 해명하면서 안심시키자 부인이 말했다.

　　"그렇지 않다면 너의 동료들을 한번 불러오너라. 내가 살펴보겠다."

그래서 반맹양은 친숙하게 지내는 자들을 두루 초청했다. 손님들이 당도하자 부인은 주렴을 내리고 그들을 살펴보았다. 연회가 끝나고 나서 부인이 기뻐하며 말했다.

"모두 너와 같은 부류이니 걱정할 게 없구나!" 미: 대개 시류를 슬퍼하는 말이다.

그러면서 물었다.

"맨 끝자리의 짙은 녹색 옷을 입고 있던 젊은이는 누구냐?"

반맹양이 말했다.

"보궐(補闕) 두황상(杜黃裳)입니다."

부인이 말했다.

"그 사람은 매우 특별하니 틀림없이 이름난 경상(卿相)이 될 것이다."

潘炎侍郎, 德宗時爲翰林學士, 恩渥極異. 妻, 劉晏女也. 京尹某有故伺候, 累日不得見, 乃遺閽者三百縑. 夫人知之, 謂潘曰: "豈爲人臣, 而京尹願一謁見, 遺奴三百縑? 其危可知也." 遽勸潘公避位. 子孟陽初爲戶部侍郎, 夫人憂惕, 謂曰: "以爾人材, 而位丞郎, 吾懼禍之必至也." 戶部解喩再三, 乃曰: "不然, 試會爾同列. 吾觀之." 因遍招深熟者. 客至, 夫人垂簾視之. 旣罷會, 喜曰: "皆爾儔也, 不足憂矣!" 眉: 大是傷時語. 問: "末座慘綠少年何人也?" 曰: "補闕杜黃裳." 夫人曰: "此人全別, 必是有名卿相."

* 이 고사는 《태평광기》 권271 〈부인(婦人)・반염처〉에 실려 있다.

교우(交友)

27-13(0687) 종세림

종세림(宗世林)

출《세설》

한(漢)나라 말에 남양(南陽)의 종세림[宗世林 : 종승(宗承)]은 위(魏)나라 무제(武帝 : 조조)와 동시대 사람이었지만, 그의 사람됨을 경멸해 교제하지 않았다. 무제가 사공(司空)에 임명되어 조정을 총괄하게 되었을 때 조용히 종세림에게 물었다.

"이제는 교제할 수 있겠소?"

종세림이 대답했다.

"송백(松柏)과 같은 지조는 여전히 지니고 있습니다."

종세림은 이미 무제의 뜻을 거슬러 눈 밖에 났기 때문에 그 덕망에 어울리는 지위를 갖지 못했다. 그러나 문제(文帝 : 조비) 형제는 매번 그의 집으로 찾아갈 때면 반드시 평상 아래에서 절하곤 했으니, 그를 예우함이 이처럼 두터웠다.

미 : 이 또한 위 무제가 현자를 존중했기 때문이다.

漢末, 南陽宗世林與魏武同時, 而薄其爲人, 不與交. 及武帝拜司空, 總朝政, 從容問宗曰 : "可以交未?" 答曰 : "松柏之志猶存." 卽忤旨見疏, 位不配德. 而文帝兄弟每造其門, 必拜床下, 其禮重如此. 眉 : 亦由魏武重賢故.

* 이 고사는 《태평광기》 권235 〈교우·종세림〉에 실려 있다.

27-14(0688) 예형

예형(禰衡)

출《본전(本傳)》

　예형은 자가 정평(正平)이다. 어려서 공문거[孔文擧 : 공융(孔融)]와 이여지교(爾汝之交 : 너라고 부르며 허물없이 친하게 지내는 사귐)를 맺었는데, 당시 예형은 스무 살이 채 안 되었고 공문거는 이미 쉰 살이 넘었다.

禰衡, 字正平. 少與孔文擧作爾汝之交, 時衡未二十, 而文擧已五十餘矣.

* 이 고사는 《태평광기》 권235 〈교우 · 예형〉에 실려 있다.

27-15(0689) 순거백

순거백(荀巨伯)

출《은운소설(殷芸小說)》

　순거백이 멀리 친구의 병문안을 하러 갔는데, 때마침 호적(胡賊)이 그 군(郡)을 공격했다. 친구가 순거백에게 말했다.
　"나는 곧 죽을 것이니 자네는 떠나는 게 좋겠네."
　그러자 순거백이 말했다.
　"멀리 자네를 보러 왔는데, 지금 환난이 있다고 자네를 버리고 떠난다면 어찌 내가 행할 바이겠는가?"
　호적이 당도하고 나서 순거백에게 말했다.
　"대군이 여기에 밀어닥쳐 온 군이 텅 비었는데, 너는 어떤 사람이기에 혼자 남아 있느냐?"
　순거백이 말했다.
　"친구가 병이 들어서 차마 버리고 떠날 수가 없으니, 차라리 내 몸으로 친구의 목숨을 대신하고자 한다."
　호적은 그를 남다르다고 여기면서 서로 말했다.
　"우리처럼 의리 없는 사람이 의로운 나라에 잘못 들어왔구나."
　그러고는 공격을 멈추고 물러감으로써 온 군이 온전할

수 있었다. 미 : 호적도 칭찬할 만하다.

평 : 우정을 보전했을 뿐만 아니라 군(郡)도 보전할 수 있었으니 그 공덕이 크다.

荀巨伯遠看友人疾, 値胡賊攻郡. 友人語伯曰 : "吾且死矣, 子可去." 伯曰 : "遠來視子, 今有難而捨之去, 豈伯行耶?" 賊旣至, 謂伯曰 : "大軍至此, 一郡俱空, 汝何人, 獨止耶?" 伯曰 : "有友人疾, 不忍委之, 寧以己身代友人之命." 賊異之, 乃相謂曰 : "我輩無義之人, 而入有義之國." 乃偃而退, 一郡獲全. 眉 : 賊亦可取.
評 : 不惟全交, 又能全郡, 功德大矣.

* 이 고사는 《태평광기》 권235 〈교우 · 순거백〉에 실려 있다.

27-16(0690) 혜강

혜강(嵇康)

출《어림(語林)》

혜강은 평소 여안(呂安)과 사이가 좋아서, 매번 서로 생각이 났다 하면 1000리를 마다 않고 수레를 채비하게 해서 찾아가곤 했다. 여안이 찾아왔을 때 마침 혜강이 집에 없어서 형 혜희(嵇喜)가 나가서 맞이했는데, 여안은 들어가지도 않고 대문 위에 봉새 '봉(鳳)' 자만 써 놓고 가 버렸다. 혜희는 그 의미를 깨닫지 못했는데, 혜강이 도착해서 말했다.

"'봉'은 범조(凡鳥 : 보통 새)라는 뜻입니다."

嵇康素與呂安友, 每一相思, 千里命駕. 安來, 值康不在, 兄喜出迎, 安不前, 題門上作'鳳'字而去. 喜不悟, 康至, 云 : "鳳, 凡鳥也."

* 이 고사는 《태평광기》 권235 〈교우 · 혜강〉에 실려 있다.

27-17(0691) 산도

산도(山濤)

출《세설》

　산도는 혜강(嵇康)·완적(阮籍)과 한 번 만나고서 금란(金蘭)과 같은 우정을 맺었다. 산도의 부인 한씨(韓氏)가 이상히 여겨 물었더니 산도가 말했다.

　"내가 당세에 벗으로 삼을 만한 사람은 오직 이 두 사람뿐이오."

　부인이 말했다.

　"옛날 희부기(僖負羈)의 처도 조최(趙衰)와 호언(狐偃)을 직접 관찰했으니,32) 나도 그들을 살펴보고 싶은데 괜찮겠어요?" 미 : 한씨도 남다른 사람이다.

　다른 날 두 사람이 찾아오자, 부인은 산도에게 그들을 붙들어 유숙하게 하라고 권하며 술과 음식을 차려 주었다. 부

---

32) 희부기(僖負羈)의 처도 조최(趙衰)와 호언(狐偃)을 직접 관찰했으니 : 희부기는 춘추 시대 조(曹)나라의 대부다. 《좌전(左傳)》〈희공(僖公) 23년〉의 기록에 따르면, 호언과 조최가 망명 중인 진(晉)나라 공자 중이(重耳 : 문공)를 따라 조나라에 들렀을 때 희부기의 처가 호언과 조최를 살펴보고 모두 재상이 되기에 충분하다고 말했다고 한다.

인은 벽을 뚫고 살펴보았는데 아침이 될 때까지 돌아가는 것을 잊어버렸다. 산도가 들어와서 말했다.

"두 사람은 어떠하오?"

부인이 말했다.

"당신의 재기(才氣)는 아무래도 그들만 못하니 당연히 당신의 식견과 도량 때문에 서로 벗하는 것일 뿐입니다."

산도가 말했다.

"저들도 나의 식견과 도량을 훌륭하게 여기고 있소."

山濤與嵇·阮一面, 契若金蘭. 妻韓氏異而問之, 濤曰: "當年可友者, 唯此二人." 妻曰: "負羈之妻, 亦親觀趙·狐. 意欲窺之, 可乎?" 眉: 韓氏, 異人. 濤曰: "可." 他日二人來, 勸濤止之宿, 具酒食. 妻穿牆視之, 達旦忘返. 濤入曰: "二人何如?" 曰: "君才致不如, 正當以識度耳." 濤曰: "伊輩亦以我識度爲勝."

* 이 고사는 《태평광기》 권235 〈교우·산도〉에 실려 있다.

27-18(0692) 상동왕과 곽왕

상동왕 · 곽왕(湘東王 · 霍王)

출《담수》 출《담빈록(譚賓錄)》

    양(梁)나라 상동왕 소역(蕭繹)은 여러 서적을 두루 읽고 언변이 세상의 으뜸이었으며, 가무와 여색을 좋아하지 않고 명현(名賢)을 아끼고 존중했다. 그는 하동(河東)의 배자야(裴子野)와 난릉(蘭陵)의 소자운(蕭子雲)과 포의지교(布衣之交)를 맺었다.

    당(唐)나라 곽왕 이원궤(李元軌)는 고조(高祖)의 열넷째 아들이다. 그는 겸허하고 신중해서 자신을 잘 지켰으며 선비들과 함부로 교분을 맺지 않았는데, 서주(徐州)에 있을 때 처사(處士) 유현평(劉玄平)과 포의지교를 맺었다. 어떤 사람이 유현평에게 곽왕의 장점을 물었더니 유현평이 말했다.

    "없소이다."

    질문했던 사람이 이상해하며 캐물었더니 유현평이 말했다.

    "대저 사람은 단점이 있어야 장점이 드러나는 법인데, 곽왕의 경우는 갖추지 않은 바가 없으니 내가 어떻게 장점을 말하겠소?"

梁湘東王繹, 博覽羣書, 才辨冠世, 不好聲色, 愛重名賢. 與河東裴子野·蘭陵蕭子雲, 爲布衣之交.

唐霍王元軌, 高祖第十四子也. 謙愼自守, 不妄接士, 在徐州, 與處士劉玄平爲布衣交. 或問王所長, 玄平曰: "無." 問者怪而詰之, 玄平曰: "夫人有短, 所以見長, 至於霍王, 無所不備, 吾何以稱之哉?"

* 이 고사는 《태평광기》 권235 〈교우·상동왕역(湘東王繹)〉과 〈당곽왕원궤(唐霍王元軌)〉에 실려 있다.

27-19(0693) 장열

장열(張說)

출《명황잡록》

    장열은 악주(岳州)로 폄적된 뒤 항상 울적해하며 상심해 있었다. 당시 재상은 장열이 기지와 언변이 있으며 재주와 경륜이 뛰어나다고 해서 그를 배척했다. 소정(蘇頲)이 막 중요한 관직에 기용되었을 때, 장열은 소괴(蘇瓌: 소정의 부친)와 사이가 좋았기에 〈오군영(五君咏)〉을 짓고 편지를 쓴 뒤에 그 시도 봉해 소정에게 보내면서, 사자에게 주의를 주며 말했다.

    "[소정의 부친의] 기일(忌日)이 되기를 기다렸다가 저녁 무렵에 보내라."

    사자는 도착하고 나서 기일이 되자 편지를 가지고 소정의 집으로 갔다. 마침 흐린 날씨가 수십 일 동안 계속되었고 저녁 무렵에 도착한 조문객들은 대부분 장열과 선공(先公: 선친)의 동료와 친구들이었다. 소정은 시를 읽고 나서 흐느끼며 눈물을 흘리면서 슬픔을 스스로 가누지 못했다. 다음 날 소정은 봉사(封事)33)를 올려, 장열이 충정을 지키고 강직하게 간언하면서 인망(人望)을 얻었으므로 먼 외딴곳에서 고생해서는 안 된다고 극력 진언했다. 황상은 마침내 조서를 내려 장열을 위로했으며, 얼마 후에 그를 형주장사(荊州長史)로 전임시켰다.

張說之謫岳州也, 常鬱鬱不樂. 時宰以說機辨才略, 互相排擯. 蘇頲方當大用, 而張說與頲[1]善, 張因爲〈五君咏〉, 致書, 封其詩以遺頲, 戒其使曰: "候忌日, 近暮逆[2]之." 使者旣至, 因忌日, 齎書至頲門下. 會積陰累旬, 近暮弔客至, 多說先公寮舊. 頲因覽詩, 嗚咽流涕, 悲不自勝. 翌日, 乃上封事, 大陳說忠貞謇諤, 人望所屬, 不宜淪滯遐方. 上乃降璽書勞問, 俄遷荊州長史.

* 이 고사는 《태평광기》 권235 〈교우·장열〉에 실려 있다.
1. 정(頲) : 《태평광기》에는 "괴(瓌)"라 되어 있는데, 문맥상 타당하다.
2. 역(逆) : 《태평광기》에는 "송(送)"이라 되어 있는데, 문맥상 타당하다.

33) 봉사(封事) : 신하가 황제에게 글을 올릴 때 내용이 누설되는 것을 막기 위해 검은 주머니에 담은 주장(奏章)을 말한다.

27-20(0694) 원백

원백(元白)

출《북몽쇄언》

　태자소부(太子少傅) 백거이(白居易)는 상국(相國) 원진(元稹)과 사이가 좋았는데, 이들은 시(詩)로써 명성을 얻어 "원백"이라 불렸다. 백거이의 문집 중에 〈곡원상시(哭元相詩)〉가 있는데 다음과 같다.

　"서로 바라보며 눈물만 훔칠 뿐 아무 말 못하고, 이별에 아픈 마음 다른 일을 어찌 알까? 함양(咸陽) 들판의 나무 생각해 보니, 백양나무 가지는 3장(丈)이나 자랐겠구나."

白少傅居易, 與元相國稹友善, 以詩道著名, 號"元白". 其集內有〈哭元相詩〉云 : "相看掩淚俱無語, 別有傷心事豈知? 想得咸陽原上樹, 已抽三丈白楊枝."

* 이 고사는《태평광기》권235〈교우·백거이(白居易)〉에 실려 있다.

27-21(0695) 유방

유방(柳芳)

출《국사보》

유방은 위술(韋述)과 사이가 좋았으며 둘은 모두 사학(史學)을 공부했다. 위술이 죽은 후에 그가 짓다가 미처 끝내지 못한 책은 대부분 유방이 이어서 완성했다.

柳芳與韋述友善, 俱爲史學. 述卒後, 所著書未畢者, 芳多續成之.

* 이 고사는《태평광기》권235〈교우·유방〉에 실려 있다.

27-22(0696) 육창

육창(陸暢)

출《상서고실》

이백(李白)이 일찍이 〈촉도난(蜀道難)〉에서 이렇게 노래했다.

"촉도의 험난함은 하늘을 오르기보다 어렵구나."

이는 대개 엄무(嚴武)를 풍자한 것이었다. 후에 육창이 위고(韋皋)에게 인정받았을 때, 다시 〈촉도이(蜀道易)〉를 지어 그에게 아첨했는데 이러했다.

"촉도의 평탄함은 평지를 걷는 것보다 쉽구나."

위고는 크게 기뻐하며 비단 800필을 그에게 주었다. 위고가 죽자 조정에서 그의 과거의 일을 추궁하려고 이전에 그가 바친 병기를 다시 검열했더니, "정진(定秦)"이란 두 글자가 새겨져 있었다. 그와 친하지 않았던 사람들 협 : 원수를 말한다. 이 이것으로 그의 죄를 만들어 내려고 했는데, 육창이 상소해 해명하며 말했다.

"신이 촉(蜀)에 있을 때 진상한 병기를 만드는 것을 보았는데, '정진'은 장인의 이름이었습니다."

이 때문에 위고는 죄를 면할 수 있었다.

李白嘗爲〈蜀道難〉歌曰:"蜀道難, 難於上靑天." 蓋刺嚴武也. 後陸暢受知於韋皐, 復爲〈蜀道易〉以佞之曰:"蜀道易, 易於履平地." 皐大喜, 贈羅八百匹. 及韋皐, 朝廷欲繩其旣往之事, 復閱先所進兵器, 刻"定秦"二字. 不相與者, 夾:謂仇家. 因欲構成罪名, 暢上疏理之云:"臣在蜀日, 見造所進兵器, '定秦'者, 匠名也." 由是得釋.

* 이 고사는 《태평광기》 권496 〈잡록・육창〉에 실려 있다.

권28 의기부(義氣部)

의기(義氣)

28-1(0697) 곽원진

곽원진(郭元振)

출《척언(摭言)》

　　곽원진[곽진(郭震)]은 16세에 태학(太學)에 들어가서 설직(薛稷)·조언소(趙彦昭)와 친구가 되었다. 당시 곽원진의 집에서 편지를 보내왔는데, 돈 40만 냥을 부치니 학업에 드는 비용으로 쓰라는 것이었다. 그런데 갑자기 상복을 입은 사람이 문을 두드리며 말했다.

　　"5대(代) 동안 조상의 장례를 치르지 못해 각각 다른 곳에 묻혀 있는데, 지금 한꺼번에 이장하고자 하지만 비용이 부족합니다. 공의 집에서 편지를 보내왔다고 들었는데, 저를 도와주실 수 있는지요?"

　　곽 공(郭公 : 곽원진)은 즉시 명해서 한 푼도 남김없이 모든 돈을 수레로 한꺼번에 실어 가라고 했으며, 그 사람의 성씨도 묻지 않았다. 협 : 품성이 뛰어나다. 조언소와 설직이 심하게 나무랐지만, 곽원진은 흐뭇해하며 말했다.

　　"그 사람의 큰일을 도와주었는데 어찌하여 나무라는가?" 미 : 설직과 조언소는 꿈도 꾸지 못할 일이니, 어찌 감히 친구라고 말하겠는가?

　　곽원진은 그해에 양식이 떨어져서 결국 과거 시험에 응

시하지 못했다. 협 : 무슨 상관인가?

郭元振, 年十六入太學, 薛稷·趙彦昭爲友. 時有家信至, 寄錢四十萬以爲學糧. 忽有縗服者扣門云: "五代未葬, 各在一方, 今欲同時遷窆, 乏於資財. 聞公家信至, 頗能相濟否?" 公卽命以車一時載去, 略無存者, 亦不問姓氏. 夾 : 才妙. 深爲趙·薛所誚, 元振怡然曰: "濟彼大事, 亦何誚焉!" 眉 : 薛·趙尚夢不着在, 何敢言友? 其年糧絶, 竟不成擧. 夾 : 何妨?

* 이 고사는 《태평광기》 권166 〈기의(氣義)·곽원진〉에 실려 있다.

28-2(0698) 적인걸

적인걸(狄仁傑)

출《담빈록》

　적인걸은 태원(太原) 사람으로 태원부(太原府)의 법조참군(法曹參軍)으로 있었다. 당시 동료 정숭자(鄭崇資)는 모친이 연로한 데다 병까지 들었는데, 아주 먼 이역(異域)에 사신으로 가게 되었다. 그래서 적인걸이 그에게 말했다.

　"태부인(太夫人 : 남의 모친에 대한 존칭)께서 위중한 병에 걸린 상황에서 공(公)이 먼 이역에 사신으로 가게 되었으니, 어찌 모친께 만 리나 떨어진 곳에서 통곡하게 하는 아픔을 끼칠 수 있겠소?"

　그러고는 자기가 정숭자를 대신하겠다고 주청했다.

狄仁傑, 太原人, 爲府法曹參軍. 時同僚鄭崇資, 母老且病, 當充使絶域. 仁傑謂曰 : "太夫人有危亟之病, 而公遠使, 豈可貽親萬里之泣乎?" 乃請代崇資.

* 이 고사는《태평광기》권166〈기의·적인걸〉에 실려 있다.

28-3(0699) 오보안

오보안(吳保安)

출《기문(紀聞)》

    오보안은 자가 영고(永固)이고 하북(河北) 사람으로, 수주(遂州) 방의현위(方義縣尉)에 임명되었다. 당시 그의 고향 사람인 곽중상(郭仲翔)은 바로 곽원진(郭元振)의 조카였는데, 곽중상이 재능과 학식을 지니고 있었기에 곽원진은 그를 높은 관직에 앉혀 주고자 했다. 그때 마침 남만(南蠻)이 난을 일으키자, 조정에서는 이몽(李蒙)을 요주도독(姚州都督)으로 삼아 군대를 이끌고 가서 토벌하게 했다. 이몽이 출정하기 전에 곽원진에게 작별 인사를 하러 갔더니, 곽원진이 곽중상을 추천하므로 이몽은 그를 판관(判官)으로 삼아 군대 일을 맡겼다. 군대가 촉(蜀)에 당도했을 때, 오보안은 곽중상에게 다음과 같은 편지를 보냈다.

    "다행히 저는 당신과 같은 고향 사람으로, 품덕과 학문이 훌륭하신 당신의 명성을 일찍이 들었습니다. 비록 직접 만나서 인사드릴 기회는 없었지만 마음으로는 늘 흠모하고 있습니다. 미 : 천하에 마음이 통하는 사람이 있다면 어찌 굳이 만날 필요가 있겠는가! 당신은 재상의 조카이자 막부의 뛰어난 인재로서, 과연 훌륭한 능력을 지니고서 중요한 일을 맡고 있습니다. 문무를 겸비하신 이 장군(李將軍 : 이몽)께서 황명을 받고 출정해 친히 대군을 통솔해 장차 적을 평정하고자 하시니, 이 장군의 탁월한 용맹에 당신의 재능을 더한다면 우리 군대가 적을 섬멸해 금방 공을 세울 것입니다. 저는 어려서부터 학문을 좋아해 장성해서도 경전에 몰두했으나, 남보다 뛰어난 재능이 부족해 일개 현위를 맡고 있습니다. 이곳은 검각(劍閣) 밖의 편벽한 지역으로 황량한 만족(蠻族) 땅과 가까우니, 수천 리나 멀리 떨어져 있는 고향까지는 산과 강이 가로막혀 있습니다. 게다가 지금의 관직도 임기가 이미 다 찼으며 후임 자리도 기대하기 어렵습니다. 또한 저의 재주가 못난 탓에 선조(選曹 : 이부)의 자격 제한에 걸렸으니, 다시 미천한 봉록을 받고자 한들 어찌 바라는 대로 되겠습니까? 장차 고향 땅으로 돌아가 늙어서 이리저리 떠돌다 도랑에서 죽게 되겠지요. 들리는 소문에 당신은 다른 사람의 어려움을 잘 도와주신다고 하니, 같은 고향 사람으로서의 정을 잊지 않고 저에게 각별한 보살핌을 베풀어, 저로 하여금 채찍과 활고자를 들고서 당신을 옆에서 모실 수 있게 해 주십시오. 미천한 저를 거두어 당신의 공로의 은택을 조금이나마 입게 해 주심으로써, 제가 삼가 승승장구하는 군대에 들어가서 그 말단에 참여할 수 있다면, 이는 당신의 산과 같은 크나큰 은혜이니 제가 죽을 때까지 가슴 깊이 새기겠습니다. 이러한 일은 감히 바랄 바가 아니지만 원컨대 당신께서 힘써 주셨으면 합니다."

곽중상은 편지를 받고 깊이 감동해서, 미∶다른 사람이 나에게 일을 부탁했는데 오히려 감동했다면, 그 마음을 누가 알 수 있을까? 즉시 이 장군에게 말씀드리고 오보안을 관기(管記∶문서 담당 서기)로 초징했다. 오보안이 아직 당도하지 않았을 때 만적(蠻賊)이 점점 밀어닥치자, 이 장군은 요주로 가서 싸워서 그들을 격파했다. 그러나 이 장군이 승세를 타고 적진 깊숙이 들어갔다가 오히려 패하는 바람에 이 장군은 전사하고 군대는 참패했으며 곽중상은 포로가 되었다. 만족들은 한족(漢族)의 재물을 탐했기에 포로로 잡힌 사람들에게 모두 자기 집에 소식을 전하게 해서 가족들에게 대속(代贖)해 가게 했는데, 한 사람당 비단 30필을 요구했다. 오보안은 요주에 도착했지만 군대가 참패한 상황이었기에 그곳에 머무르면서 미처 돌아가지 못하고 있었는데, 만족에게 잡혀 있던 곽중상이 여러 경로를 통해 오보안에게 편지를 보냈다. 편지의 내용은 대략 이러했다.

"나의 재주는 종의(鍾儀)[34]만 못한데도 그대로 포로가

---

[34] 종의(鍾儀)∶춘추 시대 초(楚)나라 사람. 정(鄭)나라에 포로가 되어 진(晉)나라에 바쳐졌는데, 진 경공(景公)이 그와 한차례 담론한 뒤에 그에게 인(仁)·신(信)·충(忠)·경(敬)·예(禮) 등의 미덕이 있다고 칭찬하고 석방해 주었다.

되었고, 이 몸은 기자(箕子)35)가 아닌데도 노예가 되었습니다. 해변에서 양을 치는 것은 소무(蘇武)36)와 비슷하지만, 궁중에서 기러기를 쏜 것37)을 어찌 이능(李陵)38)에게서 기대하겠습니까?"

또 이렇게 말했다.

"만족은 내가 재상의 조카이기 때문에 비단 1000필을 요구하고 있습니다. 이 편지를 당신께 전달하는 데도 그들은 비단 100필을 요구했습니다. 원컨대 당신이 속히 편지를 써서 내 백부께 알려서, 제때에 비단이 도착해 나를 대속해 돌

---

35) 기자(箕子) : 은(殷)나라의 귀족으로 주왕(紂王)의 숙부. 주왕에게 잘못을 간했으나 주왕이 듣지 않자 머리를 풀어 헤친 채 미친 척하고 남의 노예가 되었다.

36) 소무(蘇武) : 전한 무제(武帝) 때 흉노에 사신으로 갔는데, 흉노가 그에게 투항하라고 협박했으나 끝내 굴복하지 않자, 북해(北海 : 지금의 바이칼호)로 방축되어 19년 동안 양을 쳤다.

37) 궁중에서 기러기를 쏜 것 : 한나라가 흉노와 화친을 맺을 때, 한나라 사신이 천자가 상림원(上林苑)에서 사냥한 기러기 발에 소무(蘇武)가 보내온 편지가 있다고 거짓말하자, 흉노는 더 이상 숨기지 못하고 소무를 돌려보내 주었다.

38) 이능(李陵) : 한나라의 명장 이광(李廣)의 손자로 소무(蘇武)의 친한 친구. 흉노 정벌에 나섰다가 중과부적으로 생포되었는데, 한 무제가 그가 흉노에게 투항했다는 소문을 믿고 그의 삼족을 멸하자, 이능은 결국 흉노에 투항하고 돌아가지 않았다.

아갈 수 있게 해 주신다면, 죽은 사람의 혼이 다시 돌아오고 죽은 사람의 뼈에 다시 살이 돋아날 것입니다. 만약 내 백부께서 이미 조정을 떠나셔서 상의하기 어렵다면, 원컨대 옛날 이오(夷吾)가 자신의 곁말을 풀어 친히 석보(石父)를 대속해 주었던 것³⁹⁾처럼, 그리고 송(宋)나라 사람이 화원(華元)을 대속해 간 것⁴⁰⁾처럼 당신이 나를 대속해 주셨으면 합니다."

오보안은 곽중상의 편지를 받고 몹시 마음이 아팠다. 당시 곽원진은 이미 죽은 후였지만, 오보안은 답장을 보내 곽중상을 대속해 주겠다고 약속했다. 그러고는 가산을 다 털어 비단 200필을 마련해서, 그 길로 휴주(巂州)로 가서 10년 동안 돌아오지 않으면서 재물을 불려 모두 비단 700필을 마련했으나, 정해진 수에는 여전히 모자랐다. 오보안의 집은

---

39) 이오(夷吾)가 자신의 곁말을 풀어 친히 석보(石父)를 대속해 주었던 것 : '이오'는 관이오(管夷吾), 즉 관중(管仲)을 말하는데, 안자(晏子), 즉 안영(晏嬰)의 착오다. '석보'는 춘추 시대 제(齊)나라의 현자인 월석보(越石父)를 말한다. 월석보가 죄에 연루되어 죄수로 있을 때 안자가 길에서 그를 보고 자신이 타고 있던 수레의 곁말을 풀어서 그를 대속해 주고 상객(上客)으로 등용했다.

40) 송(宋)나라 사람이 화원(華元)을 대속해 간 것 : 춘추 시대 송나라의 장수 화원이 정(鄭)나라와 전쟁하다가 포로로 잡혔는데, 나중에 송나라에서 사람을 보내 그를 대속해 갔다.

본래 궁핍했으며 그의 처자식은 여전히 수주에 살고 있었는데, 오보안은 곽중상을 대속하는 데 몰두해 결국 집과 소식을 끊었으며, 매번 남에게서 얻는 것이 있으면 베 한 자나 조한 되일지라도 모두 차곡차곡 모았다. 나중에 그의 처자식은 굶주리고 추위에 떨면서 도저히 살아갈 수 없었다. 그래서 그의 부인은 어린 아들을 데리고 나귀를 타고 노수(瀘水)의 남쪽으로 가서 오보안이 있는 곳을 찾아 헤맸는데, 도중에 식량은 바닥나고 요주까지는 아직도 수백 리나 떨어져 있었다. 그의 부인은 어찌할 방법이 없어서 길옆에서 울고 있었는데, 그 모습이 행인들을 슬프게 했다. 그때 요주도독 양안거(楊安居)가 역마를 타고 군(郡)으로 부임하러 가다가 오보안의 부인이 울고 있는 것을 보고 그 까닭을 물어 알고는 매우 훌륭한 일이라고 생각하며 부인에게 말했다.

"내가 먼저 역참에 도착해서 부인이 오기를 기다렸다가 부족한 것을 도와주겠소."

오보안의 부인이 역참에 도착하자, 양안거는 그녀에게 돈 수천 냥을 주고 탈것을 마련해 길을 떠나도록 했다. 미: 뜨거운 마음은 저절로 차가워질 수 없지만, 오히려 차가운 마음은 뜨겁게 할 수 없다. 양안거는 급히 군에 당도해서 우선 오보안을 찾아 만나고서 그의 손을 잡고 당에 올라 그에게 말했다.

"나는 늘 옛사람의 책을 읽으면서 그들의 행실을 살펴보곤 했는데, 오늘 직접 공에게서 그러한 행실을 보게 될 줄은 생각지도 못했소. 미 : 양 공(楊公 : 양안거)은 더욱 훌륭하니, 바로 총명한 사람이 총명한 사람을 아낀다는 것이다. 나는 이제 막 도착했기에 공을 도와줄 재물이 없으므로, 잠시 창고에서 관용(官用) 비단 400필을 빌려 와서 공이 필요로 하는 비용을 도와주겠소. 빌린 비단은 공의 친구가 도착한 후에 내가 천천히 채워서 갚겠소." 미 : 누가 기꺼이 이렇게 하겠는가?

오보안은 기뻐하며 그 비단을 받아 와서 만족과 연락하는 사람에게 가져가게 했다. 200일 가까이 되어서 곽중상이 요주에 도착했는데, 몰골이 초췌해서 거의 사람 같지 않았다. 곽중상은 비로소 오보안과 서로 만나 얘기를 나누면서 서로 울었다. 미 : 얼굴을 안 것은 방금이지만 마음을 안 것은 이미 오래되었으니, 이것이 바로 진정으로 서로를 잘 아는 친구다. 양안거는 일찍이 곽 상서(郭尙書 : 곽원진)를 모신 적이 있었기에, 곽중상에게 목욕을 시키고 의복을 내려 주었으며 그를 이끌어 자리를 함께하고 연회를 열어 즐겼다. 양안거는 오보안의 행실을 높이 여겨 그를 매우 총애했으며, 협 : 좋은 일을 하는 사람은 남의 편의를 봐주지 않는 적이 없다. 곽중상을 관할 현의 현위에 임명했다. 곽중상은 만 땅에 오래 있었고 또 그곳의 상황을 잘 알고 있었기에, 사람을 보내 만족 부락에서 여자 10명을 사 오게 했는데, 그녀들은 모두 아름다웠다. 여자들이 도착하자 곽중상은 양안거에게 작별하고 북쪽으로 돌아가면서 만족 여자를 선물했는데, 양안거는 받지 않으면서 말했다.

"나는 시정의 사람이 아니니 어찌 보답을 기대했겠소? 오생(吳生 : 오보안)의 도의를 흠모했기 때문에 그 사람을 통해 작은 일을 이루었을 뿐이오. 공에게는 노모가 아직 북쪽 고향에 살아 계시니 [이 여자들을 팔아서 노모를 위해] 맛있는 음식을 마련하는 데나 쓰시오."

곽중상은 감사하며 말했다.

"미천한 목숨을 보전할 수 있었던 것은 공의 은혜이니, 제가 비록 눈을 감는다 해도 어찌 감히 그 큰 은덕을 잊겠습니까? 이 만족 여자들은 일부러 공을 위해 구해 온 것인데 공께서 지금 사양하시니, 저는 목숨 걸고 받아 주시길 청합니다."

양안거는 거절하기가 어렵자 자신의 어린 딸을 그에게 인사시키면서 말했다.

"공이 자꾸 말씀하시니 공의 후의를 거절하지 못하겠소. 이 아이는 내 막내딸로 늘 사랑을 쏟고 있으니, 지금 이 아이를 위해 공의 만족 여자 중 소녀 한 명만 받겠소."

그러고는 나머지 아홉 명을 사양했다. 오보안 역시 양안거의 후한 대우를 받고 많은 재물과 양식을 얻어 떠났다. 곽중상은 집에 도착해서 15년 동안 이별했던 노모를 만났다. 그 후 도성으로 돌아가 그동안 세운 공으로 울주(蔚州)의 녹사참군(錄事參軍)에 제수되어 노모를 모시고 부임지로 갔다. 2년 뒤에는 또 치적이 뛰어나 대주(代州)의 호조참군(戶曹參軍)에 제수되었다. 임기가 만료되었을 때 노모가 돌아가시자 장례를 끝내고 시묘(侍墓)살이를 하고 나서 말했다.

"나는 오 공(吳公 : 오보안)이 대속해 준 덕분에 관직에 임명되어 노모를 모실 수 있었다. 이제 노모께서 돌아가시고 상복도 벗었으니 내 뜻을 실행할 수 있게 되었다."

그러고는 오보안을 찾아 나섰는데, 오보안은 방의현위로 있다가 미주(眉州) 팽산현승(彭山縣丞)으로 전임되었으므로, 곽중상은 마침내 촉군(蜀郡)으로 그를 찾으러 갔다. 그런데 오보안은 임기가 만료된 후 고향으로 돌아가지 못하고 부인과 함께 그곳에서 죽어, 사원 안에 임시로 매장되어 있었다. 곽중상은 그 소식을 듣고 몹시 슬프게 통곡했으며, 상복을 지어 입고 새끼줄을 두르고 지팡이를 짚은 채 촉군에서 팽산현까지 맨발로 걸어가면서 그치지 않고 곡을 했다. 팽산현에 도착해서 제사를 마친 뒤에 오보안의 뼈를 꺼내 뼈마디마다 모두 먹으로 표시하고 나서 비단 주머니에 담았다. 또 그 부인의 뼈도 꺼내 역시 먹으로 표시하고 대바구니에 담았다. 그러고는 직접 그것을 짊어지고 맨발로 걸어서 수천 리를 간 후에 [오보안의 고향인] 위군(魏郡)에 도착했다. 오보안에게는 아들 하나가 있었는데, 곽중상은 그를 친동생처럼 사랑했다. 마침내 20만 전의 재산을 다 털어 성대하게 오보안을 장사 지내 주고 그의 덕행을 칭송하는 비문을 비석에 새겼다. 곽중상은 또한 오보안의 무덤 옆에 직접 여막(廬幕)을 짓고 3년상을 치렀다. 그 후에 곽중상은 남주장사(嵐州長史)를 지냈으며 또 조산대부(朝散大夫) 직함을 더해 받았다. 오보안의 아들을 데리고 관직에 부임해 그에게 부인을 얻어 주었으며, 아주 극진히 보살펴 주었다. 곽중상은 오보안의 은덕을 끝까지 잊지 않았다. 천보(天寶) 12년(753)에 곽중상이 대궐에 나아가 자신의 주불(朱紱)[41]과 관직을 오보안의 아들에게 넘겨줌으로써 오보안의 은덕에 보답하자, 당시 사람들이 그를 높이 칭송했다. 당초 곽중상은 포로가 되었을 때 만족 두목의 노예로 처분되었는데, 그 주인은 곽중상을 아껴서 먹고 마시는 것을 자신과 똑같이 하도록 했다. 그러나 1년이 지나서 곽중상은 북쪽 고국을 그리워하다가 도망쳤는데, 결국 추격당한 끝에 붙잡혀 남쪽 부락으로 전매되었다. 그곳 부락의 주인은 몹시 험악해서 곽중상을 얻은 뒤에 그에게 고된 일을 시키고 매질을 아주 심하게 했다. 그래서 곽중상은 그곳을 버리고 달아났지만, 또 붙잡혀서 다시 보살만(菩薩蠻)이라고 하는 남쪽 부락으로 팔려 갔다. 곽중상은 그곳에서 1년을 지낸 뒤 고통을 견

---

41) 주불(朱紱) : 당나라 때 4품과 5품 관원이 착용하던 붉은색 관복과 인끈.

디지 못해 다시 도망쳤지만, 만족이 또 추격해 그를 붙잡아 다른 부락에 팔아 버렸다. 그곳 부락의 주인은 곽중상을 얻은 뒤에 성을 내며 말했다.

"네놈이 제아무리 잘 도망친다지만 네놈 하나 도망치지 못하게 하는 게 어렵겠느냐?"

그러고는 각각 몇 척 길이의 나무판 두 개를 가져와서 곽중상을 나무판 위에 세우고 발등에 못을 박았는데, 못이 나무판에까지 박혔다. 곽중상에게 노역을 시킬 때마다 항상 두 개의 나무판을 달고 다니게 했으며, 밤에는 그를 지하 감옥에 가두고 직접 자물쇠를 채웠다. 곽중상의 두 발은 몇 년이 지난 뒤에야 상처가 비로소 나았다. 곽중상은 나무판을 매단 채 지하 감옥에 갇혀 이렇게 7년 동안 지냈는데, 처음에는 그 고통과 근심을 견딜 수가 없었다. 오보안이 사람을 보내 곽중상을 대속하러 갔을 때, 우선 곽중상의 첫째 주인을 찾아갔고 차례대로 다음 주인들을 찾아간 끝에 곽중상을 돌아오게 할 수 있었다.

吳保安, 字永固, 河北人, 任遂州方義尉. 其鄕人郭仲翔, 卽元振從姪也, 仲翔有才學, 元振將成其名宦. 會南蠻作亂, 以李蒙爲姚州都督, 帥師討之. 蒙臨行, 辭元振, 元振乃見仲翔, 蒙以爲判官, 委之軍事. 至蜀, 保安寓書於仲翔曰: "幸共鄕里, 籍甚風猷. 雖曠不展拜, 而心常慕仰. 眉: 海內有心人, 何必曾相識! 吾子國相猶子, 幕府碩才, 果以良能, 而受委寄. 李將軍秉文兼武, 受命專征, 親縡大兵, 將平小寇, 以將軍英勇,兼足下才能,師之克殄,功在旦夕.保安幼而嗜學,長而專經,才乏兼人,官從一尉.僻在劍外,地邇蠻陬,鄉國數千,關河阻隔.況此官已滿,後任難期.以保安之不才,厄選曹之格限,更思微祿,豈有望焉?將歸老丘園,轉死溝壑.側聞吾子急人之憂,不遺鄉曲之情,忽垂特達之眷,使保安得執鞭弭以奉周旋.錄及細微,薄露功效,承茲凱入,得預末班,是吾子丘山之恩,卽保安銘鏤之日.非敢望也,願為圖之."仲翔得書,深感之,眉:人以事求我,而反感之,此意誰人識得?卽言於李將軍,召為管記.未至而蠻賊轉逼,李將軍至姚州與戰,破之.乘勝深入,反為所敗,身死軍沒,仲翔為虜.蠻夷利漢財物,其沒落者皆通音耗,令其家贖之,人三十匹.保安既至姚州,適值軍沒,遲留未返,而仲翔於蠻中間關致書於保安.略云:"才謝鍾儀,居然受縶,身非箕子,日[1]見為奴.海畔牧羊,有類於蘇武,宮中射雁,寧期於李陵?"又云:"蠻俗以吾國相之侄,求絹千匹.此信通聞,仍索百縑.願足下早附白書,報吾伯父,宜以時到,得贖吾還,使亡魂復歸,死骨更肉.儻吾伯父捐去廟堂,難可咨啓,卽願足下親脫石父,解夷吾之驂,往贖華元,類宋人之事."保安得書,甚傷之.時元振已卒,保安乃為報,許贖仲翔.仍傾其家,得絹二百匹往,因住巂州,十年不歸,經營財物,前後得絹七百匹,數猶未至.保安素貧窶,妻子猶在遂州,貪贖仲翔,遂與家絕,每於人有得,雖尺布升粟,皆漸而積之.後妻子饑寒,不能自立.其妻乃率弱子,駕一驢,自往瀘南,求保安所在,於途中糧盡,猶去姚州數百.其妻計無所出,因哭於路左,哀感行人.時姚州都督楊安居乘驛赴郡,見保安妻哭,訪知其故,大奇之,謂曰:"吾前至驛,當候夫人,濟其所乏."既至驛,安居賜保安妻錢數千,給乘令進.眉:熱腸自冷不得,猶冷腸不可令熱也.安居馳至郡,先求保安見之,執其手升堂,謂保安曰

："吾常讀古人書，見古人行事，不謂今日親睹於公．眉：楊公更奇，正惺惺惜惺惺也．吾今初到，無物助公，且於庫中假官絹四百匹，濟公此用．待友人到後，吾方徐爲塡還．"眉：誰肯？保安喜，取其絹，令蠻中通信者持往．向二百日而仲翔至姚州，形狀憔悴，殆非人類．方與保安相識，語相泣也．眉：識面方今，識心已久，才是眞正好相識．安居曾事郭尙書，則爲仲翔洗沐，賜衣裝，引與同坐，宴樂之．安居重保安行事，甚寵之．夾：做好人未嘗不得人便宜．於是令仲翔攝治下尉．仲翔久於蠻中，且知其款曲，則使人於蠻洞市女口十人，皆有姿色．旣至，因辭安居歸北，且以蠻口贈之，安居不受曰："吾非市井之人，豈待報耶？欽吳生分義，故因人成事耳．公有老親在北，且充甘膳之資．"仲翔謝曰："微命得全，公之賜也，翔雖瞑目，敢忘大造？但此蠻口，故爲公求來，公今見辭，翔以死請．"安居難違，乃見其小女曰："公旣頻繁有言，重違雅意．此女最小，常所鍾愛，今爲此女，受公一小口耳．"因辭其九人．而保安亦爲安居厚遇，大獲資糧而去．仲翔到家，辭親凡十五年矣．却至京，以功授蔚州錄事參軍，則迎親到官．兩歲，又以優授代州戶曹參軍．秩滿內憂，葬畢，因行服墓次，乃曰："吾賴吳公見贖，故能拜職養親．今親歿服除，可以行吾志矣．"乃行求保安，而保安自方義尉選授眉州彭山丞，仲翔邃至蜀訪之．保安秩滿，不能歸，與其妻皆卒於彼，權窆寺內．仲翔聞之，哭甚哀，因製縗麻，環絰加杖，自蜀郡徒跣，哭不絕聲．至彭山，設祭酹畢，乃出其骨，每節皆墨記之，盛於練囊．又出其妻骨，亦墨記，貯於竹籠．而徒跣親負之，徒行數千里，至魏郡．保安有一子，仲翔愛之如弟．於是盡以家財二十萬，厚葬保安，仍刻石頌美．仲翔親廬其側，行服三年．旣而爲嵐州長史，又加朝散大夫．携保安子之官，爲娶妻，恩養甚至．仲翔德保安不已．天寶十二年，詣闕，讓朱紱及官於保安之子以報. 時人甚高之. 初, 仲翔之沒也, 賜蠻首爲奴, 其主愛之, 飮食與其主等. 經歲, 仲翔思北, 因逃歸, 追而得之, 轉賣於南洞. 洞主嚴惡, 得仲翔, 苦役之, 鞭笞甚至. 仲翔棄而走, 又被逐得, 更賣南洞中, 其洞號菩薩蠻. 仲翔居經歲, 困厄復走, 蠻又追而得之, 復賣他洞. 洞主得仲翔, 怒曰: "奴好走, 難禁止邪?" 乃取兩板, 各長數尺, 令仲翔立於板, 以釘釘其足背, 釘達於木. 每役使, 常帶二木行, 夜則納地檻中, 親自鎖閉. 仲翔二足, 經數年瘡方愈. 木鎖地檻, 如此七年, 仲翔初不堪其憂. 保安之使人往贖也, 初得仲翔之首主, 展轉爲取之, 故仲翔得歸焉.

* 이 고사는 《태평광기》 권166 〈기의・오보안〉에 실려 있다.
1 일(日): 《태평광기》에는 "차(且)"라 되어 있는데, 문맥상 보다 타당하다.

28-4(0700) 허당

허당(許棠)

출《척언》

　　허당은 오랫동안 과장(科場)에서 좌절하다가, [당나라] 함통(咸通) 연간(860~874) 말에 마대(馬戴)가 대동군(大同軍)의 막료로 있을 때 허당이 그를 찾아갔는데, 그들은 만나자마자 마치 예전부터 서로 알던 사이 같았다. 허당이 그곳에 몇 개월을 머무는 동안 마대는 단지 시와 술을 나눌 뿐이었으며, 허당이 바라는 바를 물어본 적이 없었다. 그러던 어느 날 마대가 빈객을 크게 초청한 자리에서 사자(使者)에게 명해 허당의 집에서 보내온 편지를 주게 했는데, 허당은 깜짝 놀라면서 그 편지가 어떻게 오게 되었는지 알지 못했다. 허당은 편지를 열어 보고 나서야 마대가 몰래 사람을 보내 그의 집안을 돌봐 준 사실을 알게 되었다. 미: 그를 위해 죽어도 좋다.

許棠久困名場, 咸通末, 馬戴佐大同軍幕, 棠往謁之, 一見如舊相識. 留連數月, 但詩酒而已, 未嘗問所欲. 忽一旦, 大會賓友, 命使者以棠家書授之, 棠驚愕, 莫知其來. 啓緘, 乃是戴潛遣一介, 恤其家矣. 眉: 可爲之死.

* 　이 고사는《태평광기》권235〈교우·허당〉에 실려 있다.

28-5(0701) 주간로

주간로(周簡老)

출《유양잡조》

　태복경(太僕卿) 주호(周皓)는 귀족 자제였는데 힘이 세고 기개가 높았다. [당나라] 천보(天寶) 연간(742~756)에 젊은 주호는 항상 객들과 어울려 화류계에서 놀았으며, 결국엔 도망자들을 길렀다. 그는 파리가 냄새나는 곳으로 달려들듯이 도성 안의 명기(名妓)들을 찾아다녔는데, 손에 넣지 못하는 경우가 없었다. 당시 정공방(靖恭坊)에 야래(夜來)라는 기녀가 있었는데, 나이가 어린 데다 예쁘게 웃고 누구보다도 가무에 뛰어났으므로, 귀공자들이 재산을 다 털어 그녀의 환심을 사고자 했다. 주호는 당시 여러 명의 부잣집 자제들과 함께 더욱 설쳤다. 하루는 야래의 어머니가 주호에게 말했다.

　"아무 날이 야래의 생일인데 어찌 적막하게 보낼 수 있겠소?"

　주호는 왕래하던 사람들과 함께 진귀한 물품들을 구해서 수십만 냥을 모았다. 그들은 야래의 집에 모여서 술을 마셨는데, 악공(樂工) 하회지(賀懷智)와 기해해(紀孩孩) 등은 모두 한 시대의 가장 뛰어난 기예인이었다. 그런데 대문의 빗장을 걸자마자 갑자기 아주 급히 문을 두드리는 소리가 들려왔다. 주호는 안에 있던 사람들에게 문을 열지 말라고 주의를 주었는데, 한참이 지나서 밖에 있던 이들이 문을 부수고 들어왔다. 자색 옷을 입은 젊은이가 수십 명의 기병을 거느리고 와서 야래의 어머니를 꾸짖었는데, 바로 장군 고역사(高力士)의 아들이었다. 미 : [환관인] 고역사에게 아들이 있었다. 그 어머니는 야래와 함께 울면서 절을 하고, 손님들은 떠나가려고 했다. 주호는 당시 혈기가 한창 왕성했는데, 고역사 아들의 종자들을 살펴보니 자신의 적수가 되지 못했기에, 앞으로 나아가 그가 권세를 믿고 함부로 행동하는 것을 꾸짖으며 팔을 휘둘러서 그를 쳤다. 자색 옷을 입은 자가 주먹을 맞고 넘어졌고 턱뼈까지 부러지자, 미 : 《수호전(水滸傳)》의 이대가[李大哥 : 이규(李逵)]의 솜씨다. 주호는 결국 쏜살같이 밖으로 뛰쳐나갔다. 당시 도정역(都亭驛)을 관장하던 위정(魏貞)은 의로운 마음을 지니고 있었으며 사객(私客)을 양성하길 좋아했다. 주호가 위정에게 사정을 얘기하고 의탁하자, 위정은 아내와 딸들 사이에 그를 숨겨 주었다. 그때 관아에서 주호를 급박하게 체포하려고 하자 종적이 드러날까 자주 두려워한 위정은 밤에 행장을 꾸려 주고 백금 몇 덩이를 주호의 허리춤에 채워 주면서 말했다.

"변주(汴州)의 주간로는 의로운 선비이고 게다가 낭군과는 당가(當家)이니, 미 : '당가'는 같은 성씨를 말한다. 지금 그에게 의탁하되 마땅히 공손해야 하고 태만해서는 안 되오."

주간로는 대개 대협(大俠)이었는데, 위정의 편지를 보고 매우 기뻐했다. 주호는 그에게 절을 하고 숙부의 예를 갖추었으며 자신의 상황을 말했다. 주간로는 주호에게 배 안에서 지내라고 하면서 함부로 나오지 말라고 주의를 주었으며, 필요한 물건을 매우 풍족하게 제공했다. 그렇게 1년 남짓 지냈을 때, 갑자기 배 위에서 곡하는 소리가 들렸다. 주호가 몰래 엿보았더니 한 젊은 부인이 소복을 입고 있었고 매우 아름다웠는데, 그녀는 주간로와 서로를 위로하고 있었다. 그날 저녁에 주간로가 갑자기 주호의 거처로 와서 물었다.

"자네는 혼인했는가? 나에게 사촌 누이가 있는데, 아무개에게 시집갔다가 아무개는 죽고 자식도 없다네. 그래서 지금 돌아갈 데가 없으니 자네를 섬기게 했으면 하네."

주호는 감사의 절을 올렸다. 그날 저녁에 주간로의 사촌 누이는 주호에게 시집갔으며, 딸 둘과 아들 하나를 낳을 때까지 여전히 배에서 생활했다. 어느 날 갑자기 주간로가 주호에게 말했다.

"자네의 일은 이미 잠잠해졌네. 자네는 생김새가 볼품없어서 분명 알아볼 사람이 없을 것이니, 강회(江淮) 일대로 가도록 하게."

주간로는 주호에게 100여 관(貫)의 돈을 주며 소리 내 울면서 작별했다. 이렇게 해서 주호는 마침내 화를 면했다.

평 : 위정은 평소 주호에게 은혜를 받은 적이 없었지만, 단지 그가 사정을 얘기하고 자기에게 의탁한 것을 귀히 여겼을 뿐이다. 주간로 또한 평소 위정과 서로 아는 사이가 아니었지만, 단지 차마 위정의 부탁을 저버리지 못했을 뿐이다. 옛사람들의 의기투합은 이와 같았는데, 어찌하여 지금은 그 만분의 1도 없단 말인가? 내풍몽룡]는 《한서(漢書)》를 읽다가 손빈석[孫賓石 : 손숭(孫嵩)]이 조기(趙岐)를 구해 준 일[42]에 이르러 한 번 통곡했으며, 《태평광기》를 보다가 주간로가 주호를 구해 준 일에 이르러 다시 통곡했다.

太僕卿周皓, 貴族子, 多力負氣. 天寶中, 皓少年, 常結客爲花柳之遊, 竟畜亡命. 訪城中名姬, 如蠅襲羶, 無不獲者. 時靖恭有姬子夜來, 稚齒巧笑, 歌舞絶倫, 貴公子破産迎之. 皓時與數輩富者更擅之. 會一日, 其母白皓曰 : "某日夜來生日, 豈可寂寞乎?" 皓與往還, 竟求珍貨, 合錢數十萬. 會飮其

---

[42] 손빈석[孫賓石 : 손숭(孫嵩)]이 조기(趙岐)를 구해 준 일 : 조기는 한나라 말의 관리이자 경학자다. 환제(桓帝) 때 환관에게 죄를 지어 북해(北海)로 도망가서 떡을 팔았는데, 북해의 명사였던 손숭이 그를 구제해 자기 집으로 데려와서 몇 년 동안 이중 벽 속에 숨겨 주었다. 나중에 조기는 사면받아 다시 세상에 나가 여러 벼슬을 했다.

家, 樂工賀懷智·紀孩孩, 皆一時絶手. 扃方合, 忽覺擊門聲甚急. 皓戒內勿開, 良久, 折關而入. 有少年紫衣, 騎從數十, 詣其母, 卽將軍高力士之子也. 眉: 高力士有子. 母與夜來泣拜, 諸客將散. 皓時血氣方剛, 顧從者不相敵, 因前讓其怙勢, 攘臂格之. 紫衣者踣於拳下, 且絶其頷骨. 眉:《水滸傳》李大哥手段. 皓遂突出. 時都亭驛所由魏貞, 有心義, 好養私客. 皓以情投之, 貞乃藏於妻女間. 時有司追捉急切, 數恐踪露, 乃夜辦裝具, 腰白金數錠, 謂皓曰: "汴州周簡老, 義士也, 復與郎君當家, 眉: 當家, 謂同姓. 今可依之, 且宜謙恭不怠." 周簡老, 蓋大俠也, 見魏貞書, 喜甚. 皓因拜之爲叔, 遂言其狀. 簡老令居一船中, 戒無妄出, 供與極厚. 居歲餘, 忽聽船上哭泣聲. 皓潛窺之, 見一少婦, 縞衣甚美, 與簡老相慰. 其夕, 簡老忽至皓處, 問: "君婚未? 某有表妹, 嫁與甲, 甲卒無子. 今無所歸, 可事君子." 皓拜謝之. 卽夕, 其表妹歸皓, 有女二人, 男一人, 猶在舟中. 簡老忽語皓: "事已息. 君貌寢, 必無人識者, 可遊江淮." 乃贈百餘千, 號哭而別. 於是遂免.

評: 貞非素有德於皓也, 特貴其以情投耳. 簡老又非素與貞相識也, 特不忍負貞之託耳. 古人意氣相期如此, 何今無萬分之一耶? 吾讀《漢書》至孫賓石救趙岐事, 爲之一慟, 閱《廣記》至周簡老救周皓事, 爲之再慟.

* 이 고사는 《태평광기》 권273 〈부인·주호(周皓)〉에 실려 있다.

28-6(0702) 후이

후이(侯彛)

출《독이지》

당(唐)나라 대력(大曆) 연간(766~779)에 만년현위(萬年縣尉) 후이는 의리를 숭상했는데, 일찍이 역적을 숨겨 주었다. 어사가 추국했으나 그가 끝내 역적이 있는 곳을 말하지 않자 어사가 말했다.

"역적이 너의 좌우 무릎뼈 밑에 있다."

후이는 계단의 벽돌을 들어 스스로 자신의 [오른쪽] 무릎뼈를 내리친 후 그것을 뒤집어서 어사에게 보여 주며 말했다.

"역적이 어디에 있소이까?"

어사가 또 말했다.

"너의 왼쪽 무릎뼈 밑에 있다."

후이는 또 왼쪽 무릎뼈를 내리쳐 그것을 뒤집어서 보여 주었다. 그러자 어사는 번철에 맹렬히 타오르는 불을 담아 후이의 배 위에 올려놓았는데, 연기가 자욱하게 피어올라 주위 사람들이 모두 차마 보지 못했다. 그러나 후이는 화를 내며 호통쳤다.

"어찌하여 숯을 더 넣지 않소!"

어사가 그를 기이하다고 여겨 그 일을 상주했더니, 대종(代宗)이 그를 불러 접견하며 말했다.

"어찌하여 역적을 숨겨 주어 이와 같은 고통을 자초하느냐?"

후이가 대답했다.

"신은 실제로 그 사람을 숨겨 주었지만 이미 그에게 승낙했으므로 죽더라도 끝내 발설할 수 없습니다." 미 : 천자도 어찌할 수 없는데, 하물며 그 사람을 죽게 함으로써 남에게 아첨하려 하겠는가?

대종은 결국 그를 단주(端州) 고요현위(高要縣尉)로 폄적시켰다. 협 : 대종은 후이를 죽이지 않았으니 또한 도량이 크다.

唐大曆中, 有萬年尉侯彛者, 好尙心義, 嘗匿國賊. 御史推鞫理窮, 終不言賊所在, 御史曰: "賊在汝左右膝蓋下." 彛遂揭階磚, 自擊其膝蓋, 翻示御史曰: "賊安在?" 御史又曰: "在左膝蓋下." 又擊之, 翻示. 御史乃以鐵貯烈火, 置其腹上, 烟氣燋勃, 左右皆不忍視. 彛怒呼曰: "何不加炭!" 御史奇之, 奏聞, 代宗卽召見曰: "何爲隱賊, 自貽其苦若此?" 彛對曰: "臣實藏之, 已然諾於人, 終死不可得." 眉 : 天子亦無如何, 況肯殺人媚人乎? 遂貶之爲端州高要尉. 夾 : 代宗不殺彛, 亦高.

* 이 고사는 《태평광기》 권194 〈호협·후이〉에 실려 있다.

28-7(0703) 방광정

방광정(房光庭)

출《어사대기》

　　방광정이 상서랑(尙書郞)으로 있을 때, 친구 설소(薛昭)가 유배를 당해 그에게 의탁하자 방광정은 그를 숨겨 주었다. 그러나 일이 잘못되어 어사 육유일(陸遺逸)이 다급하게 그의 목을 죄어 오자 방광정이 두려운 나머지 당시의 재상을 찾아가 뵈었더니 재상이 말했다.

　　"공은 낭관(郞官)인데 어찌하여 그 사람을 숨겨 주었는가?"

　　방광정이 말했다.

　　"저와 설소는 오랜 친구 사이입니다. 어려운 처지에 놓여 저를 찾아왔고 그가 지은 죄 또한 큰 죄가 아닌데, 어찌 받아주지 않을 수 있겠습니까? 제가 만약 그를 잡아 관가로 보냈다면 조정 대신들이 또한 저를 어떻게 보겠습니까?"

　　재상은 그의 말을 옳다고 여겨 곧장 그를 자주자사(慈州刺史)로 내보내고 그를 연루시키지 않았다. 미 : 좋은 일을 한 사람이 되었다. 방광정이 한번은 친척을 장사 지내러 가다가 정문(鼎門 : 낙양성 동남쪽 성문)을 나섰을 때 날이 저물고 또 배가 고팠는데, 마침 떡장수가 있기에 동행한 몇 사람과 함께 떡을 먹었다. 그러나 방광정은 평소 돈을 가지고 다니지 않았기에 떡값을 치를 수 없었다. 떡장수가 떡값을 달라고 재촉하자 방광정은 자신을 따라와서 떡값을 가져가라고 명했다. 떡장수가 명을 따르지 않자 방광정이 말했다.

"내 직함을 자네에게 주겠네. 나는 우대어사(右臺御史)이니 날 따라와서 떡값을 가져가게."

당시 사람들은 그의 호탕함을 칭찬했다.

房光庭爲尙書郎, 故人薛昭流放, 而投光庭, 光庭匿之. 旣敗, 御史陸遺逸逼之急, 光庭懼, 乃見時宰, 時宰曰 : "公郎官, 何爲匿此人?" 曰 : "光庭與薛昭有舊, 以途窮來歸, 且所犯非大故, 得不納之耶? 若擒以送官, 居廟堂者, 復何以待光庭?" 時宰義之, 乃出爲慈州刺史, 無他累. 眉 : 落得做好人. 光庭嘗送親故之葬, 出鼎門, 際晚且饑, 會鬻糕餅者, 與同行數人食之. 素不持錢, 無以酬値. 鬻者逼之, 光庭命就我取直. 鬻者不從, 光庭曰 : "與你官銜. 我右臺御史也, 可隨取値." 時人賞其放逸.

* 이 고사는 《태평광기》 권494 〈잡록·방광정〉에 실려 있다.

28-8(0704) 이의득

이의득(李宜得)

출《조야첨재》

    이의득은 본래 천한 사람으로 그 주인을 배반하고 달아났다. [당나라] 현종(玄宗)이 의군을 일으켰을 때 그는 왕모중(王毛仲) 등과 함께 공을 세워 관직이 무위장군(武衛將軍)에까지 이르렀다. 그의 옛 주인이 길에서 그와 마주쳤는데, 옛 주인은 급히 달아나 피하면서 감히 쳐다보지 못했다. 이의득이 좌우 사람들에게 명해 그를 데려오게 했더니, 옛 주인은 몹시 당황하고 두려워했다. 옛 주인이 이의득의 집에 도착하자, 이의득은 그에게 상좌(上座)에 앉기를 청하며 직접 술과 음식을 올렸는데, 옛 주인은 땀을 흘리며 사양했다. 이의득은 옛 주인을 며칠 동안 머물게 한 뒤에 상주했다.

    "신은 나라의 은혜를 입어 영광스러운 녹봉이 분에 넘치는데, 신의 옛 주인은 비천하게 지내면서 조금의 녹봉도 받지 못하고 있습니다. 청컨대 신의 녹봉의 절반을 깎고 관직을 해임해서 그를 영달케 하고자 하니, 폐하께서 신의 어리석은 정성을 들어주시길 원합니다."

    황상은 이의득의 뜻을 가상히 여겨 그의 옛 주인을 낭장(郎將)으로 발탁했다. 미 : 주인을 배반하고 은혜를 저버린 자들은 부끄러워할 만하도다!

李宜得, 本賤人, 背主逃. 當玄宗起義, 與王毛仲等立功, 官至武衛將軍. 舊主遇諸途, 趨而避之, 不敢仰視. 宜得令左右命之, 主甚惶懼. 至宅, 請居上座, 宜得自捧酒食, 舊主流汗辭之. 流連數日, 遂奏云 : "臣蒙國恩, 榮祿過分, 臣舊主卑瑣, 曾無寸祿. 臣請割半俸解官以榮之, 願陛下遂臣愚款." 上嘉其志, 擢主爲郎將. 眉 : 叛主背恩者可愧!

* 이 고사는 《태평광기》 권167 〈기의・이의득〉에 실려 있다.

28-9(0705) 양성

양성(陽城)

출《건손자》

　　양성은 [당나라] 정원(貞元) 연간(785~805)에 세 동생과 함께 섬주(陝州) 하양산(夏陽山)에 은거하면서 결혼하지 않겠다고 서로 맹세했다. 콩잎을 먹고 물을 마시며 왕골자리를 깔고 베 이불을 덮으면서 매우 즐겁게 한방에서 함께 지냈다. 나중에 흉년이 들자 그는 종적을 감추고 마을 사람들과 왕래하지 않았다. 간혹 뽕나무나 느릅나무의 껍질을 벗겨서 잘게 부숴 죽을 끓여 먹으면서도 시서(詩書)를 강론하는 일은 잠시도 그만둔 적이 없었다. 그에게는 도아(都兒)라는 하인이 있었는데 마음이 잘 맞았다. 마을 사람들이 다소 많은 음식을 보내 주면, 그는 문을 닫고 받지 않았으며 굶주린 새들에게 뿌려 주었다. 나중에 마을 사람이 몰래 그의 문 앞에 쌀겨 알갱이 10여 종지를 가져다 놓게 했더니, 그들은 그 자리에서 먹었다. 다른 날 산동(山東)의 제후가 그의 고상한 절의(節義)를 듣고 사자를 파견해 비단 500필을 보냈지만, 양성은 한사코 거절하며 받지 않았다. 사자가 명을 받은 이상 다시 가져갈 수 없다고 하자, 양성은 하는 수 없이 집 모퉁이에 그것을 던져 놓고 한 번도 펼쳐 보지 않았다. 얼마 지나지 않아 정척(鄭侙)이라는 절개 있는 선비가 급하게 부모의 장례를 치르려고 사람들에게 부탁했지만 도움을 받지 못했는데, 도중에 양성의 집을 지나가다가 그를 찾아가서 만났다. 정척의 근심스러운 얼굴과 지친 모습을 본 양성은 열흘 동안 그에게 숙식을 제공했는데, 정척에게 가는 곳을 물어 정척이 사정을 자세히 일러 주자 양성이 말했다.

"근자에 제후께서 하사하신 물건이 내게 있는데 쓸 데가 없으니, 그대가 자식으로서 종신의 도리를 행할 수 있도록 돕고자 하오."

정척이 한사코 사양하자 양성이 말했다.

"그대가 만약 망령되지 않았다면 또 어찌 사양하시오?"

그러자 정척이 대답했다.

"군자께서 뜻밖의 은혜를 베풀어 주셨으니, 제가 일을 마친 후에 노복이 되어 갚고자 합니다."

그러고는 마침내 떠났다. 정척이 동락(東洛 : 낙양)에서 장례를 다 치른 후에 지팡이를 짚고 양성에게 돌아와서 이전의 약속을 지키려 하자 양성이 말했다.

"그대는 어찌 이러시오? 만약 달리 매인 것이 없다면 뜻을 같이해서 학문을 닦아도 되오."

정척이 눈물을 흘리며 말했다.

"만약 그러하다면 이 미천한 몸이 얼마나 행운이겠습니까!"

정척은 책을 읽고 외우는 일을 그다지 잘하지 못했다. 한 달 남짓 지나서 양성이 그에게 《모시(毛詩)》를 외우게 했는데, 그는 비록 쉬지 않고 열심히 읽었지만 그와 함께 토론해 보면 마치 강물에 돌을 던진 듯 아무런 대답도 하지 못했다. 정척이 크게 부끄러워하자 양성이 말했다.

"언덕 북쪽에 띳집이 있으니, 그대는 그곳에서 스스로 공부하시오."

정척은 몹시 기뻐하며 얼른 그곳으로 옮겨 갔다. 다시 한 달 남짓 지나 양성이 그를 찾아가서 함께 〈국풍(國風)〉에 대해 토론했는데, 정척은 비록 공부를 열심히 했지만 결국 한 마디 말도 주고받을 수 없었다. 양성이 막 나와서 채 30보도 가지 않았을 때 정척은 들보 아래에서 목을 매달아 죽었다.
미 : 죽음으로써 자신을 알아준 것에 보답한 것이지 목숨을 가볍게 여긴 것은 아니다. 정척에게 음식을 가져다주던 아이가 깜짝 놀라 양성에게 알렸더니, 양성은 마치 사지가 찢겨 나가는 것처럼 통곡했다. 그러고는 도아에게 명해 술을 가져와서 제사상을 차리게 하고, 직접 제문을 짓고 제사를 지냈다. 또한 스스로 옷을 벗고 노복에게 정척의 시신을 업게 한 뒤에 [도아를 시켜 자신에게 회초리 15대를 때리게 했으며], 그러고 나서 상복을 입고 정척을 후하게 장사 지내 주었다. 이로 말미암아 양성은 사대부들에게 추앙을 받았다.

陽城, 貞元中, 與三弟隱居陝州夏陽山中, 相誓不婚. 啜菽飲水, 莞簟布衾, 熙熙怡怡, 同於一室. 後遇歲荒, 屛迹不與同里往來. 或採桑楡之皮, 屑以爲粥, 講論詩書, 未嘗暫輟. 有蒼頭曰都兒, 與主協心. 里人餽食稍豐, 則閉戶不納, 散於餓禽. 後里人竊令於中戶致糠覈十數杯, 乃就地食焉. 他日, 山東諸侯聞其高義, 發使寄五百縑, 城固拒却. 使者受命不令返, 城乃標於屋隅, 未嘗啓緘. 無何, 有節士鄭俶者, 迫於營擧, 投人不應, 因途經其門, 往謁之. 俶戚容瘵貌, 城留食旬時, 問俶所之, 俱以情告, 城曰:"城有諸侯近貺物, 無所用, 輒助足下人子終身之道." 俶固讓, 城曰:"子苟非妄, 又何讓焉?" 俶對曰:"君子旣施不次之恩, 某願終志後, 爲奴僕償之." 遂去. 俶東洛塋事罷, 杖歸城, 以副前約, 城曰:"子奚如是? 苟無他繫, 同志爲學可也." 俶泣涕曰:"若然者, 微軀何幸!" 俶於記覽苦不長. 月餘, 城令諷《毛詩》, 雖不輟尋讀, 及與之討論, 如水投石. 俶大慚, 城曰:"阜北有茅齋, 子可自玩習也." 俶甚喜, 遽遷之. 復經月餘, 城訪之, 與論〈國風〉, 俶雖加功, 竟不能往復一辭. 城方出, 未三十步, 俶縊於梁下. 眉: 以死報知己, 非輕生也. 供饋童驚以告城, 城慟哭, 若裂支體. 乃命都兒將酒奠之, 親作文致祭. 自脫衣, 令僕夫負之[1], 仍服緦麻, 厚瘞之. 由是爲縉紳所推重.

* 이 고사는 《태평광기》 권167 〈기의·양성〉에 실려 있다.

1 영복부부지(令僕夫負之):《태평광기》에는 이 뒤에 "도아행가초십오(都兒行檟楚十五)"란 구절이 있는데, 문맥상 의미가 보다 분명하다.

28-10(0706) 요유방

요유방(廖有方)

출《운계우의》

　　요유방은 [당나라] 원화(元和) 을미년(乙未年, 815)에 과거에 낙방하고 촉(蜀) 땅을 떠돌아다니다가, 보계현(寶鷄縣)의 서쪽에 이르러 공관으로 갔다. 그때 갑자기 신음 소리가 들리기에 가만히 들어 보았더니 거의 숨이 끊어질 듯했으며, 방 안에 한 가난하고 병든 젊은이가 보였다. 요유방이 그에게 병의 상태와 사는 곳을 물었더니 그 사람이 가까스로 대답했다.

　　"고생하면서 열심히 여러 차례 과시를 보았지만 저를 알아주는 이를 만나지 못했습니다."

　　그 사람은 곁눈으로 요유방을 바라보고 머리를 조아리더니 한참 뒤에 다시 말했다.

　　"다만 저의 시신을 부탁드립니다."

　　그러고는 나머지 말을 잇지 못했다. 요유방이 막 그를 치료해 주려고 했지만, 잠시 후에 갑자기 죽는 바람에 결국 그의 성명도 알지 못했다. 요유방은 마침내 타고 다니던 말과 안장을 마을 부자에게 헐값에 팔아 관을 마련해서 그를 묻어 주었으며, 떠날 때 마음 아파하며 또 묘지명을 지었다.

"아! 그대는 죽어서 세상에 빈껍데기만 남겼으니, 몇 번이나 과장에서 노심초사했겠는가? 반쪽 얼굴로 그대 위해 통곡했지만, 그 고향이 어디인지 모르겠구나."

나중에 요유방은 서촉(西蜀)에서 돌아와 동천(東川) 길로 해서 영감역(靈龕驛)에 이르렀는데, 역장(驛將)이 그를 자신의 집으로 모시고 갔다. 그 집에 가서 보았더니 역장의 처가 소복을 입고 재배하면서 흐느껴 울었는데, 마치 친동기간을 대하듯 했다.

그곳에서 반달을 지내는 동안 하인과 말도 모두 배불리 먹었지만, 요유방은 무슨 연유인지 헤아리지 못했다. 요유방이 떠날 때 역장의 처는 또 슬피 울면서 값이 수백 관(貫)이나 되는 비단을 말에 실어 선물로 주었다. 역장이 말했다.

"당신이 올 봄에 묻어 준 사람은 수재 호관(胡綰)인데, 그는 바로 제 처의 오라비입니다."

요유방은 비로소 죽은 이의 성명을 알게 되었다. 요유방은 지난날 장례 치를 때의 상황을 다시 말해 주었으며, 그가 준 선물을 끝까지 받지 않으면서 말했다.

"저는 사내대장부로 고금의 이치를 조금 알고 있습니다. 제가 우연히 한 동료를 장사 지내 주었지만, 이런 후한 사례는 감당할 수 없습니다."

그러고는 말고삐를 재촉해 떠났다. 역장이 급히 말을 타고 와서 그를 전송했는데, 다시 한 역을 지나쳤는데도 여전히 서로 헤어지지 못했다. 요유방이 그 물건을 돌아보지 않자 역장은 그 소매를 붙잡았는데, 각자 실랑이를 벌이다가 결국 그 물건을 들판에 버렸다. 마을의 노인이 이 의로운 일을 주부(州府)에 아뢰자, 주장(州將: 자사)이 표문을 올려 조정에 상주했다. 재상과 대신들이 요유방을 알아보고 함께 그를 이끌어 주었다. 이듬해 이봉길(李逢吉)이 지공거(知貢擧)가 되었을 때 요유방은 급제했으며, 이름을 요유경(廖游卿)으로 바꿨다.

廖有方, 元和乙未歲, 下第遊蜀. 至寶雞西, 適公館, 忽聞呻吟聲, 潛聽而微愴, 乃於室內見一貧病兒郎. 問其疾與居止, 強而對曰: "辛勤數擧, 未偶知音." 眄睞叩頭, 久而復語: "惟以殘骸相託." 餘不能言. 方擬救療, 俄忽而逝, 竟不知其姓字也. 廖遂貶鬻所乘鞍馬於村豪, 備棺瘞之, 臨岐悽斷, 復爲銘曰: "嗟君歿世委空囊, 幾度勞心翰墨場? 半面爲君申一慟, 不知何處是家鄉." 後廖自西蜀回, 取東川路, 至靈龜驛, 驛將迎歸私第. 及見其妻, 素衣, 再拜嗚咽, 有同親懿. 淹留半月, 僕馬皆飫, 廖不測何緣. 臨別, 其妻又悲啼, 贈賻繒錦一馱, 價值數百千. 驛將曰: "郎君今春所葬胡綰秀才, 卽某妻室之季兄也." 始知亡者姓字. 復叙平生之弔, 所遺物終不納焉, 曰: "僕爲男子, 粗察古今. 偶然葬一同流, 不可當茲厚惠." 遂促轡而前. 驛將奔騎而送, 復逾一驛, 尙未分離. 廖君不顧其物, 驛將執袂, 各恨東西, 物乃棄於林野. 鄉老以義事申州, 州將以表奏朝廷. 宰寮願識有方, 共爲導引. 明年,李逢吉知擧, 有方及第, 改名游卿.

* 이 고사는 《태평광기》 권167 〈기의 · 요유방〉에 실려 있다.

28-11(0707) 이약

이약(李約)

출《상서고실》

　　병부원외랑(兵部員外郞) 이약은 견국공[汧國公 : 이면(李勉)]의 아들이다. 그는 식견이 맑고 도량이 넓어서 사람들 중에서 출중하게 드러났다. 그는 주객원외랑(主客員外郞)43) 장심(張諗)과 함께 벼슬했는데, 징군(徵君)44) 위황(韋況)과 함께 속세를 벗어나 은거하면서 결혼하지 않았으며 생업도 돌보지 않았다. 이약은 유독 장심과 돈독하게 지냈는데, 매번 장심과 함께 침상에 누워 조용히 얘기를 나누면서 날이 밝도록 잠들지 않았으나 사람들은 이를 알지 못했다. 이약이 장심에게 시를 지어 주었다.

　　"내게 마음의 근심거리가 있어도, 위이(韋二 : 위황)에게는 말하지 않네. 가을밤 낙양성(洛陽城)에, 밝은 달은 장팔(張八 : 장심)을 비추네."

---

43) 주객원외랑(主客員外郞) : 외국의 사절을 접대하고 여러 번진의 조빙(朝聘)을 담당하는 관리.
44) 징군(徵君) : 조정의 초징을 받았지만 벼슬길에 나아가지 않는 이를 징사(徵士)라고 하는데, 이를 높여 '징군'이라 한다.

이약이 일찍이 강에서 배를 타고 가다가 한 호상(胡商)의 배와 함께 정박했다. 병을 앓고 있던 호상은 한사코 이약을 초청해 만나 보고 자신의 두 딸을 그에게 부탁했는데, 두 딸은 모두 절세의 미인이었다. 호상은 또 그에게 명주(明珠 : 야광주)를 주었다. 이약은 호상의 부탁을 모두 들어주겠다고 했다. 호상이 죽었을 때 재물과 보화가 대략 수만금에 달했는데, 이약은 그 수를 모두 장부에 기록해서 관가로 보냈고 그의 두 딸에게 배필을 구해 주었다. 처음에 호상을 염할 때 이약은 직접 야광주를 호상의 입에 물렸으나, 사람들은 그 일을 알지 못했다. 그 후에 죽은 호상의 친척들이 와서 그의 재물을 점검할 때, [야광주가 빈다고 하자] 이약은 관리에게 호상의 관을 열어 검사해 달라고 청했는데, 야광주가 과연 그곳에 있었다.

兵部員外李約, 汧公之子也. 識度淸曠, 迥出塵表. 與主客張員外諗同官, 並韋徵君況, 牆東逝世, 不婚娶, 不治生業. 李獨厚於張, 每與張匡床靜言, 達旦不寢, 人莫得知. 贈張詩曰: "我有心中事, 不與韋二說. 秋夜洛陽城, 明月照張八." 約嘗江行, 與一商胡舟楫相次. 商胡病, 固邀相見, 以二女託之, 皆絶色也. 又遺明珠. 約悉唯唯. 及商胡死, 財寶約數萬, 悉籍其數送官, 而以二女求配. 始殮商胡時, 約自以夜光唅之, 人莫知也. 後, 死胡有親屬來理資財, 約請官司發官檢之, 夜光果在.

* 이 고사는 《태평광기》 권168 〈기의 · 이약〉에 실려 있다.

28-12(0708) 배도

배도(裵度)

출《옥당한화》

[당나라] 원화(元和) 연간(806~820)에 새로 호주(湖州) 녹사참군(錄事參軍)에 제수된 사람이 있었는데, 부임지에 도착하기 전에 도적을 만나 임명장과 기타 증빙 서류까지 남김없이 몽땅 털렸다. 그는 하는 수 없이 근처 고을에서 헌 옷가지를 구걸하고 여기저기서 돈을 빌려 다시 여관으로 돌아왔다. 여관은 배진공(裵晉公 : 배도)의 저택 가까이에 있었다. 때마침 휴가 중이었던 배진공은 미복 차림으로 집을 나와 노닐다가 호규(湖糾 : 호주 녹사참군)가 머물고 있는 여관까지 오게 되어, 그 사람과 인사를 나누고 앉아서 이런저런 얘기를 하다가 그의 행적에 대해 물었더니 호규가 대답했다.

"저의 고달픈 사연은 사람들이 차마 들을 수 없을 정도입니다."

말을 하면서 눈물을 줄줄 흘렸다. 배진공이 그를 불쌍히 여기며 그 사정을 자세히 캐물었더니 그가 대답했다.

"저는 도성에서 머문 지 수년 만에 외지의 관직에 제수되었는데, 도적을 만나 몽땅 털리고 미천한 목숨만 겨우 건졌습니다. 그래도 이것은 작은 일에 불과합니다. 저는 곧 장가 가려고 했지만 아내를 맞이하기도 전에 군목(郡牧 : 자사)이 그녀를 억지로 데려가서 상상(上相 : 재상) 배 공(裵公 : 배도)에게 바쳤습니다."

배진공이 말했다.

"그대의 아내는 성씨가 무엇이오?"

그 사람이 대답했다.

"성은 아무개이고, 자는 황아(黃娥)입니다."

그때 배진공은 자주색 바지와 적삼을 입고 있었는데 그에게 말했다.

"나는 바로 배진공의 친교(親校 : 측근 교위)이니, 그대를 위해 한번 알아보겠소."

그러고는 그의 성명을 물어보고 나서 갔다. 호규는 방금 전의 일을 후회하면서 그 사람이 혹시라도 정말 중령(中令 : 중서령, 배도)의 측근이어서 들어가 아뢴다면 틀림없이 화가 닥칠 것이라고 생각하며 잠을 편히 자지 못했다. 이튿날 날이 밝자 호규는 일단 배진공의 저택으로 가서 살펴보았는데, 배진공은 이미 집 안으로 들어간 뒤였다. 날이 저물자 붉은 옷을 입은 관리가 여관으로 와서 영공(令公 : 중서령, 배도)께서 부르신다고 했다. 호규는 그 말을 듣고 두려워하면서 황급히 관리와 함께 갔다. 호규는 작은 대청으로 불려 들어가서 엎드려 절하고 땀을 흘리면서 감히 배진공을 쳐다보지 못했다. 곧

이어 자리에 앉으라고 하자 몰래 배진공을 보았더니, 바로 어제 자색 옷을 입은 압아(押牙 : 절도사 휘하의 무관)였다. 호규가 재삼 머리 숙여 사과하자 중령이 말했다.

"어제 자네가 한 말을 듣고 진심으로 측은했기에 지금 잠시 그대의 근심을 위로해 주고자 하네."

그러고는 곧장 상자 속에서 임명장을 꺼내 그에게 주라고 명하고 그를 다시 호규에 제수했다. 호규가 뛸 듯이 기뻐하고 있을 때 배진공이 또 말했다.

"황아와 함께 부임지로 가도 좋네."

배진공은 특별히 황아를 그 여관에 데려다주게 하고 행장을 꾸릴 돈 1000관(貫)을 주면서 함께 부임지로 가게 했다. 미 : 결혼과 벼슬을 동시에 모두 이루었으니 즐겁도다!

평 : 《인화록(因話錄)》에서 이르길, "배진공이 문하시랑(門下侍郎)으로 있을 때 이부(吏部)의 선인관(選人官)을 찾아가서 이전에 함께 급사중(給事中)을 지낸 사람에게 말하길, '나는 그저 지극히 운이 많이 따르는 사람이지만, 이 사람들은 기껏 내 절반밖에 미치지 못하니 어찌 운명을 물을 만하겠는가!'라고 했다. 미 : 누가 이처럼 마음을 평안히 할 수 있겠는가? 배진공은 술수를 믿지 않았고 입고 먹는 것도 좋아하지 않았는데, 매번 사람들에게 말하길, '닭고기와 돼지고기, 물고기와 마늘은 만나게 되면 먹고, 사람의 생로병

사는 때가 되면 따를 뿐이오'라고 했다. 그의 넓고 활달한 기량과 도량이 모두 이와 같았다"라고 했다.

元和中, 有新授湖州錄事參軍, 未赴任, 遇盜, 攘剝殆盡, 告敕歷任文薄, 悉無孑遺. 遂於近邑行丐故衣, 迤迆假貸, 却返逆旅. 旅舍俯逼裴晉公第. 時晉公在假, 因微服出遊, 遂至湖料之店, 相揖而坐, 與語周旋, 問及行止, 對曰: "某之苦事, 人不忍聞." 言發涕零. 晉公憫之, 細詰其事, 對曰: "某住京數載, 授官江湖, 遇寇蕩盡, 唯殘微命. 此亦細事爾. 某將娶而未親迎, 遭郡牧强以致之, 獻於上相裴公矣." 裴曰: "子室何姓氏?" 答曰: "姓某, 字黃娥." 裴時衣紫袴衫, 謂之曰: "某卽晉公親校也, 試爲子偵." 遂問姓名而往. 料復悔之, 此或中令之親近, 入白, 當致其禍也, 寢不安席. 遲明, 姑往偵之, 則裴已入內. 至晚, 忽有赭衣吏詣店, 稱令公召. 料聞之惶懼, 倉卒與吏俱往. 延入小廳, 拜伏流汗, 不敢仰視. 卽延之坐, 竊視之, 則昨日紫衣押牙也. 因首過再三, 中令曰: "昨見所話, 誠心惻然, 今聊以慰其憔悴." 卽命箱中官誥授之, 已再除湖料矣. 喜躍未已, 公又曰: "黃娥可于飛之任也." 特令送就其逆旅, 行裝千貫, 與偕赴所任. 眉: 婚宦一時俱遂, 樂哉!

評: 《因話錄》云: "裴晉公爲門下侍郎, 過吏部選人官, 謂同過給事中曰: '吾徒僥幸至多, 此輩優一資半級, 何足問也!' 眉: 誰能平心如此? 公不信術數, 不好服食, 每語人曰: '鷄豬魚蒜, 逢著則喫, 生老病死, 時至卽行.' 其器抱弘達皆此類."

* 이 고사는 《태평광기》 권167 〈기의・배도〉에 실려 있다.

28-13(0709) 융욱

융욱(戎昱)

출《본사시(本事詩)》

　진국공(晉國公) 한황(韓滉)이 절서(浙西) 지방을 진수하고 있을 때, 융욱은 절서 경계 내의 자사(刺史)를 맡고 있었다. 군(郡)의 주막에 한 기녀가 있었는데, 노래도 잘하고 미모 또한 빼어나서 융욱은 그녀와 매우 깊은 정을 나누었다. 그런데 절서의 악장(樂將)이 그녀의 재능에 대해 듣고 그 사실을 한황에게 고하자, 한황은 그녀를 불러들여 관기(官妓)의 호적에 올렸다. 융욱은 감히 그녀를 붙잡아 두지 못하고 얼마 후에 호숫가에서 가사(歌詞)를 지어 그녀에게 주면서 말했다.

　"그곳에 도착해서 노래를 시키거든 반드시 이 가사를 맨 먼저 불러라."

　기녀가 도착하자 한황이 잔치를 열었는데, 스스로 잔을 들더니 그녀에게 노래 한 곡을 불러 보라고 했다. 그녀가 마침내 융욱이 지어 준 가사를 불렀더니 곡이 끝나고 나서 한황이 물었다.

　"융 사군(戎使君 : 융욱)이 너에게 정을 주었던 것이냐?"

　기녀가 두려워하며 일어나서 대답했다.

"예."

그러면서 눈물을 흘리며 말을 이었다. 한황이 그녀에게 옷을 갈아입고 명을 기다리라고 하자, 연회 석상에 있던 사람들은 그녀에게 위험이 닥칠까 봐 걱정했다. 그런데 한황이 악장을 불러 나무라며 말했다.

"융 사군은 명사인데 그런 사람이 군(郡)의 기녀에게 마음을 두고 있었거늘, 너는 어찌하여 그것도 모르고 그녀를 불러들여 나의 허물을 만든단 말이냐?" 미 : 진국공은 본래 알 수 없었다.

그러고는 악장을 태형 10대에 처했으며, 기녀에게 비단 100필을 주어 즉시 돌려보내라고 명했다. 융욱이 지은 가사는 이러했다.

"봄바람 불어오는 호숫가 정자에, 버들가지와 등나무 넝쿨이 사람의 마음 얽어매네. 꾀꼬리와 오랫동안 지내며 서로 사랑했는데, 이별하려니 네댓 번씩 자꾸만 우네."

韓晉公滉鎭浙西, 戎昱爲部內刺史. 郡有酒妓, 善歌, 色亦閑妙, 昱情屬甚厚. 浙西樂將聞其能, 白滉, 召置籍下. 昱不敢留, 俄於湖上爲歌詞以贈之, 且曰:"至彼令歌, 必首唱是詞." 旣至, 韓爲開筵, 自持杯, 令歌送之. 遂唱戎詞, 曲旣終, 韓問曰:"戎使君於汝寄情耶?" 妓悚然起立曰:"然." 淚下隨言. 韓令更衣待命, 席上爲之憂危. 韓召樂將責曰:"戎使君名士, 留情郡妓, 何故不知而召置之, 成余之過?" 眉: 晉公自不可知. 乃十笞之, 命妓與百縑, 卽歸之. 其詞曰:"好去春風湖上亭, 柳條藤蔓繫人情. 黃鶯久住渾相戀, 欲別頻啼四五聲."

*　이 고사는《태평광기》권274〈정감·융욱〉에 실려 있다.

28-14(0710) 낙양의 거자

낙중거자(洛中擧子)

출《노씨잡설》

 낙중[낙양]의 거자 아무개는 무영(茂英)이라는 악기(樂妓)를 알게 되었는데, 무영은 나이가 매우 어렸다. 나중에 그 거자는 강외(江外)로 갔다가 우연히 술자리에서 무영을 만나 그녀에게 다음과 같은 시를 지어 주었다.
 "처음 기루에 들렀던 옛날을 추억하니, 어린 무영은 아양 부리며 수줍어했지. 창 너머로 고상한 말 듣기도 전에, 거울 보며 일찍이 상두(上頭)45)를 배웠지. 중원(中原)에서 헤어진 후로 모두 나이 들었는데, 남국(南國)에 다시 와서 풍류를 보게 되었네. 현 퉁기고 술 따르며 옛일을 말하다 보니, 스러지는 푸른 구름에 저녁 시름이 생겨나네."
 거자는 절도사(節度使)를 배알하고 마침내 그곳에서 몇 달을 머물렀다. 절도사는 그를 매우 후하게 대우해 주었으며 연회를 자주 베풀었는데, 주규(酒糺)46)와도 매우 흡족할

---

45) 상두(上頭) : 여자가 15세에 머리를 올리고 비녀를 꽂는 일. 또는 남자가 상투를 틀고 관을 쓰는 일을 말한다.
46) 주규(酒糺) : 주규(酒斜)라고도 한다. 술자리에서 술을 권하며 주

만큼 즐겁게 지냈다. 어느 날 거자가 작별을 고하자 절도사는 노잣돈을 두둑하게 주면서 그를 송별하기 위한 연회를 열었다. 거자는 몰래 주규에게 다음과 같은 절구(絶句)를 남겼다.

"꽃가지 조금 덜 꽂고 산가지 조금 덜 내려놓아서, 여인들이 풍류 시샘하는 것을 막아야 하리. 술자리에서 주령(酒令)을 하려거든, 상서(尙書) 말고 다른 이에게는 고개 끄덕이지 마시라." 미 : 질투하는 마음이다.

그러고는 무곡(舞曲)을 연주할 때 시를 주었는데, 절도사가 그것을 살펴보고 당장 사람을 시켜서 무영을 거자에게 보내 주도록 했다.

洛中舉子某, 與樂妓茂英相識, 英年甚小. 及舉子到江外, 偶於飮席遇之, 因贈詩曰 : "憶昔當初過柳樓, 茂英年小尙嬌羞. 隔窓未省聞高語, 對鏡曾窺學上頭. 一別中原俱老大, 重來南國見風流. 彈弦酌酒話前事, 零落碧雲生暮愁." 舉子因謁節使, 遂留連數月. 帥遇之甚厚, 宴飮旣頻, 與酒糺諧戲頗洽. 一日告辭, 帥厚以金帛贐行, 復開筵送別. 因暗留絶句與糺曰 : "少揷花枝少下籌, 須防女伴妬風流. 坐中若打占相令, 除却尙書莫點頭." 眉 : 醋意. 因設舞曲遺詩, 帥取覽

령(酒令 : 벌주놀이)을 감독하는 이를 말하는데, 여기에서는 무영을 가리킨다.

之, 當時卽令人所在送付擧子.

* 이 고사는 《태평광기》 권273 〈부인・낙중거인〉에 실려 있다.

28-15(0711) 정환고

정환고(鄭還古)

출《노씨잡설》

 정환고는 동도(東都 : 낙양)에서 한가롭게 지낼 때 유당(柳當)이라는 장군과 아주 친하게 지냈다. 유당은 집이 이신방(履信坊)의 동쪽 길에 있었는데 누대와 수목(水木)이 성대했으며, 집이 매우 부유해서 기녀와 악공이 굉장히 많았다. 정환고는 유당의 연회에 가곤 했는데, 기녀들과 우스갯소리를 주고받을 정도로 친숙하게 지내다가 그들을 희롱했다. 기녀가 그 일을 유당에게 알렸으나 유당은 정환고의 글재주를 아끼고 그의 가난함을 불쌍히 여겨 그를 탓하지 않았다. 미 : 멋진 유 장군이다. 정환고가 장차 도성으로 들어가서 벼슬을 구하려고 하자 유당은 연회를 열어 그를 전별했다. 술이 거나해지자 정환고는 기녀에게 시 한 수를 지어 주었다.

 "요염함은 신선과 같고, 노랫소리는 악기보다 낫구나. 눈으로 백저무(白苧舞 : 남조에서 유행한 민간 춤)를 바라보니, 푸른 하늘의 구름까지 날아오르고 싶구나. 살아 있는 배수(裴秀)[47]에도 견줄 수 없거늘, 어떻게 정현(鄭玄)[48]을 따르길 구하겠는가? 금곡원(金谷園)[49]의 술을, 누대 앞에 함부로 뿌리지 마시라."

유당은 시를 보고 몹시 기뻐하며 말했다.

"나는 이 기녀를 아까워하지 않지만 그대는 이제 막 벼슬을 구하려 하므로 일을 처리하는 것이 진실로 쉽지 않을 것이니, 오로지 그대가 영예를 얻기만 기다렸다가 곧바로 그녀를 도성으로 보내 축하의 예물로 삼겠소." 협 : 더욱 멋지다.

정환고는 도성으로 들어간 지 반년도 되지 않아 국자박사(國子博士)에 제수되었다. 유당은 제수된 사람의 명단을 보고 곧바로 기녀를 도성으로 들여보냈다. 그런데 기녀가 가상역(嘉祥驛)에 이르렀을 때, 정환고가 이미 죽어 그의 영구가 곧 부(府)의 경계에 도착했다. 유당은 그 소식을 듣고 비탄을 금치 못했으며, 결국 그 기녀를 다른 곳으로 시집보냈다. 미 : 기녀를 그에게 준 것은 진정으로 그의 재주를 아낀 것이고 권세나 이득과는 상관없음을 비로소 알 수 있다.

鄭還古, 東都閑居, 與柳當將軍者甚熟. 柳宅在履信東街, 有

---

47) 배수(裴秀) : 진(晉)나라의 문장가로, 학문과 재명(才名)이 높았다.
48) 정현(鄭玄) : 동한 때의 경학자로, 경학을 집대성했다.
49) 금곡원(金谷園) : 진(晉)나라의 부호인 석숭(石崇)의 별장. 이곳에서 당시 명사들이 모여 시문을 지었는데, 잘 짓지 못하면 벌주를 마셨다.

樓臺水木之盛, 家甚富, 妓樂極多. 鄭往來宴飲, 與諸妓笑語旣熟, 因調謔之. 妓以告柳, 憐鄭文學, 又貧, 亦不之怪. 眉: 好個柳將軍. 鄭將入京求官, 柳開筵餞之. 酒酣, 與妓一章曰: "冶豔似神仙, 歌聲勝管弦. 眼看白苧曲, 欲上碧雲天. 未擬生裴秀, 如何乞鄭玄? 莫敎金谷水, 橫過墜樓前." 柳見詩甚喜, 曰: "某不惜此妓, 然吾子方求官, 事固不易支持, 專待榮命, 便發遣入京, 充賀禮." 夾: 更高. 及鄭入京, 不半年, 除國子博士. 柳見除目, 乃津置入京. 妓行及嘉祥驛, 鄭已亡歿, 旅襯尋到府界. 柳聞之, 悲嘆不已, 遂放妓他適. 眉: 才見贈妓, 是眞正憐才, 非關勢利.

* 이 고사는《태평광기》권168〈기의·정환고〉에 실려 있다.

28-16(0712) 강릉의 선비

강릉사자(江陵士子)

출《노씨잡설》

　　강릉에서 기거하던 선비는 그 성명을 잊어버렸는데, 아름다운 아내가 있었으며 집이 몹시 가난했다. 그는 교주(交州)와 광주(廣州) 사이에서 돌아다니며 편지를 대필해 주는 일을 구해서 5년 동안의 양식을 마련했다. 그의 아내에게 당부하며 말했다.

　　"내가 만약 5년 안에 돌아오지 않거든 당신 마음대로 개가하시오."

　　선비는 집을 떠난 후 5년이 지나도록 돌아오지 않았다. 그의 아내는 마침내 전(前) 자사(刺史)에게 의지해 고려파(高麗坡)의 저택에서 살았다. 다음 해에 선비가 돌아왔으나 이미 아내의 행방을 알 수 없었다. 얼마 후 선비는 수소문 끝에 아내의 거처를 알아내고 시를 지어 보냈는데 다음과 같았다.

　　"어둑한 구름은 막막히 양대(陽臺)[50]를 덮고, 길 떠난 양

---

50) 양대(陽臺) : 옛날 전국 시대 초(楚)나라 회왕(懷王)이 고당(高唐)의 신녀(神女)를 만나 운우(雲雨)의 정을 나눈 누대.

왕(襄王)51)은 다시 돌아오지 않네. 다섯 번이나 피고 지는 꽃 보며 하릴없이 눈물 흘렸지만, 매듭처럼 한결같은 내 마음 다른 이에게 열어 준 적 없네. 가녀린 담쟁이는 본디 아름다운 나무에 기대는 법이니, 엎어진 물을 어찌 다시 옛 잔에 담을 수 있으랴? 슬픔에 겨워 고려파의 저택을 바라보지만, 봄빛은 더 이상 산을 내려오지 않네."

자사는 그 시를 보고 나서 마침내 그녀에게 100관(貫)의 돈과 행장을 꾸려 주어 곧장 선비에게 돌려보냈다.

江陵寓居士子, 忘其姓名, 有美姬, 甚貧. 求尺題於交廣間遊, 支持五年糧食. 且戒其姬曰: "我若五年不歸, 任爾改適." 士子去後, 五年未歸. 姬遂爲前刺史所納, 在高麗坡底. 及明年, 其夫歸, 已失姬之所在. 尋訪知處, 遂爲詩寄云: "陰雲漠漠下陽臺, 惹着襄王更不回. 五度看花空有淚, 一心如結不曾開. 纖蘿自合依芳樹, 覆水寧思返舊懷[1]? 惆悵高麗坡底宅, 春光無復下山來." 刺史見詩, 遂給一百千及資裝, 便遣還士子.

* 이 고사는 《태평광기》 권168 〈기의·강릉사자〉에 실려 있다.
1 회(懷) : 《태평광기》에는 "배(杯)"라 되어 있는데, 문맥상 타당하다.

51) 양왕(襄王) : 회왕(懷王)의 착오다. 여기서는 선비를 비유한다.

28-17(0713) 무덤을 도굴한 도둑

발총도(發冢盜)

출《옥당한화》

　[당나라] 광계(光啓) 연간(885~888)과 대순(大順) 연간(890~891) 사이에 포중현(褒中縣)에 무덤을 도굴한 자가 있었는데, 한참 동안 수색해도 잡지 못하자 현관(縣官)의 독촉이 매우 엄했다. 그러던 어느 날 도굴범을 잡아 관아에 가두었는데, 1년이 지나도록 도굴한 사실을 인정하지 않자 그에게 온갖 모진 고문을 다 했다. 결국 자백한 문서가 갖추어지고 몇 사람이 그 일에 연루되자, 사람들은 모두 사건이 제대로 처리되었다고 생각했다. 도굴범을 처형하려고 할 때, 옆에 있던 한 사람이 소매를 걷어붙이고 크게 소리쳤다.

　"왕법(王法)이 어찌 무고한 사람을 억울하게 죽이는 일을 허용하겠소! 무덤을 도굴한 자는 나요. 나는 날마다 사람들 사이에 있었지만 잡히지 않았는데, 이 사람이 무슨 죄를 지었다고 죽이려 합니까? 속히 그를 석방하시오!"

　그러고는 곧 무덤에서 얻은 장물(臟物)을 꺼냈는데 검사해 보니 거의 차이가 없었다. 옥리도 장물을 꺼냈는데 검사해 보니 차이가 없었다. 번수(藩帥 : 절도사)가 직접 물었더니 도굴범으로 몰린 사람이 말했다.

"저는 비록 스스로 죄가 없음을 알고 있었지만 채찍질을 이겨 내지 못해 마침내 식구들에게 이 장물을 위조하게 해서 이 한 몸 빨리 죽기만을 바란 것입니다." 협:가련하다. 미:죄인을 국문하는 자는 신중하지 않을 수 있겠는가!

번수가 크게 놀라며 이 일을 갖추어 조정에 알렸다. 조정에서는 옥리의 죄를 묻고, 억울하게 갇혔던 사람을 방면했으며, 스스로 자신의 죄를 밝힌 사람에게는 관아의 직책을 주어 포상했다.

光啓·大順之際, 襄中有盜發冢墓者, 經時搜索不獲, 長吏督之甚嚴. 忽一日擒獲, 置於所司, 淹延經歲, 不得其情, 拷掠楚毒, 無所不至. 款招旣具, 連及數人, 皆以爲得之不謬矣. 及臨刑, 傍有一人攘袂大呼曰:"王法豈容枉殺平人者乎! 發冢者我也. 我日在稠人之中, 不爲獲擒, 而斯人何罪, 欲殺之? 速請釋放!" 旋出丘中所獲之贓, 驗之, 略無差異. 具獄者亦出其贓, 驗之無差. 藩帥躬自問之, 答曰:"雖自知非罪, 而受箠楚不禁, 遂令骨肉僞造此贓, 希其一死." 夾:可憐. 眉:鞫獄者可不愼歟! 藩帥大駭, 具以聞於朝廷. 坐其獄吏, 枉陷者獲免, 自言者補衙職而賞之.

* 이 고사는 《태평광기》 권168 〈기의·발총도〉에 실려 있다.

28-18(0714) 풍연

풍연(馮燕)

출'심아지가 지은 전(沈亞之作傳)'

　　당(唐)나라의 풍연은 위주(魏州) 사람으로, 젊어서부터 의협심이 강했으며 오로지 격구(擊球)와 투계(鬪鷄)를 일삼았다. 위주의 시장에서 재물을 다투며 때린 자가 있었는데, 풍연은 이를 듣고 그 부당한 자를 때려죽인 뒤 시골에 숨었다. 관가에서 급하게 추포하려 하자 풍연은 마침내 활주(滑州)로 도망갔는데, 그곳에서도 활주 군대의 젊은이들과 격구와 투계를 하며 어울렸다. 당시에 상국(相國) 가탐(賈耽)이 활주를 진수하고 있었는데, 풍연의 재주를 알아보고 그를 군중에 머무르게 했다. 다른 날 풍연은 마을로 나갔다가 문 옆의 한 부인이 소매로 얼굴을 가린 채 그를 바라보고 있는 것을 보았는데 아주 아름다웠다. 풍연은 사람을 시켜 그녀의 뜻을 알아본 뒤에 마침내 그녀와 통정했다. 그녀의 남편은 활주의 장수 장영(張嬰)이었는데, 그가 친구들과 함께 술을 마시자 풍연은 그 틈을 타서 다시 문을 잠그고 그녀와 동침했다. 장영이 돌아오자 부인은 문을 열고 장영을 맞이하면서 치마폭으로 풍연을 가렸다. 풍연은 허리를 굽히고 치마로 가린 채 살금살금 걸어가서 문짝 뒤로 숨었는데, 그의 두건이 베개 아래 떨어져 있었고 마침 장영의 패도(佩刀)가 근처에 있었다. 장영은 술에 취해 곯아떨어졌다. 풍연이 두건을 가리키면서 부인에게 가져오라고 했는데, 부인이 풍연에게 패도를 가져다주자 협 : 아주 못됐다. 풍연은 부인을 자세히 보더니 그녀의 목을 베어 버린 뒤에 두건을 쓰고 떠났다. 협 : 아주 통쾌하다. 다음 날 장영은 일어나서 부인이 죽어 있는 것을 보고 경악하며 밖으로 나가 일을 알리려고 했다. 그러나 장영의 이웃은 실제로 장영이 부인을 살해했다고 생각해서 그를 포박했으며, 달려가서 그의 처가에 알렸더니 처가 식구들이 모두 와서 말했다.

"늘 내 딸을 질투하며 때리고 잘못을 저지른다고 무고하더니 이제는 죽이기까지 했다."

그들이 함께 장영을 붙잡아 곤장 100여 대를 쳤지만 장영은 결국 변명조차 할 수 없었다. 관가에서 그를 살인죄로 잡아들였지만 그를 변호해 주는 사람이 없어서 억지로 죄를 뒤집어쓰게 되었다. 사법관과 몽둥이를 든 관리 수십 명이 장영을 데리고 저잣거리의 처형장으로 갔는데, 구경꾼들이 1000여 명이나 되었다. 그때 한 사람이 구경꾼들을 밀치고 나와서 소리쳤다.

"무고한 사람을 죽이지 마시오! 내가 그의 부인과 사통하고 또 죽였으니 나를 체포하는 것이 마땅하오!"

관리가 소리친 사람을 잡고 보니 바로 풍연이었다. 그들은 풍연과 함께 가탐을 뵙고 사실대로 모두 아뢰었다. 가탐은 장계를 올려서 그 일을 아뢰고 자신의 관인을 내놓아 풍연의 사형을 대속해 주길 청했다. 협:하기 어려운 일이다. 황상은 그 일을 타당하다 여기고 조서를 내려 활주성의 사형수들을 모두 사면했다.

평 : 사형수를 모두 사면한 것은 법도가 아니다. 하지만 세상 사람들이 모두 풍연 같지는 않으니, 죽을죄를 지은 자들은 모두 의심해 보는 것이 좋다. 사면해서 의기(義氣)를 권하는 것도 또한 괜찮지 않은가!

唐馮燕者, 魏人, 少任俠, 專爲擊球鬪鷄戲. 魏市有爭財毆者, 燕聞之, 搏殺不平, 沈匿田間. 官捕急, 遂亡滑, 益與滑軍中少年鷄球相得. 時相國賈耽鎭滑, 知燕才, 留屬軍中. 他日出行里中, 見戶傍婦人翳袖而望者, 色甚冶. 使人熟其意, 遂通之. 其夫滑將張嬰, 從其類飮, 燕因得間, 復拒戶偃寢. 嬰還, 妻開戶納嬰, 以裾蔽燕. 燕卑蹐步就蔽, 轉匿戶扇後, 而巾墮枕下, 與佩刀近. 嬰醉目瞑. 燕指巾, 令其妻取, 妻卽以刀授燕, 夾:惡甚. 燕熟視, 斷其頸, 遂巾而去. 夾:快甚. 明旦, 嬰起, 見妻殺死, 愕然, 欲出自白. 嬰鄰以爲眞嬰殺, 留縛之. 趣告妻黨, 皆來曰:"常嫉毆吾女, 誣以過失, 今復賊殺之矣." 共持嬰百餘笞, 遂不能言. 官收繫殺人罪, 莫有辨者, 强伏其辜. 司法官與小吏持朴者數十人, 將嬰就市, 看者千餘人. 有一人排看者來, 呼曰:"且無令不辜死! 吾竊其妻, 而又殺之, 當繫我!" 吏執自言人, 乃燕也. 與燕俱見耽, 盡以狀對. 耽乃狀聞, 請歸其印, 以贖燕死. 夾 : 難得. 上誼之, 下詔, 凡滑城死罪者皆免.

評 : 皆免, 非法也. 然世不皆馮燕, 則凡死罪盡可疑矣. 免之以勸義氣, 不亦可乎!

* 이 고사는 《태평광기》 권195 〈호협·풍연〉에 실려 있다.

권29 협객부(俠客部)

협객(俠客)

구본에서의 명칭은 〈호협〉이다.
　　舊名〈豪俠〉.

29-1(0715) 이정

이정(李亭)

출《서경잡기(西京雜記)》미 : 호협이다(豪俠).

한(漢)나라 무릉(茂陵)의 젊은이 이정은 날쌘 사냥개를 몰아 맹수를 쫓거나 또는 매와 새매로 꿩과 토끼를 쫓는 것을 좋아했는데, 모두 멋진 이름을 지어 주었다. 개한테는 수호(修豪 : 긴 털)·이첩(釐睫 : 눈 깜짝)·백망(白望 : 흰둥이)·청조(靑曹 : 푸른둥이)라는 이름을 지어 주었고, 매한테는 청시(靑翅 : 푸른 날개)·황모(黃眸 : 노란 눈동자)·청명(靑冥 : 푸른 하늘)·금거(金距 : 황금 발톱) 따위의 이름을 지어 주었으며, 또 새매한테는 종풍(從風 : 바람을 따르는 새매)·고비(孤飛 : 홀로 나는 새매)라는 이름을 지어 주었다.

漢茂陵少年李亭好馳駿狗, 逐狡獸, 或以鷹鷂逐雉兔, 皆爲嘉名. 狗則有修豪·釐睫·白望·靑曹之名, 鷹則有靑翅·黃眸·靑冥·金距之屬, 鷂則有從風·孤飛之號.

* 이 고사는 《태평광기》 권193 〈호협·이정〉에 실려 있다.

29-2(0716) 규룡 구레나룻의 협객

규염객(虯髥客)

출《본전》 미 : 호협이면서 의협이다(豪俠亦義俠).

사공(司空) 양소(楊素)가 서경유수(西京留守)로 있을 때, 이정(李靖)이 평민의 신분으로 그를 배알하고 길게 읍(揖)하며 기발한 계책을 진언하자 양소가 크게 기뻐했다. 용모가 빼어난 한 기녀가 붉은 총채를 들고 그 앞에 서서 이정을 주시하고 있었다. 이정이 떠나고 나서 붉은 총채를 든 기녀가 난간에서 관리를 불러 물었다.

"지금 떠난 처사(處士)는 항렬이 몇째이며 어디에 살고 있습니까?"

관리가 자세히 대답하자 기녀는 머리를 끄덕이며 물러갔다. 그날 밤에 기녀가 여관에 머물고 있는 이정에게 도망쳐 와서, 이정이 그녀의 성씨를 물었더니 그녀가 말했다.

"장씨(張氏)입니다."

이정이 항렬을 물었더니 그녀가 말했다.

"맏이입니다."

이정은 뜻하지 않게 그녀를 얻게 되자 기쁘면서도 두려워서 불안했다. 며칠 후에 그녀의 행방을 찾고 있다는 소문이 들리지 않자, 이정은 장씨에게 남자 옷을 입혀 말에 태우고 쪽문을 열고 떠났다. 그들은 장차 태원(太原)으로 돌아가는 길에 영석(靈石)의 여관에 묵었다. 평상을 마련하고 화로에서 삶는 고기도 거의 익어 가고 있었다. 장씨는 긴 머리카락을 땅에 늘어뜨린 채 평상 앞에 서서 머리를 빗고 있었고, 이정은 한창 말을 솔질해 주고 있었다. 그때 갑자기 보통 체구에 붉은 구레나룻 수염이 난 한 사람이 절름거리는 나귀를 타고 오더니, 가죽 보따리를 화로 앞에 던져 놓고 베개를 가져다 기대 누워서 장씨가 머리 빗는 모습을 보고 있었다. 이정은 몹시 화가 났지만 내색은 하지 않고 여전히 말을 솔질했다. 장씨는 그 사람의 얼굴을 자세히 보면서 한 손으로는 머리카락을 움켜쥐고 다른 손으로는 등 뒤로 이정을 향해 흔들어 보이면서 화내지 말라고 했다. 장씨가 머리를 다 빗고 나서 옷자락을 여미고 그 사람에게 다가가서 성씨를 물었더니, 누워 있던 규염객이 말했다.

"장씨요."

장씨가 대답했다.

"소첩도 성이 장씨이니 누이동생이 되겠군요."

그러고는 급히 절을 올리며 물었다.

"항렬은 몇째이신지요?"

규염객이 말했다.

"셋째요."

규염객이 이어서 물었다.

"누이는 몇째신가?"

장씨가 말했다.

"맏이입니다."

그러자 규염객이 기뻐하며 말했다.

"오늘 정말 운 좋게도 누이동생 하나를 만났구먼!"

장씨가 멀리서 이정을 부르며 말했다.

"이랑(李郎 : 이정)은 잠깐 오셔서 셋째 오라버니께 인사하세요." 미 : 붉은 총채를 든 기녀도 여자 협객이다.

이정은 급히 절하고 나서 결국 그들과 함께 둘러앉았다. 규염객이 말했다.

"삶고 있는 것이 무슨 고기요?"

이정이 말했다.

"양고기인데 이미 푹 익었을 것입니다."

규염객이 말했다.

"배가 몹시 고프군."

이정이 저잣거리로 나가 호떡을 사 오자, 규염객은 비수를 뽑아서 고기를 잘라 함께 먹었다. 규염객은 식사를 마친 후에 먹다 남은 고기를 잘게 썰어 나귀 앞으로 가져갔는데, 나귀가 매우 빨리 고기를 먹었다. 규염객이 말했다.

"이랑의 행장을 보아하니 가난한 선비인 듯한데 어떻게 이런 남다른 사람을 얻었소?"

이정이 그 연유를 자세히 말해 주자 규염객이 말했다.

"그렇다면 어디로 갈 작정이오?"

이정이 말했다.

"장차 태원으로 피신할 생각입니다."

규염객이 말했다.

"하지만 나는 진실로 그대가 의탁할 수 있는 사람이 아님을 잘 알고 있소."

규염객이 또 말했다.

"술은 있소?"

이정이 말했다.

"이 집의 서쪽이 바로 주막입니다."

이정은 술 한 말을 사 왔다. 술이 몇 잔 돌고 나서 규염객이 말했다.

"내게 술안주가 좀 남아 있소."

그러고는 가죽 보따리를 열고 사람의 머리 하나와 심장과 간을 꺼내더니, 머리는 도로 보따리에 넣고 비수로 심장과 간을 썰어서 이정과 함께 먹으며 말했다.

"이놈은 천하의 배신자요. 나는 10년 동안 원한을 품어 왔는데 오늘 비로소 이놈을 잡아서 내 원한이 풀렸소."

규염객이 또 말했다.

"이랑의 풍채나 도량을 보아하니 진정한 대장부인데, 혹시 태원의 이인(異人)에 대해 알고 있소?"

이정이 말했다.

"일찍이 한 사람을 만났는데 저는 그 사람을 진인(眞人)이라 생각합니다. 나머지 사람들은 모두 장수감이나 재상감일 뿐입니다."

규염객이 말했다.

"그 사람은 성이 무엇이오?"

이정이 말했다.

"저와 같은 성입니다."

규염객이 말했다.

"나이는 얼마나 되었소?"

이정이 말했다.

"스무 살 가까이 되었습니다."

규염객이 말했다.

"지금 무슨 일을 하고 있소?"

이정이 말했다.

"주장(州將)의 아드님입니다."

규염객이 말했다.

"비슷한 듯하니 이랑은 나를 그와 한번 만나게 해 줄 수 있겠소?"

이정이 말했다.

"제 친구인 유문정(劉文靜)이 그 사람과 친하게 지내니 그를 통해 만나면 될 것입니다. 그런데 형님께서는 그 사람을 만나서 무얼 하시렵니까?"

규염객이 말했다.

"망기자(望氣者)52)가 태원에 기이한 기운이 있다고 하면서 나에게 그곳을 찾아가 보라고 했소. 이랑은 내일 떠나면 언제 태원에 도착할 수 있소?"

이정이 헤아려 보고 말했다.

"아무 날이면 당도할 것입니다."

규염객이 말했다.

"도착한 다음 날 새벽에 내가 분양교(汾陽橋)에서 기다리겠소."

규염객은 말을 마친 후 나귀에 오르더니 나는 듯이 달려갔는데, 뒤돌아보았을 때는 이미 멀어져 있었다. 이정은 장씨와 함께 놀라고 두려워하면서 한참을 있다가 말했다.

"열사(烈士)는 사람을 속이지 않는 법이니 두려워할 것 없소."

두 사람은 그저 서둘러 말을 몰아 떠났다. 기약한 날에 태원에 들어가서 규염객을 기다렸다가 서로 만나 크게 기뻐하며 함께 유씨(劉氏 : 유문정)를 찾아가서 이정이 거짓으로 말했다.

---

52) 망기자(望氣者) : 고대 점술 가운데 하나인 구름의 변화를 보고 운세를 점치는 사람.

"관상을 잘 보는 사람이 낭군[이세민]을 한번 보고 싶어 하네."

유문정은 급히 술자리를 마련하고 낭군을 모셔 왔다. 잠시 후 태종(太宗 : 이세민)이 도착했는데, 적삼도 입지 않고 신발도 신지 않은 채 갖옷을 걸어붙이고 왔으나 의기는 충만하고 용모 또한 보통 사람과 달랐다. 규염객은 묵묵히 말석에 앉아 있다가 태종을 보더니 기가 죽고 말았다. 몇 순배의 술을 마신 후에 규염객이 일어나 이정을 불러 말했다.

"진정한 천자요."

이정이 그 말을 유문정에게 알려 주자 유문정은 더욱 기뻐하면서 자신의 안목을 자부했다. 유문정의 집을 나온 뒤에 규염객이 말했다.

"내가 보기에는 십중팔구 틀림없지만 또한 마땅히 도형(道兄)께서 그를 보셔야 하오. 이랑은 누이동생과 함께 다시 도성으로 들어가서 아무 날 오시에 마행(馬行 : 장안의 말 매매 시장) 동쪽의 주루 아래로 나를 찾아오시오. 그 아래에 이 나귀와 말라빠진 노새 한 마리가 있으면 나와 도형이 함께 그곳에 있는 것이오."

이 공(李公 : 이정)이 주루에 도착해서 곧장 나귀와 노새가 있는 것을 보고 옷을 걸어 올리고 주루로 올라갔더니, 규염객은 한 도사와 한창 술을 대작하고 있었다. 규염객은 이정을 보더니 놀라고 기뻐하면서 그를 불러 앉히고는 둘러앉아 10여 순배를 마셨다. 규염객이 말했다.

"주루 아래의 궤짝 안에 돈 10만 냥이 들어 있으니, 몸을 숨길 만한 곳을 골라 누이동생을 정착시킨 다음에 아무 날 다시 나와 분양교에서 만납시다." 미 : 구구절절 치밀한 점이 보이니, 영웅이라고 해서 반드시 호탕한 것은 아니다.

이정이 기약한 날에 분양교의 주루로 올라갔더니 도사와 규염객은 이미 먼저 와서 앉아 있었다. 그들이 함께 유문정을 찾아갔는데, 마침 바둑을 두고 있던 유문정이 일어나 인사하자 이정이 찾아온 속마음을 말해 주었더니, 유문정은 급히 서찰을 보내 문황(文皇 : 이세민)에게 바둑 두는 것을 구경하러 오라고 청했다. 도사는 유문정과 바둑을 두었고 규염객과 이정은 옆에서 시립(侍立)했다. 잠시 후에 문황이 도착해서 길게 읍(揖)하고 앉았는데, 정신과 기품이 청랑했으며 주변을 돌아보는 눈빛이 반짝였다. 도사는 문황을 보자마자 참담해하더니 바둑알을 내던지며 말했다.

"졌소! 졌소이다! 여기서 판국의 대세를 잃고 말았으니 묘수올시다!"

도사는 바둑을 그만두고 떠날 것을 청했다. 도사가 유문정의 집을 나와서 규염객에게 말했다.

"이 세상은 공의 세상이 아니므로 다른 곳에서 도모하는 것이 좋으니 열심히 노력하시게!"

그러고는 함께 도성으로 들어갔다. 규염객이 이정에게

말했다.

"이랑의 일정을 헤아려 보니 아무 날에야 도착할 것이니, 도착한 다음 날 누이동생과 함께 아무 동네의 작은 집으로 찾아오시오. 이랑이 누이동생과 교제하면서도 빈털터리로 가난하게 지내는 것이 마음에 걸리고 내 아내도 인사시킬 겸 조용히 의논하고자 하니 미리부터 사양하지는 마시오."

규염객은 말을 마치고 나서 탄식하며 떠나갔다. 이정은 말을 채찍질해 급히 달려 얼마 후 도성에 당도한 뒤 장씨와 함께 규염객의 집으로 찾아갔다. 가 보니 조그마한 판자문이 있었는데, 그 문을 두드리자 손님을 맞이하는 사람이 절하며 말했다.

"삼랑(三郞 : 규염객)께서 기다리신 지 오래되었습니다."

그는 두 사람을 맞이해 여러 문을 통해 들어갔는데, 들어갈수록 문은 더욱 웅장하고 화려했다. 하인과 하녀들이 늘어서서 두 사람을 데리고 동쪽 대청으로 들어갔는데, 그들이 머리를 빗고 옷을 갈아입고 나자 전갈이 왔다.

"삼랑께서 오십니다!"

규염객은 사모(紗帽)를 쓰고 갖옷을 입은 채 나왔는데 용이나 범과 같은 모습이었다. 규염객은 이정과 장씨를 보더니 반갑게 맞이한 후 아내에게 나와서 인사하라고 재촉했는데 그녀는 선녀 같았다. 중당(中堂)으로 안내되어 들어갔는데, 그곳에 진열된 기물의 성대함은 비록 왕공(王公)의 집이라 해도 비할 수 없을 정도였다. 네 사람이 마주 앉자 진수성찬이 모두 차려지고 여악(女樂) 20명이 그 앞에서 음악을 연주했다. 식사를 마치고 나서 술을 마실 때 하인들이 서당(西堂)에서 20개의 상을 들고 나왔는데, 각각 수놓은 비단 보자기로 덮여 있었다. 상을 늘어놓은 후 보자기를 모두 벗기자 문서와 열쇠들이 놓여 있었다. 규염객이 말했다.

"이것은 모두 내가 소유한 진귀한 보물과 돈의 수를 기록한 것인데 전부 이 공에게 주겠소. 예전에 나는 본래 이 세상에서 큰일을 해 보려고 2~3년 동안 천하의 패권을 다투어 왔으나 그저 작은 공업(功業)만 세웠을 뿐이오. 지금 이미 이 세상의 주인이 나타났으니 내가 여기에 머문들 무얼 하겠소? 태원의 이씨[이세민]는 진정 영명한 군주이니, 이랑은 뛰어난 재주와 내가 준 재물을 가지고 진정한 군주를 받들어 공업을 돕도록 하시오. 힘껏 노력하시오! 앞으로 10여 년 후에 동남쪽 수천 리 밖에서 특이한 일이 벌어지면, 그건 바로 내가 뜻을 이룬 때일 것이오. 누이동생과 이랑은 그때 술을 뿌려 축하해 주시오."

규염객은 좌우 시종들을 돌아보며 말했다.

"이제부터 이랑과 큰아가씨가 너희들의 주인이시다."

규염객은 말을 마치고 나서 그의 아내와 함께 군복을 입고 말에 올라 하인 한 명만 말을 타고 뒤따르게 했는데, 채 몇 걸음도 가지 않아서 사라져 보이지 않았다. 이정은 그 집에 의지해 부호가 되었으며, 그 재산으로 문황의 창업을 도와 대업을 완수할 수 있었다. 정관(貞觀) 연간(627~649)에 이정의 지위는 복야(僕射 : 재상에 해당)에 이르렀다. 어느 날 동남쪽의 만족(蠻族)이 상주했다.

"어떤 해적이 1000척의 배에 10만의 병사를 거느리고 부여국(扶餘國)으로 들어가서 그 군주를 죽이고 스스로 왕위에 올랐으며 국내는 이미 안정되었습니다."

이정은 규염객이 성공했음을 알고 집으로 돌아가 장씨에게 알려 주었으며, 함께 예를 갖추고 동남쪽을 향해 술을 뿌리며 축하의 절을 올렸다. 진명천자(眞命天子)가 되는 것은 영웅이 바란다고 해서 될 수 있는 바가 아님을 알겠으니, 하물며 영웅도 아닌 자들임에랴! 신하로서 터무니없이 난을 일으키고자 하는 것은 바로 사마귀가 구르는 수레바퀴를 막으려는 것과 같을 뿐이다. 어떤 사람이 말했다.

"위국공(衛國公 : 이정)의 병법은 그 절반이 규염객이 전해 준 것이다."

司空楊素守西京, 李靖以布衣來謁, 長揖獻奇策, 素大悅. 有妓殊色, 執紅拂, 立於前, 獨目靖. 靖旣去, 而紅妓臨軒, 指吏問曰 : "去者處士第幾? 住何處?" 吏具以對, 妓頷而去. 是夜, 奔靖於逆旅, 靖問其姓, 曰 : "張." 問伯仲之次, 曰 : "最長." 靖不自意獲之, 喜懼不安. 旣數日, 不聞追訪, 乃雄服乘馬, 排闥而去. 將歸太原, 行次靈石旅舍. 旣設床, 爐中烹肉且熟. 張氏以髮長委地, 立梳床前, 靖方刷馬. 忽有一人, 中形，赤髯而虬，乘蹇驢而來，投革囊於爐前，取枕欹臥，看張氏梳頭。靖怒甚，未決，猶刷馬。張氏熟觀其面，一手握髮，一手映身搖示，令勿怒。梳畢，斂衽前問其姓，臥客曰："姓張。"對曰："妾亦姓張，合是妹。"遽拜之，問："第幾？"曰："第三。"問："妹第幾？"曰："最長。"遂喜曰："今日多幸，遇一妹！"張氏遙呼曰："李郎且來拜三兄。"靖驟拜，遂環坐。曰："煮者何肉？"曰："羊肉，計已熟矣。"客曰："饑甚。"靖出市買胡餅。客抽匕首，切肉共食。食竟，餘肉亂切驢前，食之甚速。客曰："觀李郎之行，貧士也，何以致斯異人？"靖具言其由。曰："然則何之？"曰："將避地太原耳。"客曰："然吾故知非君所能致也。""有酒乎？"曰："主人西則酒肆也。"靖取酒一斗。酒既巡，客曰："吾有少下酒物。"於是開革囊，取出一人頭並心肝，却收頭囊中，以匕首切心肝，共食之，曰："此人乃天下負心者也。銜之十年，今始獲，吾憾釋矣。"又曰："觀李郎儀形器宇，眞丈夫，亦知太原之異人乎？"曰："嘗見一人，愚謂之眞人。其餘，將相而已。""其人何姓？"曰："同姓。"曰："年幾？"曰："近二十。""今何爲？"曰："州將之愛子也。"曰："似矣，李郎能致吾一見否？"曰："靖之友劉文靜者與之狎，因文靜見之可也。兄欲何爲？"曰："望氣者言太原有奇氣，使吾訪之。李郎明發，何時到太原？"靖計之："某日當到。"曰："達之明日方曙，我於汾陽橋待耳。"語訖，乘驢而其行若飛，回顧已遠。靖與張氏且驚懼，久之曰："烈士不欺人，固無畏。"但速鞭而行。及期，入太原候之，相見大喜，偕詣劉氏，詐云："善相，思見郎君。"文靜遽致酒延焉。既而太宗至，不衫不履，裼裘而來，神氣揚揚，貌與常異。虬髯默居坐末，見之心死。飲數巡，起招靖曰："眞天子也！"靖以告劉，劉益喜自負。既出，虬髯曰："吾得之，十八九定矣，亦須道兄見之。李郎宜與一妹復入京，某日午時，訪我於馬行東酒樓下. 下有此驢及一瘦騾, 卽我與道兄俱在其所也." 公到, 卽見二乘, 攬衣登樓, 虬髯與一道士方對飲. 見靖驚喜, 召坐, 環飲十數巡, 曰: "樓下櫃中有錢十萬, 擇一身隱處, 駐一妹畢, 某日復會我於汾陽橋." 眉: 節節見精細處, 英雄必不粗豪也. 如期登樓, 道士・虬髯已先坐矣. 共謁文靜, 時方弈棋, 揖起而語心焉, 文靜飛書迎文皇看棋. 道士對弈, 虬髯與靖旁立爲侍者. 俄而文皇來, 長揖而坐, 神淸氣朗, 顧盼暐如. 道士一見慘然, 下棋子曰: "輸矣! 輸矣! 於此失却局, 奇哉!" 罷弈請去. 旣出, 謂虬髯曰: "此非公世界也, 他方可圖, 勉之!" 因共入京. 虬髯曰: "計李郞之程, 某日方可到, 到之明日, 可與一妹同詣某坊曲小宅. 愧李郞往復相從一妹, 懸然如磬, 欲令新婦祇謁, 略議從容, 無令前却." 言畢, 吁嗟而去. 靖亦策馬遄征, 俄卽到京, 與張氏同往. 乃一小板門, 扣之, 有應者, 拜曰: "三郞候久矣." 延入重門, 門益壯麗. 奴婢羅列, 引靖入東廳, 梳櫛更衣, 旣畢, 傳云: "三郞來!" 乃虬髯者, 紗帽褐裘, 有龍虎之姿. 相見歡然, 催其妻出拜, 蓋天人也. 遂延中堂, 陳設之盛, 雖王公家不如. 四人對坐, 牢饌畢陳, 女樂二十人列奏於前. 食畢, 行酒, 而家人自西堂舁出二十床, 各以錦繡帕覆之. 旣呈, 盡去其帕, 乃文簿鑰匙耳. 虬髯謂曰: "盡是珍寶貨泉之數, 吾之所有, 悉以充贈. 向者, 某本欲於此世界求事, 或當龍戰三二年, 建少功業. 今旣有主, 住亦何爲? 太原李氏, 眞英主也, 李郞以英特之才, 將余之贈, 以奉眞主, 贊功業. 勉之哉! 此後十餘年, 東南數千里外有異事, 是吾得志之秋. 妹與李郞可瀝酒相賀." 顧謂左右曰: "李郞・一妹, 是汝主也." 言畢, 與其妻戎裝乘馬, 一奴乘馬從後, 數步不見. 靖據其宅, 遂爲豪家, 得以助文皇締構之資, 遂匡大業. 貞觀中, 靖位至僕射. 東南蠻奏曰: "有海賊以千艘, 積甲十萬人, 入扶餘國, 殺其主自立, 國內已定." 靖知虯髥成功也, 歸告張氏, 具禮相賀, 瀝酒東南祝拜之. 乃知眞人之興, 非英雄所冀, 況非英雄乎! 人臣之謬思亂, 乃螳螂之拒走輪耳. 或曰: "衛公之兵法, 半是虯髥所傳也."

* 이 고사는 《태평광기》 권193 〈호협·규염객〉에 실려 있다.

29-3(0717) 호증

호증(胡證)

출《척언》 미 : 의협이면서 호협이다(義俠亦豪俠).

    당(唐)나라 상서(尙書) 호증은 기골이 장대하고 힘이 다른 사람을 압도했는데, 진국공(晉國公) 배도(裴度)와 같은 해에 과거에 급제했다. 배도가 한번은 기녀를 데리고 연회를 즐기고 있었는데, 양군(兩軍)의 역사 10여 명에게 능욕을 당해 형세가 매우 위급해졌다. 그래서 배도는 한 사람을 보내 호증에게 도움을 청했는데, 호증이 검은담비 가죽옷에 황금빛 허리띠를 차고서 문을 박차고 들어오자 역사들이 그를 힐끔 보더니 안색이 바뀌었다. 호증은 늦게 도착한 벌주를 마셨는데, 한 번에 3종(鍾 : 1종은 10말)의 술을 마치 몇 되[升]도 되지 않는 것처럼 단번에 마시면서 술잔에 한 방울도 남기지 않았다. 미 : 지금 연회에서 늦게 온 사람은 벌주 3종을 마셔야 한다는 말이 있는데, 예로부터 이미 그러했음을 알게 되었다. 잠시 후에 주인이 등잔을 켜자, 호증은 일어나서 철로 된 등잔걸이를 가져다가 그 가지와 잎53)은 떼어 내고 받침대만

---

53) 가지와 잎 : 나뭇가지 형태로 등잔걸이를 만들었기에 이렇게 표현한 것이다.

모아서 무릎 위에 뉘여 놓고서 사람들에게 말했다.

"이 촌사람은 파격적으로 주령(酒令)을 바꾸길 청하오. 3종의 술을 가득 따라 한차례 마시는 동안 세 개의 등잔걸이를 산가지로 놓고, 술은 다 마시되 한 방울도 남겨서는 안 되오. 이 주령을 어기는 자는 철 받침대로 한 대씩 때리겠소."

호증은 다시 한 번에 3종의 술을 마셨다. 다음으로 어떤 씨름꾼의 차례였는데, 그는 세 개의 등잔걸이를 산가지로 놓는 것을 세 차례나 했는데도 술을 다 마시지 못했고 흘린 술이 거의 자리까지 적셨다. 호증이 철 받침대를 들어 그를 때리려 하자, 여러 무뢰배들이 모두 일어나 절하고 머리를 조아리며 살려 달라고 애걸하면서 그를 신인(神人)이라 불렀다. 호증이 말했다.

"쥐새끼 같은 놈들이 감히! 목숨은 살려 주겠다!"

그러고는 그들을 꾸짖어서 떠나게 했다.

唐尙書胡證, 質狀魁偉, 膂力絶人, 與晉公裴度同年. 度嘗狎遊, 爲兩軍力人十許輩凌轢, 勢甚危窘. 度遣一介, 求救於證, 證衣皁貂金帶, 突門而入, 諸力士睨之失色. 證飮後到酒, 一擧三鍾, 不啻數升, 杯盤無餘瀝. 眉 : 今宴會有來遲罰三鍾語, 乃知自古已然. 逡巡, 主人上燈, 證起, 取鐵燈臺, 摘去枝葉而合其趾, 橫置膝上, 謂衆人曰 : "鄙夫請非次改令. 凡三鍾引滿, 一遍三臺, 酒須盡, 仍不得有滴瀝. 犯令者, 一鐵蹛." 證復一遍三鍾. 次及一角觝者, 凡三臺三遍, 酒未能盡, 淋漓殆至並座. 證擧蹛將擊之, 衆惡皆起設拜, 叩頭乞命, 呼爲神人. 證曰:"鼠輩敢爾! 赦命!"叱之令去.

* 이 고사는《태평광기》권195〈호협·호증〉에 실려 있다.

29-4(0718) 고 압아

고압아(古押衙)

출'설조가 찬한 《무쌍전》(薛調撰《無雙傳》)' 미 : 의협이다(義俠).

　　당(唐)나라의 왕선객(王仙客)은 건중(建中) 연간(780~783)에 상서(尙書)를 지낸 유진(劉震)의 외조카다. 왕선객은 어려서 아버지를 여의고 어머니를 따라 외가로 돌아갔는데, 유진의 딸 무쌍(無雙)과 어려서부터 서로 스스럼없이 가까이 지냈다. 왕씨 댁의 부인[왕선객의 어머니]이 병들어 곧 죽게 되자 유진을 불러 왕선객을 부탁하면서 무쌍을 다른 집안에 시집보내지 말라고 했다. 왕선객은 영구를 호송해 양등(襄鄧 : 양주와 등주)으로 돌아가서 장사 지냈으며, 삼년상을 마치고 짐을 꾸려 도성으로 갔다. 당시 유진은 조용사(租庸使)로 있었는데 명성과 위세가 대단했다. 유진은 왕선객을 학사(學舍)에 머물게 했는데, 왕선객은 자신을 사위로 맞이하겠다는 소리를 전혀 듣지 못했다. 그는 또한 창틈 사이로 무쌍을 훔쳐보았는데, 마치 선녀처럼 곱고 아름다워서 청혼하고픈 생각이 더욱 간절했다. 그래서 외숙모에게 잘 보이면서 노파를 보내 자신의 뜻을 전달했지만 유진이 허락하지 않았다. 왕선객은 심기가 몹시 상해 날이 새도록 잠을 이루지 못했지만, 외숙부 내외를 받들어 모시는 일은 감히 게을리하지 않았다. 하루는 유진은 황급히 조정으로 가더니, 해 뜰 무렵에 갑자기 말을 타고 집으로 들어와서 땀을 뻘뻘 흘리고 숨을 몰아쉬면서 그저 이렇게 말했다.

"문을 걸어 잠가라! 문을 걸어 잠가라!"

온 집안사람들은 모두 놀랐지만 그 이유를 알지 못했다. 한참 후에 유진이 비로소 입을 열었다.

"경원진(涇原鎭)에 주둔하고 있던 병사들이 반란을 일으켜 천자께서 금원(禁苑)의 북문으로 나가시고 백관도 모두 행재소(行在所)로 달려갔다. 나는 부인과 딸아이가 걱정되어 잠시 부서로 돌아왔다."

그러고는 급히 왕선객을 불러 말했다.

"나 대신에 집안일을 처리해 주면 내가 무쌍을 너에게 시집보내겠다."

왕선객은 그 말을 듣고 놀라고 기뻐하면서 감사의 절을 올렸다. 유진은 금은과 비단을 20필의 말에 실으면서 왕선객에게 말했다.

"너는 옷을 바꿔 입고 이 물건을 가지고 개원문(開遠門)으로 나가 깊숙하고 외진 여관을 찾아 머물러 있어라. 나는 네 외숙모와 무쌍을 데리고 계하문(啓夏門)으로 나가 성을 돌아서 뒤따라가겠다." 미 : 많은 재물이 걸림돌이 되었다. 만약 가볍게 행장을 꾸려 빨리 갔으면 되는데, 어찌 굳이 왕선객을 뒤에 남겨두었단 말인가!

왕선객은 유진이 시키는 대로 하고 해가 넘어갈 때까지 오래도록 기다렸으나 외숙부 일행은 오지 않았다. 성문은 오후부터 잠겼고 남쪽을 바라보았지만 아무것도 보이지 않았다. 마침내 왕선객은 말을 타고 횃불을 든 채 성을 돌아 계하문으로 갔지만 계하문 역시 잠겨 있었다. 성문을 지키는 사람이 한둘이 아니었으며 모두 하얀 곤봉을 들고 있었는데, 어떤 사람은 서 있고 어떤 사람은 앉아 있었다. 미 : 그림 같다. 왕선객이 말에서 내려 천천히 물었다.

"성안에 무슨 일이 있기에 이럽니까?"

또 물었다.

"오늘 어떤 사람이 이 문을 나갔습니까?"

성문지기가 말했다.

"주 태위[朱太尉 : 주차(朱泚)]가 이미 천자가 되었소. 오후에 한 사람이 4~5명의 여인을 데리고 이 문을 나가려고 했는데, 거리의 사람들이 모두 알아보고 조용사 유 상서(劉尙書 : 유진)라고 하는 바람에 성문을 지키는 관리가 감히 내보내지 못했소. 저녁 무렵에 뒤쫓아 온 기병이 들이닥쳐 일시에 그들을 데리고 북쪽으로 갔소."

왕선객은 목 놓아 통곡하면서 여관으로 돌아왔다. 삼경(三更)이 지날 무렵에 성문이 갑자기 열리더니 마치 대낮처럼 환한 횃불이 보였다. 병사들은 모두 무기와 칼을 들고서 참작사(斬斫使)[54]가 성을 나와 성 밖으로 도망간 조정 관리들을 수색할 것이라고 외쳤다. 왕선객은 짐수레 말을 타고 놀라 달아나 양양(襄陽)으로 돌아가서 마을에서 3년 동안 살았다. 후에 왕선객은 도성이 수복되었다는 사실을 알고 곧장 도성으로 들어가서 외숙부의 소식을 알아보았다. 신창방(新昌坊) 남쪽 거리에 이르러 말을 세우고 머뭇거리고 있을 때, 갑자기 한 사람이 말 앞에서 절을 하기에 자세히 보았더니 예전에 부리던 하인 새홍(塞鴻)이었다. 새홍이 하는 말을 들어 보았더니, 유 상서는 역적이 임명한 관직을 받았기 때문에 부인과 함께 극형에 처해졌고, 무쌍은 이미 액정(掖庭)의 궁녀로 들어갔으며, 무쌍이 부리던 하녀 채빈(採蘋)만이 지금 금오장군(金吾將軍) 왕수중(王遂中)의 댁에 있다고 했다. 왕선객은 슬픔과 억울함에 소리치다가 기절했다. 다음 날 왕선객은 명함을 들고 배알을 청해 종질의 예로서 왕수중을 뵙고 일의 자초지종을 자세히 말했으며, 후한 값을 치르고 채빈을 대속해 달라고 하자 왕수중이 허락했다. 왕선객은 집을 세내어 새홍과 채빈과 함께 살았다. 왕수중이 왕선객을 경조윤(京兆尹) 이제운(李齊運)에게 추천하자, 이제운은 그를 부평현윤(富平縣尹)으로 삼아 장락역(長樂驛)을 맡게 했다. 몇 개월 뒤에 갑자기 중사(中使 : 황궁에서

---

54) 참작사(斬斫使) : 죄인의 목을 베는 일을 주관하는 관리.

파견한 사자)가 궁녀 30명을 거느리고 능원(陵園)으로 가서 청소한다는 통보가 왔는데, 양탄자를 두른 수레 10대가 장락역으로 내려왔다. 왕선객이 새홍에게 말했다.

"내가 듣기에 액정의 궁녀들은 대부분 관리 집안의 자녀라고 하던데, 혹시 무쌍이 거기에 있을지도 모르니 네가 날 위해 한번 살펴보아라."

그러고는 새홍을 가짜 역리(驛吏)로 분장시켜 주렴 바깥에서 차를 끓이게 하면서 당부했다.

"다구(茶具)를 단단히 지키면서 잠시도 떠나서는 안 된다. 만약 보이는 것이 있거든 즉시 달려와 보고해라."

새홍은 예! 예! 하면서 갔다. 그러나 궁녀들은 모두 주렴 안쪽에 있어서 볼 수 없었고, 밤에도 그저 떠드는 소리만 들릴 뿐이었다. 밤이 깊어지자 사람들의 움직임이 모두 멈췄다. 새홍은 다기를 씻고 불을 피우면서 감히 잠들지 못했다. 그런데 갑자기 주렴 안에서 누군가가 말했다.

"새홍아! 새홍아! 너는 내가 여기 있는 것을 어찌 알았느냐? 서방님은 건강하시냐?"

말을 마치고는 흐느껴 울었다. 새홍이 말했다.

"도련님은 이 역을 맡아 관리하시는데, 오늘 아씨가 이곳에 계실지도 모른다고 하면서 제게 안부를 묻게 하셨습니다."

주렴 안에서 또 말했다.

"나는 길게 얘기할 수 없으니, 내일 내가 떠난 뒤에 너는 동북쪽 집의 방 안에 있는 자주색 이불 아래에서 편지를 찾아 서방님께 전해 드려라."

말을 마치고는 바로 떠났다. 갑자기 주렴 안쪽에서 매우 소란스러운 소리가 나더니, "궁녀에게 급병이 났다"고 하면서 중사가 아주 다급하게 탕약을 찾았는데, 그 궁녀는 바로 무쌍이었다. 새홍이 그 사실을 왕선객에게 급히 알리자 왕선객이 놀라며 말했다.

"내가 어떻게 하면 한번 만나 볼 수 있겠느냐?"

새홍이 말했다.

"지금 한창 위교(渭橋)를 수리하고 있으니, 도련님께서는 가짜로 다리 관리관 행세를 하고 있다가 수레가 다리를 지나갈 때 수레 가까이에 서 계십시오. 무쌍 아씨께서 만약 알아보신다면 반드시 주렴을 열 테니 틀림없이 잠깐 보실 수 있을 것입니다."

왕선객은 새홍의 말대로 했다. 세 번째 수레가 지나가면서 과연 주렴을 열었는데, 엿보았더니 무쌍이었다. 왕선객은 슬픔과 감격과 원망과 사모의 마음이 북받쳐 감정을 주체하지 못했다. 새홍은 방 안의 이불 아래에서 편지를 찾아 왕선객에게 드렸다. 화전(花箋 : 꽃무늬 편지지) 다섯 폭은 모두 무쌍의 친필이었으며, 문장이 애절하고 서술이 상세했다. 왕선객은 읽고 나서 한을 머금은 채 눈물을 흘리면서 이제는 영원히 이별이겠다고 생각했다. 그런데 편지 끝에 이런 말이 쓰여 있었다.

"늘 칙사들이 하는 말을 들었는데, 부평현의 고 압아(古押衙)55)가 세상에서 심지가 곧은 사람이라고 하니, 지금 그에게 도움을 청할 수 있을는지요?"

왕선객은 마침내 경조부(京兆府)에 상신해 장락역의 임무를 그만두고 본래의 관직으로 돌아가길 청했다. 마침내 고 압아를 찾아 나섰는데, 그는 시골 마을의 별장에서 살고 있었다. 왕선객은 찾아가서 고생(古生 : 고 압아)을 만났다. 왕선객은 고생이 원하는 것이라면 반드시 온 힘을 다해 이루어 주었고, 채색 비단이나 보옥 등도 이루 헤아릴 수 없을 만큼 주었다. 그러나 왕선객은 1년이 지나도록 자신의 사정을 전혀 말하지 않았다. 그 후로 왕선객은 임기가 만료되어 부평현에서 한가로이 지냈다. 그러던 어느 날 갑자기 고생이 찾아와서 왕선객에게 말했다.

"저 고홍(古洪)은 일개 무인이며 나이 또한 들어서 어디 쓰일 데도 없는데, 낭군은 저에게 온갖 정성을 다했습니다. 낭군의 의중을 살펴보니 이 늙은이에게 바라는 것이 있는

---

55) 고 압아(古押衙) : '압아'는 의장과 시위(侍衛)를 통솔하는 무관이다.

것 같습니다. 이 늙은이도 한 조각 심지가 있는 사람이니, 낭군의 깊은 은혜에 감격해 몸을 바쳐서라도 보답하고 싶습니다."

왕선객은 눈물을 흘리면서 절을 하고 고생에게 사실대로 말했다. 고생은 하늘을 우러러보고 손으로 머리를 서너 번 만지더니 말했다.

"이 일은 매우 어렵지만 낭군을 위해 한번 방도를 찾아보겠으니, 하루아침에 성공하기를 바라지는 마십시오."

왕선객은 절하며 말했다.

"다만 생전에 만날 수만 있으면 되니, 어찌 감히 기한을 정해 놓고 바라겠습니까?"

반년이 지나도록 아무 소식이 없었다. 그러던 어느 날 어떤 사람이 문을 두드렸는데, 다름 아닌 고생이 편지를 보내온 것이었다. 편지에 이렇게 쓰여 있었다.

"모산(茅山)에 갔던 사자가 돌아왔으니 이곳으로 오십시오."

왕선객이 급히 말을 타고 달려가서 고생을 만났더니 고생이 말했다.

"우선 차를 드십시오."

밤이 깊어지자 고생이 왕선객에게 말했다.

"댁에 무쌍의 얼굴을 아는 여자가 있습니까?"

왕선객은 채빈이 있다고 대답하고는 곧바로 그녀를 데리

고 왔다. 고생은 채빈을 자세히 살펴보더니 웃고 기뻐하며 말했다.

"3~5일 동안만 여기에 맡겨 두시고 낭군은 일단 돌아가십시오."

며칠 뒤에 갑자기 이런 말이 들려왔다.

"어떤 고관(高官)이 지나가다가 능원의 궁녀를 죽였다."

왕선객은 마음속으로 몹시 이상해하면서 새홍에게 죽은 궁녀가 누군지 알아보게 했는데, 그녀는 바로 무쌍이었다. 왕선객이 통곡하고 탄식하며 말했다.

"본래 고생에게 기대했건만 지금 죽고 말았으니 어찌한단 말인가!"

그러고는 눈물을 흘리고 흐느껴 울면서 자신을 주체할 수 없었다. 그날 저녁에 밤이 깊었을 때 몹시 급하게 문을 두드리는 소리가 들려서 문을 열고 보았더니 다름 아닌 고생이었다. 그는 대나무 가마를 메고 들어오더니 왕선객에게 말했다.

"이 사람은 무쌍입니다. 지금은 죽었지만 심장이 약간 따뜻하니 다음 날이면 틀림없이 살아날 것입니다. 탕약을 조금 먹이되 절대 안정을 취해야 합니다."

고생이 말을 마치자 왕선객은 무쌍을 끌어안고 방 안으로 들어가서 홀로 그녀를 지켰다. 아침이 되자 무쌍은 온몸에 온기가 돌았는데, 왕선객을 보더니 울음을 터트리고 다시 혼절했다가 치료를 받은 끝에 밤이 되어서야 비로소 회복되었다. 고생이 또 말했다.

"잠시 새홍을 시켜 집 뒤에 구덩이 하나를 파겠습니다."

구덩이가 조금 깊어졌을 때 고생은 칼을 뽑아 새홍의 목을 쳐서 구덩이 안에 떨어뜨렸다. 미 : 새홍도 심지 있는 사람이므로 필시 발설하지 않았을 것이다. 하지만 왕선객의 안전에 만전을 기하고자 또한 스스로를 아끼지 않았다. 새홍에게 무슨 잘못이 있는가? 왕선객이 경악하며 두려워하자 고생이 말했다.

"낭군은 두려워하지 마십시오. 오늘에야 낭군의 은혜에 충분히 보답했습니다. 근자에 모산의 도사에게 묘약이 있다는 말을 들었는데, 그 약을 복용한 자는 바로 죽지만 사흘이 지나면 다시 살아난다고 하기에, 제가 사람을 시켜 한 알을 간청해 얻었습니다. 그리고는 어제 채빈을 가짜 중사로 분장시켜서 무쌍에게 역적의 무리라는 이유를 붙여 그 약을 내려 자진하게 했습니다. 저는 능원으로 가서 친척이라고 하면서 비단 100필을 주고 그 시체를 가져왔습니다. 도로변의 역참에도 모두 후한 뇌물을 주었으니 절대로 일이 누설되지는 않을 것입니다. 모산의 심부름꾼과 대나무 가마를 메고 온 사람은 이미 들판에서 죽였고, 이 늙은이 또한 낭군을 위해 스스로 목을 벨 것입니다. 낭군은 더 이상 이곳에 계시면 안 됩니다. 문밖에 짐꾼 10명, 말 5필, 비단 200필이 있으니, 오경(五更)이 되면 무쌍을 데리고 곧장 출발해서 성명을 바꾸고 유랑 생활을 하면서 화를 피하도록 하십시오."

말을 마치고는 칼을 들었다. 왕선객이 구하려 했지만 머리가 이미 떨어진 뒤였다. 미 : 한 여자 때문에 억울하게 죽은 사람이 10여 명이나 되니, 나는 동의하지 않는다. 하지만 협사는 남의 일을 이뤄 주는 것을 귀하게 여기니, 다른 것은 돌아볼 바가 아니다. 왕선객은 마침내 시신을 모두 모아 함께 묻어 주었다. 그러고는 은밀히 촉 땅으로 도망가서 삼협(三峽)으로 내려가 저궁(渚宮)에서 기거했다. 그 후로 경조부에서 소식이 전혀 들려오지 않자, 왕선객은 마침내 가족을 데리고 양등의 별장으로 돌아가서 무쌍과 함께 부부로 50년을 살았다.

唐王仙客, 建中中尙書劉震之甥也. 仙客少孤, 隨母歸外氏, 與震女無雙, 幼相狎愛. 王氏疾且死, 召震以仙客爲託, 無令無雙歸他族. 仙客護喪, 歸葬襄鄧, 服闋, 飾裝抵京. 時震爲租庸使, 聲勢赫奕. 置仙客於學舍, 寂不聞選取之議. 又於窗隙間窺見無雙, 明艷若神, 求婚益切. 乃曲媚舅母, 遣老嫗達意, 而震意不允. 仙客心氣俱喪, 達旦不寐, 然奉事不敢懈怠. 一日, 震趨朝, 至日初出, 忽走馬入宅, 汗流氣促, 唯言 : "鎖却門! 鎖却門!" 一家惶駭不測. 良久乃言 : "涇原兵士反, 天子出苑北門, 百官奔赴行在. 我以妻女爲念, 略歸部署." 疾召仙客 : "與我勾當家事, 我嫁爾無雙." 仙客聞命, 驚喜拜謝. 乃裝金銀羅錦二十馱, 命仙客 : "易服, 押領出開遠門, 覓一深隙店安下. 我與汝舅母及無雙出啓夏門, 遶城續至." 眉 : 多財爲累, 向使輕疾驅, 何必後仙客哉! 仙客依所敎, 至日落, 待久不至. 城門自午後扃鎖, 南望目斷. 遂乘驄秉燭, 遶城至啓夏門, 門亦鎖. 守門者不一, 持白梃, 或立或坐. 眉: 如畫. 仙客下馬, 徐問曰: "城中何事如此?" 又問: "今日有何人出此?" 門者曰: "朱太尉已作天子. 午後有一人領婦人四五輩, 欲出此門, 街中人皆識, 云是租庸使劉尚書, 門司不敢放出. 近夜追騎至, 一時驅向北去矣." 仙客失聲慟哭, 却歸店. 三更向盡, 城門忽開, 見火炬如畫. 兵士皆持兵挺刃, 傳呼斬斫使出城, 搜城外朝官. 仙客輻騎驚走, 歸襄陽, 村居三年. 後知克復京師, 乃入京, 訪舅氏消息. 至新昌南街, 立馬徬徨之際, 忽一人馬前拜, 熟視之, 舊使蒼頭塞鴻也. 乃聞尚書受僞命官, 與夫人皆處極刑, 無雙已入掖庭, 唯所使婢採蘋者, 今在金吾將軍王遂中宅. 仙客哀寃號絕. 明日, 乃刺謁, 以從姪禮見遂中, 具道本末, 願納厚價以贖採蘋, 遂中許之. 仙客稅屋, 與鴻·蘋居. 遂中薦仙客於京兆尹李齊運, 以爲富平縣尹, 知長樂驛. 累月, 忽報中使押領內家三十人往園陵, 以備灑掃, 氈車子十乘, 下驛中訖. 仙客謂鴻曰: "我聞掖庭多衣冠子女, 恐無雙在焉, 汝爲我一窺之." 因令鴻假爲驛吏, 烹茗於簾外, 約曰: "堅守茗具, 無暫捨去. 如有所睹, 卽疾報來." 塞鴻唯唯而去. 宮人悉在簾下, 不可得見, 但夜語喧嘩而已. 至夜深, 群動皆息. 鴻滌器構火, 不敢輒寐. 忽聞簾下語曰: "塞鴻! 塞鴻! 汝爭得知我在此耶? 郎健否?" 言訖, 嗚咽. 鴻曰: "郎君見知此驛, 今日疑娘子在此, 令塞鴻問候." 又曰: "我不久語, 明日我去後, 汝於東北舍閤子中紫褥下, 取書送郎君." 言訖, 便去. 忽聞簾下極鬧, 云: "內家中惡." 中使索湯藥甚急, 乃無雙也. 鴻疾告仙客, 仙客驚曰: "我何得一見?" 塞鴻曰: "今方修渭橋, 郎君可假作理橋官, 車過橋時, 近車子立. 無雙若認得, 必開簾, 當得覩見耳." 仙客如其言. 至第三車, 果開簾, 窺見無雙. 仙客因悲感怨慕, 不勝其情. 鴻於閤子中褥下得書, 送仙客. 花牋五幅, 皆無雙真迹,詞理哀切,敘述周盡.仙客覽之,茹恨涕下,自此永訣矣.其書後云:"常見敕使說,富平縣古押衙,人間有心人,今能求之否?"仙客遂申府,請解驛務,歸本官.遂尋訪古押衙,則居於村墅.仙客造謁,見古生.生所願,必力致之,繒綵寶玉,不可勝紀.一年未開口.秩滿,閑居於縣.古生忽來,謂仙客曰:"洪一武夫,年且老,何所用,郎君於某竭分.察郎君之意,將有求於老夫.老夫乃一片有心人也,感郎君深恩,願粉身答效."仙客泣拜,以實告古生.古生仰天,以手指腦數四,曰:"此事大不易,然與郎君試求,不可朝夕便望."仙客拜曰:"但生前得見,豈敢以遲晚爲限耶?"半歲無消息.一日扣門,乃古生送書.書云:"茅山使者回,且來此."仙客奔馬去,見古生,生云:"且喫茶."夜深,謂仙客曰:"宅中有女家人識無雙否?"仙客以採蘋對,立取而至.古生端相,且笑且喜云:"借留三五日,郎君且歸."後累日,忽傳說曰:"有高品過,處置園陵宮人."仙客心甚異之,令塞鴻探所殺,乃無雙也.仙客號哭,乃嘆曰:"本望古生,今死矣,爲之奈何!"流涕歔欷,不能自已.是夕更深,聞叩門甚急,及開門,乃古生也.領一筍子入,謂仙客曰:"此無雙也.今死矣,心頭微暖,後日當活.微灌湯藥,切須靜密."言訖,仙客抱入閣子中,獨守之.至明,遍體有暖氣,見仙客,哭一聲遂絕,救療至夜方愈.古生又曰:"暫借塞鴻,於舍後掘一坑."坑稍深,抽刀斷塞鴻頭於坑中.眉:鴻亦有心人,必不洩.然欲萬全仙客,且不自愛.何有於鴻?仙客驚怕,古生曰:"郎君莫怕.今日報郎君恩足矣.比聞茅山道士有藥術,其藥服之者立死,三日却活,某使人專求得一丸.昨令採蘋假作中使,以無雙逆黨,賜此藥令自盡.至陵下,託以親故,百縑贖其尸.凡道路郵傳,皆厚賂矣,必免漏泄.茅山使者及舁筍人,在野外處置訖,老夫爲郎君,亦自刎.君不得更居此.門外有檐子一十人, 馬五匹, 絹二百匹, 五更挈無雙便發, 變姓名浪迹以避禍." 言訖, 擧刀. 仙客救之, 頭已落矣. 眉 : 以一婦人故而寃死者十餘人, 吾無取焉. 然俠士貴成人之事, 他非所恤也. 遂並尸蓋覆訖. 潛奔蜀下峽, 寓居於渚宮. 悄不聞京兆之耗, 乃挈家歸襄鄧別業, 與無雙爲夫婦五十年.

* 이 고사는 《태평광기》 권486 〈잡전기(雜傳記)·무쌍전(無雙傳)〉에 실려 있다.

29-5(0719) 곤륜의 노비

곤륜노(昆侖奴)

출《전기(傳奇)》미 : 이하는 모두 검협이다(以下俱劍俠).

　　당(唐)나라 대력(大曆) 연간(766~779)에 최생(崔生)이라는 사람이 있었는데, 그의 부친은 현달한 벼슬아치였기에 한 시대의 최고 훈구 대신인 1품관(一品官)들과 친숙하게 지냈다. 최생은 당시 천우(千牛)[56]로 있었는데, 부친이 그에게 1품관의 병문안을 가게 했다. 1품관은 최생을 불러 내실로 들어오게 했는데, 최생은 젊은 나이에 용모가 옥처럼 준수했다. 최생이 절을 하고 부친의 말씀을 전하자, 1품관은 기쁜 마음으로 그를 아껴 주며 함께 앉아 얘기하자고 했다. 그때 절세미인인 기녀 세 명이 앞에 있다가 황금 사발에 담은 앵두를 까서 달콤한 유즙을 뿌려 바쳤다. 1품관은 붉은 비단옷 입은 기녀에게 사발 하나를 받들어 최생에게 먹게 하라고 했으나, 최생은 부끄러워하며 먹지 않았다. 1품관이 그 붉은 비단옷 입은 기녀에게 숟가락으로 떠서 최생에게

---

[56] 천우(千牛) : 천자의 호위군인 금위군(禁衛軍)의 하나. 당나라 때는 좌우천우위(左右千牛衛)를 두었으며, 대부분 고관과 귀족 자제들 중에서 용모가 준수한 자들로 구성되었다.

먹여 주라고 하자, 최생이 마지못해 먹었더니 기녀가 미소를 지었다. 최생이 가겠다고 하자 1품관이 말했다.

"도령은 한가할 때 이 늙은이를 어려워하지 말고 꼭 찾아오게."

그러고는 붉은 비단옷 입은 기녀에게 정원까지 나가 그를 배웅해 주라고 했다. 그때 최생이 뒤돌아보자 기녀는 손가락 세 개를 세웠다가 다시 손바닥을 세 번 뒤집은 뒤에 가슴 앞에 있는 작은 거울을 가리키며 말했다.

"기억해 두세요."

그러고는 더 이상 다른 말은 하지 않았다. 최생은 집으로 돌아와서 부친께 1품관의 뜻을 전하고 학당으로 돌아갔는데, 정신이 혼미해지고 의욕이 떨어져 말수가 줄고 얼굴이 축났으며 멍하니 생각에 잠겨 있었다. 그는 온종일 밥 먹을 겨를도 없이 그저 시만 읊었다.

"봉래산(蓬萊山) 꼭대기에 잘못 놀러 갔더니, 명주(明珠) 귀걸이 한 옥녀(玉女)가 별빛 같은 눈동자 깜박였네. 붉은 문 반쯤 닫힌 깊은 궁궐의 달빛, 응당 옥수(玉樹) 같은 미인의 수심 어린 모습을 비추리라."

주위 사람들은 그 뜻을 알 수 없었다. 당시 집에 있던 곤륜노(昆侖奴)57) 마륵(磨勒)이 도련님을 쳐다보며 말했다.

"마음속에 한을 품고 계시면서 어찌하여 이 늙은 노복에게 말씀하지 않으십니까?"

최생이 말했다.

"네가 무엇을 안다고 내 가슴속에 품고 있는 일을 묻느냐?"

마륵이 말했다.

"말씀만 하시면 마땅히 도련님을 위해 그 한을 풀어 드리겠습니다."

최생이 놀라 기이해하며 그 일을 소상히 알려 주었더니 마륵이 말했다.

"그건 작은 일일 뿐인데 어찌하여 혼자 괴로워하고 계셨습니까?"

최생이 또 그 은어(隱語)에 대해서도 말해 주자 마륵이 말했다.

"알기 어려운 것이 뭐 있겠습니까? 손가락 세 개를 세운 것은 1품관 댁에 있는 10채의 가기(歌妓) 별채 중에서 그녀가 세 번째 별채에 있다는 뜻입니다. 손바닥을 세 번 뒤집은 것은 열다섯 개의 손가락을 헤아린 것이니 15일이라는 숫자에 해당합니다. 가슴 앞의 작은 거울은 15일 보름날 밤에 달이 거울처럼 둥글다는 뜻이니 도련님께 그날 오시라는 뜻이

---

57) 곤륜노(崑崙奴) : 당나라 때 남해국(南海國) 지역 출신의 피부 빛이 검은 노비로, 권문세가에서 곤륜노를 부리는 것이 성행했다.

겠지요."

최생은 크게 기뻐하면서 마륵에게 말했다.

"어떤 계책으로 나를 데려갈 수 있겠느냐?"

마륵이 웃으며 말했다.

"내일 밤이 보름밤이니 짙푸른 명주 두 필로 도련님의 몸에 꼭 맞는 옷을 지어 달라고 하십시오. 1품관 댁에는 사나운 개가 가기들의 별채 문을 지키고 있는데, 평상시 다니는 사람이 아니면 들어갈 수 없거니와 들어가면 반드시 물려 죽습니다. 그 개는 경계심이 귀신같고 사납기가 호랑이 같은 조주(曹州) 맹해(孟海)58)의 개입니다. 이 늙은 노복이 아니면 그 개를 죽일 수 없으니, 오늘 밤에 당연히 도련님을 위해 그 개를 때려죽이겠습니다."

그러고는 잘 다듬은 몽둥이를 가지고 갔다가 한 식경(食頃)쯤 지나 돌아와서 말했다.

"개는 이미 죽었으니 장애물은 전혀 없습니다."

그날 밤 3경에 마륵은 최생에게 짙푸른 옷을 입히고 마침내 최생을 업고 열 겹의 담을 뛰어넘어 가기가 있는 별채 안으로 들어가서 세 번째 문에 이르렀다. 수놓아 장식한 방문

---

58) 맹해(孟海) : 지명(地名)이라는 설과 수(隋)나라 말의 군웅(群雄) 가운데 하나인 맹해공(孟海公)이라는 설이 있다.

은 빗장이 채워져 있지 않았으며 황금 등잔이 희미하게 빛나고 있었는데, 들어 보니 기녀가 길게 탄식하며 앉아서 누군가를 기다리고 있는 것 같았다. 그녀는 그저 시만 읊조리고 있었다.

"깊은 동굴에서 꾀꼬리 울며 완랑(阮郞)59)을 원망하니, 꽃 아래로 몰래 오시어 진주 귀걸이 풀어 주소서. 푸른 구름이 회오리바람에 흩어지니 서신도 끊어지고, 부질없이 옥퉁소에 의지해 봉황새 오길60) 근심하네."

시위(侍衛)들은 모두 잠들었고 인근에는 인기척 하나 없이 고요했다. 최생이 마침내 천천히 주렴을 걷어 올리고 들어갔더니, 기녀는 한참 만에 최생인 것을 알아보고 침상에서 뛰어내려 와서 최생의 손을 잡고 말했다.

"도련님이 총명해서 틀림없이 알아챌 수 있을 것을 알았기에 손으로 말한 것이었습니다. 그런데 도련님은 어떤 신묘한 술법이 있기에 여기까지 오실 수 있었는지 모르겠습니

---

59) 완랑(阮郞) : 완조(阮肇). 한나라 명제(明帝) 때 친구 유신(劉晨)과 함께 천태산(天台山)으로 들어가 약초를 캐다가 길을 잃었는데, 우연히 선녀 두 명을 만나 즐겁게 놀다가 집으로 돌아와서 보았더니 그들의 9대손이 살고 있었다고 한다. 여기서는 최생을 가리킨다.

60) 부질없이 옥퉁소에 의지해 봉황새 오길 : 진(秦)나라 목공(穆公)의 딸 농옥(弄玉)이 통소를 잘 부는 소사(簫史)를 남편으로 맞이해 함께 즐기다가 마침내 봉황을 타고 신선이 되었다고 한다.

다."

 최생이 마륵의 계책을 소상히 말해 주자 기녀가 말했다.
 "마륵은 어디에 있습니까?"
 최생이 말했다.
 "주렴 밖에 있소."
 기녀는 마륵을 불러들여 황금 주발에 술을 따라 마시라고 했다. 기녀가 최생에게 말했다.
 "저의 집은 본래 부유했으며 삭방(朔方)에서 살았는데, 이 댁 주인이 군대를 거느리고 저를 핍박해 기녀로 삼았습니다. 스스로 목숨을 끊을 수 없어서 지금까지 구차히 살아왔습니다. 비록 비단옷에 구슬과 비취로 치장하고 있지만, 마치 차꼬와 쇠고랑을 차고 있는 것 같습니다. 현명하고 용맹하신 도련님은 신묘한 술법을 지녔으니, 저를 이 짐승 우리 같은 곳에서 탈출시켜 주는 데 무슨 어려움이 있겠습니까? 바라는 바를 이미 말씀드렸으니 비록 죽는다 하더라도 후회하지 않을 것입니다."
 최생이 근심하며 말을 하지 않자 마륵이 말했다.
 "낭자의 뜻이 이미 굳고 명확하니 이 역시 작은 일일 뿐입니다."
 기녀는 매우 기뻐했다. 마륵은 우선 기녀를 위해 그녀의 짐 보따리와 화장 상자를 지고 나르길 청하고 그렇게 세 번을 왕복한 연후에 말했다.

"날이 밝을까 걱정입니다."

그러고는 마침내 최생과 기녀를 업고 10여 겹의 높다란 담을 나는 듯이 빠져나왔다. 1품관 집의 수비병들 중에 경계하는 자는 없었다. 마침내 최생의 학당으로 돌아와 기녀를 숨겼다. 아침이 되어서야 1품관의 집에서는 비로소 그 사실을 알아차렸으며, 또한 개가 이미 죽어 있는 것을 보고 1품관이 크게 놀라며 말했다.

"이는 틀림없이 협사(俠士)가 그녀를 데리고 간 것이다. 더 이상 소리 소문 내지 말아야 할 것이니, 그랬다간 공연히 화만 자초할 것이다." 미 : 역시 식견이 높다.

기녀는 최생의 집에서 2년간 숨어 지냈는데, 꽃 피는 계절이 되자 작은 수레를 몰고 곡강(曲江)으로 놀러 갔다가 1품관의 하인이 그녀를 몰래 알아보고 1품관에게 그 사실을 아뢰었다. 1품관이 이상해하며 최생을 불러 그 일을 캐물었더니, 최생은 두려운 나머지 감히 사실을 숨기지 못하고 마침내 노복 마륵에 대해 말했다. 그러자 1품관이 말했다.

"다른 일은 불문에 부치겠지만 나는 마땅히 천하 사람들을 위해 해악을 제거해야겠네."

그러고는 병사 50명에게 병장기를 단단히 들고 최생의 집을 에워싸서 마륵을 사로잡게 했다. 마륵은 비수를 들고 높은 담을 날아서 빠져나왔는데, 언뜻 보니 날개라도 달린 것처럼 그 빠르기가 매와 같았다. 화살을 빗발치듯 쏘아 댔으나 그를 명중시킬 수 없었다. 마륵은 순식간에 어디로 갔는지 알 수 없었다. 후에 1품관은 후회하고 두려워하면서 저녁마다 많은 동복들에게 검과 창을 들고 자신을 호위하게 했는데, 그렇게 꼬박 1년을 하고서야 그만두었다. 10여 년 후에 최생 집의 어떤 사람이 낙양(洛陽)의 저자에서 약을 팔고 있는 마륵을 보았는데, 그의 얼굴은 예전 그대로였다.

唐大曆中, 有崔生者, 其父爲顯僚, 與蓋代之勳臣一品者熟. 生時爲千牛, 其父使往省一品疾. 一品召生入室, 生少年, 容貌如玉. 拜傳父命, 一品忻然愛慕, 命坐與語. 時三妓人, 艷皆絶代, 居前以金甌貯含桃而擘之, 沃以甘酪而進. 一品遂命衣紅綃妓者, 擎一甌與生食, 生靦不食. 一品命紅綃妓以匙而進之, 生不得已而食, 妓哂之. 遂辭去, 一品曰: "郎君暇, 必相訪, 無間老夫也." 命紅綃送出院. 時生回顧, 妓立三指, 又反三掌者, 然後指胸前小鏡子云: "記取." 餘更無言. 生歸達一品意, 返學院, 神迷意奪, 語減容沮, 恍然凝思. 日不暇食, 但吟詩曰: "誤到蓬山頂上遊, 明璫玉女動星眸. 朱扉半掩深宮月, 應照瓊芝雪艷愁." 左右莫能究其意. 時家中有昆侖奴磨勒, 顧瞻郎君曰: "心中有恨, 何不報老奴?" 生曰: "汝輩何知, 而問我襟懷間事?" 磨勒曰: "但言, 當爲郎君釋解." 生駭異, 具告知, 磨勒曰: "此小事耳, 何自苦耶?" 生又白其隱語, 勒曰: "有何難會? 立三指者, 一品宅中有十院歌姬, 此乃第三院耳. 返掌三者, 數十五指, 以應十五日之數. 胸前小鏡子, 十五夜月圓如鏡, 令郎來耳." 生大喜, 謂曰: "何計而能導我?" 磨勒笑曰: "後夜乃十五夜, 請深青絹兩匹, 爲郎君製束身之衣. 一品宅有猛犬, 守歌妓院門, 非常人不得輒入, 入必噬殺之. 其警如神, 其猛如虎, 卽曹州孟海之犬也. 非老奴不能斃此犬, 今夕當爲郞君撾殺之." 遂携鍊椎而往, 食頃而回, 曰:"犬已斃, 固無礙耳." 夜三更, 與生衣靑衣, 遂負而逾十重垣, 乃入歌妓院內, 止第三門. 繡戶不扃, 金缸微明, 惟聞妓長嘆而坐, 若有所俟. 但吟詩曰:"深洞鶯啼恨阮郞, 偸來花下解珠璫. 碧雲飄斷音書絶, 空倚玉簫愁鳳凰." 侍衛皆寢, 鄰近闃然. 生遂緩搴簾而入, 良久, 驗是生, 姬躍下榻, 執生手曰:"知郞君穎悟, 必能默識, 所以手語耳. 又不知郞君有何神術, 而能至此." 生具告磨勒之謀, 姬曰:"磨勒何在?" 曰:"簾外耳." 遂召入, 以金甌酌酒而飮之. 姬白生曰:"某家本富, 居在朔方, 主人擁旄, 逼爲姬僕. 不能自死, 尙且偸生. 雖綺羅珠翠, 如在桎梏. 賢爪牙旣有神術, 何妨爲脫狴牢? 所願旣申, 雖死不悔." 生愀然不語, 磨勒曰:"娘子意旣堅確, 此亦小事耳." 姬甚喜. 磨勒請先爲姬負其囊橐妝奩, 如此三復焉, 然後曰:"恐遲明." 遂負生與姬, 飛出峻垣十餘重. 一品家之守禦, 無有警者. 遂歸學院而匿之. 及旦, 一品家方覺, 又見犬已斃, 一品大駭曰:"此必俠士挈之. 無更聲聞, 徒爲患禍耳." 眉:亦高見. 姬隱崔生家二歲, 因花時, 駕小車遊曲江, 爲一品家人潛誌認, 遂白一品. 一品異之, 召崔生詰之事, 懼不敢隱, 遂言奴磨勒. 一品曰:"他事不問, 某須爲天下人除害." 命甲士五十人, 嚴持兵仗, 圍崔生院, 使擒磨勒. 磨勒持匕首, 飛出高垣, 瞥若翅翎, 疾同鷹隼. 攢矢如雨, 莫能中止. 頃刻之間, 不知所向. 後一品悔懼, 每夕, 多以家童持劍戟自衛, 如此周歲方止. 後十餘年, 崔家有人見磨勒賣藥於洛陽市, 容顔如舊.

* 이 고사는 《태평광기》 권194 〈호협·곤륜노〉에 실려 있다.

29-6(0720) 승려 협객

승협(僧俠)

출《당어림(唐語林)》

당(唐)나라 건중(建中) 연간(780~783) 초에 선비 위생(韋生)은 여주(汝州)로 집을 옮겼는데, 가는 도중에 한 스님을 만나 함께 말고삐를 나란히 하고 자못 흡족하게 담론을 나누었다. 저녁이 될 무렵에 스님이 갈림길을 가리키며 말했다.

"여기에서 몇 리를 가면 빈도(貧道)의 절이니 낭군은 다녀가실 수 있겠습니까?"

선비가 허락하고 식구들에게 먼저 가라고 하자, 스님은 종자(從者)에게 분부해 그들을 위해 장막을 치고 음식을 차리도록 했다. 그러나 10여 리를 갔는데도 절에 당도하지 않아, 위생이 물었더니 스님이 안개 낀 숲이 있는 곳을 가리키며 말했다.

"저곳입니다."

그러나 그곳에 당도했는데도 스님은 또 몇 리를 앞으로 나아갔다. 날이 이미 저물어 밤이 되었기에 위생은 의심이 생겼다. 그는 평소 탄궁(彈弓)을 잘 쏘았으므로 은밀히 가죽신 속에서 구리 탄환 10여 개를 꺼냈다. 위생은 스님에게 앞서 100여 보를 가게 하고 탄궁을 쏘아 정확히 그의 머리를 명중시켰다. 스님은 처음에는 느끼지 못한 듯하더니 다섯 발이 모두 명중하자 비로소 맞은 곳을 어루만지며 천천히 말했다.

"낭군은 못된 장난을 하지 마시오!"

위생은 어찌할 수 없음을 알고 더 이상 탄궁을 쏘지 않았다. 한참이 지나서 한 장원에 도착했는데, 수십 명의 사람들이 열을 지어 등촉을 들고 나와 맞이했다. 스님은 위생을 대청 안으로 맞이해 앉게 한 뒤에 웃으며 말했다.

"낭군은 걱정하지 마십시오."

그러고는 좌우 사람들에게 물었다.

"부인께서 묵으실 곳은 분부한 대로 마련해 두었느냐?"

다시 위생에게 말했다.

"낭군은 일단 식구들을 위로해 안심시키고 바로 이곳으로 오십시오."

위생이 보았더니 부인과 딸이 따로 성대하게 마련된 장막에 있었는데, 서로 돌아보며 눈물을 흘렸다. 위생이 즉시 스님에게 왔더니 스님이 앞으로 다가와 위생의 손을 잡고 말했다.

"빈도는 도둑입니다. 본래 좋은 뜻은 없었는데, 낭군의 무예가 이렇게 뛰어난 줄은 몰랐으니, 빈도가 아니었다면 감당하지 못했을 것입니다. 오늘은 진실로 다른 뜻은 없으니 부디 의심하지 마시기 바랍니다. 아까 빈도가 맞았던 낭군의 탄환은 모두 여기에 있습니다."

그러면서 손을 들어 머리 뒤를 문지르자 다섯 개의 탄환이 떨어졌다. 잠시 후에 자리를 펴고 찐 송아지 요리를 차렸는데, 그 위에 10여 개의 칼을 찔러 놓았으며 제병(齏餠)61)을 그 주위에 빙 둘러 놓았다. 스님이 위생에게 읍(揖)하고 자리에 앉아 다시 말했다.

"빈도에게 의형제 몇 명이 있는데 낭군을 뵙게 하고자 합니다."

스님이 말을 마치자 붉은 옷에 큰 허리띠를 두른 대여섯 명이 계단 아래에 줄지어 섰다. 스님이 큰 소리로 말했다.

"낭군께 절을 올려라! 너희들이 아까 낭군과 마주쳤더라면 가루가 됐을 것이다."

식사가 끝나자 스님이 말했다.

"빈도는 오랫동안 이 일을 해 왔으나 이제는 노년에 접어들고 보니 예전의 잘못을 바로잡고 싶습니다. 그러나 불행히도 아들의 재주가 이 노승을 뛰어넘으니 낭군께서 이 노승을 위해 그 녀석을 처단해 주셨으면 합니다."

---

61) 제병(齏餠) : 당나라 때의 음식으로, 다진 육류와 채소를 둥글넓적하게 빚어 구운 떡을 말한다.

그러고는 아들 비비(飛飛)를 불러 나오게 해서 위생에게 인사드리도록 했다. 비비는 이제 겨우 열예닐곱 살이었는데, 소매가 긴 푸른 옷을 입고 있었으며 피부가 마치 밀랍처럼 매끄러웠다. 스님이 말했다.

"후당(後堂)으로 가서 낭군을 모시도록 해라."

스님은 위생에게 검 한 자루와 탄환 다섯 개를 주며 말했다.

"부디 낭군께서 무예를 다 발휘해 그를 죽임으로써 노승에게 누가 미치지 않도록 해 주시길 부탁드립니다."

그러고는 위생을 한 당(堂) 안으로 데리고 들어간 뒤에 밖에서 문에 자물쇠를 채웠다. 당 안은 네 모퉁이에 등불만 밝혀 두었을 뿐이었다. 비비는 당에 올라 짧은 채찍 하나를 들고 있었는데, 위생은 그에게 탄궁을 쏘고 나서 마음속으로 필시 명중했을 것이라 생각했으나 탄환은 이미 그의 채찍에 맞아 바닥에 떨어져 있었다. 비비는 어느새 대들보 위로 뛰어올라 벽을 따라 허공을 밟으며 돌았는데, 그 민첩하기가 마치 원숭이 같았다. 탄환이 다 떨어져 더 이상 맞힐 수 없게 되자 위생은 검을 휘두르며 비비를 쫓았는데, 비비는 위생과 1척도 안 되는 거리에 있다가 순식간에 몸을 빼냈다. 위생은 그의 채찍만 몇 마디로 잘랐을 뿐 결국 그에게 상처를 입힐 수 없었다. 미 : 비비를 나오게 한 것은 위생에게 기예를 보여 주기 위함이었으니, 위생은 자신의 부족함을 스스로 돌아보게 되었다. 한참 후에 스님이 문을 열고 위생에게 물었다.

"노승을 위해 해악을 제거하셨습니까?"

위생이 상황을 소상히 말해 주었더니 스님은 슬퍼하며 비비를 돌아보고 말했다.

"낭군께서 네가 도적임을 증명해 주셨으니 또한 네가 어찌 될지 알겠구나." 미 : 위생의 기예도 뛰어났지만, 스님은 그의 기예를 아껴서 그에 대한 유감을 생각하지 않았으므로 고협(高俠)이라 하겠다.

스님은 저녁 내내 위생과 더불어 검과 활과 화살에 대한 일을 논했다. 날이 밝을 무렵에 스님은 위생을 길 어귀까지 전송하면서 비단 100필을 선물하고 눈물을 떨구며 작별했다.

唐建中初, 士人韋生移家汝州, 中路逢一僧, 因與連鑣, 言論頗洽. 日將夕, 僧指路岐曰:"此數里是貧道蘭若, 郎君能垂顧乎?" 士人許之, 因令家口先行, 僧卽處分從者, 供帳具食. 行十餘里, 不至, 韋生問之, 卽指一處林烟曰:"此是矣." 及至, 又前進數里. 日已昏夜, 韋生疑之, 素善彈, 乃密於靴中取銅丸十餘. 讓僧前行百餘步, 乃彈之, 正中其腦. 僧初若不覺, 凡五發中之, 僧始捫中處, 徐曰:"郎君莫惡作劇!" 韋生知無可奈何, 亦不復彈. 良久, 至一莊墅, 數十人列火燭出迎. 僧延韋生坐廳中, 笑云:"郎君勿憂." 因問左右:"夫人下處如法無?" 復曰:"郎君且自慰安之, 卽就此也." 韋生見妻女別在一處, 供帳甚盛, 相顧涕泣. 卽就僧, 僧前執韋生手曰:"貧道盜也. 本無好意, 不知郞君藝若此, 非貧道亦不支也. 今日固無他, 幸不疑耳. 適來貧道所中郞君彈悉在." 乃擧手搦腦後, 五丸隆焉. 有頃布筵, 具蒸犢, 其上箚刀子十餘, 以饠餠環之. 揖韋生就座, 復曰:"貧道有義弟數人, 欲令謁見." 言已, 朱衣巨帶者五六輩, 列於階下, 僧呼曰:"拜郞君! 汝等向遇郞君, 卽成饠粉矣." 食畢, 僧曰:"貧道久爲此業, 今向遲暮, 欲改前非. 不幸有一子, 技過老僧, 欲請郞君爲老僧斷之." 乃呼飛飛出參郞君. 飛飛年纔十六七, 碧衣長袖, 皮肉如蠟. 僧曰:"向後堂侍郞君." 僧乃授韋一劍及五丸, 且曰:"乞郞君盡藝殺之, 無爲老僧累也." 引韋入一堂中, 乃反鎖之. 堂中四隅, 明燈而已. 飛飛當堂執一短鞭, 韋引彈, 意必中, 丸已敲落. 不覺躍在梁上, 循壁虛躡, 捷若猱玃. 彈丸盡, 不復中, 韋乃運劍逐之, 飛飛倏忽逗閃, 去韋身不尺. 韋斷其鞭數節, 竟不能傷. 眉:出飛飛, 所以進生於技也, 生乃自視缺然矣. 僧久乃開門, 問韋:"與老僧除得害乎?" 韋具言之, 僧悵然, 顧飛飛曰:"郞君證成汝爲賊也, 知復如何." 眉:韋技亦高, 僧惜其技而不計其憾, 所以爲高俠. 僧終夕與韋論劍及弧矢之事. 天將曉, 僧送韋路口, 贈絹百匹, 垂泣而別.

* 이 고사는 《태평광기》 권194 〈호협·승협〉에 실려 있는데, 《태평광기》 명초본에는 출전이 "《유양잡조(酉陽雜俎)》"라 되어 있다.

29-7(0721) 도성 서쪽 객점의 노인
경서점노인(京西店老人)

출《유양잡조》

당(唐)나라의 위행규(韋行規)는 젊었을 때 도성의 서쪽을 유람하고 있었는데, 날이 저물어 객점에 도착했지만 다시 계속 길을 가려고 했다. 객점에 있던 노인이 한참 일을 하다가 그에게 말했다.

"손님은 밤에 가지 마시오. 이곳에는 도적이 많소."

위행규가 말했다.

"저는 활쏘기를 연마했으니 걱정할 게 없습니다."

그러고는 수십 리를 갔는데, 날이 어두워지자 어떤 사람이 풀 속에서 일어나 그를 따라왔다. 위행규가 꾸짖었지만 그 사람이 대답하지 않자, 연달아 활을 쏘아 맞혔지만 물러가지 않았다. 화살이 다 떨어지자 위행규는 두려워 도망갔다. 잠시 후에 바람과 우레가 몰아치자 위행규는 말에서 내려 큰 나무를 등지고 있었는데, 보았더니 공중에서 번갯불이 쫓아와 점점 나무 끝으로 다가오더니 뭔가가 분분히 날려 그의 앞에 떨어졌다. 위행규가 살펴보니 바로 나뭇조각이었다. 잠깐 사이에 나뭇조각이 쌓여 그의 무릎까지 덮었다. 위행규는 놀랍고 두려워서 활과 화살을 버리고 공중을 우러르며 목숨을 빌었다. 그가 수십 번 절을 하자 번갯불이 점점 높아지더니 사라졌고 바람과 우레도 그쳤다. 큰 나무를 돌아보았더니 가지와 줄기가 남아 있지 않았다. 그는 말도 이미 잃어버렸기에 결국 이전의 객점으로 돌아왔다. 위행규는 한창 나무통에 테를 매고 있는 노인을 보고 그를 이인(異人)이라고 생각해서 절을 하고 감사를 드렸다. 그러자 노인이 웃으며 말했다.

"손님은 활과 화살만 믿지 말고 모름지기 검술을 알아야 합니다."

그러고는 위행규를 데리고 후원으로 들어가서 말을 가리키며 말했다.

"도로 끌고 가시오. 잠시 시험해 보았을 뿐이오."

노인이 또 나무통의 판자 한 쪽을 꺼냈는데, 지난밤에 그가 쏜 화살이 모두 그 위에 꽂혀 있었다.

唐韋行規, 少時遊京西, 暮止店中, 更欲前進. 店有老人方工作, 謂曰 : "客勿夜行. 此中多盜." 韋曰 : "某留心弧矢, 無所患也." 因行數十里, 天黑, 有人起草中尾之. 韋叱不應, 連發矢中之, 復不退. 矢盡, 韋懼奔焉. 有頃, 風雷總至, 韋下馬, 負一大樹, 見空中電光相逐, 漸逼樹杪, 覺物紛紛墜其前. 韋視之, 乃木札也. 須臾, 積札埋至膝. 韋驚懼, 投弓矢, 仰空中乞命. 拜數十, 電光漸高而滅, 風雷亦息. 顧大樹, 枝幹盡矣. 鞍馱已失, 遂返前店. 見老人方箍桶, 韋意其異人也, 拜而且謝. 老人笑曰 : "客勿恃弓矢, 須知劍術." 引韋入後院,指鞍馱言:"却領取. 聊相試耳." 又出桶板一片, 昨夜之箭, 悉中其上.

* 이 고사는 《태평광기》 권195 〈호협·경서점노인〉에 실려 있다.

29-8(0722) 노생

노생(盧生)

출《유양잡조》

당(唐)나라 원화(元和) 연간(806~820)에 강회(江淮)에 당 산인(唐山人)이란 사람이 있었는데, 그는 도술을 좋아해 늘 명산에서 기거했다. 당 산인은 자칭 축석술(縮錫術 : 주석을 제련하는 연금술의 일종)에 뛰어나다고 해서 그를 스승으로 삼는 자가 자못 많았다. 후에 그는 초주(楚州)의 여관에서 노생을 만나 서로 의기투합했다. 노생 역시 연금술에 대해 언급하면서 당씨가 외가라고 하며 마침내 당 산인을 외삼촌이라 불렀다. 당 산인은 그와 헤어질 수 없어서 그를 초대해 함께 남악(南嶽 : 형산)으로 갔다. 노생 또한 말했다.

"친구가 양선(陽羨)에 있어서 그를 방문하려 했는데, 지금은 외삼촌이 남악으로 가는 여정을 몹시 따라가고 싶습니다."

도중에 한 절에서 묵었는데, 한밤중에 한창 이야기꽃이 피었을 때 노생이 말했다.

"외삼촌은 축석술에 뛰어나다고 알고 있으니 대강을 이야기해 보십시오."

당 산인이 웃으며 말했다.

"내가 수십 년 동안 스승을 모시면서 겨우 이 도술을 터득했는데 어찌 가볍게 이야기할 수 있겠는가?"

노생이 다시 계속해서 청하자 당 산인은 도술을 전수해 주는 데는 일정한 시일이 있다고 사양하면서 악주(岳州)에 도착하면 전해 줄 수 있다고 했다. 그러자 노생이 얼굴을 붉히며 말했다.

"외삼촌은 오늘 저녁에 반드시 전수해 주셔야 하니 이를 소홀히 하지 마십시오."

당 산인이 그를 꾸짖으며 말했다.

"나는 그대와 전혀 알지도 못하는 사이였는데 뜻하지 않게 우이현(盱眙縣)에서 만나게 되었네. 진실로 그대의 군자다운 품덕을 흠모했건만 어찌 노복만도 못한 겐가?"

노생은 팔을 걷어 올리고 눈을 부릅뜨고 한참 동안 그를 쳐다보다가 말했다.

"나는 자객이오. 만약 내가 도술을 얻지 못한다면 외삼촌은 이곳에서 죽을 것이오."

노생은 품속에서 검은 가죽 주머니를 뒤져 반달 같은 모양의 비수를 꺼내더니 불 앞의 다리미를 들어 나무를 자르듯이 잘랐다. 당 산인이 무섭고 두려워서 도술을 자세히 말해 주자, 노생이 웃으며 당 산인에게 말했다.

"하마터면 외삼촌을 잘못 죽일 뻔했군요. 외삼촌의 축석

술은 열 중에 대여섯만 터득한 것입니다."

그러면서 사과하며 말했다.

"제 스승은 신선이신데, 저희 열 명에게 명해 천하에서 함부로 황백술(黃白術 : 황금과 백은을 제조하는 연금술)을 전하는 자를 찾아내 죽이라고 하셨습니다. 또한 황금을 첨가해 주석을 제련하는 도술에 대해서도 이를 전하는 사람을 역시 죽이라고 하셨습니다."

그러고는 두 손을 모아 당 산인에게 읍(揖)하고 나서 홀연히 사라졌다. 당 산인은 이후로 도인을 만나면 항상 이 일을 말해 주면서 조심하게 했다.

唐元和中, 江淮有唐山人者, 好道, 常居名山. 自言善縮錫, 頗有師之者. 後於楚州逆旅遇一盧生, 意氣相合. 盧亦語及爐火, 稱唐族乃外氏, 遂呼唐爲舅. 唐不能相捨, 因邀同之南嶽. 盧亦言: "親故在陽羨, 將訪之. 今且貪舅山林之程也." 中途, 止一蘭若, 夜半, 語笑方酣, 盧曰: "知舅善縮錫, 可以梗槪論之." 唐笑曰: "某數十年重跡從師, 祇得此術, 豈可輕道耶?" 盧復祈之不已, 唐辭以師授有時日, 可達岳州相傳. 盧因作色: "舅今夕須傳, 勿等閑也." 唐責之: "某與公風馬牛耳, 不意旴眙相遇. 實慕君子, 何至驟卒不若也?" 盧攘臂瞋目, 盼之良久曰: "某刺客也. 如不得, 舅將死於此." 因懷中探烏韋囊, 出匕首刃, 勢如偃月, 執火前熨斗, 削之如扎. 唐恐懼, 具述, 盧乃笑語唐曰: "幾誤殺舅. 此術十得五六." 方謝曰: "某師, 仙也, 令某等十人, 索天下妄傳黃白術者殺之. 至添金縮錫, 傳者亦死." 因拱揖唐, 忽失所在. 唐自後遇道流, 輒陳此事戒之.

* 이 고사는 《태평광기》 권195 〈호협 · 노생〉에 실려 있다.

29-9(0723) 침상 아래의 의협
상하의사(床下義士)

출《원화기》

근자에 경기 지역의 현위(縣尉)로 있던 어떤 선비는 항상 적조(賊曹)[62] 일을 맡아보았다. 한 도적이 형틀에 묶여 있었는데 아직 옥사가 다 갖춰지지 않았다. 그 관리가 혼자 관아에 앉아 있을 때, 도적이 갑자기 말했다.

"저는 도적이 아니며 범상한 무리도 아닙니다. 공께서 만약 저를 놓아주신다면 삼가 보답할 날이 있을 것입니다."

관리는 그의 모습이 남다르며 언사가 빼어난 것을 보고 이미 그렇게 해 주겠다고 생각하면서도 그의 청을 들어주지 않는 척했다. 관리는 밤중에 은밀히 옥리를 불러 그를 놓아주게 한 뒤에 옥리도 도망쳐 숨게 했다. 날이 밝자 옥중에서 죄수가 사라지고 옥리 또한 도주했으므로, 관부에서는 관리를 견책만 할 뿐이었다. 미 : 죄인을 풀어 주면 견책을 받을 게 뻔한데도 오히려 이를 감수했으니, 게다가 무고한 도적이었다면 그로써 관리로서의 명성을 얻고자 한 것인가? 나중에 관리는 임기가 다 차

---

62) 적조(賊曹) : 공부(公府)나 군현(郡縣)에 소속된 관서로, 도적 체포의 일을 담당했다.

자 여러 해 동안 객지를 떠돌면서 타향살이로 몹시 고초를 겪었다. 그는 한 현에 이르러 문득 그곳의 현령이 전에 놓아 주었던 죄수와 성명이 같다는 말을 듣고 만나 뵈러 가서 자신의 성명을 통보하게 했다. 그 현령은 놀라고 두려워하며 마침내 나와서 그를 맞이해 절을 했는데, 바로 자신이 놓아 준 사람이었다. 현령은 그를 청사에 머물게 하면서 평상을 마주하고 잠자리에 들었으며, 열흘 넘게 매우 기뻐하면서 집에도 들어가지 않았다. 하루는 현령이 집으로 돌아가고 객은 측간에 갔는데, 측간은 현령의 집과 담장 하나만 사이에 두고 있었다. 객은 측간에서 현령의 부인이 묻는 소리를 들었다.

"나리께 어떤 손님이 오셨기에 열흘이나 집에 들어오지 않으셨습니까?"

현령이 말했다.

"나는 그 사람에게 목숨을 살려 준 큰 은혜를 입은 덕분에 오늘에 이르게 되었소."

부인이 말했다.

"나리는 어찌 큰 은혜는 보답하지 않는다는 말을 듣지 못하셨습니까? 어찌하여 때를 봐서 그를 처리하지 않으십니까?"

현령은 말없이 있다가 한참 뒤에 말했다.

"당신의 말이 옳소."

객은 그 말을 듣고 두려워서 급히 노복들을 불러 말을 타고 곧장 도망쳤는데, 의복은 모두 청사에 버려두었다. 밤이 되어 이미 50~60리를 가서 현의 경계를 벗어난 후에 한 촌락의 객점에서 묵었다. 노복들은 급하게 도망치는 것을 괴이하게 여길 뿐 무슨 까닭인지는 알지 못했다. 객은 쉬면서 안정이 되자, 노복들에게 그 도적의 배은망덕한 실상을 이야기했다. 그가 말을 마치고 탄식하고 노복들도 모두 흐느껴 울고 있을 때, 갑자기 침상 아래에서 한 사람이 비수를 들고 나와 섰다. 객이 몹시 두려워하자 그 사람이 말했다.

"나는 의로운 사람이오. 현령이 내게 당신의 머리를 가져오라 했는데, 방금 이야기를 들어 보니 비로소 그 현령의 배은망덕함을 알게 되었소. 이야기를 듣지 않았다면 어진 선비를 억울하게 죽일 뻔했으니, 나는 도의상 이런 사람을 놓아둘 수 없소. 공은 주무시지 마시오. 잠깐이면 당신에게 그 현령의 머리를 가져와 공의 억울함을 씻어 주겠소." 협 : 정말 통쾌하도다!

객은 송구해하며 감사했다. 그 사람은 검을 들고 나는 듯이 문을 나섰다가 2경에 이미 돌아와서 소리쳐 말했다.

"도적의 머리를 가져왔소!"

객이 불을 밝히게 하고 살펴보았더니 바로 현령의 머리였다. 검객은 작별 인사를 하고 떠났는데 어디로 갔는지 알 수 없었다.

頃有士人爲畿尉, 常任賊曹. 有一賊繫械, 獄未具. 此官獨坐廳上, 忽告曰: "某非賊, 頗非常輩. 公若脫我, 奉報有日." 此公視狀貌不群, 詞采挺拔, 意已許之, 佯爲不諾. 夜後, 密呼獄吏放之, 仍令獄吏逃竄. 旣明, 獄中失囚, 獄吏又走, 府司譴罰而已. 眉: 釋罪得譴, 猶且甘之, 況賊無辜, 以搏宦聲乎? 後官滿, 數年客遊, 亦甚羈旅. 至一縣, 忽聞縣令與所放囚姓名同, 往謁之, 令通姓字. 此宰驚懼, 遂出迎拜, 卽所放者也. 因留廳中, 與對榻而寢, 歡洽旬餘, 其宰不入宅. 忽一日歸宅, 此客遂如廁, 廁與令宅唯隔一牆. 客於廁室聞宰妻問曰: "公有何客, 經十日不入?" 宰曰: "某賴此人活命大恩, 乃至今日." 妻曰: "公豈不聞大恩不報? 何不相機爲之?" 令不語, 久之乃曰: "君言是矣." 客聞而懼, 急呼奴僕, 乘馬便走, 衣服悉棄廳中. 至夜, 已行五六十里, 出縣界, 止宿村店. 僕從但怪奔走, 不知何故. 歇定, 乃言此賊負心之狀. 言訖吁嗟, 奴僕悉涕泣, 忽床下一人持匕首出立. 此客大懼, 乃曰: "我義士也. 宰使我來取君頭, 適聞說, 方知此宰負心. 不然, 枉殺賢士, 吾義不捨此人也. 公且勿睡. 少頃, 與君取此宰頭, 以雪公寃." 夾: 快絕! 客愧謝. 其人持劍, 出門如飛, 二更已至, 呼曰: "賊首至!" 命火觀之, 乃令頭也. 劍客辭訣, 不知所之.

* 이 고사는 《태평광기》 권195〈호협·의협(義俠)〉에 실려 있다.

29-10(0724) 전팽랑

전팽랑(田膨郎)

출《극담록(劇談錄)》

 당(唐)나라 덕종(德宗) 때 우전국(于闐國)63)에서 백옥침(白玉枕)을 바쳤는데, 조각이 매우 정교했다. 문종(文宗) 황제는 그것을 보물로 여겨 침전(寢殿)의 휘장 안에 두었는데, 어느 날 갑자기 그것만 없어졌고 다른 기물은 그대로 있었다. 황상은 깜짝 놀라며 도성에 도적을 찾아내라는 칙명을 내리고 측근 신하와 좌우광중위(左右廣中尉)64)에게 은밀히 말했다.

 "여기는 외부의 도적이 들어올 수 있는 곳이 아니니 도적은 틀림없이 궁중에 있을 것이다. 만약 수색해서 잡지 못한다면 다른 변고가 생길까 걱정이다. 베개 하나야 진실로 아

---

63) 우전국(于闐國) : 당나라 때 서역의 여러 나라 가운데 하나로, 미옥(美玉)의 산지였다.
64) 좌우광중위(左右廣中尉) : '광(廣)'은 본래 춘추 시대 초(楚)나라의 군제(軍制) 명칭으로, 좌광과 우광이 있었다. 여기서는 '군(軍)'의 뜻으로 쓰였다. 당나라 덕종 때부터 좌우신책군(左右神策軍)과 위원군(威遠軍) 등의 금군을 설치해 환관에게 관장하게 했으며 각 군(軍)에 중위 한 명을 두었는데, 이를 좌우군중위(左右軍中尉)라 불렀다.

까운 게 아니지만 천자를 호위하는 일은 이제부터 쓸모가 없게 될 것이다."

사람들은 황공해하고 사죄하면서 열흘 안에 도적을 체포하겠다고 청했다. 그러고는 대대적으로 황금과 비단을 현상금으로 걸었으나 종적이 전혀 없었다. 성지(聖旨)가 지엄했으므로 [도적의 혐의를 받고] 체포된 자가 점점 많아졌으며 방방곡곡 골목까지 수색하지 않은 곳이 없었다. 용무군(龍武軍)65)의 제2번장(蕃將)인 왕경홍(王敬弘)은 일찍이 젊은 노복을 데리고 있었는데, 그는 이제 겨우 18~19세였고 풍채가 매우 뛰어났으며 심부름하면서 가지 않은 곳이 없었다. 왕경홍이 한번은 동료들과 위원군(威遠軍)에서 모여 연회를 즐겼는데, 그 자리에 호금(胡琴)을 잘 타는 시동이 있었다. 온 좌중이 술이 거나해지자 시동에게 한 곡 연주해 보라고 청했더니, 시동은 악기가 좋지 않다고 사양하면서 늘 타던 것이 있어야 연주하겠다고 했다. 그러나 이미 밤이 깊어져서 악기를 가지러 갈 시간이 없었다. 그때 젊은 노복이 말했다.

"만약 비파가 필요하다면 금방 가져올 수 있습니다."

---

65) 용무군(龍武軍) : 당나라의 금군 가운데 하나. 원래 명칭은 용호군(龍虎軍)이었으나 선조 이호(李虎)의 휘(諱)를 피해 용무군으로 개칭하고 좌우로 나누었다.

왕경홍이 말했다.

"통행금지를 알리는 북이 방금 울렸고 군문(軍門)도 이미 닫혔는데, 너는 무슨 터무니없는 소리를 하느냐?"

이윽고 술을 마시며 몇 순배 돌았을 때, 젊은 노복이 비단 주머니에 비파를 담아 가지고 도착하자 좌중의 손님들이 기뻐하며 웃었다. 남군(南軍：위원군)에서 좌광(左廣：용무좌군)까지의 거리가 왕복 30여 리나 되었는데도 잠깐 사이에 갔다 오자, 왕경홍은 그 기이함에 놀라 망연자실했다. 당시는 또한 도적을 체포하려는 행보가 몹시 급박했으므로 왕경홍은 그를 자못 의심했다. 왕경홍은 연회가 끝나고 저택으로 돌아와서 노복을 불러다 놓고 물었다.

"내가 너를 몇 년 동안 부렸지만 이처럼 날쌔고 민첩한 줄은 몰랐다. 나는 세상에 협사가 있다고 들었는데 네가 혹시 그런 협사가 아니냐?"

노복이 말했다.

"결코 그런 일은 없습니다만 그렇게 할 수는 있습니다."

그러면서 말했다.

"부모님은 모두 촉천(蜀川)에 계시고 저는 몇 년 전에 우연히 도성에 왔는데, 이제는 고향으로 돌아가려고 합니다. 돌아가기 전에 한 가지 일을 말씀드려 은혜에 보답코자 합니다. 저는 백옥침을 훔쳐 간 자의 성명을 일찍부터 알고 있으니 사나흘 안에 틀림없이 죄를 자백하게 하겠습니다."

왕경홍이 말했다.

"그 일이라면 가볍게 처리해서는 안 되며, 또한 적지 않은 사람의 목숨을 살려 내게 할 수도 있을 것이다. 그 도적이 어디에 있는지 모르지만 급습해서 붙잡을 수 있겠느냐?"

노복이 말했다.

"백옥침을 훔친 자는 전팽랑입니다. 그는 저잣거리와 군대에 있으면서[66] 행적이 일정하지 않으며, 용맹과 힘이 남보다 뛰어난 데다 높이 뛰어넘는 것도 능합니다. 만약 그의 다리를 부러뜨리지 않는다면 1000명의 병사와 만 명의 기병이 추격하더라도 그는 달아날 것입니다. 지금부터 이틀 밤을 지새우면서 그를 망선문(望仙門)에서 기다렸다가 기회를 엿본다면 반드시 사로잡을 수 있을 것입니다. 장군께서는 저를 따라 살펴보시기만 하면 되며, 이 일은 모름지기 비밀에 부쳐야 합니다."

그때는 열흘 넘도록 비가 오지 않아 해 저물녘에 먼지가 자못 심했는데, 군마가 급히 달리다 보니 반걸음 안에서도 사람들이 서로를 보지 못할 지경이었다. 전팽랑이 젊은이 여러 명과 함께 어깨를 나란히 하고 군문으로 들어가려 할

---

[66] 저잣거리와 군대에 있으면서 : 당시 신책군과 용무군 등 금군의 병사 중에는 상인의 자제가 많았다.

때, 노복이 격구 막대기로 후려쳐서 순식간에 그의 왼쪽 다리를 부러뜨렸다. 미 : 전팽랑의 다리를 어떻게 이렇게 쉽게 부러뜨렸는가? 전팽랑이 노복을 올려다보며 말했다.

"나는 백옥침을 훔친 후로 다른 사람은 걱정하지 않고 오직 너만을 두려워했는데, 이미 이렇게 서로 만났으니 어찌 더 이상 많은 말을 하겠는가?"

그리하여 전팽랑을 메고 좌우군(左右軍)에 도착했더니, 전팽랑은 한 번에 죄를 시인하고 자백했다.

황상은 도적을 잡은 것을 기뻐했으며, 미 : 그가 어디에 쓰려고 백옥침을 훔쳤는지 왜 묻지 않았는가? 조정 안팎에 갇혀 있던 혐의자 수백 명을 모두 풀어 주게 했다. 노복은 당초 전팽랑을 잡고 나서 이미 작별을 고하고 촉 땅으로 돌아갔기에 찾을 수 없었으므로 왕경홍에게만 상을 내렸다.

唐德宗朝, 于闐國貢白玉枕, 追琢奇巧. 文宗皇帝寶之, 置寢殿帳中, 一旦忽失所在, 而他玩如故. 上驚駭, 下詔於都城索賊, 密謂樞近及左右廣中尉曰 : "此非外寇所入, 盜當在禁掖. 苟求之不獲, 且虞他變. 一枕誠不足惜, 天子環衛, 自茲無用矣." 衆惶慄謝罪, 請以浹旬求捕, 大懸金帛購之, 略無踪迹. 聖旨嚴切, 收繫者漸多, 坊曲閭里, 靡不搜捕. 有龍武二蕃將王敬弘, 嘗蓄小僕, 年甫十八九, 神彩俊利, 使之無往不屈. 敬弘曾與流輩於威遠軍會宴, 有侍兒善鼓胡琴. 四座酒酣, 因請度曲, 辭以樂器非妙, 須常御者彈之. 鐘漏已傳, 取之不及. 小僕曰: "若要琵琶, 頃刻可至." 敬弘曰: "禁鼓纔動, 軍門已鎖, 汝何言之謬也?" 旣而就飮數巡, 小僕以繡囊將琵琶而至, 座客歡笑. 南軍去左廣, 往復三十餘里, 而倏忽往來, 敬弘驚異如失. 時又搜捕嚴急, 意頗疑之. 宴罷歸第, 引而問之曰:"使汝累年, 不知蹻捷如此. 我聞世有俠士, 汝莫是否?" 小僕謝曰:"非有此事, 但能行耳." 因言:"父母皆在蜀川, 頃年偶至京國, 今欲却歸鄕里. 有一事欲報恩. 偸枕者早知姓名, 三數日當令伏罪." 敬弘曰:"如此事, 卽非等閑, 遂令全活者不少. 未知賊在何許, 可掩獲否?" 小僕曰:"偸枕者田膨郎也. 市廛軍伍, 行止不恒, 勇力過人, 且善超越. 苟非便折其足, 雖千兵萬騎, 亦將奔走. 自玆再宿, 候之於望仙門, 伺便擒之必矣. 將軍隨某觀之, 此事仍須秘密." 是時涉旬無雨, 向曉, 埃塵頗甚, 車馬騰踐, 跬步間人不相睹. 膨郎與少年數輩, 連臂將入軍門, 小僕執毬杖擊之, 欻然已折左足. 眉:膨郎之足, 折何容易? 仰而窺曰:"我偸枕來, 不怕他人, 惟懼於爾, 旣此相値, 豈復多言?" 於是舁至左右軍, 一款而伏. 上喜於得賊, 眉:何不問他偸枕何用? 於是內外囚繫數百人, 悉令原之. 小僕初得膨郎, 已告歸蜀, 尋之不可, 但賞敬弘而已.

* 이 고사는 《태평광기》 권196 〈호협·전팽랑〉에 실려 있다.

29-11(0725) 이귀수

이귀수(李龜壽)

출《삼수소독(三水小牘)》

　　당(唐)나라의 진국공(晉國公) 백민중(白敏中)은 선종(宣宗) 때 다시 재상이 되었는데, 권세가들과 결탁하지 않았기에 이 때문에 정진(征鎭)[67]들이 그를 꺼렸다. 그는 전적(典籍)에 뜻을 두고서 영녕리(永寧里)의 저택에 따로 서재를 마련해 놓고 매번 퇴조하면 혼자 그 안에 머물렀다. 하루는 백민중이 막 서재로 들어가려 할 때, 귀여워하던 화작(花鵲)이라는 다리 짧은 개가 따라왔다. 백민중이 사립문을 열었더니 화작이 계속 짖으면서 백 공(白公 : 백민중)의 옷을 물고 뒷걸음질 쳤는데, 야단치면 달아났다가 다시 오곤 했다. 백 공이 서재 안으로 들어가자, 화작은 올려다보면서 더욱 다급하게 짖어 댔다. 백 공도 의심쩍은 생각이 들어 칼집에서 천금검(千金劍)을 뽑아 무릎 위에 올려놓고 공중을 향해 소리쳤다.

　　"만약 괴이한 요물이 있다면 나와서 정체를 드러내어라!

---

67) 정진(征鎭) : 사정장군(四征將軍)과 사진장군(四鎭將軍), 즉 번진(藩鎭)의 절도사를 말한다.

나는 사내대장부인데 어찌 쥐새끼 같은 것이 위협하는 것을 두려워하겠느냐!"

백 공이 말을 마치자, 갑자기 어떤 물체가 대들보 사이에서 바닥으로 떨어졌는데 다름 아닌 사람이었다. 그 사람은 단후의(短後衣)[68]를 입고 검푸른 얼굴에 마른 몸집이었는데, 머리를 조아리고 재배하면서 죽을죄를 지었다고만 말했다. 백 공이 그를 만류하면서 그의 출신과 성명을 물었더니 그가 대답했다.

"저는 이귀수라 하며 노룡(盧龍)의 변새 사람입니다. 어떤 사람이 저에게 많은 뇌물을 주면서 공에게 해로운 짓을 하게 했습니다. 하지만 저는 공의 덕에 감격했고 또한 화작에게 놀라는 바람에 모습을 숨길 수가 없었습니다. 공께서 만약 저의 죄를 용서해 주신다면 저의 여생을 바쳐 공을 모시고 싶습니다."

백 공은 그를 위로하고 머물게 했다. 다음 날 새벽에 어떤 부인이 백 공의 집에 도착했는데, 허술한 옷차림에 신발을 끌고 포대기에 싼 갓난아이를 안고서 문지기에게 청했다.

"부디 이귀수를 불러 주십시오."

---

[68] 단후의(短後衣) : 뒷자락이 짧은 옷으로 하급 무사가 입었다.

이귀수가 나와서 보았더니 다름 아닌 그의 부인이었다. 부인이 말했다.

"당신이 늦는 것을 걱정하다가 어제 밤중에 계주(薊州)에서 찾아왔습니다."

나중에 백 공이 죽자 이귀수는 식구들을 모두 데리고 떠났다.

唐晉公白敏中, 宣宗朝再入相, 不協於權道, 由是征鎭忌焉. 而志尙典籍, 於永寧里第別構書齋, 每退朝, 獨處其中. 一日, 將入齋, 唯所愛卑脚犬花鵲從. 旣啓扉, 而花鵲連吠, 銜公衣却, 叱去復至. 旣入閤, 花鵲仰視, 吠轉急. 公亦疑之, 乃於匣中拔千金劍, 按於膝上, 向空祝曰: "若有異類陰物, 可出相見! 吾乃丈夫, 豈慴於鼠輩而相逼耶!" 言訖, 欻有一物自梁間墜地, 乃人也. 衣短後衣, 色貌黝瘦, 頓首再拜, 唯曰死罪. 公止之, 且詢其來及姓名, 對曰: "李龜壽, 盧龍塞人也. 或有厚賂龜壽, 令不利於公. 龜壽感公之德, 復爲花鵲所驚, 形不能匿. 公若捨龜壽罪, 願以餘生事公." 公慰留之. 明旦, 有婦人至門, 服裝單急, 曳履而抱持襁嬰, 請於閽曰: "幸爲我呼李龜壽." 龜壽出, 乃妻也. 且曰: "訝君稍遲, 昨夜半自薊來相尋." 及公薨, 龜壽盡室亡去.

* 이 고사는 《태평광기》 권196 〈호협·이귀수〉에 실려 있다.

29-12(0726) 수레 안의 여자

거중여자(車中女子)

출《원화기》미 : 이하는 모두 여자 검협이다(以下皆女劍俠).

당(唐)나라 개원(開元) 연간(713~741)에 오군(吳郡) 사람이 명경과(明經科)에 응시하러 도성에 도착해서 동네를 한가로이 거닐다가 삼베 적삼을 입은 젊은이 둘을 갑자기 만났는데, 그들은 거인(擧人 : 과거 응시생)에게 읍(揖)하고 지나갔으며 모습이 매우 공손했다. 하지만 거인은 그들과 면식이 없었으므로 그들이 잘못 알아본 것이라고 생각했다. 며칠 후에 거인은 두 젊은이를 또 만났는데, 그들이 읍하며 말했다.

"공께서 지난번 이곳에 오셨을 때는 미처 대접하지 못했습니다. 오늘 막 공을 맞이하려 했는데 뜻밖에 만나게 되었으니 다행입니다."

거인은 비록 몹시 이상하다고 의심했지만 억지로 그들을 따라갔다. 몇 개의 동네를 지나 동시(東市)의 작은 골목 안으로 들어가자 길가에 몇 칸짜리 가게가 있었는데, 함께 들어갔더니 실내가 매우 가지런히 정돈되어 있었고 당에 자리가 펼쳐져 있었다. 젊은이는 손님을 이끌고 당에 올라 걸상에 자리를 잡았다. 좌석 앞에는 또 각각 20여 세쯤으로 보이는 젊은이 몇 명이 있었는데, 자못 공손하게 예의를 갖췄다. 그들은 자주 문밖으로 나갔는데, 마치 귀한 손님을 기다리는 듯했다. 오후가 되자 어떤 사람이 말했다.

"오셨습니다!"

금으로 장식한 수레가 곧장 당 앞으로 들어오더니 주렴을 걷어 올리자 한 여인이 수레 안에서 나왔는데, 나이는 17~18세 정도였고 용모가 매우 아름다웠다. 두 젊은이가 늘어서서 절을 했을 때는 여인이 답례하지 않았으나, 거인이 절을 하자 여인은 그제야 답례했다. 마침내 여인은 평상에 올라 두 젊은이와 거인에게 읍하고 앉았다. 뒤따라온 또 10여 명의 젊은이들은 모두 가벼운 새 옷을 입고 각자 절을 한 후 거인의 아래에 줄지어 앉았다. 차려진 음식은 정갈했으며, 술을 몇 순배 마신 후에 여인이 술잔을 들고 거인에게 물었다.

"당신은 뛰어난 기예를 가지고 있다고 들었는데 구경할 수 있겠습니까?" 미 : 적수를 만났다고 생각해서 잠시 그 기예를 시험해 보고자 한 것이다.

거인이 아직 배우지 못했다고 겸손하게 사양하자 여인이 말했다.

"제가 말씀드린 것은 다른 기예가 아니니 당신은 곰곰이 생각해 보십시오. 이전에 잘하던 것이 무엇입니까?"

거인은 한참 동안 깊이 생각하다가 말했다.

"예전에 학당에 있을 때 신발을 신고 벽 위에서 몇 발짝 걸을 수 있었습니다."

여인이 마침내 거인에게 보여 달라고 청했는데, [거인의 기예를 보고 나서] 여인이 말했다.

"이 역시 아주 어려운 일입니다."

여인이 좌중의 젊은이들을 돌아보며 각자 자신의 기예를 펼치게 하자 모두 일어나 절을 올렸다. 어떤 이는 벽 위에서 걷기도 하고, 어떤 이는 손으로 서까래를 잡고 가는 등 각자 민첩한 기예를 펼쳤는데, 그 모습이 나는 새와도 같았다. 거인은 손을 모은 채 놀라고 두려워하면서 어찌할 바를 몰랐다. 잠시 후 여인이 일어나 작별을 고하고 나갔다. 거인은 놀라고 탄식하면서 정신이 아득해 즐겁지 않았다. 며칠이 지난 후에 길에서 다시 두 젊은이를 만났는데 젊은이들이 말했다.

"말을 빌리고자 하는데 되겠습니까?"

거인이 말했다.

"그렇게 하시지요." 미 : 여인은 이미 뛰어난 기예가 있는데, 어찌하여 굳이 말을 빌려 이 거인에게 누를 끼친단 말인가?

다음 날 궁원(宮苑)에서 물건이 없어져 도둑을 체포하려 했는데 도둑은 놓치고 도둑이 물건을 실어 갔던 말만 붙잡았다는 소식이 들렸다. 말의 주인을 탐문한 끝에 결국 거인을 체포했다. 거인은 내시성(內侍省)에 들어가 심문을 받은 후에 작은 문으로 끌려 들어갔는데, 관리가 뒤에서 미는 바람에 몇 장이나 되는 깊은 구덩이로 떨어졌다. 거인이 고개를 들어 바라보니 지붕 꼭대기까지는 7~8장이나 되었고, 오직 구멍 하나만 겨우 한 척 남짓한 크기로 뚫려 있었다. 아침부터 끌려 들어와 식시(食時 : 오전 7~9시)가 되었을 때, 새끼줄에 밥 한 그릇이 매달려 내려오는 것이 보였다. 거인은 허기졌으므로 급히 그 밥을 먹었다. 식사를 마치자 새끼줄은 다시 끌려 올라갔다. 한밤중에 거인은 분해하면서 한탄했지만 하소연할 곳이 없었는데, 문득 위를 올려다보았더니 갑자기 한 물체가 새처럼 날아 내려와 자신의 옆에 다가오는 것을 느꼈는데 바로 사람이었다. 그 사람은 손으로 거인을 어루만지며 말했다.

"그동안 무척 놀라고 두려우셨겠지만 제가 있으니 염려하지 마십시오."

그 목소리를 들어 보니 바로 예전에 만났던 여인이었다. 여인이 말했다.

"당신과 함께 이곳을 벗어나겠습니다."

여인은 거인의 가슴과 어깨에 비단을 겹겹으로 묶은 후 한쪽 끝을 자신의 몸에 묶더니, 몸을 솟구쳐 뛰어올라 날아서 궁성을 빠져나갔으며, 성문에서 수십 리 떨어진 곳에 내려앉으며 말했다.

"당신은 일단 곧장 강회(江淮)로 돌아가시고, 벼슬 구하는 일은 훗날을 기다리시길 바랍니다."

거인은 크게 기뻐했으며, 걷다가 숨다가 하면서 먹을 것과 잠잘 곳을 구걸한 끝에 오군에 도달할 수 있었다. 그 후로 거인은 결국 감히 명성을 구하기 위해 서쪽의 도성으로 가지 않았다.

唐開元中, 吳郡人應明經擧, 至京, 因閑步坊曲, 忽逢二少年, 着大麻布衫, 揖擧人而過, 色甚卑敬. 然非舊識, 以爲誤也. 後數日, 又逢之, 揖曰: "公到此境, 未爲主. 今日方欲奉迓, 邂逅爲幸." 擧人雖甚疑怪, 然強隨之. 抵數坊, 於東市一小曲內, 有臨路店數間, 相與直入, 舍宇甚整肅, 堂中列筵. 少年引客升堂, 據繩床坐定. 席前更有數少年, 各二十餘, 禮頗謹. 數出門, 若佇貴客. 至午後, 方云: "來矣!" 有鈿車直入堂前, 捲簾, 見一女子從車中出, 年可十七八, 容色甚佳. 二人羅拜, 此女亦不答, 擧人亦拜之, 女乃答. 遂升床, 揖二人及客坐. 隨後又有十餘後生, 皆衣服輕新, 各設拜, 列坐於客之下. 陳饌精潔, 飮酒數巡, 女子執杯問客: "聞君有妙技, 可得觀乎?" 眉: 慮逢敵手, 姑試其技. 擧人遜辭未學, 女曰: "所習非他技也, 君熟思之. 先所能者何事?" 擧人沈思良久曰: "向在學堂中, 著靴於壁上行得數步." 女遂請客爲之, 女曰: "亦大難事." 回顧坐中諸後生, 各令呈技, 俱起設拜. 有於壁上行者, 亦有手撮椽子行者, 輕捷之戲, 狀如飛鳥. 擧人拱手驚懼, 不知所措. 少頃, 女子起, 辭出. 擧人驚嘆, 恍恍然不樂. 經數日, 途中復見二人, 曰: "欲假盛駟, 可乎?" 擧人曰: "唯." 眉: 女子旣有絶技, 何須假駟累此擧子? 至明日, 聞宮苑中失物, 掩捕失賊, 唯收得馬, 是將馱物者. 驗問馬主,遂收擧人. 入內侍省勘問, 驅入小門, 吏自後推之, 倒落深坑數丈. 仰望屋頂七八丈, 唯見一孔, 纔開尺餘. 自旦入, 至食時, 見一繩縋一器食下. 擧人饑, 急取食. 食畢, 繩又引去. 深夜, 忿惋無訴, 方仰望, 忽見一物如鳥飛下, 覺至身邊, 乃人也. 以手撫生, 謂曰:"計甚驚怕, 然某在, 無慮." 聽其聲, 則向所遇女子也. 云:"共君出矣." 以絹重繫擧人胸膊訖, 一頭自繫, 聳身騰上, 飛出宮城, 去門數十里乃下, 云:"君且便歸江淮, 求仕之計, 望俟他日." 擧人大喜, 徒步潛竄, 乞食寄宿, 得達吳地. 後竟不敢求名西上矣.

* 이 고사는 《태평광기》 권193 〈호협·거중여자〉에 실려 있다.

29-13(0727) 최신사의 첩
최신사첩(崔愼思妾)
출《원화기》

　박릉(博陵)의 최신사는 당(唐)나라 정원(貞元) 연간(785~805)에 진사과(進士科)에 응시했는데, 도성에 집이 없었기에 일찍이 남의 집의 빈 채를 세내서 기거했다. 주인은 다른 채에 따로 기거했는데, 남편이 없는 30여 세의 젊은 과부였다. 엿보았더니 그녀는 용모가 아름다웠고 단지 여종 두 명만 있었다. 최신사는 사람을 보내 그녀를 아내로 맞이하고 싶다는 뜻을 전하게 했다. 그러자 부인이 말했다.
　"저는 벼슬아치 가문의 사람이 아닌지라 당신의 상대가 되지 못하니, 훗날 후회하게 만들 수는 없습니다."
　그래서 최신사가 다시 첩이 되어 달라고 청하자, 부인은 허락했지만 자신의 성씨를 말하려고 하지 않았다. 최신사는 마침내 그녀를 첩으로 맞아들였다. 2년여 동안 최신사가 필요한 것들을 부인이 공급해 주었는데 부인은 지친 기색이 없었다. 그 후 아들을 낳고 몇 개월이 지난 어느 날 밤에 최신사가 문을 닫아걸고 휘장을 드리운 채 잠자리에 들었는데, 한밤중에 문득 부인이 보이지 않았다. 최신사는 그녀가 간통하는 것이라고 생각해 몹시 분노했으며, 마침내 일어나서 당 앞을 이리저리 서성거렸다. 어슴푸레한 달빛 아래서 문득 보았더니 부인이 지붕에서 내려왔는데, 흰 명주로 몸을 묶은 채 오른손에는 비수를 쥐고 왼손에는 사람 머리 하나를 들고 있었다. 그녀는 자신의 아버지가 옛날에 군수에게 억울하게 죽임을 당했는데, 성에 들어가 보복하려 했으나 몇 년 동안 이루지 못하고 있다가 이제야 이루었으며, 오래 머물 수 없으니 여기서 작별하겠다고 말했다. 그러고는 다시 몸을 단장한 뒤에 재를 넣은 주머니에 사람 머리를 담아 들고서 최신사에게 말했다.

"저는 다행히 2년 동안 당신의 첩이 되어 이미 아들 하나를 낳았습니다. 저택과 두 여종은 모두 제가 스스로 마련했는데 모두 당신께 드리겠습니다. 부디 아이를 잘 키워 주십시오."

말을 마치고 작별한 뒤 담을 타고 집을 뛰어넘어 사라졌다. 최신사가 놀라 탄식해 마지않고 있을 때, 잠시 후에 부인이 다시 돌아와서 말했다.

"떠나다 보니 아이에게 젖 먹이는 것을 잊었습니다."

그러고는 방으로 들어가더니 한참 뒤에 나와서 말했다.

"아이에게 젖을 다 먹였으니 이제 영원히 떠나겠습니다."

최신사는 한참이 지나도 갓난아이의 울음소리가 들리지 않는 것이 이상해서 살펴보았더니, 아이는 이미 그 어미에게 살해되어 있었다. 자신의 아들을 죽임으로써 자식에 대한 그리움을 끊어 버린 것이었다.

博陵崔愼思, 唐貞元中, 應進士擧, 京中無第宅, 常賃人隙院居止. 而主人別在一院, 都無丈夫, 有少婦年三十餘. 窺之亦有容色, 唯有二女奴焉. 愼思遂遣通意, 求納爲妻. 婦人曰:"我非仕人, 與君不敵, 不可爲他時恨也." 求以爲妾, 許之, 而不肯言其姓. 愼思遂納之. 二年餘, 崔所取給, 婦人無倦色. 後産一子, 數月矣, 時夜崔寢, 閉戶垂帷, 而半夜忽失其婦. 崔意其有奸, 頗發忿怒, 遂起, 堂前徬徨而行. 時月朧明, 忽見其婦自屋而下, 以白練纏身, 其右手持匕首, 左手携一人頭. 言其父昔枉爲郡守所殺, 入城求報, 已數年矣, 未得, 今旣克矣, 不可久留, 請從此辭. 遂更結束其身, 以灰囊盛人首携之, 謂崔曰:"某幸得爲君妾二年, 而已有一子. 宅及二婢皆自致, 並以奉贈. 養育孩子." 言訖而別, 遂逾牆越舍而去. 愼思驚嘆未已, 少頃却至, 曰:"適去, 忘哺孩子少乳." 遂入室, 良久而出曰:"餧兒已畢, 便永去矣." 愼思久之, 怪不聞嬰兒啼, 視之, 已爲其所殺矣. 殺子者, 以絶念也.

* 이 고사는 《태평광기》 권194 〈호협·최신사〉에 실려 있다.

29-14(0728) 섭은낭

섭은낭(聶隱娘)

출《전기》

    섭은낭은 당(唐)나라 정원(貞元) 연간(785~805)에 위박대장(魏博大將 : 위박절도사 휘하의 대장)을 지낸 섭봉(聶鋒)의 딸이다. 섭은낭이 막 열 살 되었을 때, 한 비구니가 섭봉의 집에서 음식을 구걸하다가 그녀를 보고 기뻐하며 말했다.

    "압아(押衙 : 섭봉)[69]께 묻건대 이 따님을 데려가서 가르쳐도 되겠습니까?"

    섭봉이 크게 노해 비구니를 꾸짖었더니 비구니가 말했다.

    "아무리 압아께서 쇠 궤짝 속에 따님을 넣어 두시더라도 반드시 따님을 훔쳐 갈 것입니다."

    밤이 되어 과연 섭은낭은 자취를 감추었다. 섭봉은 크게 놀라 사람들을 시켜 수색하게 했으나 찾지 못했다. 섭봉은 매일 딸을 그리워하며 눈물만 흘릴 뿐이었다. 그로부터 5년

---

69) 압아(押衙) : 의장과 시위를 관장하는 무관, 혹은 무관에 대한 경칭. 여기서는 섭봉을 가리킨다.

후에 비구니는 섭은낭을 돌려보내 주며 섭봉에게 말했다.
"가르침은 이미 이루어졌습니다."
비구니는 순식간에 사라졌다. 온 집안사람들은 희비가 엇갈렸으며, 섭은낭에게 무엇을 배웠는지 물었더니 그녀가 말했다.
"단지 불경을 읽고 주문을 외웠을 뿐 그 밖에 다른 일은 없었습니다."
섭봉이 그 말을 믿지 않고 간곡히 캐물었더니 섭은낭이 말했다.
"진실을 말해도 믿지 않으실까 걱정이니 어찌합니까?"
섭봉이 말했다.
"일단 말해 보아라."
섭은낭이 말했다.
"처음에 비구니의 손에 이끌려 몇 리를 갔는지 모릅니다. 날이 밝을 무렵에 커다란 석굴에 도착했는데, 적막하니 사람이 살지 않았고 원숭이가 아주 많았으며 소나무겨우살이가 우거져 있었습니다. 그곳에는 이미 열 살 된 두 소녀가 있었는데, 모두 총명하고 예뻤으며 음식을 먹지 않았습니다. 또 가파른 절벽 위를 나는 듯이 달릴 수 있고 민첩한 원숭이가 나무에 오르듯이 넘어지거나 미끄러지는 일도 없었습니다. 비구니가 저에게 약 한 알을 주어 먹게 하고 보검 한 자루를 늘 들고 다니게 했는데, 그것은 길이가 2척쯤 되고 칼

끝이 예리해서 날리는 터럭도 자를 수 있을 정도였습니다. 오직 두 소녀를 쫓아다니며 벽을 타고 오르게 했는데, 점차 몸이 바람처럼 가벼워지는 것을 느꼈습니다. 1년 뒤에는 원숭이를 칼로 찔러 100에 하나도 놓치는 경우가 없었으며, 그 후에는 호랑이와 표범을 찌르고 그 머리를 모두 베어 가지고 돌아왔습니다. 3년 후에는 날 수 있게 되었는데 매를 칼로 찔러 적중하지 않는 적이 없었습니다. 검의 날이 점차 5촌까지 줄게 되자 날짐승은 그 검을 맞닥뜨리더라도 자신에게 다가오는 것을 모를 정도였습니다. 4년이 되자 비구니는 두 소녀를 남겨 두어 동굴을 지키게 하고, 저를 데리고 어느 도시로 갔는데 어딘지 알 수 없었습니다. 비구니는 어떤 사람을 가리키며 그의 잘못을 하나하나 열거하면서 말하길, '나를 위해 저 사람의 머리를 베어 오되 알아채는 사람이 없도록 해야 한다'라고 했습니다. 저는 날의 너비가 3촌인 양뿔 모양의 비수를 받아서 마침내 백주대낮에 도시에서 그 사람을 찔렀으나 다른 사람들은 저를 볼 수 없었습니다. 미: 어찌 무고한 사람을 죽인단 말인가! 그 사람의 머리를 주머니에 넣어 가지고 비구니가 머물고 있는 곳으로 돌아와서 약으로 그것을 물로 만들었습니다. 5년이 되자 비구니가 또 말하길, '아무개 고관은 무고하게 여러 사람을 해치는 죄를 지었으니, 밤에 그의 침실로 들어가서 그 머리를 베어 오너라'라고 했습니다. 저는 또 비수를 들고 그의 침실로 들어가서 문의 틈새로 지나갔지만 장애가 될 만한 것은 없었습니다. 저는 대들보 위에 엎드려 있다가 날이 어두워지자 그자의 머리를 가지고 돌아왔는데, 비구니가 크게 화를 내며 말하길, '어찌하여 이렇게 늦었느냐!'라고 했습니다. 제가 말하길, '그 사람이 사랑스러운 아이와 놀고 있는 것을 보고 차마 손을 댈 수 없었습니다'라고 하자, 비구니가 꾸짖으며 말하길, '이후로는 그런 무리를 만나면 그가 사랑하는 사람을 먼저 처단한 후에 그를 베도록 해라'라고 했습니다. 미 : 잔인한 말이자 또한 영웅의 말이다. 제가 절을 하며 사죄했더니 비구니가 말하길, '내가 너를 위해 네 머리 뒤쪽을 열고 비수를 숨겨 주겠는데 상처는 없을 것이니 필요할 때 뽑아 쓰면 된다'라고 했습니다. 또 말하길, '너의 도술이 이미 완성되었으니 집으로 돌아가도 좋다'라고 했습니다. 그러고는 마침내 저를 집으로 돌려보내 주면서 이르길, '20년 후에 한 번 만날 수 있을 것이다'라고 했습니다."

섭봉은 딸의 말을 듣고 너무 두려웠다. 그 후로 섭은낭은 밤마다 자취를 감추었다가 날이 밝을 무렵에 돌아오곤 했지만, 섭봉은 감히 따져 묻지 못했으며 이로 인해 딸을 그다지 사랑하지도 않았다. 어느 날 문득 거울 가는 젊은이가 집으로 오자 섭은낭이 말했다.

"이 사람은 내 남편이 될 만하다."

그러고는 아버지 섭봉에게 아뢰자 섭봉은 감히 그녀의

뜻에 따르지 않을 수 없어서 결국 그에게 시집보냈다. 그 남편은 단지 거울을 담금질하는 일만 할 수 있을 뿐 다른 재능은 없었으므로, 섭은낭의 아버지는 그들에게 의식을 풍족하게 대어 주고 바깥채에 살게 했다. 몇 년 후에 그녀의 아버지가 죽었다. 위수(魏帥 : 위박절도사)가 점차 그녀의 신이(神異)함을 알게 되어 마침내 금과 비단을 주며 측근의 관리로 임명했다. 이렇게 또 몇 년이 흘러 원화(元和) 연간(806~820)에 이르러, 위수는 진허절도사(陳許節度使) 유창예(劉昌裔)와 사이가 좋지 않았으므로 섭은낭을 보내 그의 머리를 베어 오게 했다. 섭은낭은 위수에게 작별을 고하고 허주(許州)로 갔다. 유창예는 신묘한 계책에 뛰어나서 그녀가 오리라는 것을 이미 알고 있었기에 아장(衙將)을 불러 명했다.

"내일 아침에 성 북쪽으로 가서 기다리면, 장부 한 명과 여자 한 명이 각각 흰 나귀와 검은 나귀를 타고 성문에 도착할 것이다. 그때 까치가 앞에서 지저귀면 남편이 그것을 탄궁으로 쏘아 맞히지 못하면 부인이 남편의 탄궁을 빼앗아 한 발에 까치를 죽일 것이다. 너는 그들에게 읍(揖)하고 나서, 내가 만나 뵙고자 해서 일부러 멀리까지 마중 나왔다고 말해라."

아장이 분부를 받고 가서 그들을 만났더니 섭은낭이 말했다.

"유 복야(劉僕射 : 유창예)는 과연 신묘한 분이시군요."

섭은낭은 위수가 유창예에게 미치지 못함을 알게 되었다. 유 공(劉公 : 유창예)을 만났더니 유 공이 그들을 위로했다. 섭은낭 부부가 재배하고 사죄하자 유 공이 말했다.

"각자 자신의 주인을 친애하는 것은 인지상정이오. 지금 위주(魏州)와 허주가 무엇이 다르겠소? 다만 이곳에 머물러 주기를 청하니 의심하지 마시오."

섭은낭이 감사하며 말했다.

"공의 신명함에 감복했으니, 저쪽을 버리고 이쪽으로 오고자 합니다."

유 공이 필요한 것을 묻자 섭은낭이 말했다.

"매일 돈 200문(文)이면 충분합니다."

유 공은 그녀의 청을 들어주었다. 갑자기 나귀 두 마리가 보이지 않자, 나중에 섭은낭의 베 보따리를 몰래 뒤져 보았더니 종이 나귀 두 마리가 있었는데 하나는 흰색이고 하나는 검은색이었다. 한 달쯤 후에 섭은낭이 유 공에게 아뢰었다.

"저쪽에서는 저희가 이곳에 머무르는 것을 아직 알지 못하니 틀림없이 사람을 계속 보낼 것입니다. 그러니 청컨대 오늘 밤에 머리카락을 잘라 붉은 비단으로 묶어서 위수의 베갯머리로 보내 돌아가지 않겠다는 표시를 하겠습니다."

유 공이 허락하자 그녀는 4경에 이르러 돌아와서 말했다.

"그 표시를 보냈으니 밤늦게 틀림없이 정정아(精精兒)를 보내 저를 죽이고 복야님의 머리를 베어 가려 할 것입니다. 그때 제가 만반의 계책으로 그녀를 죽일 것이니 부디 심려치 마십시오."

유 공은 활달하고 도량이 큰 사람인지라 역시 두려워하는 기색이 없었다. 그날 밤에 등촉을 밝혀 두었는데, 한밤중이 지나 과연 하나는 붉고 하나는 흰 두 깃발이 나부끼면서 침상의 네 모퉁이에서 서로 치고받는 듯했다. 한참이 지나서 보았더니 한 사람이 공중에서 떨어져 고꾸라졌는데, 몸과 머리가 따로 떨어져 있었다. 섭은낭이 나타나서 말했다.

"정정아는 이미 죽었습니다."

그러고는 당 아래로 시체를 끌어내서 약으로 그것을 물로 만들었는데 터럭 하나 남지 않았다. 섭은낭이 말했다.

"밤늦게 틀림없이 묘수(妙手) 공공아(空空兒)를 계속 보내올 것입니다. 공공아의 신묘한 술법은 모습을 감추고 그림자도 없어서, 사람들이 그 쓰임을 헤아릴 수 없으며 귀신도 그 자취를 밟을 수 없습니다. 저의 기예는 아직 그런 경지에 이를 수 없으니 이는 복야님의 운수에 달려 있습니다. 하지만 우전옥(于闐玉 : 서역 우전국에서 나는 옥)을 목 주위에 거시고 이불을 덮고 계시면, 제가 눈에놀이(모기와 비슷한 곤충)로 변해 복야님의 장(腸) 속으로 잠입해서 동정을 살필 것입니다. 그 밖에는 달리 피할 곳이 없습니다."

유 공은 그녀의 말대로 했다. 3경이 되어 눈을 감고 아직 깊이 잠들지 않았을 때 과연 목 위에서 쨍그랑하는 매우 날카로운 소리가 들렸다. 그때 섭은낭이 유 공의 입 속에서 뛰어나와 미:극히 환상적이다! 축하하며 말했다.

"복야께서는 이제 걱정 없으실 것입니다. 공공아는 지조 높은 송골매와 같아서 단번에 명중시키지 못하면 즉시 돌아서서 멀리 떠나 버리는데, 지금 명중시키지 못한 것을 수치스러워하면서 1경(更)의 시간이 지나기도 전에 이미 1000리 밖으로 가 버렸습니다."

나중에 그 옥을 살펴보았더니, 과연 비수로 그은 흔적이 있었는데 그 자국의 깊이가 몇 푼이 넘었다. 그 후로 유 공은 섭은낭을 극진히 예우했다. 원화 8년(813)에 유 공은 황제를 알현하기 위해 허주에서 도성으로 들어가게 되었는데, 섭은낭은 그를 따라가길 원치 않으면서 말했다.

"이제부터는 산수를 찾아다니며 지인(至人)을 방문하겠습니다."

그러면서 그 남편에게 이름뿐인 직함 하나만 내려 달라고 하자 유 공은 약속대로 해 주었으며, 그 후로 그들이 어디로 갔는지 알 수 없었다. 유창예가 통군(統軍)으로 있다가 죽자, 섭은낭은 나귀를 채찍질해 곧장 영구 앞에 이르러 통곡한 뒤 떠나갔다. 개성(開成) 연간(836~840)에 유창예의 아들 유종(劉縱)이 능주자사(陵州刺史)에 제수되어 촉(蜀)

지방의 잔도(棧道)에 당도했을 때 섭은낭을 만났는데, 그 모습이 예전과 같았으며 서로 만난 것을 매우 기뻐했다. 그녀는 예전과 마찬가지로 흰 나귀를 타고 있었는데 유종에게 말했다.

"낭군에게 큰 재앙이 닥칠 것이니 그곳으로 가면 안 됩니다."

그러면서 약 한 알을 꺼내 유종에게 삼키게 하고는 말했다.

"내년에 일이 다급해지면 관직을 버리고 낙양(洛陽)으로 돌아가야만 그 화를 피할 수 있습니다. 내 약의 효력은 단지 1년간의 환난만 지켜 줄 수 있을 뿐입니다."

그러나 유종은 그 말을 깊이 믿지 않았다. 유종이 섭은낭에게 비단을 주었으나, 그녀는 하나도 받지 않고 술만 취하도록 마신 뒤 떠났다. 1년 후에 유종은 과연 능주자사로 있다가 죽었다.

聶隱娘者, 唐貞元中魏博大將聶鋒之女也. 年方十歲, 有尼乞食於鋒舍, 見隱娘悅之, 云: "問押衙乞取此女敎之?" 鋒大怒, 叱尼, 尼曰: "任押衙鐵櫃中盛, 亦須偸去." 及夜, 果失隱娘. 鋒大駭, 令人搜尋, 不獲. 每思之, 涕泣而已. 後五年, 尼送隱娘歸, 告鋒曰: "敎已成矣." 尼欻亦不見. 一家悲喜, 問其所學, 曰: "但讀經念咒, 餘無他也." 鋒不信, 懇詰, 隱娘曰: "眞說又恐不信, 如何?" 鋒曰: "但說之." 曰: "初被尼挈, 不知行幾里. 及明, 至大石穴, 寂無居人, 猿狖極多, 松蘿益邃.

已有二女，亦各十歲，皆聰明婉麗，不食，能於峭壁上飛走，若捷猱登木，無有蹶失。尼與我藥一粒，兼令長執寶劍一口，長二尺許，鋒利吹毛，令專二女攀緣，漸覺身輕如風。一年後，刺猿狖，百無一失，後刺虎豹，皆決其首而歸。三年後能飛，使刺鷹隼，無不中。劍之刃漸減五寸，飛禽遇之，不知其來也。至四年，留二女守穴，挈我於都市，不知何處也。指其人者，一一數其過，曰：'為我刺其首來，無使覺。'受以羊角匕首，刃廣三寸，遂白日刺其人於都市，人莫能見。眉：何嘗枉殺！以首入囊，返主人舍，以藥化之為水。五年，又曰：'某大僚有罪，無故害人若干，夜可入其室，決其首來。'又攜匕首入室，度其門隙，無有障礙，伏之梁上，至瞑，持得其首而歸。尼大怒曰：'何太晚如是！'某曰：'見前人戲弄一兒可愛，未忍下手。'尼叱曰：'已後遇此輩，先斷其所愛，然後決之。'眉：忍心語，亦英雄語。某拜謝，尼曰：'吾為汝開腦後，藏匕首而無所傷，用卽抽之。'曰：'汝術已成，可歸家。'遂送還，云：'後二十年，方可一見。'"鋒聞語甚懼。後遇夜卽失踪，及明而返，鋒已不敢詰之，因茲亦不甚憐愛。忽值磨鏡少年及門，女曰："此人可與我為夫。"白父，父不敢不從，遂嫁之。其夫但能淬鏡，餘無他能，父乃給衣食甚豐，外室而居。數年後，父卒。魏帥稍知其異，遂以金帛署為左右吏。如此又數年，至元和間，魏帥與陳許節度使劉昌裔不協，使隱娘賊其首，引娘辭帥之許。劉能神算，已知其來，召衙將令："來日早至城北，候一丈夫·一女子，各跨白黑衛至門，遇有鵲前噪，丈夫以弓彈之不中，妻奪夫彈，一丸而斃鵲者，揖之云，吾欲相見，故遠相迎。"衙將受約束，遇之，隱娘曰："劉僕射果神人。"知魏帥之不及也。既見劉公，劉勞之，隱娘夫妻再拜謝罪，劉曰："各親其主，人之常事。魏今與許何異？顧請留此，勿相疑也。"隱娘謝曰："服公神明，願捨彼而就此。"劉問其所須, 曰: "每日祇要錢二百文足矣." 乃依所請. 忽不見二衛所之, 後潛收布囊中, 見二紙衛, 一黑一白. 後月餘, 白劉曰: "彼未知住, 必使人繼至. 今宵請剪髮, 繫以紅綃, 送魏帥枕前, 以表不回." 劉聽之, 至四更却返曰: "送其信了, 後夜必使精精兒來殺某, 及賊僕射之首. 此時亦萬計殺之, 乞不憂耳." 劉豁達大度, 亦無畏色. 是夜明燭, 半宵之後, 果有二幡子, 一紅一白, 飄飄然如相擊於床四隅. 良久, 見一人望空而踣, 身首異處. 隱娘亦出曰: "精精兒已斃." 拽出堂下, 以藥化爲水, 毛髮不存矣. 隱娘曰: "後夜當使妙手空空兒繼至. 空空兒之神術, 無形而滅影, 人莫能窺其用, 鬼莫得躡其踪. 隱娘之藝, 故不能造其境, 此卽繫僕射之福耳. 但乞于闐玉周其頸, 擁以衾, 隱娘當化爲蠛蠓, 潛入僕射腸中聽伺. 其餘無逃避處." 劉如言. 至三更, 瞑目未熟, 果聞項上鏗然, 聲甚厲. 隱娘自劉口中躍出, 眉: 幻極! 賀曰: "僕射無患矣. 此人如俊鶻, 一搏不中, 卽翩然遠逝, 恥其不中, 纔未逾一更, 已千里矣." 後視其玉, 果有匕首劃處, 痕逾數分. 自此劉轉厚禮之. 自元和八年, 劉自許入覲, 隱娘不願從焉, 云: "自此尋山水, 訪至人." 但乞一虛衛, 給與其夫, 劉如約, 後不知所之. 及劉薨於統軍, 隱娘亦鞭驢一至柩前, 慟哭而去. 開成年, 昌裔子縱除陵州刺史, 至蜀棧道, 遇隱娘, 貌若當時, 甚喜相見. 依前跨白衛如故, 語縱曰: "郎君大災, 不合適此." 出藥一粒, 令縱吞之, 云: "來年火急拋官歸洛, 方脫此禍. 吾藥力祇保一年患耳." 縱亦不甚信. 遺其繒彩, 一無所受, 但沈醉而去. 後一年, 縱果卒於官.

* 이 고사는 《태평광기》 권194 〈호협·섭은낭〉에 실려 있다.

29-15(0729) 홍선

홍선(紅綫)

출《감택요(甘澤謠)》

당(唐)나라의 노주절도사(潞州節度使) 설숭(薛嵩)의 집에 홍선이라는 하녀가 있었는데, 그녀는 완함(阮咸)70)을 잘 타고 경서와 사서에도 정통했다. 그래서 설숭은 그녀에게 문서와 주장(奏章)을 관리하게 하면서 "내기실(內記室)"이라 불렀다. 한번은 군중(軍中)에서 큰 잔치를 베풀었을 때 홍선이 설숭에게 말했다.

"갈고(羯鼓)71)의 소리가 너무 슬프니 갈고를 치는 사람에게 분명 무슨 일이 있을 것입니다."

설숭도 본디 음률에 밝았기에 말했다.

"네가 말한 바와 같구나."

그러고는 악사를 불러서 물어보니 그가 대답했다.

---

70) 완함(阮咸): 삼국 시대 위(魏)나라의 죽림칠현(竹林七賢) 가운데 하나인 완함이 만들었다는 현악기. 모양이 월금(月琴)과 비슷하며 둥글고 편평한 몸체에 현이 네 개다. 줄여서 '완(阮)'이라고도 한다.

71) 갈고(羯鼓): 서역 갈족(羯族)의 악기. 통 모양으로 생긴 장구로 양쪽 머리를 두 북채로 두드려 연주한다.

"제 처가 어젯밤에 죽었지만 감히 휴가를 청하지 못했습니다."

설숭은 당장 그를 돌려보내 주었다. 당시는 지덕(至德) 연간(756~758) 후로 양하(兩河 : 하북과 하남) 지역이 아직 안정되지 않았기[72] 때문에 조정에서 부양(滏陽)에 진(鎭)을 설치하고 설숭에게 그곳을 굳게 지켜서 산동(山東) 지역을 제압하라고 명했다. 전쟁으로 인한 살상의 여파 속에서 군부(軍府)를 창설했으므로, 조정에서는 설숭에게 명해 그의 딸을 위박절도사(魏博節度使) 전승사(田承嗣)의 아들에게 시집보내고 또 그의 아들을 활박절도사(滑亳節度使) 영호장(令狐章)의 딸에게 장가들게 해서, 세 진(鎭)이 서로 인척 관계를 맺게 했다. 그런데 전승사는 전부터 폐병을 앓아서 날씨가 더워지면 증세가 더욱 심해졌기에 매번 이렇게 말하곤 했다.

"내가 만약 산동으로 진을 옮겨서 시원한 공기를 마신다면 몇 년의 수명은 늘릴 수 있을 텐데."

그리하여 전승사는 군중에서 무용(武勇)이 일반인보다 열 배나 뛰어난 장정 3000명을 뽑아 "외택남(外宅男)"이라

---

72) 양하(兩河 : 하북과 하남) 지역이 아직 안정되지 않았기 : 당나라 현종(玄宗) 천보(天寶) 14년(755)에 안녹산(安祿山)이 일으킨 난의 여파를 말한다.

부르면서 후대하며 양성했다. 그는 항상 외택남 300명에게 위주(魏州)의 저택을 숙위하게 했으며, 길일을 택해 장차 노주를 병탄하려고 했다. 설숭은 그 소식을 듣고 밤낮으로 근심하며 혼잣말로 탄식했지만 아무런 계책도 나오지 않았다. 어느 날 밤 물시계가 초경(初更)을 알리려는 시각에 군문(軍門)이 이미 닫혔을 때, 설숭은 지팡이를 짚고 마당을 거닐었으며 홍선만이 그를 따르고 있었다. 홍선이 말했다.

"주인님은 한 달 동안 편히 주무시거나 식사도 제대로 하지 못하셨습니다. 뭔가 골몰히 생각하시는 바가 있는 것 같은데 혹시 이웃 진 때문은 아닙니까?"

설숭이 말했다.

"우리 진의 안위가 달린 일이니 네가 처리할 수 있는 것이 아니다."

홍선이 말했다.

"제가 진실로 천한 몸이지만 주인님의 근심을 풀어 드릴 수 있습니다."

설숭은 그 말에 놀라며 그녀가 이인(異人)임을 알고 마침내 그 일을 자세히 알려 주었더니 홍선이 말했다.

"그건 쉬운 일입니다. 잠시 저를 위성(魏城)에 한번 다녀오게 해 주시면, 제가 저들의 형세를 살펴 그 허실을 염탐하겠습니다. 지금 1경에 떠났다가 2경이면 돌아와 아뢸 수 있습니다. 우선 기마 사신 한 명을 정하고 안부를 묻는 서한을 준비해 두십시오. 나머지는 제가 돌아올 때까지 기다려 주십시오."

설숭이 말했다.

"그러나 일이 만약 제대로 되지 않아 도리어 화만 재촉하게 된다면 어찌하겠느냐?"

홍선이 말했다.

"제가 이번에 가는 일은 반드시 잘될 것입니다."

그리고는 방으로 들어가서 행장을 꾸렸는데, 머리는 오만족(烏蠻族)의 쪽을 틀고 금작(金雀) 비녀를 꽂았으며, 수놓은 자주색 짧은 도포를 입고 푸른 명주실로 짠 가벼운 신을 신었으며, 가슴 앞에는 용무늬 비수를 차고 이마에는 태일신(太一神 : 도교의 북두성신)의 이름을 썼다. 홍선은 설숭에게 재배하고 길을 나섰는데 순식간에 사라졌다. 설숭은 몸을 돌려 문을 걸어 잠근 뒤 촛불을 등지고 단정히 앉았다. 그는 평상시 술을 마실 때면 몇 잔을 넘기지 않았는데, 이날 저녁에는 10여 잔을 마셔도 취하지 않았다. 문득 새벽을 알리는 뿔피리 소리가 바람결에 들리고 나뭇잎에서 이슬방울이 떨어지자, 설숭이 깜짝 놀라 일어나서 물었더니 바로 홍선이 돌아온 것이었다. 설숭은 기뻐하면서 그녀의 수고를 위로하며 말했다.

"일은 잘되었느냐?"

홍선이 말했다.

"감히 명을 욕되게 하지 않았습니다."

설숭이 또 물었다.

"사람을 살상하지는 않았느냐?"

홍선이 말했다.

"그렇게까지 되지는 않았습니다. 그의 침상 머리맡에 있는 황금합만을 신표로 가져왔습니다. 저는 자정이 되기 2각(刻) 전에 위성에 도착해서 여러 개의 문을 지나 마침내 전승사의 침소에 이르렀습니다. 들어 보니 침실의 낭하에서 쉬고 있는 외택아(外宅兒 : 외택남)들의 코 고는 소리가 우레 같았으며, 살펴보니 중군(中軍)의 병사들이 마당을 걸어 다니면서 바람이 일듯 구호를 외치고 있었습니다. 그래서 제가 왼쪽 문을 열고 침실 휘장을 젖히고 들어갔더니, 휘장 안에서 전씨 사돈어른이 달게 자고 있었는데, 무늬 있는 무소뿔 베개를 베고 누런 주름 비단으로 상투를 싸고 있었습니다. 베개 앞에는 칠성검(七星劍) 한 자루가 놓여 있고 검 앞에는 황금합 하나가 열려 있었으며, 합 안에는 그가 태어난 생년월일의 갑자(甲子)와 북두신(北斗神)의 이름이 적혀 있었습니다. 또 이름난 향과 아름다운 진주가 흩어진 채 그 위를 덮고 있었습니다. 그는 짧은 순간에 자신의 목숨이 남의 손에 달려 있다는 사실을 알아채지 못했습니다. 그때에 촛불은 희미해지고 향로의 향도 거의 다 탔으며 사방에 배치된 시종들은 어지럽게 누워 자고 있었는데, 제가 마음대로 장난을 쳐도 모두 깨어나지 않았습니다. 저는 마침내 황금합을 가지고서 돌아왔습니다. 위성의 서쪽 문을 나와 200리를 갔더니, 동작대(銅雀臺)가 높이 솟아 있고 장수(漳水)가 동쪽으로 흘렀으며, 새벽닭 울음소리가 들녘에 울리고 비낀 달이 숲 사이로 보였습니다. 분한 마음으로 갔다가 기쁨에 차서 돌아오니 문득 수고로움도 잊었습니다. 물시계가 삼경을 알릴 때까지 700리를 왕복하면서 주인님의 근심을 덜 수 있기만을 바랐습니다. 감히 그간의 수고를 말씀드립니다!"

설숭은 곧장 위성으로 사신을 파견해 전승사에게 서신을 보냈다.

"어젯밤에 어떤 객이 위성에서 와서 말하길, 원수(元帥)의 침상 머리맡에서 황금합 하나를 가져왔다고 하는데, 감히 그것을 여기에 둘 수가 없어서 삼가 봉해 돌려보내 드립니다."

사자는 한밤중에야 도착해서 말채찍으로 문을 두드리면서 불시에 배알을 청했다. 전승사는 급히 나와서 황금합을 보고 나더니 경악하며 졸도했다. 전승사는 사신을 붙들어 저택에서 연회를 열어 주었으며 많은 재물을 하사했다. 다음 날 전승사는 사신을 파견해 비단 3만 필과 명마 200필, 그리고 여러 진기한 보물 등을 설숭에게 바치며 말했다.

"제 머리와 목은 당신의 은혜에 달려 있습니다. 마땅히 과실을 알고 곧바로 새롭게 고칠 것이니, 다시는 그러한 걱정을 끼치지 않을 것입니다."

이로 말미암아 한두 달 동안 하북과 하남에 사신들이 분주히 오갔다. 어느 날 갑자기 홍선이 작별하고 떠나려 하자 설숭이 말했다.

"너는 우리 집에서 태어났는데 지금 어디로 가려 하느냐? 또 내가 지금 네게 의지하고 있는데 어찌 떠나려고 한단 말이냐?"

홍선이 말했다.

"저는 전생에 본래 남자로서 의술을 가지고 강호를 돌아다녔는데, 어떤 임신한 부인이 고징(蠱癥)[73]을 앓자 제가 원화주(芫花酒)[74]로 치료했다가 부인과 배 속의 두 아들이 모두 죽고 말았습니다. 이는 제가 한 번에 세 사람을 죽인 것이므로, 저승에서 처벌받아 비천한 신분의 여자로 다시 태어났습니다. 다행히도 공의 집에서 나고 자라 지금 열아홉 살이 되었습니다. 저는 몸으로는 비단옷을 실컷 입었고 입으로는 달고 맛있는 것을 모두 맛보았으며 게다가 총애까지

[73) 고징(蠱癥) : 배 속의 기생충이 한데 뭉쳐 딱딱한 덩어리가 생기는 병.
74) 원화주(芫花酒) : '원화'는 팥꽃나무로 옅은 보라색의 작은 꽃을 약재로 쓴다. 원화주는 그 꽃을 우려낸 술을 말한다.

받아서 그 영화 또한 대단했습니다. 그래서 지난번에 위성에 감으로써 은혜에 보답했던 것입니다. 지금 두 지역이 그 성채를 보존하고 만백성이 그 목숨을 보전하게 되었으며, 난신(亂臣)으로 하여금 두려움을 알게 하고 열사(烈士)로 하여금 안정을 도모하게 한 공이 한낱 아녀자인 제게 있으니 그 공이 또한 작지 않습니다. 이제 전생의 죄를 씻고 제 본모습으로 돌아갈 수 있게 되었습니다. 마땅히 티끌 가득한 세상에서 자취를 숨기고 세상 밖에 마음을 둔 채 한 가닥 맑은 기운을 길러 생명을 보존하고자 합니다."

설숭이 말했다.

"이곳에 머물지 않겠다면 천금을 들여 네가 산속에 머무를 거처를 마련해 주겠다."

홍선이 말했다.

"내세에 관한 일을 어찌 미리 도모할 수 있겠습니까?" 미: 바로 현세에서 미리 도모할 수 있도다!

설숭은 그녀를 붙잡을 수 없음을 알고 크게 전별연을 베풀어 빈객과 벗들을 모두 모아 밤에 중당에서 잔치를 벌였다. 설숭은 노래를 불러 홍선에게 술을 권하고자 좌중의 손님인 냉조양(冷朝陽)에게 시를 짓게 했는데, 그 시는 이러했다.

"〈채릉가(採菱歌)〉 부르며 목란 배를 원망하니, 손님 보내는 애달픈 넋이 백 척 누대 위에서 흩어지네. 돌아가는 손님은 낙비(洛妃)75)처럼 안개 타고 떠나니, 끝없이 푸른 하늘에 강물만 부질없이 흐르네."

노래가 끝나자 설숭은 슬픔을 이기지 못했다. 홍선도 절하며 울다가 술에 취한 척하며 자리를 떠났는데, 결국 그 행방을 알 수 없었다.

唐潞州節度使薛嵩家靑衣紅綫者, 善彈阮咸, 又通經史. 嵩乃俾掌牋表, 號曰"內記室". 時軍中大宴, 紅綫謂嵩曰: "羯鼓之聲甚悲, 其擊者必有事也." 嵩素曉音律, 曰: "如汝所言." 乃召而問之, 云: "某妻昨夜身亡, 不敢求假." 嵩遽放歸. 是時至德之後, 兩河未寧, 以洺陽爲鎭, 命嵩固守, 控壓山東. 殺傷之餘, 軍府草創, 朝廷命嵩遣女嫁魏博節度使田承嗣男, 又遣嵩男娶滑亳節度使令狐章女, 三鎭交爲姻婭. 而田承嗣常患肺氣, 遇熱增劇, 每曰: "我若移鎭山東, 納其涼冷, 可以延數年之命." 乃募軍中武勇十倍者, 得三千人, 號"外宅男", 而厚其恤養. 常令三百人夜直州宅, 卜選良日, 將幷潞州. 嵩聞之, 日夜憂悶, 咄咄自語, 計無所出. 時夜漏將傳, 轅門已閉, 杖策庭際, 唯紅綫從焉. 紅綫曰: "主自一月, 不遑寢食. 意有所屬, 豈非鄰境乎?" 嵩曰: "事繫安危, 非爾能料." 紅綫曰: "某誠賤品, 亦能解主憂者." 嵩駭其語, 知是異人, 遂具告其事, 紅綫曰: "此易與耳. 暫放某一到魏

---

75) 낙비(洛妃): 낙수(洛水)의 여신으로 복비(宓妃)라고도 한다. 복희씨(伏羲氏)의 딸이 낙수에 빠져 죽어 신이 되었다고 한다.

城,觀其形勢,覘其有無.今一更首途,二更可以復命.請先定一走馬使,具寒暄書,其他卽待某却回也."嵩曰:"然事或不濟,反速其禍,如何?"紅綫曰:"某此行,無不濟也."乃入房,飭其行具,乃梳烏蠻髻,貫金雀釵,衣紫繡短袍,繫青絲輕履,胸前佩龍文匕首,額上書太一神名.再拜而行,倏忽不見.嵩乃返身閉戶,背燭危坐.常時飲酒,不過數合,是夕舉觴十餘不醉.忽聞曉角吟風,一葉墜露,驚而起問,卽紅綫回矣.嵩喜而慰勞曰:"事諧否?"紅綫曰:"不敢辱命."又問曰:"無傷殺否?"曰:"不至是.但取床頭金合為信耳.某子夜前二刻,卽達魏城,凡歷數門,遂及寢所.聞外宅兒止於房廊,睡聲雷動,見中軍士卒,徒步於庭,傳叫風生.乃發其左扉,抵其寢帳,田親家翁於帳內酣眠,頭枕文犀,髻包黃縠.枕前露一星劍,劍前仰開一金合,合內書生身甲子,與北斗神名.復以名香美珠,散覆其上.顧盼之間,不覺命懸於手下.時則蠟炬烟微,爐香燼委,其侍人四布,寢臥狼藉,任某戲弄,皆不能寤.遂持金合以歸.出魏城西門,將行二百里,見銅臺高揭,漳水東流,晨鷄動野,斜月在林.忿往喜還,頓忘行役.夜漏三時,往返七百里,冀減主憂.敢言其苦!"嵩乃發使入魏,遺田承嗣書曰:"昨夜客從魏中來云,自元帥床頭獲一金合,不敢留駐,謹却封納."使者夜半方到,乃以馬箠撾門,非時請見.承嗣遽出,旣見金合,驚怛絶倒.遂留使者,宴於宅中,多其賜賚.明日,專遣使賫帛三萬匹,名馬二百匹,雜珍異等,以獻於嵩曰:"某之首領,繫在恩私.便宜知過自新,不復更貽伊戚."由是一兩月內,河北·河南信使交至.忽一日,紅綫辭去,嵩曰:"汝生我家,今欲安往?又方賴於汝,豈可議行?"紅綫曰:"某前本男子,以醫術遊江湖間.有孕婦,患蠱癥,某以芫花酒下之,婦人與腹中二子俱斃.是某一舉殺其三人,陰力見誅,降為女子,使身居賤隸.幸生公家,今

十九년. 身厭羅綺, 口窮甘鮮, 寵待有加, 榮亦甚矣. 昨往魏邦, 以是報恩. 今兩地保其城池, 萬人全其性命, 使亂臣知懼, 烈士謀安, 在某一婦人, 功亦不小. 固可贖其前罪, 還其本形. 便當遁跡塵中, 棲心物外, 澄淸一氣, 生死長存." 嵩曰:"不然, 以千金爲居山之所." 紅綫曰:"事關來世, 安可預謀?" 眉:卽今世可預謀乎! 嵩知不可留, 乃廣爲餞別, 悉集賓友, 夜宴中堂. 嵩以歌送紅綫酒, 請座客冷朝陽爲詞, 詞曰:"〈採菱歌〉怨木蘭舟, 送客魂消百尺樓. 還似洛妃乘霧去, 碧天無際水空流." 歌竟, 嵩不勝其悲. 紅線拜且泣, 因僞醉離席, 遂亡所在.

* 이 고사는 《태평광기》 권195 〈호협·홍선〉에 실려 있다.

29-16(0730) 형십삼낭

형십삼낭(荊十三娘)

출《북몽쇄언》

당(唐)나라 때 진사(進士) 조중행(趙中行)은 온주(溫州)에 살면서 호협을 일삼았다. 그가 소주(蘇州)로 가서 지산선원(支山禪院)에 머물고 있을 때, 형십삼낭이라는 한 여자 상인이 죽은 남편을 위해 대상재(大祥齋)76)를 지냈다. 그러다가 그녀는 조중행을 연모하게 되어 마침내 그와 함께 배를 타고 양주(揚州)로 돌아갔다. 조중행은 정의로운 행동을 한다면서 형십삼낭의 재산을 소비했지만, 그녀는 전혀 개의치 않았다. 조중행의 친구 가운데 항렬이 39번째인 이정랑(李正郞)이라는 사람에게 사랑하는 기녀가 있었는데, 그 기녀의 부모가 [이정랑에게서 딸을] 빼앗아 제갈은(諸葛殷)에게 줘 버리자, 이정랑은 원망과 슬픔에 잠겨 있었다. 당시 제갈은은 여용지(呂用之)와 함께 태위(太尉) 고병(高騈)을 현혹하면서 마음대로 세도를 부렸다. 그래서 이정랑은 화를 입을까 두려워하며 눈물만 삼킬 뿐이었다. 조중행이 우연히

---

76) 대상재(大祥齋) : 사람이 죽은 후 27개월이 되는 때를 '대상'이라 하고, 이날 제사를 지내며 망자의 혼령을 천도하는 것을 '대상재'라 한다.

형낭(荊娘 : 형십삼낭)에게 이정랑의 얘기를 했더니, 형낭은 분개하면서 이삼십구랑(李三十九郞 : 이정랑)에게 말했다.

"이건 작은 일이니 내가 당신을 위해 복수해 드리겠습니다. 당신은 아침에 강을 건너갔다가 윤주(潤州) 북고산(北固山)에서 6월 6일 정오에 나를 기다리십시오."

이정랑은 그녀의 말대로 했다. 약속한 기일이 되자, 형씨(荊氏 : 형낭)는 자루에 그 기녀를 담고 아울러 기녀 부모의 머리를 가져와서 이정랑에게 돌려주었다. 형씨는 다시 조중행과 함께 절중(浙中)으로 들어갔는데, 그 행방을 알 수 없었다.

唐進士趙中行家於溫州, 以豪俠爲事. 至蘇州, 旅舍支山禪院, 有一女商荊十三娘, 爲亡夫設大祥齋. 因慕趙, 遂同載歸揚州. 趙以氣義耗荊之財, 殊不介意. 其友人李正郎弟三十九有愛妓, 妓之父母, 奪與諸葛殷, 李悵悵不已. 時諸葛殷與呂用之幻惑太尉高騈, 委行威福. 李懼禍, 飮泣而已. 偶話於荊娘, 荊娘亦憤惋, 謂李三十九郎曰 : "此小事, 我能爲郎仇之. 旦請過江, 於潤州北固山六月六日正午時待我." 李亦依之. 至期, 荊氏以囊盛妓, 兼致妓之父母首, 歸於李. 復與趙同入浙中, 不知所止.

* 이 고사는 《태평광기》 권196 〈호협 · 형십삼낭〉에 실려 있다.

권30 공거부(貢擧部) 씨족부(氏族部)

공거(貢擧)

30-1(0731) 진사과에 대한 총론
총서진사과(總叙進士科)

출《국사보》

진사과는 수(隋)나라 대업(大業) 연간(605~617)에 시작되었으며, [당나라] 정관(貞觀) 연간(627~649)과 영휘(永徽) 연간(650~656) 무렵에 흥성했다. 벼슬아치 가운데 그 지위가 신하로서 최고의 지위에 올랐더라도 진사 출신이 아닌 자는 끝내 훌륭하다고 인정받지 못했다. 해마다 추천된 응시자가 늘 800~900명을 밑돌지 않았는데, 사람들은 이들을 존중해서 "백의공경(白衣公卿)"[77] 또는 "일품백삼(一品白衫)"[78]이라 불렀으며, 진사시의 어려움을 두고 "서른 살이면 명경(明經)으로서는 늙었고, 쉰 살이면 진사로서는 젊다"라고 말했다. 제아무리 탁월한 재주와 변화의 이치에 통달한 법술, 소진(蘇秦)·장의(張儀)[79] 같은 변설과 형가(荊

---

[77] 백의공경(白衣公卿) : 언젠가는 공경이 되겠지만 지금은 평민이 입는 흰옷을 입고 있다는 뜻으로, 진사에 급제하더라도 당장은 관직이 없기 때문에 이렇게 말한 것이다.

[78] 일품백삼(一品白衫) : 언젠가는 1품관이 되겠지만 지금은 평민이 입는 흰 적삼을 입고 있다는 뜻으로, 위의 "백의공경"과 같은 뜻이다.

軻)・섭정(聶政)80) 같은 담력, 중유(仲由 : 자로)81) 같은 무용(武勇)과 자방(子房 : 장양)82) 같은 계책, 홍양(弘羊 : 상홍양)83) 같은 산술(算術)과 방삭(方朔 : 동방삭)84) 같은 해

---

79) 소진(蘇秦)・장의(張儀) : 둘 다 전국 시대 종횡가(縱橫家)로 언변에 뛰어났다. 소진은 합종책(合縱策)을 주장하고 장의는 연횡책(連橫策)을 주장했다.

80) 형가(荊軻)・섭정(聶政) : 둘 다 전국 시대의 이름난 자객. 형가는 연(燕)나라 태자 단(丹)의 상경(上卿)이 되어 그를 위해 진시황(秦始皇)을 암살하려다가 실패해 살해되었다. 섭정은 한(韓)나라 열후(列侯) 때 엄수(嚴遂)를 위해 그의 정적(政敵)인 상국 협루(俠累)를 암살해 원수를 갚아 주고 자살했다.

81) 중유(仲由) : 자는 자로(子路) 또는 계로(季路). 춘추 시대 노(魯)나라 사람으로 공자(孔子)의 제자. 성품이 솔직하고 매우 용감했다.

82) 자방(子房) : 장양(張良). 자는 자방. 전국 시대 한(韓)나라 귀족의 후손. 일찍이 황석공(黃石公)이라는 도인에게서 《태공병법(太公兵法)》을 얻었다고 한다. 진(秦)나라 말에 세상이 어지러워지자 무리를 이끌고 유방(劉邦)에게 귀항해 유방의 중요한 책사가 되었으며, 초한(楚漢) 전쟁 때 거의 모든 책략이 그에게서 나왔다. 한나라가 건국된 후 유후(留侯)에 봉해졌다.

83) 홍양(弘羊) : 상홍양(桑弘羊). 전한의 정치가로 이재(理財)에 뛰어났다. 무제(武帝) 때 치속도위(治粟都尉)와 대사농(大司農)을 지내면서 염철(鹽鐵)과 주류(酒類)의 관영 전매(官營專賣)를 추진하고 평준(平準)과 균수(均輸)의 기구를 설립해 전국의 상품을 통제함으로써 정부의 재정 수입을 증대하고 부상(富商)들의 세력을 견제했다.

84) 방삭(方朔) : 동방삭(東方朔). 자는 만천(曼倩). 전한의 문학가로

학을 자부하더라도 모두 이것만으로는 이름을 드러낼 수 없다고 여겼다. 이들 가운데 과거 시험장에서 늙어 죽은 자도 있었지만 또한 한스럽게 여기지 않았다. 미 : 과거 급제를 얘기하지 않으면85) 사람들에게 뽐낼 수 없었다. 그래서 이런 시가 있었다.

"태종(太宗) 황제께서 진정 훌륭한 계책 세우니, 얻은 영웅들 모두 백발이라네."

그들이 모여서 시험 보는 곳을 "거장(擧場)"이라 하고, 응시자들을 통상 "수재(秀才)"라 칭하고, 명함을 보내는 것을 "향공(鄕貢)"이라 하고, 급제한 자를 "전진사(前進士)"라 하고, 서로 추숭하고 존경해 "선배(先輩)"라 하고, 함께 합격한 자를 "동년(同年)"이라 하고, 시험을 주관하는 관리를 "좌주(座主)"라 하고, 경조부(京兆府)의 시험에서 선발되어 올라온 자를 "등제(等第)"라 하고, 외지의 주부(州府)에서 시험을 거치지 않고 추천된 자를 "발해(拔解)"라 하고, 시험 보기

무제 때 태중대부(太中大夫)를 지냈다. 해학과 골계에 뛰어났으며 사부(辭賦)를 잘 지었다.

85) 과거 급제를 얘기하지 않으면 : 이 미비(眉批)의 원문은 "□도화과제(□道話科第)"라 되어 있어 한 글자가 판독 불가한데, 문맥을 고려해 추정해서 번역했다. 쑨다펑(孫大鵬)의 교점본에서는 "공도화과제(公道話科第)"로 추정했다.

전에 각자 서로를 보증해 주는 것을 "합보(合保)"라 하고, 함께 모여 기거하면서 시문을 짓는 것을 "사시(私試)"라 하고, 요직에 있는 권세가를 찾아가 청탁하는 것을 "관절(關節)"이라 하고, 명성을 드날리는 것을 "환왕(還往)"이라 하고, 이미 급제한 뒤에 이름을 자은사탑(慈恩寺塔)86)에 열거하는 것을 "제명(題名)"이라 한다. 곡강정자(曲江亭子)에서 열리는 성대한 연회를 "곡강회(曲江會)"라 하는데, 곡강회는 관시(關試)87) 후에 열리므로 또한 "문희연(聞喜宴)"이라고도 하고, 연회가 끝난 후에 동년들이 각자 갈 곳으로 떠나므로 또한 "이회(離會)"라고도 한다. 명적(名籍)에 등록하고 들어가 선발되는 것을 "춘위(春闈: 예부시)"라 하고, 급제하지 못했지만 배불리 먹고 취하는 것을 "타모소(打毷氉)"88)라 하고, 이름을 숨긴 채 비방을 지어내는 것을 "무명자(無名子)"라 하고, 낙방하고 물러나 [도성에 머물면서] 학업을 계

---

86) 자은사탑(慈恩寺塔): 대안탑(大雁塔)을 말한다. 당나라 때는 과거에 합격한 진사들의 명단을 대안탑에 게시했는데, 이를 굉장히 영광스러운 일로 여겼다.
87) 관시(關試): 이부(吏部)에서 진사에게 부과한 시험. 관시에 합격해야만 비로소 관리가 될 수 있었다.
88) 타모소(打毷氉): 울적함을 달랜다는 뜻이다. "모소(毷氉)"는 "모소(眊矂)"라고도 쓰는데, 번뇌 또는 울적함을 뜻한다.

속하는 것을 "과하(過夏)"라 하고, 낙방한 뒤 학업을 닦으면서 시문을 써내는 것을 "하과(夏課)"라 하고, 책을 감춰 가지고 시험장에 들어가는 것을 "서책(書策)"이라 한다. 이것이 진사과의 대략이다. 그 풍속은 학덕 있는 선배들에게 달렸고, 그 처리의 권한은 담당 관리에게 있었다.

평 : 당나라 말의 거인(擧人)들은 문예를 짓는 것을 따지지 않고 그저 요로의 인사를 배알하고 청탁하는 데에만 열심이었는데, 이를 "정절(精切)"이라 불렀다.

進士科, 始於隋大業中, 盛於貞觀·永徽之際. 縉紳雖位極人臣, 不由進士者, 終不爲美. 以至歲貢, 恒不減八九百, 其推重, 謂之"白衣公卿", 又曰"一品白衫", 其艱難謂之"三十老明經, 五十少進士." 雖負倜儻之才, 變通之術, 蘇·張之辨說, 荊·聶之膽氣, 仲由之武勇, 子房之籌畫, 弘羊之書算, 方朔之詼諧, 咸以是而晦之. 其有老死於文場者, 亦無所恨. 眉 : □道話科第, 不得驕人矣. 故有詩曰 : "太宗皇帝眞長算, 賺得英雄盡白頭." 其都會謂之"擧場", 通稱謂之"秀才", 投刺謂之"鄕貢", 得第謂之"前進士", 互相推敬謂之"先輩", 俱捷謂之"同年", 有司謂之"座主", 京兆府考而升者謂之"等第", 外府不試而貢者謂之"拔解", 將試相保謂之"合保", 群居而賦謂之"私試", 造請權要謂之"關節", 激揚聲價謂之"還往", 旣捷, 列姓名於慈恩寺塔謂之"題名". 大宴於曲江亭子謂之"曲江會", 在關試後亦謂"聞喜宴", 後同年各有所之亦謂爲"離會". 籍而入選謂之"春闈", 不捷而醉飽謂之"打毷毦", 匿名造榜¹謂之"無名子", 退而肄業謂之"過夏", 執業以出謂之"夏課", 挾藏入試謂之"書策". 此其大略也. 其風俗繫於先達, 其制置存於有司.

評 : 唐末舉人, 不論事行文藝, 但勤於請謁, 號曰"精切".

* 이 고사는《태평광기》권178〈공거(貢擧)·총서진사과〉에 실려 있다.

1 방(榜) : 금본《당국사보(唐國史補)》와《당척언(唐摭言)》에는 모두 "방(謗)"이라 되어 있는데, 문맥상 타당하다.

30-2(0732) 급제자 발표와 사은

방방 · 사은(放榜謝恩)

출《척언》

　진사방(進士榜)의 윗부분에는 황지(黃紙)[89] 넉 장을 세로로 붙인 후 양털 붓에 담묵(淡墨)으로 "예부공원(禮部貢院)" 넉 자를 굴려서 썼는데, 명부(冥府)에서 정한 것을 이승에서 받아쓴 모습을 상징했다. 어떤 사람은 문황(文皇 : 태종)이 비백(飛帛)[90]의 필법으로 썼다고 했다. 나중에는 이를 본떠서 상례(常例)로 삼았다.

　급제자가 발표된 후에 장원(狀元) 이하의 신진사들은 주고관(主考官)의 저택 문에 이르러 말에서 내린 뒤 줄지어 서서 명함을 거두어 문지기에게 통보하며 건넸으며, 모두 순

---

[89] 황지(黃紙) : 관리를 선발하거나 관리의 공적을 심사해 명단을 작성할 때, 조정에 보고하기 위해 사용했던 황색의 종이.

[90] 비백(飛帛) : 특수한 서법의 하나로 "비백(飛白)"이라고도 한다. 후한 영제(靈帝) 때 홍도문(鴻都門)을 장식하게 되었는데, 어떤 장인(匠人)이 흰 가루를 묻힌 빗자루로 글씨를 쓰는 것을 보고 채옹(蔡邕)이 처음으로 창시했다고 한다. 필세(筆勢)는 나는 듯하고 필적(筆跡)은 빗자루로 쓸고 난 자리처럼 보인다. 한나라와 위(魏)나라 때 궁궐에서 제자(題字)할 때 광범위하게 사용했다.

서대로 계단 아래에 서 있다가 북쪽으로 올라가서 동쪽을 향했다. 주고관은 자리와 방석을 늘어놓고 동쪽에 서서 서쪽을 향했다. 담당 관리는 장원 이하의 신진사들에게 읍(揖)하고 그들과 주고관이 서로 배례하게 했다. 배례가 끝나면 장원은 대열에서 나와 치사(致詞)를 하고 물러나 다시 대열로 돌아갔으며, 신진사들은 각자 주고관에게 배례하고 주고관은 답배했다. 배례가 끝나면 주고관이 말했다.

"여러 낭군들은 자신의 신상을 말하시오."

장원 이하의 신진사들은 각자 나이 순서대로 신상을 말한 뒤 곧 사은례를 행했는데, 나머지 사람들은 장원의 예식대로 했다. 사은례가 끝나면 담당 관리가 말했다.

"장원은 의발(衣鉢)에 감사드리시오." 협 : 의발은 주고관과 같은 명제(名第 : 급제 석차)를 얻는 것을 말한다. 만약 주고관의 선친과 같은 명제를 얻게 되면 "대의발에 감사드립니다"라고 했고, 대대로 과거에 급제하면 "감읍해 감사드립니다"라고 했다.

감사의 예식이 끝나면 차례대로 앉아 술을 몇 순배 마신 후에 곧장 자리에서 일어나 기집원(期集院 : 신진사들이 모이는 곳)으로 갔다. 사흘 후에 신진사들은 다시 두루 감사를 드렸는데, 그날 주고관은 비로소 그들을 추천해 준 곳을 하나하나 언급해 그들로 하여금 각자 자신을 이끌어 준 공덕에 감사하게 했으며, 만약 특별히 뛰어나서 선발되었다면 그 점에 대해서도 말해 주었다.

대체로 황제의 칙서가 하달되기 이전에는 매일 기집원에 모여 주고관의 문하를 두 차례 예방(禮訪)했다. 사흘 후에 주고관이 그만두라고 한사코 청하면 그제야 예방을 그만두었다. 동년(同年)이 처음 기집소(期集所)에 도착하면 단사(團司)[91]와 담당 관리는 먼저 장원을 참견(參見)한 후에 다시 다른 진사들을 참견했는데, 참견이 끝나면 잠시 후 한 관리가 정원 중앙에서 외쳤다.

"여러 낭군들은 자리에 앉되, 짝수 명제(名第 : 석차)는 동쪽에 앉고 홀수 명제는 서쪽에 앉으시오!"

이날은 각자에게 술추렴으로 거둔 벌전(罰錢)이 적지 않았다. 또 신진사들은 추명지전(抽名紙錢)[92]을 냈는데 한 사람당 만 전이었으며, 포저전(鋪底錢 : 연회 장소 대여 비용)은 한 사람당 3만 전이었다.

황제의 칙서가 하달된 후에 신급제 진사들은 과당(過堂)[93]을 했는데, 그날은 먼저 광범문(光範門) 안에 휘장을

---

[91] 단사(團司) : 새로운 진사 급제자가 배출되었을 때, 동년(同年)의 연회를 준비하거나 규찰의 일을 맡아보는 기구, 또는 그러한 일을 주재하는 사람을 말한다.

[92] 추명지전(抽名紙錢) : 진사 급제자를 위한 연회 때 특별한 목적을 위해 급제자의 명함 중에서 몇 장을 뽑아 해당자로 하여금 내게 하는 돈을 말한다.

설치하고 술과 음식을 준비했다. 동년(同年) 진사들은 이곳에서 재상들이 당(堂)에 오르기를 기다렸다. 재상들이 모이고 나면 당리(堂吏 : 중서성의 관리)가 와서 진사들에게 명함을 내 달라고 청했으며, 생도(生徒 : 신급제 진사)들은 좌주(座主 : 주고관)를 따라 중서성(中書省)으로 갔는데, 재상들은 옆으로 줄을 지어 도당(都堂)94)의 문 안쪽에 순서대로 서 있었다. 그러면 당리가 통보했다.

"예부시랑(禮部侍郎) 아무개95)는 신급제 진사들을 데리고 상공(相公 : 재상)들을 알현하시오!"

잠시 후 한 관리가 소리 높여 주고관을 나오라고 하면, 주고관은 계단을 올라가 길게 읍(揖)하고 물러나 도당문 옆에 서서 동쪽을 향했다. 그런 후에 장원 이하의 진사들이 차례대로 계단 위에 서 있으면, 장원이 대열에서 나와 치사를 드리며 말했다.

---

93) 과당(過堂) : 새로 급제한 진사들이 재상을 알현하는 것을 말한다.

94) 도당(都堂) : 재상이 정사를 처리하는 곳. 여기서는 중서성을 가리킨다. 당나라 고종(高宗) 이후에 재상이 정사를 처리하는 정청(政廳)을 상서성에서 중서성으로 옮겼다.

95) 예부시랑(禮部侍郎) 아무개 : 즉, 지공거(知貢擧)를 말한다. 현종(玄宗) 개원(開元) 24년(736) 이후로 진사 시험을 예부시랑이 주관했다. 당시에 예부시랑은 지공거이자 주사(主司 : 주고관)였다.

"이달 모일에 예부에서 급제자를 발표했는데, 아무개 등이 다행히도 외람되이 명성을 이루게 된 것은 모두 상공의 훈육 덕택이니, 감격과 황공함을 감당할 수 없습니다."

치사를 마치고 읍하고 자리로 물러나면, 장원부터 그 이하로 한 명씩 스스로 자신의 성명을 아뢰었으며, 성명을 다 아뢰고 나면 당리가 말했다.

"객(客 : 신급제 진사)들은 물러가시오!"

주고관은 다시 길게 읍한 후 생도들을 데리고 물러나 사인원(舍人院)96)으로 갔는데, 주고관이 먼저 들어가면 사인은 관복(官服)을 입고 가죽신을 신고 주고관을 영접했으며, 일의 순서에 따라 술을 따랐다. 그런 연후에 계단 앞에 자리와 방석을 깔아 놓고 사인이 자리에 오르면, 생도들이 모두 배례하고 사인이 답배했다. 장원은 대열에서 나와 치사를 드리고 다시 처음처럼 배례한 뒤 곧장 나와 낭하(廊下)에서 주고관이 나오기를 기다렸다가 한 번만 읍했다. 당시에 주고관의 저택을 예방해 사은례를 올리고 나면 곧 술자리가 벌어졌다.

---

96) 사인원(舍人院) : 중서성의 관서명. 당나라 때는 태자사인(太子舍人)·중서사인(中書舍人)·기거사인(起居舍人)·통사사인(通事舍人) 등이 있었는데, 과당례(過堂禮)에 참여했던 사인은 중서성의 속관인 중서사인과 통사사인이었다.

進士榜頭, 竪粘黃紙四張, 以氈筆淡墨衮轉書"禮部貢院"四字, 象陰注陽受之狀. 或曰文皇以飛帛書之. 後仿爲例.

放榜後, 狀元已下, 到主司宅門下馬, 綴行而立, 斂名紙通呈門人, 並叙立於階下, 北上東向. 主司列席褥, 東面西向. 主事揖狀元已下, 與主司對拜. 拜訖, 狀元出行致詞, 又退著行, 各拜, 主司答拜. 拜訖, 主司云: "請諸郎君叙中外." 狀元已下, 各各齒叙, 便謝恩, 餘人如狀元禮. 禮訖, 主事云: "請狀元謝衣鉢." 夾: 衣鉢, 謂得主司名第. 其或與主司先人用[1]名第, 卽"謝大衣鉢", 如踐世科, 卽"感泣而謝". 謝訖, 叙坐, 飲酒數巡, 便起, 赴期集院. 三日後, 又曲謝, 其日, 主司方一一言及薦導之處, 俾其各謝挈維之力, 苟特達而取, 亦要言之.

大凡未勑下已前, 每日期集, 兩度詣主司之門. 三日後, 主司堅辭, 卽止. 同年初到集所, 團司·所由先參狀元後, 更參衆郎君訖, 俄有一吏當中庭唱曰: "諸郎君就坐, 雙東隻西!" 其亂者[2]罰不少. 又出抽名紙錢, 每人十貫文, 鋪底錢, 每人三十貫文.

勑下後, 新及第進士過堂, 其日先於光範門裏具供帳, 備酒食. 同年於此候宰相上堂. 宰相旣集, 堂吏來請名紙, 生徒隨座主至中書, 宰相橫行, 都堂門裏叙立. 堂吏通云: "禮部某姓侍郎領新及第進士見相公!" 俄而有一吏, 抗聲屈[3]主司, 及登階, 長揖而退, 立於門側, 東向. 然後狀元以下叙立於階上, 狀元出行致詞云: "今月某日, 禮部放榜, 某等幸忝成名, 皆在相公陶鎔之下, 不任感懼." 言揖退位, 狀元已下, 一一自稱姓名訖, 堂吏云: "典[4]客!" 主司復長揖, 領生徒退, 詣舍人院, 主司攔入, 舍人公服靸鞋, 延接主司, 隨事叙杯酒. 然後於階前鋪席褥, 舍人登席, 諸生皆拜, 舍人答拜. 狀元出行致詞, 又拜如初, 便出, 於廊下候主司出, 一揖而已. 當時詣宅謝恩, 便致飮席.

* 이 고사는 《태평광기》 권178 〈공거‧방방〉과 〈사은〉‧〈기집(期集)〉‧〈과당(過堂)〉에 실려 있다.
1 용(用) : 《당척언》과 《태평광기》의 주(注)에는 "동(同)"이라 되어 있는데, 문맥상 타당하다.
2 난자(亂者) : 《당척언》과 《태평광기》 명초본에는 "일갹(日醵)"이라 되어 있는데, 문맥상 보다 타당하다.
3 굴(屈) : 《당척언》에는 "출(出)"이라 되어 있는데, 문맥상 보다 타당하다.
4 전(典) : 《당척언》에는 "무(無)"라 되어 있는데, 문맥상 보다 타당하다.

30-3(0733) 제명

제명(題名)

출《척언》

[당나라] 신룡(神龍) 연간(705~707) 이래로 행원연(杏園宴)97) 후에 모두 자은사(慈恩寺)의 탑 아래에 이름을 적었다. 이때 동년(同年) 중에서 글씨를 잘 쓰는 사람 한 명을 추대해 적게 했으며, 훗날 그들 중에서 장군이나 재상이 나오면 그 이름을 붉은 글씨로 다시 적었다. 급제한 후에 이름이 알려지고 나서 간혹 아직 급제하지 않았을 때 이름을 적었던 곳을 발견하면 곧 "전(前)" 자를 첨가했다. 그래서 예전 사람이 이런 시를 지었다.

"일찍이 이름 적었던 곳에 '전' 자를 더하고, 도성을 나가는 사람98) 전송하며 옛 시를 청하네."

97) 행원연(杏園宴) : 진사 급제자 방문이 발표된 후 행원에서 연회를 열 때, 젊고 준수한 진사 두 명을 탐화사(探花使)로 뽑아 다른 진사들과 함께 여러 유명한 정원을 돌아다니면서 명화(名花)를 꺾었는데, 만약 다른 사람이 먼저 명화를 꺾으면 탐화사가 벌을 받았다. 그래서 행원연을 탐화연이라고도 했다.

98) 도성을 나가는 사람 : 진사에 급제해 벼슬을 받고 임지로 떠나는 사람을 말한다.

神龍已來, 杏園宴後, 皆於慈恩寺塔下題名. 同年中推一善書者, 他時有將相, 則朱書之. 及第後知聞, 或遇未及第時題名處, 則爲添"前"字. 故昔人有詩云 : "曾題名處添'前'字, 送出城人乞舊衣[1]."

* 이 고사는《태평광기》권178〈공거・제명〉에 실려 있다.
1 의(衣):《당척언》에는 "시(詩)"라 되어 있는데, 문맥상 보다 타당하다.

30-4(0734) 잡문 시험

시잡문(試雜文)

출《척언》

[당나라] 수공(垂拱) 원년(685)에 오도고[吳道古 : 오사도(吳師道)] 등 27명이 진사에 급제했는데, 급제자를 발표한 후에 다음과 같은 칙비(敕批)가 내려졌다.

"그 책문을 대략 살펴보니 모두 지극히 훌륭한 것은 아니었지만, 인재를 널리 거두어 적체를 해소하고자 모두 급제를 윤허했노라."

그 후로 조로(調露) 2년(680)[99]에 이르러 고공원외랑(考功員外郞) 유사립(劉思立)이 첩경(帖經)[100]과 잡문(雜

---

99) 조로(調露) 2년(680) : 문맥상 수공(垂拱) 원년(685) 이후여야 하는데 시대 순서가 맞지 않는다. 착오가 있는 것으로 보인다.

100) 첩경(帖經) : 당나라 때 과거 시험 방법 가운데 하나. 명경과(明經科)에서 주로 시행했으며 진사과에서도 시행했다. 한 경서 중에서 문제가 되는 문구의 처음과 끝에 종이를 바르고 중간의 한 줄만 보여 주며 응시자에게 그 전문(全文)을 대답하게 하는 시험 방법으로, 보통 10문제 중 여섯 문제 이상을 맞히면 통과되었다. 한편 경서 중의 몇 글자를 인용해 출제한 문제에 대해 그 경서의 글을 총괄해 답안을 작성하는 시험 방법도 있었는데, 이를 첩괄(帖括)이라 했다. 일설에는 경서의 글을 군데군데 종이로 바르고 그 글자를 알아맞히게 하는 시험 방법이라

文)101) 시험을 추가해 문장이 뛰어난 자에게 책시(策試)를 치르도록 하자고 주청했다. 그러나 얼마 후에 측천무후(則天武后)가 혁명을 일으키자 그 일은 다시 옛 제도를 따르게 되었다가, 신룡(神龍) 2년(706)에 이르러서야 비로소 삼장시(三場試)102)를 시행했다. 그래서 항상 시부(詩賦)의 제목을 방문에 열거했다.

垂拱元年, 吳道古等二十七人及第, 榜後敕批云 : "略觀其策, 並未盡善, 意欲廣收通滯, 並許及第." 後至調露二年, 考功員外劉思立奏議加試帖經與雜文, 文高者放入策. 尋以則天革命, 事復因循, 至神龍二年, 方行三場試. 故恒列詩賦題目於榜中矣.

* 이 고사는 《태평광기》 권178 〈공거·시잡문〉에 실려 있다.

고도 한다.
101) 잡문(雜文) : 당나라 때 과거 시험 방법 가운데 하나. 주로 시부(詩賦)나 송론(頌論)으로 시험을 보았다.
102) 삼장시(三場試) : 초장(初場)·이장(二場)·삼장(三場)의 세 차례 시험. 초장에서는 경의(經義), 이장에서는 시부(詩賦), 삼장에서는 책문(策問)을 시험했다.

30-5(0735) 내출제

내출제(內出題)

출《노씨잡설》

[당나라] 개성(開成) 연간(836~840)에 고개(高鍇)가 지공거(知貢擧)를 지낼 때, 황제가 〈예상우의곡(霓裳羽衣曲)〉103)이라는 제목의 부(賦)와 〈태학창치석경(太學創置石經)〉104)이라는 제목의 시(詩)를 출제했다. 진사과에서 시부(詩賦)로 시험을 치른 것은 이때부터 시작되었다.

開成中, 高諧[1]知擧, 內出〈霓裳羽衣曲〉賦・〈太學創置石

---

103) 〈예상우의곡(霓裳羽衣曲)〉: 당나라 현종(玄宗)이 월궁(月宮)의 음악을 본떠 만들었다고 하는 곡조. 여기서는 과거 시험 문제의 제목으로 쓰인 것을 말한다.

104) 〈태학창치석경(太學創置石經)〉: 태학에 처음으로 석경을 설치했다는 뜻으로, 역시 과거 시험 문제의 제목이다. 태학석경은 이른바 개성석경(開成石經)을 말한다. 문종(文宗) 개성 2년(837)에 재상 겸 국자좨주(國子祭酒) 정담(鄭覃)의 주청에 따라 경문(經文)을 새긴 비석을 장안성(長安城) 무본방(務本坊)의 국자감 태학에 세웠다. 새겨 넣은 경문은 《주역》・《상서》・《모시》・《주례》・《의례》・《예기》・《좌전》・《공양전》・《곡량전》・《효경》・《논어》・《이아》의 12경이었다. 지금의 산시성(陝西省) 시안시(西安市) 비림(碑林)에 있다.

經〉詩. 進士試詩賦, 自此始.

* 이 고사는 《태평광기》 권178 〈공거·내출제〉에 실려 있다.
1 해(諧) : "개(鍇)"의 오기로 보인다. 《당척언》에 따르면 고개(高鍇)는 개성(開成) 3년(838)에 지공거(知貢擧)가 되어 과거 시험을 주관했다.

30-6(0736) 진사시가 예부로 귀속되다
진사귀예부(進士歸禮部)
출《척언》

준사과(俊士科)와 수재과(秀才科) 등의 시험은 모두 [이부(吏部)의] 고공원외랑(考功員外郞)이 주관했다. [당나라] 개원(開元) 24년(736)에 고공원외랑 이앙(李昂)은 성격이 남을 포용하지 못했는데, 공사(貢士)105)들을 소집해 그들에게 다짐하며 말했다.

"여러분이 지은 문장의 잘잘못은 내가 잘 알고 있으며, 그것을 평가하고 취사선택하는 일은 지극히 공정하게 할 것이오. 만약 요직에 있는 사람에게 청탁하는 자가 있다면, 마땅히 모두 낙방시킬 것이오." 미 : 청탁을 못 하게 하는 것은 괜찮지만, 의도적으로 낙제시키는 것은 바로 명성을 추구하는 것이다.

그런데 이앙의 장인이 진사 이권(李權)과 이웃에 살면서 서로 사이가 좋았기에 마침내 이앙에게 이권을 추천했다. 이앙이 과연 화를 내면서 공인(貢人 : 공사)들을 소집해 이권의 잘못을 손꼽으며 꾸짖었더니, 이권이 사죄하며 말

---

105) 공사(貢士) : 지방의 향시(鄕試)에 합격한 뒤 경시(京試)에 추천된 거인(擧人). 즉, 진사시 응시자를 말한다.

했다.

"어떤 사람이 넘겨짚고서 당신의 측근에게 슬쩍 알려 준 것이지 제가 요구한 것이 아닙니다." 협 : 이치상 그럴 수도 있다.

그러자 이앙이 말했다.

"여러분의 문장을 살펴보면 진실로 훌륭하오. 그러나 옛사람의 말에 '아름다운 옥이라도 그 흠을 가리지는 못하는 것이 사실이다'[106]라고 했으니, 그 문장에 혹 전아하지 못한 부분이 있는지 여러분과 함께 자세히 살펴보는 것이 어떻겠소?"

공인들이 모두 말했다.

"예!"

이권이 나와서 사람들에게 말했다.

"이앙의 말은 그 의도가 나를 겨냥한 것이니, 나는 필시 낙방할 것이오."

그러고는 남몰래 이앙의 잘못을 찾아냈다. 다른 날 이앙은 과연 이권이 지은 문장의 작은 흠을 골라내 큰 길거리에 붙여 놓고 그를 모욕했다. 이권이 두 손을 모으고 앞으로 나

---

106) 아름다운 옥이라도 그 흠을 가리지는 못하는 것이 사실이다 : 《공자가어(孔子家語)》〈문옥(問玉)〉에 나오는 구절이다.

아가 이앙에게 말했다.

"대저 예법은 서로 왕래하는 것을 숭상합니다. 저의 비루한 문장이 좋지 않음은 이미 알게 되었는데, 집사(執事 : 이앙)께서 예전에 지었던 시편을 일찍이 다른 사람에게서 들었으니, 어리석은 제가 그것을 보고 장차 문장을 연마하고자 하는데 그래도 되겠습니까?"

이앙은 화가 났지만 응답했다.

"안 될 게 뭐 있겠소?"

이권이 말했다.

"'귀는 맑은 위수(渭水)에 가서 씻고, 마음은 흰 구름을 따라 한가롭네'라는 구절이 혹시 집사의 시입니까?"

이앙이 말했다.

"그렇소."

이권이 말했다.

"옛날 당요(唐堯 : 요임금)가 노쇠하자 천하를 다스리는 일에 싫증 나서 장차 허유(許由)에게 제위를 선양하고자 했는데, 허유는 그런 말을 듣기 싫어서 귀를 씻었습니다. 지금 천자께서는 춘추가 한창이셔서 당신에게 제위를 넘겨주지 않으실 텐데, 당신이 귀를 씻는다고 한 것은 어째서입니까?"
협 : 험악한 말이다.

이앙이 그 말을 듣고 경악해 집정대신에게 알리면서 이권이 미쳐서 불손하다고 하자, 집정대신은 마침내 이권을 옥리(獄吏)에게 넘겼다. 이전에 이앙은 성격이 강팍해서 청탁을 받지 않았는데, 이 일을 겪고 나서는 권세와 지위가 높은 자가 청탁하면 들어주지 않은 적이 없었다. 이로 말미암아 조정에서 논의한 결과, 성랑(省郞)[107]의 지위가 낮아서 많은 사인(士人)들을 복종시키기에 부족하다고 여겨 예부시랑(禮部侍郞)에게 과거를 전담하라는 명을 내렸다. 미 : 모름지기 공정한 도리로 사람을 복종시켜야 하니, 이것이 어찌 권세와 지위에 달린 일이겠는가? 식견이 없는 자들은 대부분 이와 같다.

俊・秀等科, 此皆考功主之. 開元二十四年, 員外郞李昂性不容物, 乃集貢士與之約曰 : "文之美惡, 悉之矣, 考校取檢, 存乎至公. 如有請託於人, 當悉落之." 眉 : 不行請託可也, 有意落之, 便是好名. 昂外舅常與進士李權鄰居相善, 遂言之於昂. 昂果怒, 集貢人, 數權之過, 權謝曰 : "人或猥知, 竊聞於左右, 非求之也." 夾 : 理或有之. 昂因曰 : "觀衆君子之文, 信美矣. 然古人云'瑜不掩瑕, 忠也', 其詞或有不典雅, 與衆詳之, 若何?" 皆曰 : "唯!" 權出, 謂衆曰 : "昂之言, 其意屬我也, 吾落必矣." 乃陰求昂瑕. 他日, 昂果摘權章句小疵, 榜於通衢以辱之. 權拱而前, 謂昂曰 : "禮尙往來. 鄙文之不臧, 旣得聞矣, 而執事昔以雅什, 嘗聞於道路, 愚將切磋, 可乎?" 昂怒

---

107) 성랑(省郞) : 상서성(尙書省)・중서성(中書省)・문하성(門下省)에 소속된 낭관(郞官). 여기서는 상서성의 이부에 소속된 고공원외랑을 가리킨다.

而應曰:"有何不可?" 權曰:"'耳臨淸渭洗, 心向白雲閑', 豈執事之詞乎?" 昂曰:"然." 權曰:"昔唐堯老耄, 厭倦天下, 將禪許由, 由惡聞, 故洗耳. 今天子春秋鼎盛, 不揖讓於足下, 而洗耳何哉?" 夾:惡口. 昂聞惶駭, 訴於執政, 謂權狂不遜, 遂下權吏. 初昂强愎, 不受囑請, 及是有勢位求者, 莫不允從. 由是廷議以省郎位輕, 不足以伏多士, 乃命禮部侍郎專知焉. 眉:祇要公道服人, 豈在權位? 無識者多若此.

* 이 고사는 《태평광기》 권178 〈공거・진사귀예부〉에 실려 있다.

30-7(0737) 부해와 제주해

부해·제주해(府解·諸州解)

출《척언》

    경조부(京兆府)의 해송(解送)[108]은 [당나라] 개원(開元) 연간(713~741)과 천보(天寶) 연간(742~756) 무렵부터 늘 상위 10명이었는데 이를 "등제(等第)"라고 했으며, 반드시 명분과 실제가 서로 부합하는 자를 선발해 교화의 근원을 장려했다. 소종백(小宗伯 : 예부시랑)은 이 관례에 의거해 선발했는데, 간혹 등제된 자들이 모두 급제하는 경우도 있었으며, 그렇지 않더라도 10명 가운데 일고여덟 명이 급제했다. 만약 결과가 이와 다르게 나오면 종종 공원(貢院 : 과장)에 공문을 보내 관례를 어기고 낙제시킨 이유를 물었다. 그래서 기집(期集)에서 잔치를 즐기며 교제할 때 진실한 선비는 더 이상 그 자리에 끼지 않았으니, 이것이 경조부 해송의 폐지와 존치가 일정하지 않았던 까닭이다.

    동주(同州)와 화주(華州)의 해시(解試)는 경조부와 다름없었으며, 만약 1등으로 해송되면 급제하지 못하는 자가 없

---

108) 해송(解送) : 주(州)와 부(府)의 해시(解試)에서 상위로 선발해 도성의 예부시(禮部試)에 참가하도록 보내는 것을 말한다.

었다. 원화(元和) 연간(806~820)에 영호초(令狐楚)가 삼봉(三峰 : 화주)109)을 진수할 때, 마침 가을 해시가 다가오자 다음과 같은 방문을 내걸었다.

"특별히 다섯 차례의 시험을 실시한다."

대개 시(詩)·가행(歌行)·문(文)·부(賦)·첩경(帖經)이 그 다섯 차례의 시험이었다. 예년에는 요직에 있는 현달한 고관의 서신을 가져와서 추천을 부탁하는 자가 대개 10여 명을 밑돌지 않았지만, 그해에는 찾아오는 자가 없었다. 비록 1000리를 멀다 하지 않고 왔더라도 그러한 실정을 들으면 모두 슬그머니 떠나 버렸는데, 오직 노홍정(盧弘正) 혼자만 화주로 와서 시험 보기를 청했다. 영호초는 명을 내려 장막과 술과 음식을 이전보다 풍성하게 마련하게 했다. 화주에 기거하던 빈객들이 모두 옆에서 구경했으며, 노홍정은 스스로 자신이 과장(科場)에서 가장 뛰어나다고 생각했다. 영호초는 하루에 한 번의 시험을 치를 것을 명했는데, 이는 정밀함을 요구한 것이지 기민함을 요구한 것은 아니었다. 노홍정이 이미 두 번의 시험을 치르고 났을 때, 마식(馬植)이 늦게 와서 해시에 응시했다. 마식은 무장(武將) 집안의

---

109) 삼봉(三峰) : 본래는 화산(華山)의 낙안(落雁)·조양(朝陽)·연화(蓮花)의 세 봉우리를 말하는데, 여기서는 화주의 대칭(代稱)으로 쓰였다.

자제였으므로 종사(從事)들이 모두 속으로 그를 비웃자 영호초가 말했다.

"이 일은 아직 그 결과를 알 수 없다."

이윽고 〈등산채주부(登山採珠賦)〉라는 시제로 시험을 치렀는데, [마식이 지은 부의] 대략은 다음과 같았다.

"얼룩무늬 표범은 여룡(驪龍)과 달라서 찾아도 구슬은 보기 힘들고, 흰 돌은 또한 오래된 방합 조개와 달라서 쪼개도 진주는 얻을 수 없다네."

영호초는 그 문장의 정밀함과 타당함에 크게 탄복해 마침내 노홍정의 해두(解頭 : 해시의 장원) 자격을 빼앗았다. 나중에 노홍정은 승랑(丞郞)으로서 염철관(鹽鐵官)의 직무를 수행했는데, 얼마 후에 마식이 그 직무를 차지하게 되었다. 그러자 노홍정은 서찰을 보내 마식을 희롱했다.

"옛날 화주의 해원(解元 : 해시의 장원)이 이미 그대의 독수(毒手)에 당했는데, 지금 염무관(鹽務官)이 또 그대의 노련한 주먹에 맞았구려."

京兆府解送, 自開元・天寶之際, 率以在上十人, 謂之"等第", 必求名實相副, 以滋敎化之源. 小宗伯倚而選之, 或悉中第, 不然, 十得其七八. 苟異於是, 則往往牒貢院, 請放落之僭. 仍期集人事, 眞實之士, 不復齒矣, 所以廢置不定. 同・華解與京兆無異, 若首送, 無不捷者. 元和中, 令狐楚鎭三峰, 時及秋賦, 榜云 : "特置五場試." 蓋詩・歌・文・賦・帖經爲五. 常年以淸要詩[1]題求薦者, 率不減十數人, 其年莫有至者. 雖不遠千里而來, 聞是皆寢去, 唯盧弘正獨詣華請試. 公命供帳酒饌, 侈靡於往時. 華之寄客畢縱觀於側, 弘正自謂獨步. 楚命日試一場, 務精不務敏也. 弘正已試兩場, 而馬植下解狀. 植, 將家子, 從事輩皆竊笑, 楚曰 : "此未可知." 旣而試〈登山採珠賦〉, 略曰 : "文豹且異於驪龍, 採斯疏矣, 白石又殊於老蚌, 割莫得之." 楚大伏其精當, 遂奪弘正解頭. 後弘正自丞郞使判鹽鐵, 俄而爲植所據. 弘正以手札戲植曰 : "昔日華元, 已遭毒手, 今來鹺務, 又中老拳."

* 이 고사는 《태평광기》 권178 〈공거·부해〉와 〈제주해〉에 실려 있다.

1 시(詩) : 《당척언》에는 "서(書)"라 되어 있는데, 문맥상 보다 타당하다.

30-8(0738) 채남사

채남사(蔡南史)

출《국사보》

　[당나라] 정원(貞元) 12년(796)에 부마(駙馬) 왕사평(王士平)과 의양 공주(義陽公主: 덕종의 둘째 딸)가 서로 반목했다. 그래서 채남사와 독고신숙(獨孤申叔)이 〈의양자(義陽子)〉라는 악곡을 퍼뜨렸는데, 그중에 〈단설(團雪)〉·〈산설(散雪)〉이라는 노래가 있었다. 덕종(德宗)은 이를 듣고 노해 과거를 폐지하려 했으나 나중에 채남사만 유배시키는 것에 그쳤다.

貞元十二年, 駙馬王士平與義陽公主反目. 蔡南史·獨孤申叔播爲樂曲, 號〈義陽子〉, 有〈團雪〉·〈散雪〉之歌. 德宗聞之怒, 欲廢科擧, 後但流斥南史乃止.

* 이 고사는 《태평광기》 권180 〈공거·채남사〉에 실려 있다.

30-9(0739) 연집

연집(宴集)

출《척언》

[당나라] 개성(開成) 5년(840)에 이경양(李景讓)이 과거를 주관했는데, 당시 황상(皇上 : 무종)이 양암(諒闇 : 상중)에 있었지만 신급제 진사들에게 연회를 즐기도록 허락했으므로 대부분 점잖게 술을 마셨다. 그래서 시인 조하(趙嘏)가 시를 지어 보냈다.

"하늘 높이까지 월계수110) 무성하지만, 분명히 서른한 가지111)에만 바람 이네. 봄빛 가득 품고 사람들 향해 흔들리는데, 길 막고 어지럽게 핀 붉은 꽃들이 말을 맞이하네. 미 : 장한 기상이 생동한다. 학 몰아 회오리바람 타고 비구름 너머까지 날아가니, 난정(蘭亭)의 즐거움은 관현 음악에 있지 않네. 이는 분명 예전 현인들의 일이니, 어찌 반드시 푸른 하늘에 의지한 청루(靑樓)여야만 하리?"

보력(寶曆) 연간(825~826)에 양사복(楊嗣復)은 양친이

---

110) 월계수 : 과거 급제자를 비유한다. 과거에 급제하는 것을 절계(折桂)라고 했다.
111) 서른한 가지 : 당시 진사 급제자의 수를 말한다.

모두 살아 계실 때 계속해서 두 차례 과거를 주관했다. 당시 그의 부친 양오릉(楊於陵)이 낙양(洛陽)에서 장안(長安)으로 들어와 황제를 알현하게 되자, 양사복은 생도(生徒 : 신급제 진사)들을 이끌고 동관(潼關)에서 부친을 영접했다. 얼마 후에 신창리(新昌里)의 저택에서 크게 연회를 벌였는데, 양오릉과 집정관은 본채에 앉았고 제생(諸生 : 신급제 진사)들은 양쪽 곁채에 새가 날개를 펼친 듯이 늘어앉았다. 당시 원진(元稹)과 백거이(白居易)도 함께 그 자리에 있다가 모두 즉석에서 시를 지었다. 오직 형부시랑(刑部侍郎) 양여사(楊汝士)의 시만 늦게 완성되었는데, 원진과 백거이는 그 시를 보더니 크게 놀랐다. 그 시는 다음과 같았다.

"자리를 구분할 땐[112] 응당 어병(御屛)이 하사되어야 하니, 선한(仙翰)[113]을 모두 데리고 높은 하늘로 들어가네. 문장의 옛 명성은 난액(鸞掖)[114]에 남아 있고, 도리(桃李)[115]

---

112) 자리를 구분할 땐 : 벼슬의 지위가 서로 다른 관원이 함께 조회에 참석할 때 병풍으로 그 자리를 구분하는 것을 말한다. 어병격좌(御屛隔坐)라는 전고에서 비롯했다.

113) 선한(仙翰) : 본래는 봉황(鳳凰)을 뜻하지만, 여기서는 신급제 진사를 비유한다.

114) 난액(鸞掖) : 문하성(門下省)의 별칭으로, 난대(鸞臺)라고도 한다.

115) 도리(桃李) : 이끌어 준 후배나 가르친 제자를 비유한다.

의 새 그늘은 이정(鯉庭)116)에 있네. 두 해의 생도들이 축하 연회를 벌이니, 한때의 양사(良史)들이 모두 향기로운 명성을 전하네. 당년의 소부(疏傅 : 소광)117)가 비록 성대했다고 한들, 어찌 이 자리에서 녹령주(醁醽酒 : 맛좋은 술)에 취함만 하겠는가?"

양여사는 그날 크게 취해 집으로 돌아가서 자제들에게 말했다.

"내가 오늘 원진과 백거이를 눌러 버렸다!" 미 : 이 시로 어떻게 눌렀단 말인가?

開成五年, 李景讓中榜, 於時上在諒闇, 乃放新人遊宴, 率常雅飮. 詩人趙嘏以詩寄之曰 : "天上高高月桂叢, 分明三十一枝風. 滿懷春色向人動, 遮路亂花迎馬紅. 眉 : 意氣生動.

---

116) 이정(鯉庭) : 자식이 아버지의 가르침을 받는 것을 말한다. 공자(孔子)의 아들 공이(孔鯉)가 뜰을 지나가다가 공자를 만났는데, 공자가 그에게 《시》와 《예》를 공부했느냐고 묻자 공이가 물러나 《시》와 《예》를 공부했다고 한다. 《논어(論語)》〈계씨(季氏)〉에 나온다. 여기서는 양사복의 신창리 저택을 비유한다.

117) 소부(疏傅) : 소광(疏廣). 자는 중옹(仲翁). 한나라 선제(宣帝) 때 사람으로 일찍이 태자태부(太子太傅)를 지냈기에 "소부"라고 했다. 젊어서부터 학문을 좋아하고 《춘추(春秋)》에 뛰어났기에 집에서 가르침을 펼치자 원근의 사람들이 모두 그를 찾아와서 배웠다고 한다. 나중에 박사(博士)에 초징되었다.

鶴馭回飄雲雨外, 蘭亭不在管弦中. 居然自是前賢事, 何必青樓倚翠空?" 寶曆, 楊嗣復具慶下繼放兩榜. 時於陵自東洛入覲, 嗣復率生徒迎於潼關. 旣而大宴於新昌里第, 於陵與所執坐於正寢, 諸生翊坐於兩序. 時元·白俱在, 皆賦詩於席上. 唯刑部侍郎楊汝士詩後成, 元·白覽之失色. 詩曰: "隔座應須賜御屏, 盡將仙翰入高冥. 文章舊價留鸞掖, 桃李新陰在鯉庭. 再歲生徒陳賀宴, 一時良史盡傳馨. 當年疏傳[1]雖云盛, 詎有玆筵醉醲醽?" 汝士其日大醉, 歸來謂子弟曰: "我今日壓倒元·白!" 眉: 此詩何便壓倒?

* 이 고사는 《태평광기》 권178 〈공거·연집〉에 실려 있다.
1 전(傳): 《당척언》에는 "부(傅)"라 되어 있는데 타당하다.

30-10(0740) 선종

선종(宣宗)

출《노씨잡설》

[당나라] 선종은 진사 급제자를 매우 좋아했는데, 매번 조정 신하들에게 물어보아 과거 출신자가 있으면 반드시 크게 기뻐하면서 곧장 시험 본 시부(詩賦)의 제목과 주고관(主考官)의 성명을 물었다. 간혹 조금 뛰어난 인물이 우연히 급제하지 못하면 선종은 한참 동안 안타까워했다. 선종은 늘 조정에서 스스로 명함에 "향공진사(鄕貢進士) 이도룡(李道龍)[118]"이라고 적었다.

宣宗酷好進士及第, 每對朝臣問及有科名者, 必大喜, 便問所試詩賦題目及主司姓名. 或有人物稍好者, 偶不中第, 嘆惜移時. 常於內自題"鄕貢進士李道龍".

---

[118] 향공진사(鄕貢進士) 이도룡(李道龍) : '향공'은 학관(學館)의 시험을 거치지 않고 주현(州縣)의 추천으로 과거에 응시한 선비를 말한다. 선종은 진사를 몹시 선망해 금방(金榜 : 급제자 방문)에 이름을 올리지 못하는 것을 못내 한스러워했는데, 선종은 진짜 진사가 아니었으므로 "향공진사 이도룡"이라고 명함에 써서 신하에게 하사했다고 한다. '도룡'은 선종의 도호(道號)다.

* 이 고사는 《태평광기》 권182 〈공거·선종〉에 실려 있다.

30-11(0741) 두정현

두정현(杜正玄)

출《담빈록》

    수(隋)나라 인수(仁壽) 연간(601~604)에 두정현(杜正玄)·두정장(杜正藏)·두정륜(杜正倫)이 함께 수재(秀才)로서 과거에 급제했다. 수나라 때 진사에 급제한 이는 모두 10명이었는데, 두정륜 한집안에서 세 사람이 나왔다.

隋仁壽中, 杜正玄·正藏·正倫, 俱以秀才擢第. 隋代擧進士, 總一十人, 正倫一家三人.

*   이 고사는 《태평광기》 권179 〈공거·두정현〉에 실려 있다.

30-12(0742) 풍씨 · 장씨 · 양씨

풍씨 · 장씨 · 양씨(馮氏 · 張氏 · 楊氏)

출《전재》·《담빈록》·《척언》

　　풍숙(馮宿)의 세 아들인 풍도(馮陶) · 풍도(馮鞱) · 풍도(馮圖)는 형제가 여러 해를 잇달아 진사에 급제했고 잇달아 굉사과(宏詞科)119)에 등제했다. 한 시대 가문의 흥성함이 세상에서 비교할 데가 없었다. [당나라] 대화(大和) 연간(827~835) 초에 진사에 급제한 풍씨가 전국에 10명이었는데, 풍숙 집안의 형제와 숙질이 여덟 명이었다.

　　평 :《북몽쇄언(北夢瑣言)》을 살펴보니, 풍숙의 아들 풍조(馮藻)는 문장은 뛰어나지 않았지만 과거를 지나치게 좋아해서 이미 15번이나 응시했다. 알고 지내던 도사가 말하길, "내가 일찍이 입정(入靜)하고 살펴보았더니, 이 사람은 팔자에 과거의 명성은 없지만 관직은 있소"라고 했다. 풍조는 또한 그 말을 믿지 않았다. 그로부터 다시 10번을 응시해

---

119) 굉사과(宏詞科) : 당나라 때 제과(制科) 가운데 하나로 진사과 등의 상과(常科)와는 달리 특별 설치되었으며, 여기에 급제하면 높은 관직이 수여되었다.

이미 25번이나 응시했다. 그래서 친척들이 풍조에게 과거를 그만두고 일단 관직을 도모하라고 권유했더니 풍조가 말하길, "한평생 그 뜻을 이루지 못할 팔자라면 딱 다섯 번만 더 응시해 보겠소"라고 했다. 하지만 풍조는 뜻을 이루지 못하고 마침내 30번을 응시하고 나서야 비로소 벼슬길에 나아갔다. 그는 경감[卿監 : 광록경(光祿卿)과 소부감(少府監)]과 협목(峽牧 : 협주자사)을 지내고 기성[騎省 : 산기상시(散騎常侍)]으로 있다가 죽었다. 풍씨 가문의 과거 급제의 성대함에도 불구하고 풍조 혼자만 한 번 급제하기가 이처럼 어려웠으니, 진실로 운명이란 게 있도다!

장환(張環)의 형제 일곱 명은 모두 진사에 급제했다.

양경지(楊敬之)는 국자사업(國子司業)에 제수되고, 그의 둘째 아들 양대(楊戴)는 진사에 급제하고, 큰아들[양융(楊戎)]은 삼사과(三史科)[120]에 등제하자, 당시에 이를 "양삼희(楊三喜 : 양씨 가문의 세 가지 기쁜 일)"라고 불렀다.

馮宿之三子陶·韜·圖, 兄弟連年進士及第, 連年登宏詞

---

120) 삼사과(三史科) : 당나라 장경(長慶) 2년(822)에 설치된 과거 과목으로, 《사기(史記)》·《한서(漢書)》·《후한서(後漢書)》로 시험을 보았다.

科. 一時之盛, 代無比焉. 當大和初, 馮氏進士及第者, 海內十人, 而公家兄弟叔侄八人.

評 : 按《北夢瑣言》: 宿子藻文彩不高, 酷愛名第, 已十五擧. 有相識道士謂曰 : "某曾入靜觀之, 此生無名第, 但有官職也." 亦未之信. 更應十擧, 已二十五擧矣. 姻親勸令罷擧, 且謀官, 藻曰 : "譬如一生無成, 更誓五擧." 無成, 遂三十擧, 方就仕宦. 歷卿監·峽牧, 終於騎省. 以馮氏科第之盛, 而藻獨艱一擧如此, 信乎其有命矣!

張環兄弟七人, 並擧進士.

楊敬之拜國子司業, 次子載¹進士及第, 長子三史登科, 時號 "楊三喜".

* 이 고사는 《태평광기》 권180 〈공거·풍도(馮陶)〉, 권182 〈공거·풍조(馮藻)〉, 권180 〈공거·장환(張環)〉과 〈양삼희(楊三喜)〉에 실려 있다.

1 재(載) : 《당척언》과 《신당서》 권160 〈양빙전(楊憑傳)〉에는 "대(戴)"라 되어 있는데 타당한 것으로 보인다.

30-13(0743) 노악

노악(盧渥)

출《당궐사(唐闕史)》·《북몽쇄언》

　　당(唐)나라의 좌승상(左丞相) 노악은 높은 벼슬의 성대함이 근자에 비길 자가 없었다. 그의 형제 네 명은 모두 현달한 지위에 올랐다. 건부(乾符) 연간(874~879) 초에 모친상을 마치고 나자, 노악은 전 중서사인(中書舍人)에서 섬주관찰사(陝州觀察使)에 임명되었고, 열흘 뒤에는 그의 동생 노소(盧紹)가 전 장안현령(長安縣令)에서 급사중(給事中)에 제수되었으며, 또 열흘 뒤에는 동생 노항(盧沆)이 전 집현교리(集賢校理)에서 좌습유(左拾遺)에 제수되었고, 또 열흘 뒤에는 동생 노소(盧沼)가 경기 지역의 현위(縣尉)에서 감찰어사(監察御史)로 승진되었다. 임명 조서가 잇달아 도착하자 사족들은 이를 영화롭게 여겼다. 노악이 섬주로 부임하러 갈 때 거수(居守)와 분사(分司)[121] 이하의 조정 신하들

---

121) 거수(居守)와 분사(分司) : '거수'는 유수(留守)의 별칭이다. 낙양(洛陽)이나 행도(行都)에 설치되었던 비상설직으로, 대부분 지방 장관이 겸임했다. '분사'는 조정의 관원 중 동도 낙양에서 직무를 수행하던 사람으로, 시어사(侍御史)의 분사를 제외하고는 실제적인 직권이 없는

이 서로 전별연을 마련하느라 가는 길을 막았고, 낙양성이 이 때문에 텅 비었다. 도성의 구경꾼이 임도역(臨都驛)에서부터 행렬을 이루어 50리에 걸쳐 끊이지 않고 계속 이어졌다. 수염이 허연 역졸(驛卒)이 손가락을 튕기며 감탄했다.

"이 늙은이가 50년 가까이 역리를 지내면서 많은 일을 보아 왔지만, 이처럼 성대한 전별연은 본 적이 없다!"

당시 선비들은 사석에서 이 일을 말하면서 이날 집에 있었던 사람들을 부끄럽게 만들었다.

비록 노씨 가문은 대단한 명문세족이었지만 여러 대에 걸쳐 지공거(知貢擧)가 나오지 않았기 때문에 재상 노휴(盧携)가 이를 부끄럽게 생각했다. 노악이 섬주염찰사(陝州廉察使)로 있다가 입조해서 주고관(主考官)으로 특별히 선발되었는데, 그해 가을에 황건적(黃巾賊)이 궁궐을 침범하는 바람에 종장(終場) 시험을 주관하지 못했다. 나중에 도성을 수복하고 나서 배지(裴贄)가 연달아 세 번이나 지공거를 맡게 되자, 노악은 몹시 부러워하는 기색이었다. 그래서 조숭(趙崇)이 그를 놀리며 말했다.

"각하(閣下: 노악)는 이른바 '태어났지만 자라지 못한 주고관'이시군요!"

일종의 명예직이었다.

唐左丞相盧渥, 軒冕之盛, 近代無比. 伯仲四人, 咸居顯列. 乾符初, 母憂服闋, 渥自前中書舍人拜陝府觀察使, 又旬日, 其弟紹自前長安令除給事中, 又旬日, 弟沈自前集賢校理除左拾遺, 又旬日, 弟沼自畿尉遷監察御史. 詔書疊至, 士族榮之. 及赴任, 自居守·分司朝臣以下, 互設祖筵, 遮於行路, 洛城爲之一空. 都人觀者, 自臨都驛以至於行, 凡五十里, 連翩不絶. 有白鬚傳卒, 鳴指嘆曰: "老人爲驛吏垂五十年, 閱事多矣, 未見祖送之盛有如此者!" 時士流竊語, 以此日在家者爲恥.

雖盧氏衣冠之盛, 而累代未嘗知擧, 盧相携恥之. 盧渥自陝州廉察入朝, 特拔爲主文, 是年秋, 黃寇犯闕, 不及終場. 迨復京都, 裴贄連知三擧, 渥有羨色. 趙崇戲之曰: "閣下所謂'出腹不生養主司'也!"

* 이 고사는 《태평광기》 권200 〈문장·노악〉과 권182 〈공거·노악〉에 실려 있다.

30-14(0744) 최군

최군(崔群)

출《독이지》

　　최군은 [당나라] 원화(元和) 연간(806~820)에 지공거(知貢擧)가 되었다. 그의 부인 이씨(李氏)가 한가한 틈에 한번은 그에게 장원과 전답을 마련해 자손들의 재산 밑천으로 삼게 하라고 권했다. 그러자 최군이 웃으며 말했다.

　　"나에게는 30곳이나 되는 훌륭한 장원이 있는데 부인은 무엇을 걱정하시오?"

　　부인이 말했다.

　　"당신에게 그런 재산이 있다는 소리는 듣지 못했습니다."

　　최군이 말했다.

　　"내가 지난해 춘시(春試)에서 30명을 진사로 급제시켰으니, 이들이 어찌 좋은 전답이 아니겠소?"

　　부인이 말했다.

　　"만약 그렇다면, 당신은 재상 육지(陸贄)의 문하생이 아닙니까?"

　　최군이 말했다.

　　"그렇소."

　　부인이 말했다.

"예전에 당신은 문병(文柄)을 관장했을 때, 사람을 시켜 그의 아들 육간례(陸簡禮)를 제약해 시험에 응시하지 못하게 했으니, 만약 당신이 그의 좋은 전답이라면 바로 육씨의 장원 하나가 황폐해진 것입니다."

최군은 부끄러워하면서 물러가 며칠 동안 식사도 하지 않았다.

崔群, 元和中知貢擧. 夫人李氏因暇, 嘗勸樹莊田, 以爲子孫之業. 笑曰 : "予有三十所美莊, 夫人何憂?" 夫人曰 : "不聞君有此業." 群曰 : "吾前歲放春榜三十人, 豈非良田耶?" 夫人曰 : "若然者, 君非陸贄相門生乎?" 曰 : "然." 夫人曰 : "往年君掌文柄, 使人約其子簡禮, 不令就試, 如以君爲良田, 卽陸氏一莊荒矣." 群慚而退, 累日不食.

* 이 고사는 《태평광기》 권181 〈공거 · 최군〉에 실려 있다.

30-15(0745) 잠분

잠분(湛賁)

출《척언》

팽항(彭伉)과 잠분은 모두 원주(袁州) 의춘(宜春) 사람으로, 팽항의 부인은 바로 잠분의 부인과 자매였다. 팽항이 진사에 급제했을 때 잠분은 여전히 현의 하급 관리로 있었다. 처가의 친족들이 팽항을 위해 축하 잔치를 열어 주었는데, 모두 이름난 명사와 관리들이 참석한 자리에서 팽항은 빈객의 상석에 앉아 온 좌중의 흠모를 받았다. 잠분이 도착하자 그에게 후원에서 식사하라고 했지만 잠분은 꺼리는 기색이 없었다. 그러자 잠분의 부인이 화를 내며 그를 꾸짖어 말했다.

"남자가 스스로 힘써 노력하지 못해 이런 치욕을 당하니, 더 이상 어찌 얼굴을 들고 다닌단 말입니까?"

잠분은 이 말에 느낀 바가 있어 열심히 학업을 연마한 끝에 몇 년 지나지 않아 단번에 과거에 급제했다. 팽항은 늘 잠분을 업신여겼는데, 그때도 팽항이 한창 나귀를 타고 교외에서 마음껏 노닐고 있을 때 갑자기 동복이 달려와서 알렸다.

"잠랑(湛郞 : 잠분)께서 급제하셨습니다!"

팽항은 엉겁결에 소리를 지르며 나귀에서 떨어졌다. 그래서 원주 사람들이 그를 놀려 말했다.

"잠분이 급제하니 팽항이 나귀에서 떨어졌다네."

彭伉·湛賁, 俱袁州宜春人, 伉妻卽湛姨也. 伉擧進士擢第, 湛猶爲縣吏. 妻族爲置賀宴, 皆官人名士, 伉居客之右, 一座盡傾. 湛至, 命飯於後閣, 湛無難色. 其妻忿然責之曰:"男子不能自勵, 窘辱如此, 復何爲容?" 湛感其言, 孜孜學業, 未數載一擧登第. 伉常侮之, 其時伉方跨驢縱遊於郊郭, 忽有家僮馳報:"湛郎及第!" 伉失聲而墜. 故袁人謔曰:"湛賁及第, 彭伉落驢."

* 이 고사는 《태평광기》 권180 〈공거·잠분〉에 실려 있다.

30-16(0746) 조종

조종(趙琮)

출《옥천자(玉泉子)》

 조종의 장인은 종릉대장(鍾陵大將)으로 있었다. 조종은 오랫동안 과거에 응시했지만[122] 급제하지 못해서 아주 궁핍하게 살았다. 처가의 친족들이 그를 더욱 업신여기자 그의 장인과 장모도 그러지 않을 수 없었다. 하루는 군중(軍中)에서 성대한 연회가 열렸는데, 온갖 놀이가 모두 펼쳐졌기에 대장의 집에서도 가솔들을 데리고 가서 차양을 치고 구경했다. 조종의 부인은 비록 빈곤했지만 가지 않을 수 없었는데, 그녀가 입고 있던 옷이 오래되고 낡았기에 모두들 휘장을 치고 그녀를 멀리했다. 연회가 한창 무르익었을 때 염찰사(廉察使)가 갑자기 급히 관리를 보내 대장을 부르자 대장은 놀라고 두려워했다. 대장이 도착하자 염찰사는 청사로 나와 손에 서찰 한 통을 들고 웃으면서 곧장 들고 있던 서

---

[122] 과거에 응시했지만 : 원문은 "수계(隨計)". '수계'는 계리(計吏)를 따라간다는 뜻으로, 해시(解試)의 합격자가 계리를 따라 도성으로 가서 예부(禮部)에서 주관하는 시험에 참가하는 것을 말한다. 나중에는 과거 시험을 보러 도성으로 간다는 뜻으로 쓰였다.

찰을 주었는데, 다름 아닌 급제 방문이었다. 대장은 급제 방문을 가지고 황급히 돌아와서 소리쳤다.

"조랑(趙郎 : 조종)이 급제했다!"

그러자 처가의 친족들은 즉시 휘장을 치우고 조종의 처와 자리를 함께하면서 다투어 비녀와 옷을 축하 선물로 주었다. 미 : 한 편의 절묘한 전기(傳奇)다.

趙琮妻父爲鍾陵大將. 琮以久隨計不第, 窮悴甚. 妻族益相薄, 雖妻父母不能不然也. 一日, 軍中高會, 百戲俱集, 大將家相率列棚以觀之. 其妻雖貧, 不能無往, 然所服故弊, 衆以帷隔絶之. 宴方酣, 廉使忽馳吏呼將, 將驚且懼. 旣至, 廉使臨軒, 手持一書笑矣, 卽授所持書, 乃榜也. 將遽以榜奔歸, 呼曰 : "趙郎及第矣!" 妻之族卽撤去帷障, 相與同席, 竟¹以簪服而慶遺焉. 眉 : 絶妙一出傳奇.

* 이 고사는 《태평광기》 권182 〈공거・조종〉에 실려 있다.
1 경(竟) : 《태평광기》에는 "경(競)"이라 되어 있는데, 문맥상 보다 타당하다.

30-17(0747) 이고의 딸

이고녀(李翱女)

출《서정시(抒情詩)》

이고가 강회군수(江淮郡守)로 있을 때 진사 노저(盧儲)가 투권(投卷)하자, 이고는 그를 예우하고 그의 문장을 안석 사이에 놓아둔 뒤 일을 보러 밖으로 나갔다. 이고의 큰딸은 당시 계년(笄年)123)이었는데, 영각(鈴閣)124) 앞을 한가로이 거닐다가 노저의 문장을 보고 서너 번 곰곰이 음미한 뒤 어린 하녀에게 말했다.

"이 사람은 틀림없이 장원 급제할 것이다." 미 : 딸이 인물을 볼 줄 안다.

이고는 그 일을 듣고 딸의 말을 매우 남달리 여겼다. 그래서 속관을 역참의 객사로 보내 노저에게 그 일을 자세히 말해 주고 그를 사위로 삼겠다는 뜻을 전하게 했다. 이듬해에 노저는 과연 장원 급제했으며, 관시(關試)125)에 통과하

---

123) 계년(笄年) : 여자가 계례(笄禮)를 올릴 나이. 즉, 열다섯 살을 말한다.

124) 영각(鈴閣) : 장수가 거처하는 곳. 여기서는 이고의 거처를 말한다.

자마자 곧바로 가례(嘉禮)를 올리면서 다음과 같은 〈최장시(催粧詩)〉를 지었다.

"작년에 옥경(玉京 : 장안)으로 가서 노닐 때, 제일 먼저 선인(仙人 : 부인을 비유함)께서 장원을 허락하셨네. 오늘 다행히 진진(秦晉)의 만남[126]을 이루었으니, 난새와 봉황[부인을 비유함]은 어서 빨리 장루(粧樓 : 규방)에서 나오세요."

李翺江淮典郡, 有進士盧儲投卷, 翺禮待之, 置文卷几案間, 因出視事. 長女及笄, 閑步鈴閣前, 見文卷, 尋繹數四, 謂小靑衣曰: "此人必爲狀頭." 眉 : 女鑒. 李聞之, 深異其語. 乃令賓佐至郵舍, 具白於盧, 選以爲壻, 來年果狀頭及第, 才過關試, 徑赴嘉禮, 〈催妝詩〉曰: "昔年將去玉京遊, 第一仙人許狀頭. 今日幸爲秦晉會, 早敎鸞鳳下妝樓."

* 이 고사는 《태평광기》 권181 〈공거·이고녀〉에 실려 있다.

125) 관시(關試) : 과거에 급제한 사람이 다시 이부(吏部)에서 보는 시험.
126) 진진(秦晉)의 만남 : 혼인을 하는 친밀한 관계. 춘추 시대에 진(秦)나라와 진(晉)나라가 대대로 혼인을 맺어 친밀한 관계를 유지한 데서 나온 말이다.

30-18(0748) 이요

이요(李堯)

출《척언》

　　이요는 진사에 급제했을 때 기거연(起居宴: 집에서 마련한 연회)이 다가오는데도 장맛비가 그치지 않자, 사람을 보내 기름 장막을 빌려다 펼쳤다. 이요 선친의 옛집은 승평리(升平里)에 있었는데, 모두 700민(緡: 1민은 1000냥)의 돈을 들여서 집에서 큰길까지 쭉 이어서 1리 남짓에 걸쳐 기름 장막을 펼쳤다. 수레를 모는 마부들이 1000여 명이 넘었으며 말과 수레가 마을 입구를 가득 메웠는데, 오가는 사람 가운데 비에 젖은 자가 없었으며 금칠한 벽이 밝게 빛나 색다른 아름다운 운치가 있었다. 이요는 당시 승상(丞相) 위보형(韋保衡)의 위임을 받고 정사에 관여하고 있었으며 "이팔랑(李八郞)"이라 불렸다. 그의 부인은 또한 남해(南海) 사람 위주(韋宙)의 딸이었는데, 늘 위주가 그에게 보내 준 황금과 비단은 헤아릴 수 없을 정도였다.

李堯及第, 俯逼起居宴, 霖雨不止, 因遣賃油幕以張之. 堯先人舊廬升平里, 凡用錢七百緡, 自所居連亙通衢, 迨一里餘. 參御輩不啻千餘人, 轎馬車輿, 闐咽門巷, 來往無有沾濕者, 而金壁照耀, 別有嘉致. 堯時爲丞相韋保衡所委, 干預政事,號爲“李八郎”. 其妻又南海韋宙女, 恒資之金帛, 不可勝紀.

* 이 고사는 《태평광기》 권183 〈공거·이요〉에 실려 있다.

30-19(0749) 정창도

정창도(鄭昌圖)

출《옥당한화》

　시랑(侍郎) 정창도가 과거에 응시했을 때, 같은 마을에 살던 친척의 하인이 낙경(洛京 : 낙양)을 지나다가 곡수점(穀水店) 근처에서 서쪽에서 오던, 누런 옷 입은 사자 두 명을 만나 마침내 그들과 동행했다. 화악묘(華岳廟) 앞에 이르러 누런 옷 입은 두 사자가 그 하인과 작별하면서 말했다.

"그대 집안의 낭군 가운데 진사에 응시한 사람이 있소?"

하인이 말했다.

"제 주인 나리는 벼슬이 이미 높습니다."

사자가 또 물었다.

"그럼 친척 집안의 자제 중에는 없소?"

하인이 말했다.

"있습니다."

사자가 말했다.

"우리 두 사람은 올해 급제자 방문을 전하는 사자요. 태산(泰山)에서 금천(金天 : 화산)[127]까지 오는 길에 다행히 그대를 만난 것이오."

하인이 그 방문을 슬쩍 보여 달라고 청했더니 사자가 말했다.

"안 되오. 그대는 그저 이것만 기억하시오."

그러고는 땅에 획을 그으면서 말했다.

"올해 장원의 성은 편방에 우부방(阝)이 있고 이름이 두 글자이며 두 번째 글자는 큰입구몸(囗) 안에 들어 있소. 마지막 급제자의 성은 편방에 역시 우부방(阝)이 있고 이름이 두 글자이며 두 번째 글자 역시 큰입구몸(囗) 안에 들어 있소. 잘 기억하시오, 잘 기억하시오."

그러고는 떠났다. 정 공(鄭公 : 정창도)의 친척은 이 일을 자못 기이하다고 여겨 마침내 정창도를 찾아가서 이 일을 자세히 이야기해 주면서 과거에 응시하라고 권했다. 정창도는 그해에 장원으로 급제했고 마지막 급제자는 추희회(鄒希回)였으니, 성명의 획이 [누런 옷 입은 사자가 일러 준 것과] 모두 일치했다.

鄭侍郞昌圖應擧時, 同里有親表家僕過洛京, 於穀水店邊逢見二黃衣使人西來, 遂與同行. 至華岳廟前, 二黃衣使與此僕告別, 謂曰 : "君家郞君應進士擧否?" 僕曰 : "我郞主官已高." 又問 : "莫有親戚家兒郞?" 曰 : "有." 使人曰 : "吾二人乃

---

127) 금천(金天) : 화악신의 이름. 당나라 선천(先天) 2년(713)에 화악신을 금천왕(金天王)에 봉했다. 여기서는 화산(華山)을 가리킨다.

是今年送榜之使也. 自泰山來到金天處, 子幸相遇." 僕遂請竊窺其榜, 使者曰 : "不可. 汝但記之." 遂畫其地曰 : "此年狀頭姓, 偏傍有阝, 名兩字, 下一字在口中. 榜尾之人姓, 偏傍亦有此阝, 名兩字, 下一字亦在口中. 記之, 記之." 遂去. 鄭公親表頗異其事, 遂訪鄭, 具話之, 且勉以就試. 昌圖其年狀頭及第, 榜尾鄒希回也, 姓名**畫**點皆同.

* 이 고사는 《태평광기》 권183 〈공거 · 정창도〉에 실려 있다.

30-20(0750) 소장과 황우

소장 · 황우(蘇張 · 瑝嵎)

출《척언》 출《북몽쇄언》

[당나라] 대화(大和) 연간(827~835)에 소경윤(蘇景胤)과 장원부(張元夫)는 문장의 주인이었고, 양여사(楊汝士)와 그의 동생 양우경(楊虞卿)과 양한공(楊漢公)은 이전부터 문단의 모범이었다. 그래서 후진들이 서로 말했다.

"과장(科場)에 들어가려면 먼저 소(蘇)와 장(張)에게 물어보아야 하며, 소와 장이 좋다고 하더라도 삼양(三楊)이 우릴 죽일 수 있다."

대중(大中) 연간(847~860)과 함통(咸通) 연간(860~874)에 태평방(太平坊)의 왕숭(王崇)과 두현(竇賢) 두 집안은 모두 과거 시험 과목 안내[128]로 먹고살았는데, 그것으로 후진들을 출세시키거나 몰락시킬 수 있었다. 그래서 각 과목에 응시하는 거인(擧人)들이 서로 말했다.

"아직 왕(王)과 두(竇)를 만나 보지 않았다면 과장에 가

---

[128] 과거 시험 과목 안내 : 당나라 때는 과거 시험 과목이 매우 번다해서 이에 대한 전문적인 정보를 제공하고 시험 준비를 도와주는 일을 직업으로 하는 사람이 있었다.

봤자 헛수고다."

대중 연간 후에는 진사 시험 응시자가 더욱 많아졌다. 당시 거자(擧子 : 거인)들은 봉정경(封定卿)과 정무규(丁茂珪)와 교유해야만 반드시 먼저 급제할 수 있었는데, 이 두 사람은 각각 20번을 응시한 끝에 비로소 급제해 이름을 이루었다. 그런데도 어찌하여 과거에 합격하고 탈락하는 것이 그들에게 달려 있었는가? 그 전에 이도(李都)·최옹(崔雍)·손황(孫瑝)·정우(鄭嵎) 이 네 군자가 모두 그들의 은혜를 입어 승진했기 때문이다. 그래서 사람들이 이렇게 말했다.

"운수가 형통하고 싶거든 황·우·도·옹에게 물어라."

大和中, 蘇景胤·張元夫爲詞翰主人, 楊汝士與弟虞卿及漢公, 先爲文林表式. 故後進相謂曰:"欲入擧場, 先問蘇·張, 蘇·張猶可, 三楊殺我." 大中·咸通中, 太平王崇·寶賢二家, 率以科目爲資, 足以升沉後進. 故科目擧人相謂曰:"未見王·寶, 徒勞謾走."
大中後, 進士尤盛. 封定卿·丁茂珪, 擧子與其交者, 必先登第, 而二公各二十擧方成名. 何進退之相懸也? 先是李都·崔雍·孫瑝·鄭嵎四君子, 蒙其眄睞者因是進升. 故曰:"欲得命通, 問瑝·嵎·都·雍."

* 이 고사는 《태평광기》 권181 〈공거·소경윤(蘇景胤)장원부(張元夫)〉와 권182 〈공거·봉정경(封定卿)〉에 실려 있다.

30-21(0751) 교이

교이(喬彝)

출《유한고취》

 교이가 경조부(京兆府)에서 해시(解試)를 볼 때, 정오가 되어서야 과장 문을 두드리자 시관(試官)이 그를 들이게 했는데, 그는 이미 술에 취해 있었다. 교이는 시제(試題)가 〈유란부(幽蘭賦)〉인 것을 보더니, 지으려 하지 않으며 말했다.

 "속히 시제를 바꿔 주시오."

 결국 시제를 〈악와마부(渥洼馬賦)〉[129]로 바꾸자 교이가 말했다.

 "이거면 됐소."

 그러고는 붓을 휘둘러 단숨에 부를 완성했는데, 그 경구(警句)는 다음과 같았다.

 "네 발굽으로 흰 비단 끄니[130] 한해(瀚海 : 고비 사막)의

---

129) 〈악와마부(渥洼馬賦)〉: '악와'는 물 이름으로, 지금의 간쑤성(甘肅省) 안시현(安西縣) 경계에 있는데, 전설 속 신마(神馬)가 나는 곳이라고 한다. 악와마는 악와에서 나는 말로, 준마의 뜻으로 사용된다.

130) 흰 비단 끄니: 원문은 "예련(曳練)". 말이 달리면서 일으키는 모래

모래 파도 놀라 뒤집어지고, 한 번 투레질로 바람 일으키니 상산(湘山)의 낙엽 어지러이 떨어지네."

경조윤(京兆尹)이 말했다.

"교이는 지나치게 뽐내며 자신을 과시하니, 해부(解副 : 해시의 차석)로 추천하는 것이 좋겠다."

喬彝, 京兆府解試時, 日午扣門, 試官令引入, 則已醺醉. 視題曰〈幽蘭賦〉, 彝不肯作, 曰 : "速改之." 遂改〈渥洼馬賦〉, 曰 : "此可矣." 奮筆斯須而成, 警句云 : "四蹄曳練, 翻瀚海之驚瀾, 一噴生風, 下湘山之亂葉." 京兆曰 : "喬彝崢嶸甚, 以解副薦之可也."

* 이 고사는《태평광기》권179〈공거·교이〉에 실려 있다.

먼지가 마치 흰 비단이 끌리는 듯하다는 뜻이다.

30-22(0752) 이정

이정(李程)

출《척언》

이정은 [당나라] 정원(貞元) 연간(785~805)에 〈일오색부(日五色賦)〉로 시험을 치렀다. 양오릉(楊於陵)이 관서에서 숙직하고 집으로 돌아가다가 관서 앞에서 이정을 만나, 그에게 시험에 대해 물었더니 이정이 가죽신 속에서 자신이 지은 부(賦)의 원고를 꺼내 보여 주었는데, 그 파제(破題)[131]에서 "덕은 하늘의 거울을 감동시키고, 상서로움은 태양의 빛을 열었네"라고 했다. 양오릉은 그것을 읽어 보고 나서 이정에게 말했다.

"공은 올해에 응당 장원이 될 것이오."

하지만 다음 날 잡문시(雜文試)의 합격자를 발표했을 때 이정의 이름이 없었다. 양오릉은 몹시 불평하면서 옛 책자의 끝에 이정의 원고를 깨끗이 베껴 쓰고 그의 성명을 비워

---

[131] 파제(破題) : 당송대 과거 시험에서 시부(詩賦)와 경의(經義)의 처음 시작 부분. 반드시 몇 구절로 제목의 핵심 뜻을 설명해야 한다. 나중에 명청대 팔고문(八股文)의 처음 두 구절도 '파제'라고 해서 일종의 고정된 격식이 되었다.

둔 채, 그것을 가지고 주고관(主考官)을 찾아가서 조용히 그를 속이며 말했다.

"시랑(侍郞)께서는 어찌하여 옛 제목을 내셨습니까?"

주고관이 그러지 않았다고 말하자 양오릉이 말했다.

"제목뿐만이 아니라 이전에 어떤 사람이 지은 부에서 사용한 운각(韻脚)과도 똑같습니다."

주고관은 깜짝 놀랐다. 이에 양오릉이 이정의 부를 꺼내 보여 주었더니, 주고관이 감탄하며 칭찬해 마지않았다. 이어서 양오릉이 말했다

"이번 과장에서 만약 이 부를 지은 사람이 있다면 시랑께서는 어떻게 대우하시겠습니까?"

주고관이 말했다.

"없다면 그만이지만 있다면 장원으로 뽑지 않으면 안 되지요."

양오릉이 말했다.

"만약 그러시다면 시랑께서는 이미 현재(賢才)를 잃어버린 것이니, 이건 바로 이정이 지은 것입니다."

주고관은 급히 이정이 제출한 답안지를 가져오게 해서 대조해 보았더니 한 글자도 틀림이 없었다. 주고관은 면전에서 양오릉에게 감사를 표하고 양오릉과 상의해서 이정을 장원으로 선발했으며, 이전의 방문은 다시 거둬들이지 않았다. 협 : 혹은 발표한 방문을 다시 거둬들였다고도 한다. 이정이 나

중에 대량(大梁)을 진수하고 있을 때, 호허주(浩虛舟)가 굉사과(宏詞科)에 응시하면서 다시 이 시제(試題)로 부를 지었다는 소식을 듣자, 호허주가 자기보다 뛰어날까 봐 자못 염려해 급히 사람을 보내 그의 원고를 가져오게 했다. 원고가 도착하고 나서 개봉할 때까지만 해도 이정은 여전히 걱정하는 기색이었는데, 호허주의 부의 파제(破題)에서 "아름다운 태양은 찬란히 빛나고, 그 속에 상서로운 빛이 서려 있네"라고 한 것을 보더니, 이정은 기뻐하며 말했다.

"나 이정이 건재하구나!"

李程 貞元中試〈日五色賦〉. 楊於陵省宿歸第, 遇程於省司, 詢其所試, 程探靴勒中, 得賦稿示之, 其破題曰: "德動天鑒, 祥開日華." 於陵覽之, 謂程曰: "公今須作狀元." 翌日, 雜文無名. 於陵深不平, 乃於故冊子末繕寫, 而斥其名氏, 携以詣主文, 從容紿之曰: "侍郎奈何用舊題?" 主文辭以非也, 於陵曰: "不止題目, 向有人賦此, 韻脚亦同." 主文大驚. 於陵乃出程賦示之, 主文嘆賞不已. 於陵曰: "當今場中若有此賦, 侍郎何以待之?" 主文曰: "無則已, 有則非狀元不可." 於陵曰: "苟如此, 侍郎已遺賢矣, 此乃李程所作." 亟命取程所納而對, 不差一字. 主文因面致謝, 謀之於陵, 於是擢爲狀元, 前榜不復收矣. 夾: 或云出牓重收. 程後出鎭大梁, 聞浩虛舟應宏詞, 復賦此題, 頗慮浩逾於己, 專馳一介取原本. 旣至, 將啓緘, 尙有憂色, 及睹浩破題云: "麗日焜煌, 中含瑞光." 程喜曰: "李程在裏!"

* 이 고사는 《태평광기》 권180 〈공거·이정〉에 실려 있다.

30-23(0753) 고식과 공승억

고식 · 공승억(高湜 · 公乘億)

출《척언》

[당나라] 함통(咸通) 12년(871)에 예부시랑(禮部侍郞) 고식이 지공거(知貢擧)가 되었다. 그해의 급제자 중 외롭고 가난한 자 가운데 공승억은 300수의 시를 지었으며, 많은 사람들이 그들의 시를 벽에 써 놓았다. 허당(許棠)의 〈동정시(洞庭詩)〉는 특히 뛰어났으므로 당시 사람들은 그를 "허동정(許洞庭)"이라 불렀다. 가장 뛰어났던 섭이중(聶夷中)은 젊어서 가난하고 곤궁했으며 고체시(古體詩)에 정통했는데, 그의 〈공자가시(公子家詩)〉는 다음과 같다.

"서원(西園)에 가득 꽃을 심었더니, 피어난 꽃은 미녀가 속삭이는 듯하네. 꽃 아래에 자라난 벼 한 포기, 잡초라 여기고 뽑아 버리네."

또 〈영전가시(咏田家詩)〉는 다음과 같다.

"아버지는 들판의 밭을 갈고, 아들은 산 아래의 황무지를 일구네. 유월이라 아직 벼 이삭도 패지 않았는데, 관가에서는 벌써 곡창을 수리하네."

또 다음과 같은 시를 지었다.

"밭을 매다 보니 정오가 되어, 땀방울이 벼 아래 땅으로 떨어지네. 누가 생각하리오 소반에 담긴 밥이, 알알이 모두 괴로움인 것을."

또 다음과 같은 시를 지었다.

"이월엔 새로 자은 실을 팔고, 오월엔 새로 거둔 곡식을 파네. 눈앞의 부스럼을 치료하고 나면, 다시 마음속의 살점을 도려내네. 나는 바라노니 임금님의 마음이, 밝디밝은 촛불처럼 빛났으면. 부잣집 연회는 비추지 말고, 버려지고 가난한 집만 비췄으면."

이른바 말은 쉽지만 뜻은 심원하니 《삼백편(三百篇 : 시경)》의 요지에 부합한다.

평 : 이신(李紳)이 시를 지어, "봄에 조 한 톨을 심으니, 가을에 만 개의 알곡이 열렸네. 천하에 노는 밭이 없는데, 농부는 오히려 굶어 죽는구나"라고 했으며, 또 "벼를 매다 보니 정오가 되어, 땀방울이 벼 아래 땅으로 떨어지네. 누가 알리오 소반에 담긴 밥이, 알알이 모두 괴로움인 것을"이라고 했다. 여온(呂溫)이 그의 시를 읽고 이르길, "이 사람은 반드시 경상(卿相)이 될 것이다"라고 했다. [위의 섭이중의 시와] 시의 뜻이 대략 같다.

공승억은 위주(魏州) 사람으로 사부(詞賦)로 유명했다. 그는 함통 13년(872)까지 거의 30번이나 과거를 치렀다. 한

번은 공승억이 큰 병을 앓았는데, 동향 사람이 그가 이미 죽었다고 잘못 전하는 바람에 그의 아내가 시신을 거두려고 하북(河北)에서 도성으로 왔다. 그때는 부부가 이별한 지 이미 10여 년이 흘렀다. 마침 공승억은 손님을 전송하려고 언덕 아래까지 갔다가 말 위에서 한 부인을 보았는데, 거친 상복을 입고 나귀를 타고 가는 것이 어렴풋이 자기 아내와 비슷하다고 생각해서 그녀를 계속 쳐다보았다. 그의 아내도 그렇게 했다. 그래서 공승억이 사람을 시켜 물어보았더니 과연 공승억의 아내였다. 두 사람이 서로 부여잡고 울자 길을 가던 사람들이 모두 탄식했다. 열흘 후에 공승억은 과거에 급제했다.

咸通十二年, 禮部侍郞高湜知擧. 榜內孤貧者, 公乘億有賦三百首, 人多書於壁. 許棠有〈洞庭詩〉, 尤工, 時人謂之"許洞庭". 最者有聶夷中, 少貧苦, 精於古體, 有〈公子家詩〉云: "種花滿西園, 花發靑樓道. 花下一禾生, 去之爲惡草." 又〈詠田家詩〉云: "父耕原上田, 子劚山下荒. 六月禾未秀, 官家已修倉." 又云: "鉏田當日午, 汗滴禾下土. 誰念盤中飱, 粒粒皆辛苦." 又云: "二月賣新絲, 五月糶¹新穀. 醫得眼前瘡, 剜卻心頭肉. 我願君王心, 化爲光明燭. 不照綺羅筵, 祇照逃亡屋." 所謂言近意遠, 合《三百篇》之旨也.
評: 李紳有詩云: "春種一粒粟, 秋成萬顆子. 四海無閑田, 農夫猶餓死." "鋤禾日當午, 汗滴禾下土. 誰知盤中餐, 粒粒皆辛苦." 呂溫覽之云: "斯人必爲卿相." 詩意略同.
公乘億, 魏人也, 以詞賦著名. 咸通十三年, 垂三十擧矣. 嘗大病, 鄕人誤傳已死, 其妻自河北來迎喪. 時闊別已十餘歲.
會億送客至坡下, 在馬上見一婦人, 粗縗跨驢, 依稀與妻類,
因睨之不已. 妻亦如是. 乃令人詰之, 果億內子. 與之相持
而泣, 路人嘆異. 後旬日, 億登第.

* 이 고사는 《태평광기》 권183 〈공거·고식〉과 〈공승억〉, 권170 〈지인·여온(呂溫)〉에 실려 있다.
1 적(糴) : 《태평광기》에는 "조(糶)"라 되어 있는데, 문맥상 타당하다.

30-24(0754) 설보손

설보손(薛保遜)

출《척언》

    설보손은 장편 대작을 짓길 좋아해 스스로를 "금강저(金剛杵)"132)라 불렀다. [당나라] 대화(大和) 연간(827∼835)에 과거에 응시한 거인(擧人)이 1000여 명을 밑돌지 않았는데, 공경 대신의 집에는 그들이 보낸 시문의 두루마리가 쌓여 있었다. 그 두루마리는 문지기나 행랑어멈이 바꿔서 등촉 기름의 비용으로 충당했기에 이렇게 말했다.

    "설보손의 두루마리 같으면 그 값이 보통 것보다 배나 나가지요."

薛保遜好行巨編, 自號"金剛杵". 大和中, 貢士不下千餘人, 公卿之門, 卷軸塡委. 爲閽媼脂燭之費, 因曰:"若薛保遜卷, 卽所得倍於常也."

---

132) 금강저(金剛杵) : 승려가 수도할 때 쓰는 법구(法具)의 하나. 본래는 옛 인도의 무기였다. 밀교(密敎)에서 번뇌를 깨뜨리는 보리심을 뜻하므로, 이를 갖지 않으면 불도 수행을 완성하기 어렵다고 한다. 쇠나 구리로 만드는데, 그 양끝의 가지 모양에 따라 독고(獨鈷)·삼고(三鈷)·오고(五鈷)가 있다.

* 이 고사는 《태평광기》 권181 〈공거·설보손〉에 실려 있다.

30-25(0755) 상곤

상곤(常袞)

출《구양첨애사서(歐陽詹哀詞叙)》

　당(唐)나라 덕종(德宗) 초에 재상 상곤은 복건관찰사(福建觀察使)로 있었다. 상곤은 문장으로 이름이 알려졌는데, 향촌에서 글공부에 뛰어나고 글을 잘 짓는 사람이 있으면 친히 주객의 예를 베풀었고, 유람이나 연회가 있을 때면 반드시 불러서 함께했다. 얼마 지나지 않아 고을의 인심이 한결같이 풍요로워졌다. 당시에 구양첨(歐陽詹)이 유달리 뛰어나서 상곤이 그를 아끼고 공경하자 여러 서생들도 그를 추앙했다. 민월(閩越) 사람으로서 진사에 급제한 것은 구양첨으로부터 시작되었다.

唐德宗初, 宰相常袞爲福建觀察使. 袞以辭進, 鄕縣小民有能讀書作文辭者, 親與爲主客之禮, 觀遊宴饗, 必召與之. 未幾, 翕然皆化. 於時歐陽詹秀出, 袞加敬愛, 諸生皆推服. 閩越之人擧進士, 繇詹始也.

* 이 고사는 《태평광기》 권180 〈공거 · 상곤〉에 실려 있다.

30-26(0756) 유태

유태(劉蛻)

출《척언》

형남(荊南)의 해비(解比)133)는 "천황(天荒)"134)이라 불렸다. [당나라] 대중(大中) 4년(850)에 유태가 형남부의 해시(解試)에서 급제했는데, 당시 형남절도사로 있던 최현(崔鉉)이 파천황전(破天荒錢)135) 70만 냥을 유태에게 주자, 유태가 감사의 편지에서 대략 이렇게 말했다.

"50년 동안 줄곧 인재가 나오지 않았지만, 이젠 제가 1000리 밖에 있으니136) 어찌 '천황'이라 말하겠습니까!"

荊南解比, 號"天荒". 大中四年, 劉蛻以是府解及第, 時崔鉉作鎭, 以破天荒錢七十萬資蛻, 蛻謝書略曰 : "五十年來, 自

---

133) 해비(解比) : '해'는 해송(解送), '비'는 대비(大比). 대비는 도성에서 치르는 경시(京試)를 말한다. 즉, 주부(州府)의 해시(解試)에서 선발되어 예부(禮部)의 시험에 참가하는 것을 말한다.

134) 천황(天荒) : 이제껏 한 번도 과거 급제자를 배출하지 못한 것을 말한다.

135) 파천황전(破天荒錢) : '천황'을 깨뜨리는 데 쓰라는 격려금.

136) 1000리 밖에 있으니 : 즉, 도성에 있다는 뜻이다.

是人廢, 一千里外, 豈曰天荒!"

*   이 고사는 《태평광기》 권182 〈공거·유태〉에 실려 있다.

30-27(0757) 고비웅

고비웅(顧非熊)

출《척언》

    고비웅(顧非熊)은 고황(顧況)의 아들로 재치가 있고 말재주가 좋았지만, 위세 높은 귀족 자제들을 능멸해 사람들의 분노를 샀다. 그런 탓에 고비웅은 배척당해 거의 30년 동안 과장에 있었지만, 굴재(屈才)의 명성137)만은 사람들의 귀에 자자했다. [당나라] 회창(會昌) 연간(841~846)에 진상(陳商)이 과거를 주관해 급제자 방문을 발표했는데, 황상은 고비웅의 이름이 없는 것을 이상히 여기고 담당 관리에게 조서를 내려 방문을 거둬들인 뒤 다시 급제자를 발표하게 했다.138) 미 : 성군이다. 당시 출신이 한미한 천하의 선비들은

---

137) 굴재(屈才)의 명성 : 재주는 펼치지 못했지만 오히려 그로 인해 얻은 명성을 말한다. 여기서는 과거에 낙방했지만 오히려 높은 명성을 얻은 것을 말한다.

138) 다시 급제자를 발표하게 했다 : 《구당서》〈무종기(武宗紀)〉에 따르면, 회창(會昌) 5년(845)에 간의대부(諫議大夫)로서 과거를 주관한 진상(陳商)이 37명의 급제자 명단을 발표했는데, 불공정하다는 의론이 일어나자 무종이 한림학사 백민중(白敏中)에게 다시 시험을 치르게 해 그중에서 일곱 명을 탈락시키고 다시 급제자 방문을 발표하게 했다.

모두 이 일로 격려를 받았다.

顧非熊, 況之子, 滑稽好辯, 凌轢氣焰子弟, 爲衆所怒. 非熊旣爲所排, 在擧場垂三十年, 屈聲聒人耳. 會昌中, 陳商放榜, 上怪無非熊名, 詔有司追榜, 放及第. 眉:聖主. 時天下寒進, 皆知勸矣.

* 이 고사는 《태평광기》 권182 〈공거 · 고비웅〉에 실려 있다.

30-28(0758) 우석서

우석서(牛錫庶)

출《일사(逸史)》

우석서는 성품이 조용해서 사람들과 어울리지 않았으며, 여러 차례 과거를 보았지만 급제하지 못했다. [당나라] 정원(貞元) 원년(785)에 우석서가 점쟁이에게 물었더니 점쟁이가 말했다.

"당신은 내년에 분명 장원 급제할 것입니다."

우석서는 그 말을 거의 믿지 않았다. 그때는 이미 8월이 되었는데도 아직 주고관(主考官)이 정해지지 않았다. 우석서가 우연히 태자소보(太子少保) 소흔(蕭昕)의 댁 앞에 이르렀을 때, 마침 소흔은 지팡이를 짚고 홀로 남원(南園)을 거닐려던 참이었다. 우석서는 소흔을 만나자 급히 명함을 드리고 자기가 지은 글을 함께 바쳤다. 소흔은 혼자 있다가 막 친구 생각이 간절하던 차였기에 매우 기뻐하며 그와 함께 이야기를 나누었다. 소흔은 그의 문장을 살펴보고 재삼 칭찬하며 물었다.

"외부의 논자들은 누가 지공거(知貢擧)가 될 것이라고 하는가?"

우석서가 대답했다.

"상서(尙書:소흔)께서 지공무사(至公無私)하시니, 반드시 다시 한번 맡으실 것이라 합니다."

소흔이 말했다.

"반드시 지공거에 임명되리라는 보장은 없지만, 만약 그렇게 된다면 그대가 바로 장원이네."

우석서가 일어나 감사의 절을 올리고 다시 자리에 편히 앉기도 전에 갑자기 전령이 급히 말을 달려와 외치는 소리를 들었다.

"상서께서 지공거로 임명되셨습니다!"

소흔이 급히 일어나자 우석서가 다시 재배하며 말했다.

"상서께서 방금 이미 제게 장원을 허락하셨는데, 황천(皇天)과 후토(后土)의 신들께서 이 말을 들으셨습니다."

이듬해에 우석서는 과연 장원 급제했다.

牛錫庶性靜退寡合, 累擧不第. 貞元元年, 因問日者, 曰:"君明年合狀頭及第." 錫庶殊不信. 時已八月, 未命主司. 偶至少保蕭昕宅前, 値昕杖策將獨遊南園. 錫庶遇之, 遽投刺, 並贄所業. 昕獨居, 方思賓友, 甚喜, 與之語. 及省文卷, 再三稱賞, 因問曰:"外間議者以何人當知擧?" 錫庶對曰:"尙書至公爲心, 必更出領一歲." 昕曰:"必不見命, 若爾, 君卽狀頭也." 錫庶起拜謝, 復坐未安, 忽聞馳馬傳呼曰:"尙書知擧!" 昕遽起, 錫庶復再拜曰:"尙書適已賜許, 皇天后土, 實聞斯言." 明年, 果狀頭及第.

* 이 고사는 《태평광기》 권180 〈공거·우석서〉에 실려 있다.

30-29(0759) 윤극

윤극(尹極)

출《민천명사전(閩川名士傳)》

[당나라] 정원(貞元) 7년(791)에 두황상(杜黃裳)이 지공거(知貢舉)가 되었는데, 당시 윤극의 명성이 자자하다는 말을 듣고 미복 차림으로 그를 찾아갔다. 두황상이 시험에 참가한 명사에 대해 묻자, 윤극은 예! 예! 하고 대답할 뿐이었다. 두황상이 사정을 자세히 말해 주었다.

"나는 바로 올해의 주고관이네. 칙명을 받든 지 오래되었지만 오직 그대 한 사람만 알 뿐 다른 사람을 모두 알지는 못하니 내게 좀 알려 주게." 미 : 진심으로 인재를 아끼니 명성을 얻는 데 무슨 방해가 되겠는가?[139]

윤극이 깜짝 놀라 감사를 드리며 말했다.

"황공하게도 하문하시니 어찌 감히 숨기겠습니까?"

윤극이 곧장 귀족 자제로는 최원략(崔元略)이 있고 특별

---

139) 명성을 얻는 데 무슨 방해가 되겠는가 : 이 미비(眉批)의 원문은 "하방□채명(何妨□採名)"이라 되어 있어 한 글자가 판독 불가한데, 문맥을 고려해 추정해서 번역했다. 쑨다펑의 교점본에서는 "하방채명(何妨採名)"으로 추정했다.

히 뛰어난 사람으로는 목조(沐藻)와 영호초(令狐楚) 등 몇 명이 있다고 말하자, 두황상은 크게 기뻐했다. 그해에 윤극은 장원 급제했다. 시제(試題)가 〈주환합포부(珠還合浦賦)〉[140] 였는데, 목조가 부를 완성하고 나서 깜빡 졸았을 때 꿈에 어떤 사람이 나타나 말했다.

"왜 진주의 거취가 갖는 의미는 서술하지 않는가?"

목조는 꿈을 깨고 나서 몇 구절을 고쳤다. 나중에 급제자들이 주고관에게 사은례(謝恩禮)를 행할 때 두황상이 목조에게 말했다.

"진주의 거취를 기술한 것은 마치 신령의 도움을 받은 것 같았네."

貞元七年, 杜黃裳知擧, 聞尹極時名籍籍, 乃微服訪之. 問場中名士, 極唯唯. 黃裳乃具告曰: "某卽今年主司也. 受命久矣, 唯得一人, 某他不能盡知, 敢以爲請." 眉: 眞心愛才, 何妨□採名? 極聳然謝曰: "旣辱下問, 敢有所隱?" 卽言子弟有崔

---

140) 〈주환합포부(珠還合浦賦)〉: '주환합포'는 물건을 잃어버렸다가 다시 얻는 것을 비유한다. 합포군(合浦郡)은 베트남과 인접하고 바다에 연해 있으면서 진주를 생산해 식량과 바꾸었는데, 한나라 때 태수가 탐욕을 부려 진주를 모두 거두어 가는 바람에 사람들이 거의 굶어 죽게 되었으나, 맹상(孟嘗)이 부임해서 이전의 폐단을 개혁하고 없어졌던 진주를 다시 되돌려 주었다고 한다.

元略, 孤進有沐藻·令狐楚數人, 黃裳大喜. 其年極狀頭及第. 試〈珠還合浦賦〉, 藻賦成, 忽假寐, 夢人告曰:"何不叙珠來去之意?"旣寤, 乃改數句. 又謝恩, 黃裳謂藻曰:"叙珠來去, 如有神助."

* 이 고사는 《태평광기》 권180 〈공거·윤극〉에 실려 있다.

30-30(0760) 두목

두목(杜牧)

출《척언》

 시랑(侍郞) 최언(崔郾)이 지공거(知貢擧)에 임명되어 동도(東都 : 낙양)에서 거인(擧人)을 시험하게 되자, 삼서(三署 : 상서성·중서성·문하성의 관서)의 공경들이 모두 장락현(長樂縣)의 역참 객사에서 그를 전별했는데, 참석한 관원들의 성대함은 이제껏 보기 드문 것이었다. 당시 태학박사(太學博士)로 있던 오무릉[吳武陵 : 오간(吳偘)]이 절룩거리는 나귀를 타고 그곳에 도착했는데, 최언은 그가 왔다는 말을 듣고 약간 의아해하면서 이내 자리를 옮겨 그와 얘기를 나누었다. 오무릉이 말했다.

 "시랑께서 높고 훌륭한 덕망을 지녔기에 성명하신 천자를 위해 준재를 선발하게 되셨으니, 제가 어찌 감히 티끌과 이슬 같은 미약한 힘이나마 쓰지 않겠습니까! 이전에 우연히 보았더니 태학생 10여 명이 눈썹을 치켜올리고 손뼉을 치면서 문장 하나를 읽고 있었는데, 다가가서 살펴보았더니 바로 진사 응시자인 두목의 〈아방궁부(阿房宮賦)〉였습니다. 이 사람이야말로 진정으로 제왕을 보필할 인재이지만, 시랑께서는 관직이 높으셔서 아무래도 그것을 읽어 보실 겨를이 없을 것 같습니다."

그러고는 홀(笏)을 꽂고 〈아방궁부〉를 큰 소리로 한차례 낭독했다. 최언이 크게 칭찬하자 오무릉이 청하며 말했다.

"시랑께서는 그에게 장원을 주시지요."

최언이 말했다.

"이미 정해 놓은 사람이 있습니다."

오무릉이 말했다.

"그게 아니라면 3등을 주시지요."

최언이 말했다.

"그 역시 정해 놓은 사람이 있습니다."

오무릉이 말했다.

"부득이하다면 5등을 주시지요."

최언이 미처 대답하기 전에 오무릉이 말했다.

"그렇게 할 수 없다면 이 부를 돌려주십시오."

그러자 최언이 곧바로 말했다.

"삼가 말씀하신 대로 따르겠습니다."

그러고는 자리로 돌아가서 여러 공경들에게 알렸다.

"마침 오 태학(吳太學 : 오간)께서 고맙게도 5등으로 선발할 인재를 추천해 주셨습니다." 미 : 당나라 사람은 문장을 중시함이 이와 같았다.

어떤 이가 말했다.

"누구입니까?"

최언이 말했다.

"두목입니다."

사람들 중에서 두목이 세세한 품행에 구애받지 않는다고 하면서 반문하는 사람이 있자 최언이 말했다.

"이미 오 군(吳君 : 오간)에게 허락했으니, 두목이 설사 개 잡는 백정이라 하더라도 바꿀 수 없습니다." 미: 더욱 멋지다.

崔鄲侍郞旣拜命, 於東都試擧人, 三署公卿皆祖於長樂傳舍, 冠蓋之盛, 罕有加也. 時吳武陵任太學博士, 策蹇而至, 鄲聞其來, 微訝之, 乃離席與言. 武陵曰:"侍郞以峻德偉望, 爲明天子選才俊, 武陵敢不薄施塵露! 向者, 偶見太學生十數輩, 揚眉抵掌, 讀一卷文書, 就而觀之, 乃進士杜牧〈阿房宮賦〉. 若其人, 眞王佐才也, 侍郞官重, 恐未暇披覽." 於是縉笏朗宣一遍. 鄲大奇之, 武陵請曰:"侍郞與狀頭." 鄲曰:"已有人." 武陵曰:"不然, 則第三人." 鄲曰:"亦有人." 武陵曰:"不得已, 卽第五人." 鄲未遑對, 武陵曰:"不爾, 却請此賦." 鄲應聲曰:"敬依所敎." 旣卽席, 白諸公曰:"適吳太學以第五人見惠." 眉: 唐人之重文章如此. 或曰:"爲誰?" 曰:"杜牧." 衆中有以牧不拘細行問之者, 鄲曰:"已許吳君, 牧雖屠狗, 不能易也." 眉: 更高.

* 이 고사는 《태평광기》 권181 〈공거·두목〉에 실려 있다.

30-31(0761) 우승유

우승유(牛僧孺)

출《척언》

　　우승유가 막 진사에 응시했을 때, 금(琴)과 서책을 파수(灞水)와 산수(滻水) 사이[141]에 두고서 우선 자신이 지은 문장을 가지고 한유(韓愈)와 황보식(皇甫湜)을 뵈러 갔다. 당시 그는 먼저 한유를 찾아갔는데, 마침 한유가 다른 곳에 가고 없어서 자신의 문권(文卷)만 남겨 놓았다. 얼마 후에 한유가 황보식을 방문했는데, 그때 우승유도 황보식의 집에 왔다. 두 현사(賢士)는 우승유의 명함을 보고 기쁘게 맞이해서 그가 머물고 있는 곳을 물었더니 우승유가 대답했다.

　　"저는 하찮고 보잘것없는 재주를 두 분 거장께 보여 드렸으니, 저의 진퇴는 명대로 따를 뿐입니다. 책 보따리는 아직 국문(國門) 밖에 놓아두었습니다."

　　두 공(公)이 문권을 펴 보니 그 첫머리에 〈설악(說樂)〉 한 편이 있었는데, 그 내용을 보기 전에 불쑥 말했다.

　　"박판(拍板)[142]은 어떤 것인가?"

---

141) 파수(灞水)와 산수(滻水) 사이 : 파수와 산수는 장안성 동쪽을 흐르는 두 강이다. 여기서는 도성 부근이라는 뜻으로 쓰였다.

우승유가 대답했다.

"악구(樂句)143)라고 합니다."

두 공은 서로 돌아보고 크게 기뻐하면서 그에게 사원을 세내서 지내게 했다. 우승유가 일러 준 대로 하고 두 공을 찾아가서 감사드렸더니 두 공이 또 그에게 말했다.

"아무 날에 청룡사(靑龍寺)로 나들이할 것이니 일찍 돌아오지 말게."

그날이 되자 두 공은 나란히 말을 타고 우승유의 거처로 가서 문에 크게 써 놓았다.

"한유와 황보식이 함께 우 진사(牛進士 : 우승유)를 찾아왔다가 만나지 못하다."

다음 날 도성의 명사들이 모두 이를 구경했다. 기장공(奇章公 : 우승유)의 명성은 이로 말미암아 혁혁해졌다.

牛僧孺始擧進士, 致琴書於灞滻間, 先以所業謁韓愈・皇甫湜. 時首造愈, 値愈他適, 留卷而已. 無何, 愈訪湜, 時僧孺亦及門. 二賢覽刺, 忻然延接, 詢及所止, 對曰 : "某方以薄

142) 박판(拍板) : 단단한 나무쪽을 끈으로 연이어 꿰어서 박자를 맞추는 데 쓰는 타악기의 일종. 당송 시대의 박판은 6쪽 또는 9쪽이었다.
143) 악구(樂句) : 악곡의 구절. 문장의 구절인 문구(文句)를 염두에 두고 한 말이다.

伎小醜呈於宗匠, 進退惟命. 一囊猶置於國門之外." 二公披卷, 卷首有〈說樂〉一章, 未閱其詞, 遽曰:"且以拍板爲何等?"對曰:"謂之樂句." 二公相顧大喜, 因敎以稅居廟院. 僧孺如所敎 造門致謝, 二公又誨之曰:"某日可遊靑龍寺, 勿早歸." 至日, 二公聯鑣至寓, 因大署其門曰:"韓愈·皇甫湜同訪牛進士不遇." 翌日, 輦轂名士咸觀焉. 奇章之名, 由是赫然.

* 이 고사는《태평광기》권180〈공거·우승유〉에 실려 있다.

30-32(0762) 사공도

사공도(司空圖)

출《북몽쇄언》

    왕응(王凝)이 강주자사(絳州刺史)로 있을 때 사공도가 막 진사에 응시했는데, 별장에서 군(郡)에 도착해 왕응을 배알한 후 더 이상 다른 친지는 방문하지 않았다. 성문 관리가 급히 사공 수재(司空秀才 : 사공도)가 성곽을 나갔다고 보고했다. 사공도는 간혹 성곽으로 들어와 친지를 방문하더라도 군재(郡齋)에는 찾아가지 않았다. 왕응은 이 일을 알게 되자 사공도가 자신을 크게 공경한다고 생각해서 그를 더욱 중시했다. 왕응이 지공거(知貢擧)를 맡게 되었을 때 사공도는 4등으로 급제했다. 동년(同年 : 진사 급제 동기생)들은 사공도의 성명이 거의 알려지지 않은 것을 의아해했고, 경박한 자들은 그를 "사도공(司徒空)"이라고 불렀다. 왕응은 그 소문을 듣고 함께 급제한 문생(門生)들을 불러 잔치를 열어 주면서 사람들에게 이렇게 선언했다.

    "내가 외람되게도 지공거를 맡았는데, 올해의 방문(榜文)은 오로지 사공 선배(司空先輩 : 사공도)[144] 한 사람을 위한 것이었을 뿐이오."

    이로 말미암아 사공도의 명성은 더욱 떨쳐졌다. 미 : 왕응은 매번 잠자리에 들 때면 반드시 손을 모았는데, 이는 꿈속에서 혹시라도 조상을 만날까 근심했기 때문이다. 대개 작은 일에도 구애받는 선비임에도 인재를 곡진히 장려함이 이와 같았다.

王凝牧絳州時, 司空圖方應進士擧, 自別墅到郡, 謁見後, 更不訪親知. 閽吏遽申司空秀才出郭矣. 或入郭訪親知, 卽不造郡齋. 王知之, 謂其專敬, 愈重之. 及知擧, 司空列第四人登科. 同年訝其名姓甚暗, 有浮薄者號之爲"司徒空". 王知此說, 因召一榜門生開筵, 宣言於衆曰:"某叨忝文柄, 今年榜帖, 全爲司空先輩一人而已." 由是圖聲彩益振. 眉:凝每寢, 必叉手, 慮夢中或見先祖. 蓋拘方之士而曲獎人才, 乃如此.

* 이 고사는 《태평광기》 권183 〈공거·왕응(王凝)〉에 실려 있다.

144) 사공 선배(司空先輩): '선배'는 과거에 합격한 진사들끼리 서로 존중해 부르는 호칭이다.

30-33(0763) 이고언

이고언(李固言)

출《유양잡조》·《척언》등

　상국(相國) 이고언은 [당나라] 원화(元和) 6년(811)에 과거에서 낙방하고 촉(蜀) 지방을 유람하다가 한 노파를 만났는데, 그 노파가 젊은이는 내년에 아름다운 부용경(芙蓉鏡) 아래에서 급제할 것이라고 말했다. 이듬해에 이고언은 과연 장원 급제했는데, 그 시부(詩賦)에 〈인경부용(人鏡芙蓉)〉이라는 제목이 있었다. 당시 허맹용(許孟容)이 병부시랑(兵部侍郎)으로서 지공거(知貢擧)를 맡았다. 이고언은 친척 중에 과장 근처에서 일하는 사람을 찾아가서 누구를 배알하고 청탁할지를 물었다. 그 사람은 이고언의 문장이 매우 뛰어나고 유명하므로 반드시 장원 급제하리라고 생각해서 그에게 거짓말을 했다.

　"그대는 반드시 먼저 주고관(主考官)을 찾아가서 배알을 청해야 합니다."

　이고언은 그가 잘못 알려 준 것임을 알지 못한 채 자신이 지은 문장을 가지고 곧장 허맹용을 찾아갔다. 허맹용은 그의 저술이 매우 훌륭한 것을 보고 은밀히 시종에게 그를 불러들여 말하게 했다.

"거인(擧人)은 지공거를 만나서는 안 되니, 필시 당신의 재주를 질투하는 사람이 있을 것입니다."

허맹용이 사정을 캐물어 보게 했더니, 이고언은 마침내 사실대로 대답했다. 허맹용은 이고언을 장원으로 급제시키고 그에게 잘못 가르쳐 준 자의 이름을 탈락시켰으며, 협 : 정말 통쾌하도다! 정말 통쾌하도다! 그 일을 비밀에 부치게 했다. 미 : 인재를 아낌이 지극하다. 만약 지금 사람을 만났다면, 이를 빌려서 자신의 명예를 세우려 하지 어찌 기꺼이 장원으로 급제시키려 하겠는가?

일설에는 이고언이 처음 진사에 응시했을 때 친척 유씨(柳氏)의 도성 저택에 머물렀다. 당시 허맹용은 우산기상시(右散騎常侍)로 있었는데, 조정에서는 그 관직을 우습게 여겨 "초각(貂脚)"[145]이라 불렀으며 후진들에게도 칭송을 받을 수 없었다. 이고언이 누구를 배알해야 할지를 잘 몰라서 유씨에게 상의했더니, 유씨가 그에게 행권(行卷)할 곳을 가르쳐 주면서 먼저 허 상시(許常侍 : 허맹용)에게 투권(投卷)하라고 했다. 또 이고언이 인사에 익숙하지 못했기 때문에 유씨는 그에게 인사하는 예법을 익히게 하면서, 그가 허리를 직각으로 구부렸을 때를 기다렸다가 몰래 두건 위에 "여

---

145) 초각(貂脚) : 당나라 때 산기상시(散騎常侍)의 별칭으로 "초각(貂却)"이라고도 한다. 산기상시는 담비 꼬리로 관을 장식했기 때문에 그렇게 불렀다. 한직(閑職)으로 중요하게 여겨지지 않았다.

기에 임대할 집이 있다"라는 글을 붙였다. 이고언이 이를 알아차리지 못한 채 밖으로 나갔더니, 조정의 인사들이 그를 보고 웃었다. 이고언이 허맹용을 찾아갔더니 허맹용이 감사하며 말했다.

"나는 관직이 보잘것없어서 군자의 명성을 빛내는 데 부족하네. 비록 그렇지만 이를 마음에 간직해 두겠네."

허맹용은 또 이고언의 두건 위에 붙은 글을 보고 그의 질박한 성품을 알게 되었다. 얼마 지나지 않아 이듬해에 허맹용은 예위(禮闈 : 예부에서 주관하는 과거 시험)를 맡게 되자 이고언을 장원으로 뽑았다. 미 : 운수다.

相國李固言, 元和六年, 下第遊蜀, 遇一姥, 言郎君明年美蓉鏡下及第. 明年果狀頭及第, 詩賦有〈人鏡芙蓉〉之目. 時許孟容以兵部侍郎知擧. 固言訪中表間人在場屋之近事者, 問以求知遊謁之所. 斯人且以固言文章, 甚有聲稱, 必取甲科, 因紿之曰 : "吾子須首謁主文, 仍要求見." 固言不知其誤之, 則以所業徑謁孟容. 孟容見其著述甚麗, 乃密令從者延之, 謂曰 : "擧人不合相見, 必有嫉才者." 使詰之, 固言遂以實對. 孟容許第固言於榜首, 而落其敎者姓名. 夾 : 大快! 大快! 乃遺秘焉. 眉 : 憐才至矣. 若遇今人, 方將借之以立名譽, 肯置榜首乎?
一說, 李固言始應進士擧, 舍於親表柳氏京第. 時許孟容爲右常侍, 朝中薄此官, 號曰"貂脚", 頗不能爲後進延譽. 固言未熟造謁, 謀於諸柳, 柳與導行卷去處, 先令投許常侍. 又以不閑人事, 俾習趨揖之儀, 候其磬折, 密於頭巾上帖文字云

"此處有屋僦賃". 固言不覺, 及出, 朝士見而笑之. 旣詣孟容, 孟容謝曰: "某官署閑冷, 不足發君子聲彩. 雖然, 亦藏之於心." 又睹頭巾上文字, 知其樸質. 無何, 來年許知禮闈, 乃以固言爲狀頭. 眉: 數也.

* 이 고사는 《태평광기》 권155 〈정수(定數) · 이고언〉과 권180 〈공거 · 이고언〉에 실려 있다.

30-34(0764) 장효표

장효표(章孝標)

출《운계우의》·《척언》

　장효표는 원화(元和) 13년(818)에 과거에 낙방했는데, 당시 낙방한 자들은 대부분 시를 지어 주고관(主考官)을 풍자했지만, 장효표만 〈귀연시(歸燕詩)〉를 지어 시랑(侍郎) 유승선(庾承宣)에게 바쳤다. 유승선은 그 시를 받아 보고 거듭해서 읊으면서 인재를 놓친 것을 진심으로 안타까워했으며, 나중에 추시(秋試) 때를 기다렸다가 반드시 그를 천거하겠다고 마음먹었다. 유승선은 과연 예조(禮曹 : 예부)를 다시 맡아 주고관이 되었으며, 장효표는 이듬해에 과거에 급제했다. 그 시는 다음과 같다.

　"지난날 위태로운 둥지 이미 허물어졌지만, 금년에도 예전처럼 이전 마을로 돌아오네. 구름까지 닿은 고대광실 즐비해도 깃들일 곳은 없으니, 다시 뉘 집 문을 바라보며 날아갈거나!"

　장효표가 진사에 급제한 후에 회남절도사(淮南節度使) 이신(李紳)에게 다음과 같은 시를 보냈다.

　"급제한 뒤 연달아 열 개의 관직을 지내고, 금성탕지(金城湯池)를 건너 장안(長安)을 나서네. 말 머리가 점점 양주

(揚州)의 성곽으로 들어갈 제, 그때 사람들에게 눈 씻고 보라고 알려 주시오."

그러자 이신이 급히 절구 한 수를 지어 답했다.

"가짜 금이라야 진짜 금으로 도금하니, 만약 진짜 금이라면 도금하지 않네. 십 년 동안 장안에 있다가 한 번 급제했으니, 어찌 텅 빈 배 속에 높은 뜻 담을 필요 있겠나!" 미: 두 시에 선리(禪理)가 크게 담겨 있다.

章孝標, 元和十三年下第, 時輩多爲詩以刺主司, 獨章爲〈歸燕詩〉, 留獻侍郎庾承宣. 承宣得詩, 展轉吟諷, 誠恨遺才, 仍候秋期, 必當薦引. 庾果重典禮曹, 孝標來年擢第. 詩曰 : "舊累危巢泥已落, 今年故向社前歸. 連雲大廈無棲處, 更望誰家門戶飛!"
章孝標及第後, 寄淮南李紳詩曰 : "及第全勝十政官, 金湯渡了出長安. 馬頭漸入揚州郭, 爲報時人洗眼看." 紳亟以一絶答之曰 : "假金祇用眞金鍍, 若是眞金不鍍金. 十載長安得一第, 何須空腹用高心!" 眉: 二語大有禪理.

* 이 고사는 《태평광기》 권181 〈공거・장효표〉와 권251 〈회해(詼諧)・장효표〉에 실려 있다.

30-35(0765) 이덕유

이덕유(李德裕)

출《옥천자》·《척언》

　이덕유는 과거 급제자 출신이 아니었는데, 그가 번부(藩府)의 종사(從事)로 있을 때 같은 관서에 근무하는 굉사과(宏詞科) 출신의 이 평사(李評事)가 마침 이덕유와 관직이 같았다. 당시 어떤 거자(擧子 : 거인)가 자신의 문장을 투권(投卷)하면서 이덕유에게 잘못 보냈다. 그 거자는 잘못 투권한 것을 알고 이덕유에게 다시 청했다.

　"제 문권(文卷)은 마땅히 과거에 급제하신 이 평사께 보낸 것이었으며, 공에게 보낸 것이 아니었습니다."

　이 때문에 이덕유는 과거 급제자 출신을 배척하는 데 뜻을 두었다.

　진사 노조(盧肇)는 의춘(宜春) 사람으로, 훌륭한 재주를 가지고 있었다. 이덕유가 일찍이 의양(宜陽)에 좌천되어 있을 때, 노조가 그에게 문권을 투권했기에 이로 말미암아 인정을 받았다. 나중에 노조가 과거에 응시하러 도성에 와서 매번 이덕유를 알현할 때마다 이덕유는 그를 두터이 예우했다. 이전의 관례에 따르면, 예부(禮部)에서 급제자의 방문을 발표할 때 먼저 그것을 재상에게 올렸다. 미 : 재상이 만약 기꺼이 한미한 출신을 장려해 선발하고자 한다면 먼저 올리는 것이 합당하다. [당나라] 회창(會昌) 3년(843)에 왕기(王起)가 지공거(知貢擧)를 맡았을 때 [당시 재상으로 있던] 이덕유에게 원하는 바를 물었더니 이덕유가 대답했다.

"내가 원하는 바를 물어서 무얼 하시렵니까? 노조・정릉(丁稜)・요곡(姚鵠) 같은 이들을 설마 낙방시키지는 않으시겠지요?"

그래서 왕기는 그 순서에 따라 그들을 급제시켰다.

원화(元和) 11년(816) 병신년(丙申年)에 이봉길(李逢吉) 밑에서 선발된 33명은 모두 빈한한 출신이었다. 그래서 당시에 이런 시가 있었다.

"원화 천자 병신년에, 33명이 함께 득선(得仙)했네. 도포는 은빛처럼 찬란하고 무늬는 비단처럼 고운데, 서로 맞잡고 대낮에 푸른 하늘로 올라갔다네."

이덕유는 많은 빈한한 후진들을 위해 벼슬길을 열어 주었는데, 그가 폄적당해 남쪽으로 떠나자 어떤 사람이 이런 시를 지었다.

"800명의 빈한한 선비들이 일제히 눈물 흘리며, 동시에 머리 돌려 애주(崖州:이덕유의 폄적지)를 바라보네."

李德裕不由科第, 其爲藩府從事日, 同院李評事以詞科進, 適與德裕官同. 時有擧子投文軸, 誤與德裕. 擧子旣誤, 復請之曰:"某文軸當與及第李評事, 非與公也." 由是德裕志在排斥.

進士盧肇, 宜春人, 有奇才. 德裕嘗左宦宜陽, 肇投以文卷, 由此見知. 後隨計京師, 每謁見, 待以優禮. 舊例, 禮部放榜, 先呈宰相. 眉:宰相果肯獎拔孤寒, 合當先呈. 會昌三年, 王起知擧, 問德裕所欲, 答曰:"安用問所欲? 如盧肇·丁棱·姚鵠, 豈可不與及第耶?" 起於是依其次而放.

元和十一年, 歲在丙申, 李逢吉下三十三人, 皆取寒素. 時有語[1]曰:"元和天子丙申年, 三十三人同得仙. 袍似爛銀文似錦, 相將白日上靑天." 李德裕頗爲寒進開路, 及謫官南去, 或有詩曰:"八百孤寒齊下淚, 一時回首望崖州."

* 이 고사는 《태평광기》 권182 〈공거·이덕유〉와 〈노조(盧肇)〉, 권181 〈공거·이봉길(李逢吉)〉에 실려 있다.
1 어(語):《당척언》에는 "시(詩)"라 되어 있는데, 문맥상 보다 타당하다.

30-36(0766) 백민중

백민중(白敏中)

출《척언》

왕기(王起)는 [당나라] 장경(長慶) 연간(821~824)에 재차 과거를 주관하게 되었을 때, 백민중을 장원으로 뽑을 생각을 갖고 있었지만 그가 하발기(賀拔惎)와 왕래하는 것을 흠으로 여겼는데, 하발기가 문재는 있지만 자유분방해 꺼리는 것이 없기 때문이었다. 그래서 왕기는 은밀히 친지를 보내 그 뜻을 전하면서 백민중에게 하발기와 절교하게 했다. 백민중은 흔연히 모든 것을 말씀하신 대로 따르겠다고 했다. 얼마 후에 하발기가 백민중의 집을 찾아갔는데, 시종들이 하발기에게 백민중이 출타하고 없다고 속이자, 하발기는 한동안 말없이 머물다가 떠났다. 잠시 후 백민중이 안에서 뛰어나오더니 연달아 시종을 불러 하발기를 불러오게 해서 모든 일을 사실대로 일러 주면서 말했다.

"한 번 급제하는 것이야 누구의 문하에서든 이루지 못하겠는가마는 어찌 가까운 친구를 가볍게 저버릴 수 있겠는가?" 협 : 절묘하다.

그러고는 서로 진탕 취해 해가 중천에 뜰 때까지 잠을 잤다. 왕기가 그 소식을 듣고 말했다.

"나는 본래 백민중 하나만 뽑을 작정이었는데, 이젠 또 하발기까지 뽑게 되었다." 미 : 나는 또 왕기를 뽑겠다.

평 : 일설에 따르면, 중서령(中書令) 백민중은 낭서(郎署 : 숙위 시종관의 관서)에 있을 때 그를 알아주는 사람이 없었는데, 오직 재상 이덕유(李德裕)만이 특별히 그를 나라의 귀중한 인재로 존중해 주자 사대부들 사이에서도 좋은 평판을 얻게 되었다. 그러나 백민중은 재물이 부족해서 동료 관원들을 청할 수 없었다. 하루는 상국(相國 : 이덕유)이 돈 10만 냥을 주면서 주연(酒宴)의 비용으로 쓰라고 했다. 그래서 백민중은 성각(省閣 : 중서성과 상서성)의 명사 몇 명과 날을 정해 함께 자신의 집을 방문하도록 약속했다. 그때는 늦가을이라 음산했으며 열흘이 넘도록 장맛비가 내렸다. 원외랑(員外郎) 하발임(賀拔任)은 막 임기를 마치고 관직을 구했지만 얻지 못하자 장차 유람을 떠날 생각이었다. 하발임은 백 공(白公 : 백민중)과 같은 해에 과거에 급제했기에, 비루먹은 망아지를 타고 그의 집으로 가서 작별을 고하려 했다. 문지기는 백 공이 조정의 손님을 기다리고 있었기에 그가 출타했다고 대답했다. 하발임은 수레를 세워 두고 편지를 써서 유람하려는 뜻을 상세히 적었다. 백 공은 편지를 보고 나서 말하길, "대장부가 역경에 처하거나 영달하는 데에는 마땅히 시운(時運)이 있다. 진실로 재주도 없는 내가 요행히

받아들여졌지만 이는 올바른 출세의 도가 아니다. 어찌 집에 음식을 쌓아 두고 단지 요로의 부귀한 사람만을 초청해야겠는가? 예전에 급제했을 때의 가난한 친구를 오늘 문을 닫아걸고 대접하지 않는다면, 설령 영화롭고 현달한 지위에 오른다 하더라도 또한 어찌 마음속에 부끄럽지 않을 수 있겠는가?"라고 했다. 백 공은 황급히 하인을 시켜 하발임의 수레를 되돌리게 했으며, 마침내 함께 술잔과 음식을 나누었다. 잠시 후 약속했던 조정의 손님들이 잇달아 말을 타고 왔지만, 문지기가 백 공이 하발임과 만나게 된 사정을 자세히 이야기하자, 그들은 모두 놀라고 탄식하며 떠났다. 다음 날 백 공이 사저에서 상국을 알현할 때, 상국은 조정의 인사 중 어떤 사람이 왔냐고 물었다. 백 공은 빈객들이 도착하기 전에 마침 같은 해에 과거에 급제했던 사람이 도성을 떠나면서 작별하러 왔는데 그가 실의에 빠져 괴로워하는 모습이 가엾어서 차마 내치지 못하고 머물게 해 술 몇 잔을 마시다가 결국 조정의 관원을 대접하지 못했다고 대답했다. 백 공은 상국에게 자신을 추천해 준 뜻을 저버렸으니 잘못에 대한 꾸짖음을 달게 받겠다고 했다. 하지만 상국은 오히려 한동안 그를 칭찬하고 감탄하면서 말하길, "이 일은 진정 옛사람이 행했던 도이니, 이제부터 현달한다면 경박한 기풍을 바로잡도록 권장할 수 있겠네"라고 했다. 열흘도 되지 않아 하발임은 사하평사(使下評事)146)로 있다가 먼저 좋은 벼슬에 제수되었다. 백 공은 고부낭중(庫部郞中)[147]에서 한림학사(翰林學士)로 들어갔으며 3년도 지나지 않아 곧바로 나라의 중임을 맡게 되었다. 같은 하발씨인데 두 이야기 중 어느 것이 맞는지 모르겠다. 혹시 백 공이 급제한 후에 다시 이 일이 있었던 것일까? 하지만 결국 백 공의 두터운 정의(情誼)는 고금에 없던 바이니 자세히 기술해도 무방하다.

王起, 長慶中再主文柄, 志欲以白敏中爲狀元, 病其人與賀拔基還往, 基有文而落拓. 因密令親知申意, 俾敏中與基絶. 敏中欣然, 皆如所敎. 旣而基造門, 左右紿以敏中他適, 基遲留不言而去. 俄頃, 敏中躍出, 連呼左右召基, 悉以實告, 乃曰 : "一第何門不致, 奈何輕負至交?" 夾 : 妙絶. 相與盡醉, 負陽而寢. 起聞之曰 : "我比祗得白敏中, 今當更取賀拔基矣." 眉 : 我更取王起.

評 : 一說, 中令白敏中方居郞署, 未有知者, 惟李相德裕特以國器重之, 於是縉紳間多所延譽. 然而資用不充, 無以祗奉僚友. 一旦, 相國遺錢十萬, 俾爲酒餚之備. 約省閣名士數人, 剋日同過其第. 時秋暮沉陰, 涉旬霖瀝. 賀拔任[1]員外甫罷, 求官未遂, 將出薄遊. 與白公同年登第, 羸駒就門告

---

146) 사하평사(使下評事) : 대리시(大理寺)의 말단 관리인 대리시평사(大理寺評事).

147) 고부낭중(庫部郞中) : 병부(兵部)에 소속되어 병기와 의장 등을 관리하는 고부사(庫部司)의 관리.

別. 閽者以俟朝客, 乃以他去對之. 賀拔駐車留書, 備述羈遊之意. 白覽書曰:"丈夫處窮達, 當有時命. 苟不才者, 以僥倖取容, 未足爲發身之道, 豈得家畜飮饌, 止邀當路豪貴? 曩時登第貧交, 今日閉門不接, 縱使便居榮顯, 又安得不愧於懷?"遽令僕者命賀拔回車, 遂以杯盤同費. 俄而所約朝客, 聯騎而至, 閽者具陳與賀拔從容, 無不惋愕而去. 翌日, 於私第謁見相國, 詢朝士來者爲誰. 白公對以賓客未至, 適有同年出京訪別, 憫其龍鍾委困, 不忍棄之, 留飮數杯, 遂闕祗接. 旣負吹嘘之意, 甘從譴斥之罪. 相國稱嘆逾時, 云:"此事眞古人之道, 由茲貴達, 可以激勸澆薄." 不旬日, 賀拔自使下評事, 先授美官. 白公以庫部郎中, 入爲翰林學士, 未逾三載, 便秉鈞衡. 同一賀拔, 二說不知孰是. 豈白公及第後復有此事耶? 然總之白公高誼, 今古所無, 不妨詳述也.

* 이 고사는《태평광기》권181〈공거·하발기(賀拔惎)〉와 권170〈지인(知人)·이덕유(李德裕)〉에 실려 있다.

1 임(任):《극담록(劇談錄)》에는 "기(惎)"라 되어 있다.

30-37(0767) 왕준과 정하

왕준 · 정하(汪遵 · 程賀)

출《척언》출《북몽쇄언》

　　허당(許棠)은 선주(宣州) 경현(涇縣) 사람으로 일찍부터 과거 공부를 준비했다. 동향 사람 왕준은 어려서부터 현의 말단 관리가 되었는데, 허당이 과거에 20여 차례나 응시했을 때까지도 왕준은 여전히 말단 관리로 있었다. 그러나 왕준은 절구시(絶句詩)를 잘 지으면서도 그 사실을 깊이 숨겼다. 어느 날 왕준은 말단 관직을 그만두고 과거를 보러 도성으로 갔는데, 마침 허당이 손님을 전송하느라 파수(灞水)와 산수(滻水) 사이까지 갔다가 도중에 갑자기 왕준과 마주치게 되었다. 허당이 그에게 캐물었다.

　　"왕도(汪都 : 왕준) 협 : '도'는 관리를 부르는 호칭이다. 는 무슨 일로 도성에 왔는가?"

　　왕준이 대답했다.

　　"이번 과거에 응시하고자 왔습니다."

　　허당이 화를 내며 말했다.

　　"미천한 관리가 무례하구나!"

　　왕준은 정말로 허당과 함께 과거 시험을 치렀는데, 허당은 왕준을 몹시 깔보았다. 결국 왕준이 급제한 지 5년 후에

야 허당은 비로소 급제했다.

낭중(郎中) 최아(崔亞)가 미주(眉州)를 다스릴 때, 정하는 향역(鄕役)으로 관청 하인에 충임되었다. 최 공(崔公: 최아)은 정하에게 유생(儒生)인 듯한 풍모가 있음을 발견하고 그에게 물었다.

"너는 책을 읽었느냐?"

정하가 계단을 내려가 대답했다.

"예문(藝文)만 대충 읽었습니다."

최 공은 한 물건을 가리키며 정하에게 시를 짓게 했는데, 고상하고 뜻이 담겨 있었으므로 최 공은 그를 돌려보냈다. 정하는 해시(解試)를 보는 날 자신이 지은 문장을 옮겨 적고 예물을 들고 최 공을 배알했는데, 최 공이 크게 칭찬하면서 그를 진사(進士)라고 부르게 했다. 정하는 최 공의 문하에 의지한 채 다른 사람의 문하에 들어가지 않았으며, 모두 25차례 과거를 치른 끝에 급제했다. 정하는 매번 도성에 들어갈 때마다 박릉(博陵: 최아)[148]의 저택에 묵었으며 늘 자신을 선발해 준 은혜에 감사했다. 최아가 죽자 정하는 최 공을 위해 3년 동안 상복을 입었는데, 사람들은 모두 그 일을 칭

---

148) 박릉(博陵): 최아가 당나라 때의 명족(名族) 가운데 하나인 박릉 최씨(博陵崔氏)였기 때문에 그를 '박릉'이라고 한 것이다.

송했다.

평 : 허당은 말단 관리를 모욕했지만 최 공은 관청 하인을 장려했으니, 그 식견과 도량의 현격한 차이가 어찌 1000리 뿐이겠는가!

許棠, 宣州涇縣人, 早修擧業. 鄕人汪遵者, 幼爲小吏, 洎棠應二十餘擧, 遵猶在胥徒. 然善爲絶句詩, 而深晦密. 一旦辭役就貢, 會棠送客至灞滻, 忽遇遵於途中. 棠訊之曰: "汪都來: 都者, 吏之號也. 何事至京?" 遵對曰: "此來就貢." 棠怒曰: "小吏無禮!" 而果與棠同硯席, 棠甚侮之. 後遵成名五年, 棠始及第.
崔亞郞中典眉州, 程賀以鄕役充廳僕. 崔公見賀風味, 有似儒生, 因詰之曰: "爾讀書乎?" 賀降階對曰: "薄涉藝文." 崔公指一物, 俾其賦咏, 雅有意思, 因令歸. 選日, 裝寫所業執贄, 甚稱奬之, 俾稱進士. 依崔之門, 更不他岐, 凡二十五擧及第. 每入京, 館於博陵之第, 常感提拔之恩. 亞卒之日, 賀爲崔公衰服三年, 人皆美之.
評 : 許棠侮小吏, 崔公奬廳僕, 識量相懸, 何啻千里!

* 이 고사는 《태평광기》 권183 〈공거·왕준〉과 〈정하〉에 실려 있다.

30-38(0768) 옹언추

옹언추(翁彦樞)

출《옥천자》

　옹언추는 소주(蘇州) 사람으로, 진사 시험에 응시했다. 같은 마을에 살던 한 스님이 옛 상국(相國) 배탄(裵坦)의 문하를 드나들었는데, 배탄은 그 스님이 연로했기에 그를 매우 아껴서 비록 중문(中門) 안이라 해도 그의 출입을 금하지 않았다. 스님은 손에 염주를 들고 눈을 감은 채 불경 염송을 멈추지 않았다. 배탄이 주고관(主考官)이 되어 공원(貢院 : 과거 시험장)으로 들어가자, 그의 두 아들인 배훈(裵勛)과 배질(裵質)은 날마다 방에서 급제자에 대해 논의했다. 스님은 대부분 그 자리에 있었지만 배탄의 두 아들은 그를 그다지 신경 쓰지 않았다. 스님은 그들이 논의한 이름과 누구를 급제시키고 낙방시킬지의 여부까지 모두 잘 알고 있었다. 스님이 절로 돌아왔을 때 때마침 옹언추가 찾아왔다. 스님이 옹언추에게 장차 과거에 급제할 가능성을 물었더니, 옹언추는 급제할 가능성이 없다고 대답했다. 이에 스님이 말했다.

　"공은 몇 번째로 급제하면 명성을 이룰 수 있겠소?"

　옹언추는 스님이 자신을 놀린다고 생각하며 대답했다.

"여덟 번째면 족합니다."

스님은 곧장 다시 배씨(裵氏 : 배탄)의 집으로 갔는데, 배탄의 두 아들이 이전처럼 급제자에 대해 논의하고 있자, 스님이 갑자기 눈을 크게 뜨고 그들에게 말했다.

"시랑(侍郞)께서 과거를 주관하는 것이오? 아니면 낭군들이 과거를 주관하는 것이오? 대저 과거는 국가의 중대사로, 조정에서 시랑께 그 일을 맡긴 것은 시랑께서 이전의 폐단을 없애고 한미한 선비들에게 앞길을 열어 주게 하기 위함이오. 그런데 지금 그 급제 여부가 모두 낭군들에 의해 결정되고 있으니, 시랑께서 설마 허수아비란 말이오? 낭군들이 급제시키고자 하는 자들은 모두 권문세가의 자제뿐이고 일찍이 한미한 출신의 선비는 한 명도 논의하지 않으니, 이것이 옳다고 생각하시오?"

그러고는 곧바로 장원부터 마지막 급제자까지 손가락으로 꼽았는데, 한 사람도 틀리지 않았다. 미 : 이 스님은 크게 심지 있는 사람이며 크게 용의주도한 사람이다. 또한 호족 가운데 사사로운 원한을 맺게 된 자세한 내막 등 두 사람이 꺼리는 바를 모두 알아맞히자, 배훈 등이 크게 두려워하면서 곧장 스님에게 원하는 바를 묻고 금과 비단으로 입막음하려 하니 스님이 말했다.

"빈승은 늙었으니 금과 비단을 어디에 쓰겠소? 우리 마을에 옹언추라는 사람이 있는데, 그저 그 사람만 급제시켜 주시오."

배훈 등이 말했다.

"바로 그 사람을 병과(丙科)149)에 넣겠습니다."

스님이 말했다.

"여덟 번째가 아니면 안 되오."

배훈이 하는 수 없이 그렇게 하겠다고 허락하자 스님이 말했다.

"그러면 빈승에게 문서 한 장을 써 주시오."

옹언추는 그해에 과거에 급제했는데, 결국 그의 말대로 되었다.

翁彦樞, 蘇州人, 應進士擧. 有同鄕里僧, 出入故相國裴公垣¹ 門下, 以其年耄優惜之, 雖中門內, 亦不禁其出入. 手持貫珠, 閉目誦佛不輟. 垣主文柄, 入貢院, 二子勛·質, 日議榜於私室. 僧多處其間, 二子不之虞也. 其擬議名氏, 沿與奪進退, 僧悉熟之矣. 歸寺而彦樞訪焉. 僧問其將來得失之耗, 彦樞對以無成遂狀. 僧曰: "公成名須第幾人?" 彦樞謂僧戲己, 答曰: "第八人足矣." 卽復往裴氏之家, 二子議如初, 僧

---

149) 병과(丙科) : 과거 시험의 성적에 따라 나눈 등급 가운데 하나. 갑과(甲科)는 1등부터 3등까지, 을과(乙科)는 4등부터 10등까지, 병과는 11등부터로 구분했다. 또한 갑과의 1등은 장원(狀元), 2등은 방안(榜眼), 3등은 탐화(探花)라고 불렸다.

忽張目謂之曰:"侍郎知擧耶? 郎君知擧耶? 夫科第國家重事, 朝廷委之侍郎, 欲侍郎剗革前弊, 孤平得路. 今之與奪, 率由郎君, 侍郎寧偶人耶? 且郎君所與者, 不過權豪子弟, 未嘗以一孤平議之, 可乎?" 卽屈其指, 自首及末, 不差一人. 眉:此僧大有心人, 大有用人. 其豪族私讎曲折, 畢中二子所諱, 勛等大懼, 卽問僧所欲, 且以金帛啗之, 僧曰:"貧僧老矣, 何用金帛爲? 有鄕人翁彦樞者, 徒要及第耳." 勛等曰:"卽列在丙科." 僧曰:"非第八人不可也." 勛不得已許之, 僧曰:"與貧僧一文書來." 彦樞其年及第, 竟如其言.

* 이 고사는 《태평광기》 권182 〈공거·옹언추〉에 실려 있다.

1 원(垣):《신당서》 권182 〈배탄전(裵坦傳)〉과 《옥천자》에는 "탄(坦)"이라 되어 있는데 타당하다. 이하도 마찬가지다.

30-39(0769) 양훤

양훤(楊暄)

출《명황잡록》

 양국충(楊國忠)의 아들 양훤이 명경과(明經科)에 응시했다. 예부시랑(禮部侍郎) 달해순(達奚珣)이 시험을 주관했는데, 그를 급제시키기에 부족해서 낙방시키려 했지만 양국충을 두려워해서 감히 결정하지 못했다. 당시 어가는 화청궁(華淸宮)에 있었고 달해순의 아들 달해무(達奚撫)는 회창현위(會昌縣尉)로 있었는데, 달해순이 급히 달해무에게 서찰을 보내 양국충을 기다렸다가 상황을 갖추어 아뢰게 했다. 달해무가 양국충의 사저에 도착했을 때는 오경(五更 : 새벽 3~5시)이 막 지났는데 등불이 줄지어 문 앞에 가득했다. 양국충이 말을 타고 조정으로 급히 가려 할 때, 달해무가 등촉 아래에서 양국충을 배알했다. 양국충은 자기 아들이 틀림없이 선발되었을 것이라고 생각해서 달해무를 향해 미소를 지으며 매우 기쁜 기색을 띠었다. 달해무가 마침내 아뢰었다.

 "저는 부친의 명을 받들어 왔는데, 상군(相君 : 양국충)의 아드님이 급제하지 못했지만 감히 낙방시키지 못하고 있다고 합니다."

양국충은 뒤로 물러서서 크게 소리쳤다.

"내 아들이 어찌 부귀하지 못할 것을 근심하겠느냐? 어찌 관적(官籍)에 이름 하나 올리자고 쥐새끼 같은 놈들에게 팔릴 수 있겠느냐?"

그러고는 돌아보지도 않고 곧장 말을 타고 가 버렸다. 달해무는 당황하고 두려운 나머지 황급히 달려가 달해순에게 고했다.

"양국충은 권세를 믿고 부귀함에 거만하니 어찌 시비곡직(是非曲直)을 따지겠습니까?"

그래서 결국 양훤을 우등으로 급제시켰다.

楊國忠之子暄, 擧明經. 禮部侍郞達奚珣考之, 不及格, 將黜落, 懼國忠而未敢定. 時駕在華淸宮, 珣子撫爲會昌尉, 珣遽以書報撫, 令候國忠, 具言其狀. 撫旣至國忠私第, 五鼓初起, 列火滿門. 國忠方乘馬趨朝, 撫因謁於燭下. 國忠謂其子必在選中, 向撫微笑, 意色甚歡. 撫乃白曰: "奉大人命, 相君之子試不中, 然不敢黜退." 國忠却立大呼曰: "我兒何慮不富貴? 豈籍一名, 爲鼠輩所賣耶?" 不顧, 乘馬而去. 撫惶駭, 遽奔告於珣曰: "國忠恃勢倨貴, 奈何校其曲直?" 因致暄上第.

* 이 고사는 《태평광기》 권179 〈공거·양훤〉에 실려 있다.

30-40(0770) 최원한

최원한(崔元翰)

출《국사보》

최원한은 양염(楊炎)의 천거를 받고 보궐(補闕)에 임명되려 했는데, 양염에게 간청했다.

"진사에 응시하길 원합니다!"

이로 말미암아 최원한은 과장에서 독보적이었지만 시험 규정을 잘 알지 못해 미리 시제(試題)를 요청해서 준비했다. 그런데 최오(崔敖)가 이 사실을 알게 되었다. 동이 트고 도당(都堂 : 상서성)이 막 열리자, 최오가 성난 목소리로 주고관에게 아뢰었다.

"만약 '백운기봉중(白雲起封中)'을 시제로 내신다면 저는 퇴장하겠습니다."

주고관은 그가 시제를 알고 있자 깜짝 놀라 시제를 바꾸었다. 그해에 두 최씨는 모두 합격했다.

崔元翰爲楊炎所引, 欲拜補闕, 懇曰 : "願擧進士!" 由此獨步場中, 然不曉程試, 先求題目爲地. 崔敖知之. 旭日, 都堂始開, 敖盛氣白主司曰 : "若出'白雲起封中'題, 敖請退." 主司爲其所中, 愕然換之. 是歲, 二崔俱捷.

* 이 고사는 《태평광기》 권180 〈공기 · 최원한〉에 실려 있다.

30-41(0771) 왕유

왕유(王維)

출《집이기》

  상서우승(尚書右丞) 왕유는 나이가 약관도 되기 전에 문장으로 명성을 얻었다. 그는 천성적으로 음률에 익숙해 절묘하게 비파를 잘 탔다. 그는 여러 귀인의 집들을 돌아다녔는데, 특히 기왕[岐王 : 이범(李範)]에게 중시받았다. 당시 진사 장구고(張九皋)는 명성이 자자했는데, 빈객 중에서 공주(公主)의 집을 드나들던 사람이 그를 추천하자, 공주가 경조부(京兆府)의 시관(試官)에게 서찰을 보내 장구고를 해두(解頭 : 해시의 장원)로 뽑게 했다. 왕유도 과거에 응시하려던 참이라 기왕에게 말씀드리고 도움을 청했더니 기왕이 말했다.

  "귀주(貴主)는 권세가 강해서 힘으로 다툴 수 없으니 내가 자네를 위해 계책을 세워 주겠네. 자네가 예전에 쓴 시 중에서 뛰어난 것 10편을 적어 오고, 비파곡 중에서 새로 지은 애절한 것으로 한 곡을 준비해서 닷새 후에 여기로 오게."

  왕유가 기한에 맞춰 갔더니 기왕이 말했다.

  "자네가 문사(文士)로서 귀주를 알현하길 청하면 어찌 문 앞인들 구경할 수 있겠나? 미 : 문사가 알현을 청하는 것은 예로부터 어려운 일이다. 자네는 내가 일러 준 대로 할 수 있겠는가?"

왕유가 말했다.

"삼가 말씀대로 하겠습니다."

그러자 기왕은 화려하고 멋진 수놓은 비단옷을 꺼내 왕유에게 입게 하고 아울러 비파를 지니게 하고는 함께 공주의 저택으로 갔다. 기왕이 들어가서 말했다.

"귀주께서 궁에서 나오셨다고 들었기에 술과 음악을 가지고 연회를 모시고자 합니다."

공주가 자리를 펴게 하자 여러 악공들이 앞으로 나왔다. 왕유는 젊은 나이에 살결이 희고 고왔으며 풍모 또한 빼어났는데, 그가 행렬에 서 있자 공주가 돌아보고 기왕에게 말했다.

"이 사람은 누구입니까?"

기왕이 대답했다.

"음률에 뛰어난 자입니다."

그러고는 즉시 왕유에게 새로운 곡을 독주하게 했는데, 그 소리와 곡조가 애절해 온 좌중이 감동했다. 공주가 직접 물었다.

"이 곡의 이름이 무엇인가?"

왕유가 일어나 대답했다.

"〈울륜포(鬱輪袍)〉라 합니다."

공주가 크게 칭찬하자 그 틈을 타서 기왕이 말했다.

"이 사람은 음률뿐만 아니라 문학에서도 그를 뛰어넘는 자가 없습니다."

공주는 그를 더욱 남달리 여기며 물었다.

"그대는 지은 문장을 가지고 있는가?"

왕유는 즉시 품속의 시권(詩卷)을 꺼내 공주에게 바쳤다. 공주가 그것을 읽고 나서 놀라며 말했다.

"이는 모두 내가 외우고 익히던 것으로 늘 옛사람의 훌륭한 작품이라 생각했는데, 그대가 지었단 말인가?"

그러고는 옷을 갈아입게 하고 빈객의 오른쪽 자리로 올라오게 했다. 왕유는 풍류가 넘쳐 나고 우스갯소리도 잘했기에 여러 귀인들이 크게 흠모하며 눈여겨보았다. 이어서 공주가 기왕에게 말했다.

"어찌하여 그를 과거에 응시하게 하지 않았습니까?"

기왕이 말했다.

"이 사람은 수석으로 천거되지 못하면 과거를 보지 않을 작정입니다. 그런데 이미 귀주께서 장구고를 추천하기로 논의하셨다고 들었습니다."

공주가 웃으며 말했다.

"어찌하여 내 일에 관여하십니까? 본래 다른 사람에게 부탁받은 것이었습니다."

그러고는 왕유를 돌아보며 말했다.

"그대가 진실로 과거를 보고 싶다면 내가 마땅히 그대를 위해 힘써 보겠네."

왕유가 일어나 겸손히 사양했지만, 공주는 즉시 시관을 불러 집으로 오게 하고 궁녀를 보내 교지를 전하게 했다. 왕유는 마침내 해두가 되었으며 단번에 과거에 급제했다. 미:당나라 때의 공주는 이와 같은 권세를 지니고 있었다. 하지만 공주가 문장에 통달하고 재주가 뛰어난 것 또한 당나라에 비할 시대가 없다. 왕유는 태악승(太樂丞)으로 있을 때 악공들이 황사자(黃師子) 춤을 춘 일로 인해 그 일에 연루되어 파직되었다. 천보(天寶) 연간(742~756) 말에 안녹산(安祿山)이 처음 서경(西京: 장안)을 함락했을 때, 왕유와 정건(鄭虔)·장통(張通) 등은 모두 역적의 조정에 있었다가, 서경이 수복되고 나서 모두 선양리(宣楊里)에 있는 양국충(楊國忠)의 옛 저택에 감금되었다. 최원(崔圓)이 그들을 사저로 불러 벽화를 몇 점 그리게 했는데, 당시 최원은 공신으로 둘도 없이 귀한 신분이었기에 그들은 최원이 구해 주기를 바랐으므로, 정교하게 구상해 그 기예를 뛰어나게 발휘했다. 나중에 이 일로 인해 그들은 모두 관대한 은전(恩典)을 받았다.

王維右丞, 年未弱冠, 文章得名. 性閑音律, 妙能琵琶. 遊歷諸貴間, 尤爲岐王所眷重. 時進士張九皐聲稱籍甚, 客有出入公主之門者, 爲其地, 公主以詞牒京兆試官, 令以九皐爲解頭. 維方將應擧, 言於岐王, 仍求庇借, 岐王曰 : "貴主之強,不可力爭,吾爲子畫焉.子之舊詩淸越者,可錄十篇,琵琶新聲之怨切者,可度一曲,後五日至此." 維如期而至,岐王謂曰: "子以文士請謁貴主,何門可見哉? 眉: 文士請謁,自古難之. 子能如吾之敎乎?" 維曰: "謹奉命." 岐王乃出錦繡衣服,鮮華奇異,遣維衣之,仍令賷琵琶,同至公主之第. 岐王入曰: "承貴主出內,故携酒樂奉宴." 卽令張筵,諸伶旅進. 維妙年潔白,風姿都美,立於行,公主顧之,謂岐王曰: "斯何人哉?" 答曰: "知音者也." 卽令獨奉新曲,聲調哀切,滿坐動容. 公主自詢曰: "此曲何名?" 維起曰: "號〈鬱輪袍〉." 公主大奇之,岐王因曰: "此生非止音律,至於詞學,無出其右." 公主尤異之,則曰: "子有所爲文乎?" 維則出獻懷中詩卷呈公主. 公主旣讀,驚駭曰: "此皆兒所誦習,常謂古人佳作,乃子之爲乎?" 因令更衣,升之客右. 維風流蘊藉,語言諧戲,大爲諸貴欽矚. 公主因曰: "何不遣其應擧?" 岐王曰: "此生不得首薦,義不就試. 然已承貴主論託張九皐矣." 公主笑曰: "何預兒事? 本爲他人所託." 顧謂維曰: "子誠取,當爲子力致焉." 維起謙謝. 公主則召試官至第,遣宮婢傳敎. 維遂作解頭,而一擧登第矣. 眉: 唐時公主有權如此. 然公主通文擅才,亦無唐比. 及爲太樂丞,爲伶人舞黃師子,坐出官. 天寶末,祿山初陷西京,維及鄭虔・張通等,皆處賊庭,洎克復,俱囚於宣楊里楊國忠舊宅. 崔圓因召於私第,令畫數壁,當時皆以圓勳貴無二,望其救解,故運思精巧,頗絶其藝. 後由此事,皆從寬典.

* 이 고사는 《태평광기》 권179 〈공거・왕유〉에 실려 있다.

30-42(0772) 배사겸

배사겸(裴思謙)

출《척언》

고개(高鍇)가 다시 지공거(知貢擧)가 되었을 때 고개는 문하 관원들에게 청탁 서찰을 받지 말라고 경계시켰다. 배사겸은 직접 구사량(仇士良)의 서찰 한 통을 품고 공원(貢院 : 과장)으로 들어가더니, 미 : 과거 급제자는 북사(北司 : 내시성)150)에 의해 추천 선발되었기에 훗날 관직은 모두 북사의 심복들이 차지했다. 당시에는 천자의 자리일지라도 북사에 의해 폐위되거나 옹위되었으니, 과거 급제자 추천에 무슨 어려움이 있었겠는가? 이내 자색 공복(公服)으로 갈아입고 계단 아래로 성큼성큼 걸어가서 고개에게 아뢰었다.

"여기에 수재(秀才) 배사겸을 추천한다는 군용(軍容 : 구사량)151)의 서찰이 있습니다."

---

150) 북사(北司) : 북시(北寺)라고도 하며, 내시성(內侍省)을 말한다.
151) 군용(軍容) : 관군용사(觀軍容使)의 줄임말. 당나라 때 임시로 설치한 군사(軍事) 감찰직(監察職)으로 권세 있는 환관이 맡았다. 당시 구사량은 북시(北寺 : 내시성)의 좌신책군중위(左神策軍中尉)로서 관군용사를 맡았다.

고개는 하는 수 없이 그 서찰을 받았는데, 서찰의 내용은 배사겸을 수석으로 선발하라는 것이었다. 고개가 말했다.

"장원은 이미 정해진 사람이 있으니, 그 밖에는 군용의 뜻에 따를 수 있소."

배사겸이 말했다.

"하관(下官)이 면전에서 군용의 분부를 받았는데, 배 수재(裴秀才 : 배사겸)가 장원이 아니면 시랑께 급제자 방문을 발표하지 말라고 청하셨습니다."

고개는 한참 동안 머리를 숙이고 있다가 말했다.

"그렇다면 일단 배 학사(裴學士 : 배사겸)를 만나 봐야겠소."

배사겸이 말했다.

"하관이 바로 그 사람입니다."

배사겸은 인물이 위풍당당했기 때문에 고개는 그를 보고 안색을 바꿨으며, 하는 수 없이 결국 그 청을 따랐다.

평 : [당나라] 회창(會昌) 연간(841~846)에 채연(蔡鋋)과 이암사(李巖土)는 각각 양군(兩軍)152)의 청탁 서찰을 가

---

152) 양군(兩軍) : 내시성(內侍省)에 소속된 좌우신책군(左右神策軍)

져와서 장원을 요구했기에 당시에 그들을 "대군해두(對軍解頭 : 군대를 대동한 해시 장원)"라고 불렀다. 또 방림 십철(芳林十哲)153)이 있었는데, 이들은 모두 내신(內臣 : 환관)과 교유한 자들이었다. 과거가 이미 더러운 길이 되어 버렸으니, 이 애주(李崖州 : 이덕유)가 이러한 무리를 통렬히 억누른 것은 사적인 유감 때문이 아니었다.

高鍇再知擧, 誡門下不得受書題. 裴思謙自懷仇士良一緘入貢院, 眉 : 科第由北司薦拔, 他日官職皆北司腹心矣. 雖然當時天位亦由北司廢置, 何有於科第? 乃易紫衣, 趨至階下, 白鍇曰 : "軍容有狀, 薦裴思謙秀才." 鍇不得已遂接之, 書中與思謙求巍峨. 鍇曰 : "狀元已有人, 此外可." 思謙曰 : "卑吏面奉軍容處分, 裴秀才非狀元, 請侍郎不放." 鍇俯首良久曰 : "然則略要見裴學士." 思謙曰 : "卑吏便是." 思謙人物堂堂, 鍇見之改容, 不得已遂從之.
評 : 會昌中, 蔡鋌·李巖士各將兩軍書題求狀元, 時謂之"對軍解頭". 又有芳林十哲, 皆與內臣交遊者. 科目已成穢途,

을 말한다.
153) 방림 십철(芳林十哲) : '방림'은 방림문(芳林門)으로 장안성 태극궁(太極宮)의 북쪽 끝에 있는 궁문인데, 이곳으로 들어와서 태극궁과 위쪽 서내원(西內苑) 사이의 좁은 길을 통과하면 당시 환관 세력의 중심지였던 대명궁(大明宮)으로 들어갈 수 있었다. '방림 십철'은 환관과 결탁한 10명을 말한다.

李崖州痛抑此輩, 非私憾也.

* 이 고사는 《태평광기》 권181 〈공거·배사겸〉에 실려 있다.

30-43(0773) 유분

유분(劉蕡)

출《척언》·《옥천자》

　[당나라] 대화(大和) 2년(828)에 배휴(裵休) 등 23명이 제과(制科)에 등과했다. 당시 유분(劉蕡)은 대책(對策 : 책문) 1만여 자를 지어 국가 치란(治亂)의 근본을 깊이 연구하고 또한 《춘추(春秋)》의 대의(大義)를 많이 인용했는데, 비록 [한나라의] 공손홍(公孫弘)과 동중서(董仲舒)라 하더라도 그와 견줄 수 없을 정도였다. 그래서 배휴를 비롯한 등과자들 중에 옷깃을 여미지 않는 자가 없었다. 하지만 유분이 대책에서 권문귀족과 총신들을 비판하면서 전혀 거리낌이 없었기에, 담당 관리가 이를 알고 선발하지 않았다. 당시 등과한 이합(李郃)이라는 사람이 대궐에 나아가 상주문을 올려, 자신의 이름을 유분과 바꿔 달라고 청했다. 미 : 고상한 사람이다. 이합의 상주문이 궁중에 머물러 있는 동안, 유분은 딱 한 달 만에 굴재(屈才)의 명성이 천하에 널리 퍼졌다.

　유분은 양사복(楊嗣復)의 문생이었다. 그가 직언으로 중관(中官 : 환관)의 뜻을 거스르자 [환관의 우두머리로 내시성(內侍省)의 최고 장관이었던] 구사량(仇士良)이 양사복에게 말했다.

"어찌하여 국가의 중대한 과거 시험에서 이런 미친놈을 급제시켰소?"

양사복이 두려워하며 대답했다.

"제가 이전에 유분을 급제시킬 때는 아직 미치지 않았습니다."

大和二年, 裴休等二十三人登制科. 時劉蕡對策萬餘字, 深究治亂之本, 又多引《春秋》大義, 雖公孫弘·董仲舒不能肩也. 自休已下, 靡不斂衽. 然以指斥貴幸, 不顧忌諱, 有司知而不取. 時登科人李邰¹詣闕進疏, 請以己名易蕡. 眉: 高人. 疏奏留中, 期月之間, 屈聲播於天下.
劉蕡, 楊嗣復之門生也. 旣以直言忤中官, 仇士良謂嗣復曰: "奈何以國家科第, 放此風漢耶?" 嗣復懼, 答曰: "嗣復昔與蕡及第時, 猶未風耳."

* 이 고사는 《태평광기》 권181 〈공거·유분〉에 실려 있다.

1 소(邵): 《구당서》·《신당서》의 〈유분전〉과 《당척언》에는 "합(郃)"이라 되어 있는데 타당하다.

30-44(0774) 육의

육의(陸扆)

출《북몽쇄언》

　　육의가 진사에 응시했을 때 [당나라] 희종(僖宗)이 [황소의 난을 피해] 양양(梁洋)으로 행차하자, 육의는 어가(御駕)를 따라 행재소(行在所)로 가서 중서사인(中書舍人) 정손(鄭損)과 함께 여관에 묵었다. 육의는 재상 위소도(韋昭度)의 인정을 받았는데, 자신의 일을 빨리 매듭짓고자 여러 차례 위소도에게 고하자 위소도가 말했다.

　　"이미 한여름이 되었으니 또 누구에게 주고관(主考官)을 맡긴단 말인가?"

　　육의가 정손이 적합하다고 대답하자 위소도는 그 말을 따랐다. 이에 위소도는 육의로 하여금 정손에게 주고관을 맡아 달라는 뜻을 전하게 했고, 급제자 방문은 모두 육의가 스스로 정했다. 그해 6월에 육의는 장원으로 급제했다. 나중에 육의는 한림원(翰林院)에 있었는데, 당시 날씨가 무덥자 동료들이 그를 놀리며 말했다.

　　"오늘은 방문을 만들기 딱 좋은 날이군요."

　　그러나 육의의 명성은 한 시대의 으뜸이었고, 그의 형제 세 명은 당시에 "삼육(三陸)"으로 불렸으니 육희성(陸希聲)

과 육위(陸威)였다.

陸扆擧進士, 屬僖宗幸梁·洋, 隨駕至行在, 與中書舍人鄭損同止逆旅. 扆爲韋相昭度所知, 欲身事速了, 屢告昭度, 昭度曰:"奈已深夏, 復使何人爲主司?"扆以鄭損對, 昭度從之. 因令扆致意, 榜帖皆扆自定. 其年六月, 狀頭及第. 後在翰林署, 時苦熱, 同列戲之曰:"今日好造榜矣." 然扆名冠一時, 兄弟三人, 時謂"三陸", 希聲及威也.

* 이 고사는 《태평광기》 권183 〈공거·육의〉에 실려 있다.

30-45(0775) 왕인

왕인(王璘)

출《척언》

　　장사(長沙)의 일시만언과(日試萬言科)154) 출신 왕인은 문학의 재능이 풍부했는데, 이는 배움을 쌓아서 이룰 수 있는 바가 아니었다. 최 첨사[崔詹事 : 최근(崔瑾)]가 장사 지역을 염찰(廉察)할 때, 표문을 올려 그를 조정에 추천했다. 그 전에 사원(使院 : 절도사의 집무처)에서 시험을 치렀는데, 왕인이 서리(書吏) 10명에게 모두 안석과 벼루를 지급해 달라고 청한 뒤, 고운 갈포 홑옷을 입고 배를 어루만지면서 왔다 갔다 하며 구술하자, 10명의 서리들은 붓을 멈추지 못했다. 먼저 〈황하부(黃河賦)〉라는 제목으로 3000자를 잠깐 새에 완성했다. 또 〈조산여화락시(鳥散餘花落詩)〉 30수를 붓을 잡자마자 이루었다. 그때 난데없이 비바람이 갑자기 몰아치더니 시권(試卷) 몇 폭이 회오리바람에 휘말려 진창에 흠뻑 젖는 바람에 다시 펼칠 수가 없었다. 그러자 왕인이 말했다.

---

154) 일시만언과(日試萬言科) : 하루에 만 자의 문장을 지어내는 제과(制科) 시험 과목.

"주지 말고, 다른 종이를 가져오시오."

그러고는 다시 붓을 한 번 휘둘러 금세 10여 편을 다시 써냈다. 시간이 아직 정오도 되지 않았는데 이미 7000여 자를 지어 놓았다. 그러자 최 공(崔公 : 최근)이 시관(試官)에게 말했다.

"만언과는 시험의 시한을 두지 않으니, 그를 불러와 술을 마시길 청합니다."

〈황하부〉에는 벽자(僻字)가 100여 자나 있었기에 왕인에게 청해 사람들 앞에서 낭독하게 했는데, 그는 옆에 아무도 없는 듯 득의만만했다. 왕인이 도성에 도착했을 때 노암(路岩)이 한창 국정의 중임을 맡고 있었는데, 노암이 사람을 보내 그를 불러오게 했다. 하지만 왕인은 명성을 구하는 데 뜻이 있었으므로 이렇게 말했다.

"청컨대 기다렸다가 황제 폐하를 알현하겠습니다."

노암은 그 말을 전해 듣고 대노해 급히 만언과를 폐지하도록 상주하라고 명했다. 미 : 노암이 이처럼 권력을 휘둘렀으니 그가 서인으로 강등된 것은 마땅하다. 결국 왕인은 빈손으로 지팡이를 짚고 돌아가 술에 빠져 거침없이 지냈는데, 백정이나 술집 주인일지라도 전혀 거리낌이 없었다.

長沙日試萬言王璘, 詞學富贍, 非積學所致. 崔詹事廉問, 持表薦於朝. 先是試之於使院, 璘請書吏十人, 皆給几硯, 璘袗綌捫腹, 往來口授, 十吏筆不停輟. 首題〈黃河賦〉三千字, 數刻而成. 又〈鳥散餘花落詩〉三十首, 援毫立就. 忽風雨暴至, 數幅爲回飇所捲, 泥滓沾漬, 不勝舒卷. 璘曰: "勿取, 但將紙來." 縱筆一揮, 斯須復十餘篇矣. 時未停午, 已積七千餘言. 崔公語試官曰: "萬言不在試限, 但請召來飮酒." 〈黃河賦〉復有僻字百餘, 請璘對衆朗宣, 旁若無人. 至京時, 路巖方當軸, 遣一介召之. 璘意在沽激, 曰: "請俟見帝." 巖聞之大怒, 亟命奏廢萬言科. 眉: 巖攬權如此, 宜其及也. 璘杖策而歸, 放曠於杯酒間, 雖屠沽無間然矣.

* 이 고사는《태평광기》권183〈공거·왕인〉에 실려 있다.

30-46(0776) 안표

안표(顔摽)

출《척언》

　[당나라] 함통(咸通) 연간(860~874)에 시랑(侍郎) 정훈(鄭薰)이 과거를 주관했는데, 당시 서주(徐州)의 번진이 난을 일으키자[155] 정훈은 국가에 공훈을 세운 충렬지사를 격려하려는 의도로, 안표가 노공[魯公 : 안진경(顔眞卿)]의 후손이라고 생각해서 곧장 그를 장원으로 뽑았다. 얼마 후에 정훈이 안표에게 가묘(家廟)에 대해 물었더니 안표가 말했다.

　"저의 가문은 한미(寒微)한지라 도성에 가묘가 없습니다."

　정훈은 그제야 자신이 착각한 것을 깨닫고 한참 동안 침묵하고 있었다. 얼마 후에 어떤 무명자(無名子 : 이름을 숨

---

155) 당시 서주(徐州)의 번진이 난을 일으키자 : 의종(懿宗) 함통(咸通) 9년(868)에 일어난 방훈(龐勛)의 난을 말한다. 계림(桂林)에 주둔해 있던 서주(徐州)·사주(泗州)의 병사 800여 명이 수자리 서느라 오랫동안 고향으로 돌아가지 못하자 방훈을 수장으로 추대하고 난을 일으켰다가 이듬해(869)에 평정되었다.

긴 채 비방문을 지어내는 자)가 이 일을 조롱하며 말했다.

"주고관은 머리가 너무나 흐리멍덩해, 안표를 노공의 후손으로 착각했다네."

咸通中, 鄭侍郞薰主文, 時徐寇作亂, 薰志在激勸忠烈, 得顔標謂是魯公之後, 卽以爲狀元. 旣而問及廟院, 標曰:"標寒素, 無廟院在京." 薰始悟, 塞默久之. 尋爲無名子嘲曰:"主司頭腦太冬烘, 錯認顔標作魯公."

* 이 고사는 《태평광기》 권182 〈공거·안표〉에 실려 있다. 권256 〈조초(嘲誚)·정훈(鄭薰)〉에도 나온다.

30-47(0777) 송제와 온정균

송제 · 온정균(宋濟 · 溫庭筠)

출《노씨소설》출《척언》·《북몽쇄언》

당(唐)나라 덕종(德宗)이 미행(微行)하다가 하루는 서명사(西明寺)에 이르렀는데, 그때 송제는 승원(僧院)에서 과하(過夏)[156] 중이었다. 황상이 불쑥 송제의 승원으로 들어왔을 때, 송제는 한창 창 아래에서 갈건을 쓰고 책을 베끼고 있었다. 황상이 말했다.

"차 한 잔만 주시오."

송제가 말했다.

"솥 안에서 물이 끓고 있으니 직접 부어 드십시오."

황상이 또 그에게 무슨 일을 하는지 물으면서 아울러 그의 성과 항렬을 묻자 송제가 말했다.

"성은 송이고 항렬은 다섯째이며, 진사에 응시하려고 합니다."

황상이 또 말했다.

"공부하는 것이 무엇이오?"

---

[156] 과하(過夏) : 낙방한 뒤 도성에 머물러 여름을 보내면서 학업을 계속하는 것을 말한다.

송제가 말했다.

"시를 짓고 있습니다."

황상이 또 말했다.

"듣자 하니 금상(今上)이 시 짓기를 좋아한다던데 어떻소?"

송제가 말했다.

"성상(聖上)의 뜻은 헤아릴 수 없지요."

그런데 말을 끝마치기도 전에 갑자기 어가 수행원이 잇달아 도착하면서 소리쳤다.

"황제 폐하 납시오!"

송제가 황공해하면서 죄를 빌자 황상이 말했다.

"송오(宋五 : 송제)는 대단히 솔직하도다."

나중에 예부(禮部)에서 진사 급제자 방문을 발표하자 황상은 내신(內臣)에게 송제의 이름이 있는지 알아보게 했는데, 사신이 돌아와서 그의 이름이 없다고 아뢰자 황상이 말했다.

"송오는 또한 솔직했도다."

당나라의 온정균은 자(字)가 비경(飛卿)이며 옛 이름이 기(岐)였다. 협 : 오흥(吳興)의 심휘(沈徽)가 이르길, "온정균은 일찍이 강회(江淮)에서 아버지에게 회초리를 맞고 그로 인해 이름을 바꾸었다"라고 했다. 미 : 온정균이 강회를 유람한 일은 〈잡부(雜部)〉에 보인다.157) 온정균은 이상은(李商隱)과 이름을 나란히 해 당시에 "온이(溫李)"로 불렸다. 그는 문사가 곱고 아름다웠으며 소부(小賦)에 뛰어났다. 매번 과장에 들어가 시험을 볼 때면 관운(官韻)158)으로 압운해 부를 지었는데, 초안을 잡은 적이 없었고 그저 소매 속에 손을 넣은 채 책상에 기대어 각 부마다 하나의 운으로 한 번만 읊을 뿐이었다. 그래서 과장에서 그를 "온팔음(溫八吟)"이라 불렀다. 또한 그는 과장에서 많은 거인(擧人)들의 답안을 대신 써 주었는데, 시랑(侍郎) 심순(沈詢)이 지공거(知貢擧)가 되었을 때 따로 자리를 마련해 온정균에게 주면서 다른 사람들과 가까이 앉지 못하게 했다. 이의산(李義山 : 이상은)이 일찍이 "멀리는 조공(趙公 : 장손무기)이 36년간 재상을 지낸 것에 견주고"라는 연구(聯句) 하나를 짓고 나서 그 대구(對句)를 짓지 못하고 있었다. 그러자 온정균이 말했다.

"어찌하여 '가까이는 곽 영(郭令 : 곽자의)이 24차례 중서성에서 관리의 업적을 평가한 것과 같네'라고 하지 않으시오?" 미 : 조공은 장손무기(長孫無忌)이고, 곽 영은 분양왕[汾陽王 : 곽자의(郭子儀)]이다.

157) 〈잡부(雜部)〉에 보인다 : 《태평광기》 권498 〈잡록(雜錄)・온정균〉에 실려 있다.
158) 관운(官韻) : 과거 시험을 볼 때 관에서 정한 운서(韻書)에 규정된 운.

선종(宣宗)이 일찍이 시험 삼아 시를 지으면서 앞 구에 "금보요(金步搖 : 황금 떨잠)"라는 말이 있었는데, 대구를 맞출 수 없어서 사람을 보내 진사(進士)에게 물어보게 했더니, 온정균이 "옥조탈(玉條脫 : 옥팔찌)"로 대구를 맞추자, 선종이 그에게 상을 내렸다. 또 약에 "백두옹(白頭翁 : 할미꽃)"이라는 이름이 있자, 온정균은 "창이자(蒼耳子 : 도꼬마리 열매)"로 대구를 맞추었다. 다른 것도 모두 이와 같았다. 선종은 〈보살만(菩薩蠻)〉이라는 사(詞)를 애창했는데, 승상(丞相) 영호도(令狐綯)가 온정균의 붓을 빌려 그것을 지어 선종에게 바치고는 발설하지 말라고 주의를 주었다. 그러나 온정균이 금방 그 사실을 다른 사람에게 말해 버렸기에 이 때문에 영호도가 그를 멀리했다. 온정균은 또 이런 말을 했다.

"중서성 안에 장군(將軍 : 영호도)159)이 앉아 있다."

이는 승상이 학문이 없음을 비웃은 것이었다. 선종은 미행을 좋아했는데, 객점에서 우연히 온정균을 만났다. 온정균은 용안(龍顔)을 알아보지 못하고 거만하게 선종에게 캐물었다.

---

159) 장군(將軍) : 영호도가 무관(武官) 출신이었기에 이렇게 비꼰 것이다.

"공은 장사(長史)나 사마(司馬)의 부류요?"

선종이 말했다.

"아니오."

온정균이 또 말했다.

"혹시 참군(參軍)·주부(主簿)·현위(縣尉)의 부류가 아니오?"

선종이 말했다.

"아니오."

온정균은 방성현위(方城縣尉)로 폄적되었으며, 결국 타향을 떠돌다가 죽었다.

빈국공(豳國公) 두종(杜悰)이 서천절도사(西川節度使)에서 회해절도사(淮海節度使)로 제수되었는데, 온정균이 위곡(韋曲) 두씨(杜氏)의 임정(林亭)을 찾아가서 다음과 같은 시를 남겼다.

"탁씨[卓氏 : 탁문군(卓文君)]의 주막 앞엔 금실버들 흔들리고, 수(隋)나라 운하 제방 가엔 비단 돛이 바람에 나부끼네. 두 지역에서 장맛비를 무릅쓰느라, 연못물 붉게 비추는 연꽃도 보지 못했네."

빈국공은 그 말을 듣고 온정균에게 비단 1000필을 보내주었다.

唐德宗微行, 一日至西明寺, 時宋濟在僧院過夏. 上忽入濟院, 方在窓下, 葛巾抄書. 上曰:"茶請一碗." 濟曰:"鼎水方煎, 請自潑之." 上又問作何事業, 兼問姓行, 濟云: "姓宋, 第五, 應進士擧." 又曰: "所業何?" 曰: "作詩." 又曰: "聞今上好作詩, 何如?" 宋濟云: "聖意不測." 語未竟, 忽從輦遞到, 曰: "官家!" 濟惶懼待罪, 上曰: "宋五大坦率." 後禮部放牓, 上命內臣看有濟名, 使回奏無名, 上曰: "宋五又坦率也."

唐溫庭筠, 字飛卿, 舊名岐. 夾: 吳興沈徽云: "溫曾於江淮爲親櫃楚, 由是改名." 眉: 溫遊江淮事見〈雜部〉. 與李商隱齊名, 時號 "溫李". 才思艷麗, 工於小賦. 每入試, 押官韻作賦, 未嘗起草, 但籠袖憑几, 每賦一韻, 一吟而已. 故場中號爲 "溫八吟". 又多爲擧人假手, 侍郎沈詢知擧, 別施鋪席授庭筠, 不與諸公鄰比. 李義山嘗得一聯句云: "遠比趙公, 三十六年宰輔." 未得偶句. 溫曰: "何不云 '近同郭令, 二十四考中書'?" 眉: 趙公, 長孫無忌也. 郭令, 汾陽王也. 宣宗嘗試詩, 上句有 "金步搖", 未能對, 遣問進士, 庭筠乃以 "玉條脫" 對, 宣宗賞焉. 又藥有名 "白頭翁", 溫對 "蒼耳子". 他皆此類. 宣帝愛唱〈菩薩蠻〉詞, 丞相令狐綯假其筆撰進, 戒令勿洩. 而遽言於人, 由是疏之. 溫亦有言云: "中書內坐將軍", 譏相國無學也. 宣皇好微行, 遇於逆旅. 溫不識龍顔, 傲然詰之曰: "公非長史・司馬之流耶?" 帝曰: "非也." 又曰: "得非大參・簿・尉之類耶?" 帝曰: "非也." 謫爲方城尉, 竟流落而死也.

幽國公杜悰自西川除淮海, 庭筠詣韋曲杜氏林亭, 留詩云: "卓氏壚前金綫柳, 隋家堤畔錦帆風. 貪爲兩地行霖雨, 不見池蓮照水紅." 幽公聞之, 遺絹千匹.

* 이 고사는 《태평광기》 권180 〈공거・송제〉, 권182 〈공거・온정균〉, 권199 〈문장・온정균〉에 실려 있다.

30-48(0778) 다섯 노인의 급제

오로방(五老榜)

출《척언》

　[당나라] 천복(天復) 원년(901)에 두덕상(杜德祥)이 과거를 주관했을 때, 조송(曹松)·왕희우(王希羽)·유상(劉象)·가숭(柯崇)·정희안(鄭希顔) 등이 급제했다. 그때는 황상이 내란을 막 평정한 상태160)였는데, 신진사(新進士)가 선발되었다는 소식을 듣고 몹시 기뻐했다. 황상은 조서를 내려 급제자 가운데 빈한하면서도 굴재(屈才)의 명성을 지닌 사람은 마땅히 성명을 고하게 하고 특별히 칙명으로 그들에게 관직을 제수하겠다고 했다. 그래서 두덕상이 조서에 부응해 조송 등을 아뢰자, 그들은 각각 교서(校書)와 정자(正字)에 제수되었다. 조송은 서주(舒州) 사람으로 가 사창[賈司倉 : 가도(賈島)]에게서 시를 배웠으며 그 외에는 다른 재능이 없었으므로, 당시에 조송이 올린 계사(啓事)161)를

---

160) 내란을 막 평정한 상태 : 당나라 소종(昭宗) 광화(光化) 3년(900) 11월에 좌우군중위(左右軍中尉) 유계술(劉季述)과 왕중선(王仲先)에 의해 소종이 폐위되었다가 이듬해(901) 정월에 주온(朱溫 : 주전충)의 도움으로 복위(復位)한 일을 말한다.

"송양각장(送羊脚狀)"162)이라 불렸다. 왕희우는 흡주(歙州) 사람으로 문재가 뛰어났다. 조송과 왕희우는 나이가 모두 70여 세였다. 유상은 경조(京兆) 사람이고 가숭과 정희안은 민중(閩中) 사람인데, 모두 시권(詩卷)으로 급제했으며 또한 모두 나이가 이순(耳順 : 60세)을 넘겼다. 당시에 이들을 "오로방"이라고 불렀다.

天復元年, 杜德祥榜, 放曹松・王希羽・劉象・柯崇・鄭希顔等及第. 時上新平內難, 聞放新進士, 喜甚. 詔選中有孤貧屈人, 宜令以名聞, 特敕授官. 故德祥以松等塞詔, 各受校正. 松, 舒州人, 學賈司倉爲詩, 此外無他能, 時號松啓事爲"送羊脚狀". 希羽, 歙州人, 詞藝優博. 松・希羽, 甲子皆十七餘. 象, 京兆人, 崇・希顔, 閩人, 皆以詩卷及第, 亦俱年逾耳順矣. 時謂"五老榜".

* 이 고사는 《태평광기》 권178 〈공거・오로방〉에 실려 있다.

161) 계사(啓事) : 상관에게 특정한 사안에 대해 아뢰는 장계(狀啓).
162) 송양각장(送羊脚狀) : 양 다리 장계를 보낸다는 뜻으로 풀이할 수 있는데, 정확한 의미는 알 수 없지만 아마도 무미건조한 문장을 풍자한 것으로 추정한다.

30-49(0779) 반염

반염(潘炎)

출《가화록(嘉話錄)》

시랑(侍郎) 반염이 주관한 진사과의 급제자 중에 여섯 가지 특이한 일이 있었다. 주수(朱遂)는 주도(朱滔)[163]의 태자가 되었고, 왕표(王表)는 이납(李納)의 사위가 되어 그 군영에서 그를 "부마(駙馬)"라고 불렀으며, 조박선(趙博宣)은 기정(冀定 : 기주와 정주)의 압아(押衙 : 절도사 휘하의 무관)가 되었고, 원동직(袁同直)은 번국(番國)으로 들어가서 아사(阿師 : 국사)가 되었으며, 두상(竇常)은 20년 동안 전진사(前進士 : 이미 급제했으나 아직 관직을 제수받지 못한 진사)라 칭해졌고, 해(奚) 아무개 역시 특이한 일이 있었다. 그래서 당시에 그들을 "육차(六差)"라고 불렀다. 두상이 새로 급제했을 때 급사중(給事中) 설(薛) 아무개의 댁에서 상도무(桑道茂)를 만났는데, 급사중이 말했다.

"두 수재(竇秀才 : 두상)는 새로 급제했으니, 조만간 관직을 얻게 될 것이오."

---

163) 주도(朱滔) : 당나라 덕종 때 반란을 일으켜 칭제한 주차(朱泚)의 동생. 그의 아들이 주수(朱遂)다.

그러자 상생(桑生 : 상도무)이 말했다.

"그는 20년 후에야 비로소 관직을 얻을 것입니다."

온 좌중은 모두 그 말을 믿지 않았다. 그러나 두상은 과연 다섯 차례나 임관을 상주했지만 모두 칙서가 내려오지 않아 직무 대리만 서너 차례 했다.

侍郞潘炎進士榜有六異. 朱遂爲朱滔太子, 王表爲李納女婿, 彼軍呼爲"駙馬", 趙博宣爲冀定押衙, 袁同直入番爲阿師, 竇常二十年稱前進士, 奚某亦有事. 時謂之"六差". 竇常新及第, 薛某給事宅中逢桑道茂, 給事曰 : "竇秀才新及第, 早晩得官." 桑生曰 : "二十年後方得官." 一坐皆不信. 果五度奏官, 皆敕不下, 卽攝職數四.

* 이 고사는《태평광기》권179〈공거·반염〉에 실려 있다.

30-50(0780) 영호환

영호환(令狐峘)

출《척언》

[당나라] 대력(大曆) 14년(779)에 연호를 건중(建中)으로 바꾸었을 때, 예부시랑(禮部侍郎) 영호환이 주관한 과거에서 22명이 급제했다. 당시 집정대신 중에 자신의 추천 청탁이 받아들여지지 않은 것에 분노한 자가 권세를 이용해 그를 몰아내려 했는데, 영호환은 몹시 두려운 나머지 사사로이 받은 청탁 서찰을 황상에게 바쳤다. 그러자 황상은 영호환을 어질지 못하다고 여겨, 방문을 발표하는 날에 그를 내쫓고 생도(生徒 : 신급제 진사)들과 만나지 못하게 했다. 미 : 황상은 대체(大體)를 터득했다. 10년 후에 영호환의 문생 전돈(田敦)이 명주자사(明州刺史)가 되었을 때, 영호환이 본주(本州 : 명주)의 별가(別駕)로 양이(量移)[164]되자, 전돈은 비로소 영호환에게 사은례(謝恩禮)를 올렸다.

大曆十四年, 改元建中, 禮部侍郎令狐峘下二十二人及第.

---

164) 양이(量移) : 당나라 때 변방에 좌천된 사람을 특별 사면해 중앙에 가까운 곳으로 복귀시키는 것을 말한다.

時執政間有怒薦託不從, 勢似傾覆, 峘惶恐甚, 因進其私書. 上謂峘無良, 放榜日竄逐, 不得與生徒相面. 眉 : 上得大體. 後十年, 門人田敦爲明州刺史, 峘量移本州別駕, 敦始使陳謝恩之禮.

* 이 고사는 《태평광기》 권179 〈공거·영호환〉에 실려 있다.

30-51(0781) 장분

장분(張蕡)

출《척언》

　장분은 [당나라] 회창(會昌) 5년(845)에 진상(陳商)이 주관한 과거에서 장원 급제했는데, 한림원(翰林院)에서 장분 등 여덟 명을 다시 심사해 낙방시켰다.[165] 그러자 조 위남[趙渭南 : 조하(趙嘏)]이 장분에게 다음과 같은 시를 보냈다.

　"춘풍(春風)[166] 향해 술잔 들고 하소연하지 마시라, 적선(謫仙)[167]은 진실로 선재(仙才)라네. 세상 위해 상서로운 빛 되기에 충분하니, 일찍이 봉래산(蓬萊山) 꼭대기[168]에

---

165) 다시 심사해 낙방시켰다 : 원문은 "복락(覆落)". 과거 시험에서 이미 급제한 사람의 답안을 다시 심사해 낙제시키는 것을 말한다. 한편 《구당서》〈무종기(武宗紀)〉에 따르면, 회창 5년에 과거를 주관한 진상이 37명의 급제자 명단을 발표했는데, 불공정하다는 의론이 일어나자 무종이 한림학사 백민중(白敏中)에게 다시 시험을 치르게 해서 그중에서 일곱 명을 탈락시키고 다시 급제자 방문을 발표하게 했다고 한다.

166) 춘풍(春風) : 춘경(春卿). 즉, 진사시를 주관한 예부(禮部)의 장관을 비유한다.

167) 적선(謫仙) : 인간 세상으로 귀양 온 선인(仙人). 재학이 출중한 사람에 대한 미칭(美稱)이다. 여기서는 장분을 가리킨다.

168) 봉래산(蓬萊山) 꼭대기 : 장분이 장원 급제한 것을 비유한다. '봉

올랐다네."

張瀆, 會昌五年陳商下狀元及第, 翰林覆落瀆等八人. 趙渭南貽瀆詩曰 : "莫向春風訴酒杯, 謫仙眞個是仙才. 猶堪與世爲祥瑞, 曾到蓬山頂上來."

* 이 고사는 《태평광기》 권182 〈공거 · 장분〉에 실려 있다.

래산'은 신선이 산다고 전해지는 선산(仙山)이다. 진사에 급제하는 것을 득선(得仙)했다고 표현하므로 이렇게 말한 것이다.

30-52(0782) 노상경

노상경(盧尙卿)

출《연호기(年號記)》

[당나라] 함통(咸通) 11년(870)[169]에 방훈(龐勛)이 서주(徐州)를 침탈해 점거하자, 조정에서 이곳에 오랫동안 병사들을 주둔시키고 해마다 신속하게 군량을 수송하느라 물자와 국력이 거의 바닥났다. 그래서 조서를 내려 공거(貢擧)를 1년 동안 임시로 멈추게 했다. 그해에 진사 응시생 노상경은 멀리서부터 동관(潼關)까지 당도했다가 조서가 내려졌다는 소식을 듣고 돌아가면서 〈동귀시(東歸詩)〉를 지었다.

"구중궁궐의 조서가 풍진에 내려지자, 문위(文闈 : 과장)는 굳게 잠기고 인재 선발은 멈추었네. 계수나무가 달을 가릴 정도로 자라도록 내버려두고, 행원(杏園)의 연회는 결국 다음 해에 열리길 기다리네. 옥장(玉帳 : 장군의 장막)에서 병사(兵事)를 논한 후로는, 금문(金門 : 궁궐 문)으로 사냥 간하러 오는 것을 허락지 않네. 오늘 패릉(灞陵)의 다리 건

---

[169] 함통(咸通) 11년(870) : 함통 9년(868)의 착오로 보인다. 실제로 방훈(龐勛)은 함통 9년에 서주(徐州)를 점거하고 난을 일으켰다가 이듬해(869)에 진압되어 죽었다.

너가니, 동관 사람들은 섣달 전에 돌아가는 나를 비웃겠지."

咸通十一年, 以龐勛盜據徐州, 久屯戎卒, 連年飛挽, 物力方虛. 因詔權停貢擧一年. 是歲, 進士盧尙卿自遠至關, 聞詔而回, 乃賦〈東歸詩〉曰:"九重丹詔下塵埃, 深瑣文闈罷選才. 桂樹放敎遮月長, 杏園終待隔年開. 自從玉帳論兵後, 不許金門諫獵來. 今日霸陵橋上過, 關人應笑獵[1]前回."

* 이 고사는《태평광기》권183〈공거·노상경〉에 실려 있다.
1 엽(獵):《태평광기》에는 "납(臘)"이라 되어 있는데, 문맥상 보다 타당하다.

씨족(氏族)

30-53(0783) 이씨

이씨(李氏)

출《조야첨재》·《국사보》

후위(後魏 : 북위)의 효문제(孝文帝)가 사성(四姓)170)을 정했는데, 미 : 사성은 정(鄭)·노(盧)·최(崔)·이(李)다. 대성(大姓)인 농서(隴西) 이씨는 사성에 들어가지 못할까 걱정되어 별이 뜬 밤에 명타(鳴駝 : 빨리 달리는 낙타)를 타고 길을 배로 재촉해 낙양(洛陽)에 당도했다. 그러나 그때는 사성이 이미 정해진 뒤였다. 그래서 지금도 농서 이씨를 "타이(駝李 : 낙타 이씨)"라고 부른다.

당(唐)나라의 이적(李積)은 주천공(酒泉公) 이의염(李義琰)의 종손(從孫)으로, 그의 가문은 당대의 으뜸이었으며 훌륭한 명성도 있었다. 그러나 그는 늘 자신의 작위가 가문의 명망에 미치지 못한다고 여겨, 관직이 사봉낭중(司封郎中)과 회주자사(懷州刺史)에 이르렀을 때도 다른 사람에게 서찰을 보낼 때 "농서 사람 이적"이라고만 썼다.

170) 사성(四姓) : 한나라 이후로 각 조대마다 대개 네 개의 명문 호족을 정해 '사성'이라 불렀다.

後魏孝文帝定四姓, 眉 : 四姓, 鄭·盧·崔·李也. 隴西李氏大姓, 恐不入, 星夜乘鳴駝, 倍程至洛. 時四姓已定訖. 故至今謂之"駝李"焉.

唐李積, 酒泉公義琰侄孫, 門戶第一, 而有淸名. 常以爵位不如族望, 官至司封郞中·懷州刺史, 與人書札, 唯稱"隴西李積".

* 이 고사는《태평광기》권184〈씨족·이씨〉와〈이적(李積)〉에 실려 있다.

30-54(0784) 왕씨

왕씨(王氏)

출《국사보》

태원(太原) 왕씨는 사성(四姓)에 들게 되어 가문이 빛났기에 "삽루왕가(鈒鏤王家 : 금은으로 아로새긴 왕씨 가문)"라 불렸는데, 이는 은 바탕에 금으로 장식한 것을 비유한 말이었다.

太原王氏, 四姓得之爲美, 故呼爲"鈒鏤王家", 喩銀質而金飾也.

* 이 고사는 《태평광기》 권184 〈씨족 · 왕씨〉에 실려 있다.

30-55(0785) 칠성

칠성(七姓)

출《국사이찬》

　[당나라] 고종(高宗) 때 태원(太原) 왕씨(王氏), 범양(范陽) 노씨(盧氏), 형양(滎陽) 정씨(鄭氏), 청하(淸河)·박릉(博陵)의 두 최씨(崔氏), 조군(趙郡)·농서(隴西)의 두 이씨(李氏) 등을 칠성으로 삼았다. 이 명문 대족들은 [칠성을 제외한] 다른 성씨의 집안과 혼사를 맺는 것을 수치스럽게 여겼는데, 조정에서 서로 간에 혼인하는 것을 금하자 감히 더 이상 드러내 놓고 혼례식을 거행하지 못하고 딸을 몰래 치장해서 시댁으로 보내곤 했다.

高宗朝, 以太原王, 范陽盧, 滎陽鄭, 淸河·博陵二崔, 趙郡·隴西二李等七姓. 其族望恥與諸姓爲婚, 乃禁其自相姻娶, 於是不敢復行婚禮, 密裝飾其女以送夫家.

* 　이 고사는《태평광기》권184〈씨족·칠성〉에 실려 있다.

30-56(0786) 유례

유례(類例)

출《국사보》

　　세간에 《산동 사대부 유례(山東士大夫類例)》 세 권이 있는데, 그 책에는 사족(士族)이 아니거나 사족을 사칭하는 자들은 대부분 실려 있지 않다. 저자는 "상주(相州) 승(僧) 담강(曇剛) 찬(撰)"이라고 서명되어 있다. 나중에 유충(柳冲)이 상주자사(相州刺史)가 되었을 때, 나이 많은 노인에게 물어보았더니 노인이 말했다.

　　"수(隋)나라 이래로 상주에 담강 스님이 있었다고 듣지 못했습니다."

　　아마도 당시의 질시를 두려워했기 때문에 그 성명을 숨겼을 것이다.

世有《山東士大夫類例》三卷, 其非士族及假冒者, 多不見錄. 署云"相州僧曇剛撰", 後柳冲刺相州, 詢問舊老, 云: "自隋已來, 不聞有僧曇剛." 蓋懼嫉於時, 故隱其名氏.

* 이 고사는 《태평광기》 권184 〈씨족·유례〉에 실려 있다.

태평광기초 6

엮은이 풍몽룡
옮긴이 김장환
펴낸이 박영률

초판 1쇄 펴낸날 2024년 11월 28일

커뮤니케이션북스(주)
출판등록 제313-2007-000166호(2007년 8월 17일)
02880 서울시 성북구 성북로 5-11
전화 (02) 7474 001, 팩스 (02) 736 5047
commbooks@commbooks.com
www.commbooks.com

ⓒ 김장환, 2024

지식을만드는지식은
커뮤니케이션북스(주)의 고전 출판 브랜드입니다.
이 책은 저작권자와 계약해 발행했으므로, 본사의 서면 허락 없이는
어떠한 형태나 수단으로도 이 책의 내용을 이용할 수 없습니다.

ISBN 979-11-7307-016-7 94820
979-11-7307-000-6 94820 (세트)

책값은 뒤표지에 있습니다.